El hogar *de* niñas indeseadas

JOANNA GOODMAN

Traducción de Julieta Gorlero

UMBRIEL

Argentina • Chile • Colombia • España
Estados Unidos • México • Perú • Uruguay

Título original: *The Home for Unwanted Girls*
Editor original: HarperCollins
Traducción: Julieta Gorlero

1.ª edición Octubre 2019

Copyright © 2018 *by* Joanna Goodman
All Rights Reserved
© de la traducción 2019 *by* Julieta Gorlero
© 2019 *by* Ediciones Urano, S.A.U.
    Plaza de los Reyes Magos, 8, piso 1.º C y D – 28007 Madrid
    www.umbrieleditores.com

ISBN: 978-84-16517-23-7
E-ISBN: 978-84-17780-56-2
Depósito legal: B-18.128-2019

Fotocomposición: Ediciones Urano, S.A.U.
Impreso por Romanyà-Valls, S.A. – Verdaguer, 1 – 08786 Capellades (Barcelona)

Impreso en España – *Printed in Spain*

Para mi madre.

PARA UNA INSIGNIFICANTE FLOR QUE FLORECE LENTAMENTE
EN LA SOLITARIA NATURALEZA

… Y aunque parezcas una pequeña hierba silvestre,
   silvestre y abandonada como yo,
el retoño de la Naturaleza aún te aprecia,
   y me detendré a observarte.

Porque con frecuencia, como tú, en un paraje silvestre,
   vestidas con una ropa humilde,
muchas que parecen hierbas terminan siendo dulces,
   tan dulces como las flores de jardín.

Y, como tú, todo brote que parece hierba
   florece desatendido; como tú,
sin refinamiento, plantados sin más,
   silvestres y descuidados como yo.

—JOHN CLARE

Prólogo

1950

«Quien planta una semilla, planta vida». Eso es algo que el padre de Maggie siempre dice, una cita de sus preciados *Anuarios de agricultura 1940-1948*. Él no solo distribuye semillas; está consagrado a ellas como un sacerdote se consagra a Dios. En su pueblo, lo conocen como el Señor Semillas, un título presuntuoso, pero que tiene un aire de nobleza. Maggie adora ser la hija del Señor Semillas. Le da un aire de prestigio... o, al menos, solía hacerlo tiempo atrás. Al igual que la provincia en la que vive, donde los franceses y los ingleses están en perpetua rivalidad, su familia también tiene dos bandos muy marcados. Maggie comprendió desde temprano que tenía que plantarse y elegir una alianza. Se puso del lado de su padre, y él, del de ella.

Cuando era muy pequeña, solía leerle textos de su impresionante colección de libros de horticultura. El favorito de Maggie era *El manual del jardinero sobre insectos*. Había un poema en la primera página que ella se sabía de memoria. «El escarabajo del rosal es nefasto; pero también lo son quienes ven el escarabajo y no la rosa». Mientras a otros niños los arrullaban con cuentos de hadas, las historias para dormir de su infancia eran sobre semillas y jardinería: Juanito Manzanas, quien viajaba con sus semillas desde los lagares de Pensilvania, caminaba cientos de kilómetros para cuidar sus huertos y compartía su riqueza con los colonos y los indios; o Gregor Mendel, el monje austríaco que plantó guisantes en el jardín de su monasterio y estudió las características de cada generación y cuyos registros fueron la base de los conocimientos actuales sobre la genética y la herencia. Tales triunfos, señalaba su padre, siempre comienzan con una sola semilla.

—¿Cómo haces las semillas que vendes? —le preguntó ella una vez.

Él la miró como si lo hubiese ofendido y respondió:

—No hago las semillas, Maggie. Las flores las hacen.

Es el potencial de belleza lo que más admira él: el elegante tallo aún por crecer, la forma de la hoja y el color de la flor, la abundancia de la fruta. Al observar la semilla más simple en la palma de su mano, comprende el milagro que ocurrirá si cumple con su propósito.

También valora la predictibilidad de las semillas. La semilla del maíz, por ejemplo, siempre produce una planta madura en noventa días. A su padre le gusta poder confiar en esas cosas, aunque de vez en cuando sus plantas son imperfectas o deformes; algo que lo perturba profundamente y no lo deja dormir, como si la semilla misma lo hubiese traicionado.

Si de niña sus historias fueron siempre una fuente de consuelo; significan aún más ahora, cuando intenta calmarse para dormir en una cama extraña, en un cuerpo extraño. A los dieciséis, Maggie tiene una semilla propia creciendo en su interior y ya casi está madura. El bebé se mueve y patea con ganas, presiona sus pies y codos contra las paredes de su vientre, recordándole su terrible transgresión, el bochorno que ha generado y la forma en que ha trastornado su cómoda vida.

En el exterior, el cielo se ha oscurecido. Había subido al piso superior por la tarde para dormir una siesta, pero debe ser hora de la cena y sigue completamente despierta. Apoya una mano en su barriga y bajo su palma siente, de inmediato, las perturbadoras acrobacias. Al menos ya no está sola en este lugar.

Su tía la llama a cenar y Maggie se estira. A regañadientes, enciende la lámpara, sale lentamente de la cama y baja las escaleras para enfrentarse a ellos.

Una bandeja de carne asada espera en la mesa para la cena dominical, acompañada de platos de zanahoria, patatas, guisantes. Hay una botella de vino abierta para los adultos. Pan recién hecho, mantequilla para untar, sal y pimienta. Sus padres han venido de visita. Maggie está feliz de ver a su padre. Lo echa de menos, aunque ahora la trate diferente. Se da cuenta de que él está haciendo un esfuerzo, pero ahora hay una sombra en sus ojos azules cada vez que la mira, que no es con suficiente frecuencia. Sus intentos por perdonarla carecen de convicción. No puede superar el haberse sentido traicionado.

Maggie observa cómo su tío afila ceremoniosamente su cuchillo y luego corta delgadas rebanadas de carne rosada que escupe sangre sobre la porcelana blanca. Sus hermanas parlotean y ríen entre sí, excluyéndola. Alguien pregunta dónde está la salsa de rábanos. Y entonces Maggie siente una catarata de líquido caliente entre sus piernas, justo cuando su madre está diciendo:

—*Tabarnac*, me he olvidado de la salsa de rábanos.

El vestido de Maggie está empapado. Sus mejillas se sonrojan de la vergüenza. Quiere escabullirse de la mesa y correr al cuarto de baño, pero el torrente de líquido no disminuye.

—Me he hecho pis —suelta de forma abrupta, poniéndose de pie. El líquido aún sale de entre sus piernas, sorprendentemente sin olor, y se acumula en el suelo de madera de su tía.

Se gira hacia su madre, asustada. Sus hermanas miran con fijeza su vestido manchado, perplejas. Finalmente, la tía Deda grita:

—¡Ha roto aguas!

Nicole, su hermana más pequeña, comienza a llorar. Maman y Deda se ponen en acción. Los hombres se alejan de la mesa, boquiabiertos y sumisos. Incómodos, esperan instrucciones de las mujeres.

—Está en trabajo de parto —dice Maman con calma.

—¿Ahora? —responde el padre de Maggie, echando una mirada a la majestuosa carne asada recién cortada que espera en el centro de la larga mesa de pino—. La fecha de parto es dentro de un mes.

—Estas cosas no se pueden organizar a conveniencia.—espeta Maman—. Será mejor que llames al Dr. Cullen. Dile que quedaremos con él en el hospital.

—¿Qué está pasando? —pregunta Maggie. Nadie la ha preparado para este momento.

Deda se acerca con rapidez y envuelve los hombros de Maggie con su brazo acolchonado.

—Todo está bien, *cocotte*. —La reconforta—. El bebé viene antes, eso es todo.

Nadie jamás dice «tu bebé». Siempre es «el bebé». Hasta Maggie piensa en él como «*el* bebé». Y, sin embargo, pese a todo el daño que ha causado, no está lista para dejarlo ir. Ha llegado a pensar en él como un aliado o un talismán, aunque no como su futuro hijo. Todavía es demasiado joven para eso, no puede conectarse con el concepto de maternidad, no realmente. De todas formas, no tiene que hacerlo. El bebé que viene esta noche, en realidad, significa solo una cosa para ella: finalmente será libre, saldrá del encierro de la granja de sus tíos. Por fin podrá volver a casa.

Siente una contracción y deja salir un rugido de dolor.

—Ya viene —anuncia su madre. *Ya viene.*

PRIMERA PARTE

Control de malezas

1948-1950

*El crecimiento de malezas perennes, particularmente
las carnosas, puede combatirse permitiendo que crezcan
tranquilamente hasta que estén a punto de florecer,
para entonces cosecharlas y luego depositarlas burdamente
otra vez sobre la superficie de las raíces…*

—Sabiduría de viejas para jardineros

Capítulo 1

1948

—*R*econócelo, Señor Semillas, ¡votaste a Duplessis!

Un estallido de risas llega hasta el ático donde Maggie está pesando y contando semillas. El primer ministro Duplessis acaba de ser reelegido y la agitación ha invadido la tienda. Maggie suelta un puñado de semillas en la balanza mientras se esfuerza por escuchar lo que dicen abajo.

—¡Vamos, Señor Semillas! —Lo fastidia uno de los granjeros—. ¡No es nada de lo que avergonzarse!

Maggie deja de contar y se pone de cuclillas en el hueco de la escalera para escuchar a escondidas. Desde que cumplió doce, dos años atrás, ha estado trabajando para su padre los fines de semana pesando y empaquetando semillas en pequeños sobres de papel. Puede ser una tarea tediosa, especialmente porque a las semillas más grandes hay que contarlas individualmente, pero a ella no le molesta. Le encanta estar en la tienda de su padre; es su lugar favorito en todo el mundo. Más adelante, planea trabajar abajo, en el piso de ventas, y después hacerse cargo del negocio cuando él se retire.

Su tienda se llama Semillas Superiores/*Semences Supérieures* y queda a mitad de camino entre Cowansville y Dunham, el pequeño pueblo donde viven, cerca de noventa kilómetros al sudeste de Montreal. En el cartel colgado fuera de la tienda, el nombre está escrito en francés y en inglés porque su padre dice que así es cómo funcionan las cosas en Quebec si quieres prosperar en los negocios. No puedes excluir a nadie.

Maggie se desliza un par de escalones abajo para estar más cerca de la acción. Siempre hay humedad en la tienda y huele a fertilizante, un olor que ella adora. Los sábados por la mañana en cuanto llega, siempre inhala profundamente y, a veces, entierra las manos en la tierra fría de las pequeñas macetas de arcilla donde están germinando nuevas semillas, solo para que el olor a tierra permanezca en sus dedos el resto del día. Para Maggie, es aquí donde se encuentra la felicidad.

La tienda vende cosas básicas como fertilizantes e insecticidas, pero el padre de Maggie se enorgullece de ofrecer una impresionante selección de semillas raras que no puedes encontrar en ningún otro lado en la zona. Aunque es lo bastante vanidoso como para creer que es un distribuidor de vida, lo compensa con su completa entrega al trabajo. Se las ingenia para andar a horcajadas sobre la delgada línea entre el ridículo y el respeto, y los granjeros vienen a él no solo por sus semillas, sino también por sus conocimientos en todas las cuestiones rurales y políticas. Un día como hoy, su tienda es tanto un punto de reunión como un lugar de negocios. La pared trasera está cubierta de filas y filas de pequeños cajones cuadrados, todos llenos de semillas. Hay enormes barriles de maíz, trigo, cebada, avena y tabaco para los granjeros. En el suelo, hay costales de estiércol de oveja, Fertosan, harina de huesos, nutrientes RA-PID-GRO. Además de eso, hay un exhibidor de madera para árboles y arbustos, aparte de herramientas de jardinería, aspersores para riego y mangueras. Las estanterías están repletas de DDT en polvo o en aerosol, insecticidas Nico-fume, larvicidas, malatión en polvo, pesticida Slug-Em. No hay nada que un granjero o un jardinero no vaya a encontrar.

—El día que vote a la Union Nationale es el día que cerraré esta tienda —declara su padre, enardecido, y las puntas de su bigote curvadas hacia arriba parecen enfatizar su afirmación.

Su padre tiene algo magnético. Es tan apuesto como una estrella de cine, con sus ojos azules y su bigote hollywoodense. Está perdiendo el pelo —desde siempre, desde sus veinte años—, pero la calvicie le da cierto aire majestuoso, de alguna manera realza la sofisticación de sus ojos. Usa trajes de lino en el verano y trajes de *tweed* con sombrero de fieltro en el invierno, y fuma cigarros House of Lords que llenan la casa de ese maravilloso aroma paternal. Hasta su nombre, Wellington Hughes, suena imponente.

Wellington levanta su mentón con orgullo y obstinación y dice:

—Es un gánster y un dictador. —Habla en francés con fluidez, al ser un defensor del bilingüismo como herramienta de negocios.

El padre de Maggie es un hombre muy influyente en la comunidad granjera, así que de él se espera que apoye a cualquier político que valore, proteja y promueva la agricultura como lo hace Duplessis. Pero también es un orgulloso anglófono. Detesta a Duplessis y es bastante franco al respecto. Cree que Duplessis es quien ha mantenido a los franceses en la ignorancia y viviendo en la edad media. Soporta las posturas políticas de sus clientes solo porque eligen hacer negocios en su tienda y porque respeta a su clientela y su lealtad. Sin embargo, cuando alguien nombra a Maurice Duplessis en una conversación, el calor sube por sus usualmente pálidas mejillas y su voz sube una o dos octavas.

—Sabemos que votaste por él, Hughes —lo provoca Jacques Blais. Lo pronuncia «Hiuz»—. Necesitas sus créditos agrícolas. Cuando prosperamos, tú prosperas, ¿no?

—Mi negocio andaría bien sin ese ególatra en el poder —afirma con énfasis el padre de Maggie.

—El muerto se ríe del degollado —murmura Bruno Roy y todos los hombres estallan en carcajadas.

—Los quebequenses no tienen lealtad alguna para con este país —dice su padre, pronunciando la palabra «lealtad» con reverencia, como si fuera la más noble cualidad que un hombre pudiese tener.

—*Maudit Anglais* —bromea Blais, justo cuando la campanilla tintinea contra la puerta de entrada.

Los hombres dan media vuelta para mirar e inmediatamente se quedan en silencio, mientras Clémentine Phénix entra en la tienda. Una singular tensión reemplaza rápidamente la atmósfera jovial de momentos atrás.

—Necesito DDT —dice la mujer, llenando la tienda con su voz ronca y su polémica presencia. La forma en que dice «necesito» es más un desafío que un pedido.

El padre de Maggie va hacia donde guarda los pesticidas. Levanta una lata de DDT y sin decir palabra, se la da. Algo pasa entre ellos —una mirada críptica, una comunicación—, pero entonces él se gira con rapidez y se aleja caminando. Tal vez no sea más que el viejo enfrentamiento territorial.

La familia Phénix vive en una pequeña choza en el maizal que limita con la propiedad de Maggie. Este ha sido un punto de disputa con su padre. Él siente que el valor de su propia tierra se ve reducido considerablemente por la proximidad con la empobrecida choza. Los muchachos Phénix son dueños del maizal, pero eso es todo lo que tienen. Ganan su sustento con la venta de maíz dulce y fresas en verano. En invierno, el hermano de Clémentine, Gabriel, trabaja en una fábrica en Montreal. Ahora solo viven los tres hermanos juntos —Clémentine, Gabriel y Angèle— y la hija de cuatro años de Clémentine, Georgette, de un matrimonio que terminó en divorcio. El resto de la familia —sus padres y dos hermanas más— murieron en un accidente de tráfico varios años atrás.

Clémentine sigue a Wellington hasta el mostrador delantero, ignorando las risitas de los otros clientes, a las que ya debe estar acostumbrada. Su divorcio la ha convertido en una paria en su pequeño pueblo católico, donde el divorcio no solo es un pecado, sino también ilegal. Tuvo que ir todo el camino hasta Ottawa para conseguirlo, una ofensa imperdonable a los ojos de los mojigatos habitantes del pueblo, como la madre de Maggie.

—Necesito dos latas —dice Clémentine, cruzando sus sólidos brazos morenos sobre su pecho.

Está bronceada y llena de pecas, no usa maquillaje y deja que su larga trenza dorada se balancee detrás de ella como una cuerda de saltar. Maggie piensa que es preciosa, incluso despojada de los usuales adornos femeninos. De alguna manera, consigue ser femenina y al mismo tiempo masculina, la belleza apabullante de su cara no se ve disminuida por su expresión recia, sus brazos gruesos y musculosos o los poco favorecedores pantalones de

Mahón que ocultan cualquier posible figura como si fuesen un costal de patatas.

Hay algo imponente en ella, observa Maggie, una actitud silenciosa pero desafiante en la forma en que se comporta en presencia de los hombres. No tiene ninguno de los adornos que suelen darles legitimidad a las mujeres —un esposo, hijos, dinero— y, sin embargo, parece hacer lo que haga falta para cuidar de su familia y su medio de vida.

—Mis cultivos están infestados con gusanos de la raíz —explica Clémentine. Si está incómoda con todas esas miradas sobre ella, no lo demuestra.

Wellington cruza la tienda otra vez y regresa con otra lata de DDT, parece bastante agitado. De repente, se abre la puerta de entrada y entra Gabriel Phénix. Se acerca a Clémentine con paso decidido, mientras los granjeros apuntan las miradas hacia él.

Maggie no ha visto a Gabriel desde el verano pasado, y su respiración se entrecorta al verlo entrar. Era un niño cuando se marchó a Montreal el otoño pasado —ella lo recuerda corriendo por el campo con piernas larguiruchas, hombros menudos y cara redonda y angelical—, pero ha regresado hecho todo un hombre. Debe tener dieciséis ahora. Su pelo rubio está peinado en un remolino húmedo, sus ojos grises son como hojas de afeitar y tiene los mismos pómulos pronunciados que su hermana. Aún es lo bastante delgado como para que Maggie pueda contar sus costillas a través de su camiseta blanca de algodón, pero sus brazos, que ahora son musculosos y gruesos, le dan a su cuerpo la sustancia y envergadura de un hombre. Al observarlo desde su escondite en las escaleras, siente algo extraño en su cuerpo, como esa sensación de furor en el estómago que surge al lanzarse de cabeza desde las rocas altas al lago Selby. Sea lo que sea lo que ha cambiado en él, ella no parece poder mirar hacia ningún otro lado.

—¿Estás bien? —le pregunta a su hermana. Clémentine asiente y pone una mano en su pecho, una señal para que él se quede atrás y la espere. Él obedece, con los puños apretados y una expresión seria e insolente en el rostro, listo para saltar en su defensa de ser necesario.

El padre de Maggie pone las dos latas de DDT en una bolsa de papel color café y las marca en la caja registradora.

—Necesito crédito —dice Clémentine.

Más risitas.

—¿Crédito? —repite su padre con desdén. Wellington Hughes no concede créditos. Es su regla. Es *la* regla y sus reglas son como mandamientos. *No concederás créditos.*

—Nuestra temporada comienza en un par de semanas —explica ella—. Podré pagarte entonces.

Maggie seca una capa de sudor por encima de sus labios. Por primera vez, se da cuenta de lo difícil que debe ser la vida para los muchachos Phénix. La verdad es que no lo había considerado antes, ni siquiera cuando era amiga de su hermana pequeña, Angèle. Ha escuchado a sus padres hablando sobre ellos —el divorcio y los problemas con el alcohol del padre muerto—, pero jamás prestó demasiada atención. Hoy, sin embargo, encuentra muy cautivadora su audacia altanera.

—Si dejo que te lleves esta bolsa a crédito —explica su padre en su impecable francés—, todo el pueblo comenzará a venir fuera de temporada y pedirá pagar cuando esta comience.

Gabriel se pone delante de su hermana con brusquedad y se quita el reloj. Lo deja en el mostrador y lo empuja hacia el padre de Maggie.

—Ten —ofrece—, toma mi maldito reloj como prueba de que pagaremos. Era de mi padre. Es de oro.

El labio superior de Wellington se contrae y él vuelve a empujar el reloj hacia Gabriel.

—Esta no es una casa de empeños —responde, con el ceño fruncido.

Gabriel no hace amago de agarrar de nuevo el reloj. Después de un momento, el padre de Maggie empuja la bolsa de papel color café con el DDT sobre el mostrador hacia Clémentine.

—Está bien —cede—. Llévatelo. Pero no regreses hasta que puedas pagarlo.

—Gracias —dice ella, sin bajar la cabeza ni los ojos de la vergüenza ni una sola vez.

El padre de Maggie parece indignado. Cuando Gabriel sigue sin recuperar su reloj, Clémentine lo recoge y empuja a Gabriel hacia la puerta. De camino a la salida, Gabriel mira directamente hacia Maggie, como si hubiese sabido que ella estaba allí todo el tiempo. Sus ojos se encuentran y el corazón de Maggie se acelera. La expresión de Gabriel es desafiante, llena de odio. Sus labios se curvan en una mueca indolente y ella se da cuenta, con algo de sorpresa, que esa mueca está dirigida a ella.

Nota que su padre la está mirando con seriedad. Comprende la advertencia. *No vas a salir con muchachos franceses.*

Capítulo 2

A Maggie se le ha dado por esconderse en el maizal de los Phénix por dos razones: la primera, evitar las tareas del hogar que tiene que hacer; la segunda, para observar a Gabriel mientras se ocupa de su maíz y que, con suerte, él se fije en ella.

Es agosto y la temporada de maíz está en pleno desarrollo. Maggie está recostada entre las hileras del maizal, leyendo la revista *Romance verdadero* e ignorando las hormigas que trepan por sus piernas desnudas y le hacen costillas en la piel. Está contenta aquí, con el sol ardiente a sus espaldas y los largos tallos que la refugian de las regañinas de su madre. Puede escuchar la voz de Maman, que viene desde lejos, desde su patio trasero. Maldice y maldice. Su hermana Violet ha hecho caer algo de ropa que estaba tendida y Maman está furiosa. Pobre Violet, pero mejor ella que Maggie.

—¿Tú, otra vez?

Maggie dejar caer su revista y levanta la mirada, simulando alarma. Está de pie por encima de ella, cubriéndose los ojos. No lleva camiseta, solo tiene puestos unos vaqueros. Su piel es morena, tan oscura como los cigarros de su padre.

—Me gusta leer aquí —responde.

Él se pone de cuclillas a su lado. Maggie contiene la respiración. Una gota de sudor se mueve lentamente por la curva del cuello del joven.

—*Tabarnac* —suelta él, al examinar una mazorca—. Los gusanos eloteros se están alimentando de los pelos.

—¿Han penetrado los granos? —pregunta ella, que sabe todo sobre infestaciones, gracias a su padre.

Gabriel sacude la cáscara de una de las mazorcas.

—Con suerte, esté lo bastante floja como para proteger el maíz. Deberían estar bien, siempre y cuando el daño se mantenga en la superficie.

—Quizás deberías haber plantado antes —dice Maggie, que suena como su padre. La condescendencia, el tono de sermón. Se arrepiente al instante. Gabriel la mira con irritación y se pone de pie.

—Mejor dedícate a leer tus revistas románticas —se mofa—, y déjame la agricultura a mí.

¿Por qué tenía que abrir la boca? Maman siempre dice que es una bocazas, y tiene razón.

Gabriel se pone de espaldas y los ojos de Maggie quedan cautivados por la curva de su columna mientras él avanza por las hileras de maíz, inclinándose metódicamente para inspeccionar las mazorcas. Al observarlo trabajar, admirarlo y reflexionar con vergüenza sobre lo que ha dicho, todos los otros dramas y obsesiones de su vida desaparecen, como la mazorca desperdigada a su alrededor.

—¡Maggie!

Escucha la voz asustada de Violet incluso antes de que su hermana aparezca.

—¡Maggie! —grita Violet, que se abre paso empujando los tallos—. ¡Maman quiere que vayas a casa *ya*!

Maggie se estira como un gato, fingiendo que no tiene miedo de su madre, aunque lo cierto es que está aterrada. Todos lo están.

—Será mejor que te des prisa…

O las golpeará con la cuchara de madera para cerdos. O las dejará encerradas fuera de la casa sin cena. Maggie se gira para echarle una última mirada anhelante a Gabriel. Él la pilla mirando y ella lo saluda con la mano, pero él no devuelve el gesto. Violet observa esto, pero no dice ni una sola palabra.

—Vamos —insiste, nerviosa, y sujeta la mano de Maggie para ayudarla a ponerse de pie de un tirón.

Salen del maizal caminando trabajosamente justo cuando el sol comienza a ponerse.

—Será mejor que corramos —sugiere Violet. Y aunque a Maggie no le gusta parecer tan miedosa como Violet, sabe que su hermana tiene razón. Deben correr.

Su casa se encuentra al final de una larga calle que está bordeada a ambos lados por una densa fila de pinos altos, y ellas corren por todo el sendero de tierra que se eleva abruptamente desde el maizal y serpentea todo el camino a través del bosque. Cuando llegan al claro donde la casa victoriana de piedra gris se posa noblemente como el elemento central de la propiedad, Maggie y Violet están empapadas de sudor y jadean como perros. La puerta mosquitera se cierra de golpe detrás de ambas y ahí está ella, Maman, parada frente a la cocina con la cuchara de madera en la mano.

—*Où t'étais, Maggie?* —pregunta, con voz suave pero amenazante. *¿Dónde estabas?*

Geraldine ya está poniendo la mesa y Nicole, de dos años, está en el suelo jugando con su muñeca Ginny Británica. Desde que su hermano mayor, Peter, se fue a un internado en Sherbrooke, es una casa llena solo de chicas.

Violet se acerca a la mesa con rapidez para ayudar a Geri y salir de la línea de fuego.

—Estaba fuera —responde Maggie.

—Ya sé que estabas fuera. *¿Qué* hacías ahí?

—Leía.

Maggie intenta esconder la revista detrás de sí, pero es en vano. Maman se la arranca de la mano y se queda mirando la publicación burlonamente.

—¿Qué dice? —pregunta.

Su madre no puede leer ni hablar una sola palabra en inglés. Es francesa *pure laine* y jamás ha hecho esfuerzo alguno por absorber siquiera las nociones mínimas del idioma inglés, ni por su esposo ni por la comunidad bilingüe en la que vive.

Eastern Townships es una región mayormente agrícola, que contiene áreas donde hay tanto franceses como ingleses que viven en relativa armonía; es decir, relativa con respecto a Quebec, donde los franceses e ingleses se toleran entre sí con precaria cortesía, pero que no se relacionan de la forma en que lo hacen otras comunidades más homogéneas. Lo mismo podría decirse de los padres de Maggie, cuya unión siempre ha sido algo desconcertante para ella.

Su padre consiguió su diploma de horticultor a los dieciocho y su primer trabajo fue en el Centro de Jardinería de Pinney, en el lado este de Montreal. Era subgerente cuando la madre de Maggie apareció allí un día con la idea de comprar una planta para embellecer su apartamento en el barrio bajo de Hochelaga. Era una pobre criada francocanadiense que jamás había salido del barrio bajo y él era un anglófono culto y sofisticado, pero se enamoró de ella en cuanto vio sus intensos labios rojos y sus suaves rizos negros ese día en Pinney.

Hoy, el francés es el idioma oficial de su hogar —una prueba de la terquedad de su madre—, pero su padre ganó respecto a la educación. Como resultado, todos los niños asisten a la escuela protestante inglesa, lo que hace del inglés el idioma de su futuro.

La primera vez que Maggie escuchó el idioma inglés fue cuando tenía cinco y era su primer día de escuela. Cuando cuestionó a su padre sobre el repentino trastorno en su vida —el cambio de un colegio preescolar francés a un colegio inglés—, él solo respondió:

«Tú eres inglesa».

«Maman no lo es», señaló ella.

«Pero tú sí», insistió su padre. «El francés es el idioma inferior. Es fundamental que estudies en inglés».

«¿Eso qué quiere decir?».

«Quiere decir que hablar solo en francés no te llevará a ningún lado».

«Pero tú hablas francés».

«Por eso tengo éxito. No debes olvidar nunca cómo hablar en francés, como segunda lengua. Es un medio para un fin, Maggie, pero eso no te hace francesa. ¿Entiendes?».

No lo entendió. Y cuando los niños en la escuela comenzaron a llamarla «Pepsi» y «franchuta», se sintió aún más confundida.

«¿Por qué me dicen Pepsi?», le preguntó a su padre una noche, sentada en el suelo de su estrecha oficina.

La habitación solía ser el cuarto de la criada, pero se convirtió con rapidez en su santuario. No mucho más grande que un armario, es el lugar donde guarda sus catálogos de semillas, libros, radios caseras, herramientas, apuntes y bocetos del jardín que algún día plantará en el patio trasero. Hay un viejo escritorio de caoba y también una máquina de escribir metida en algún sitio. La habitación siempre apesta a humo de cigarro. Puede quedarse encerrado ahí dentro por horas, con su música, sus House of Lords, una botella de vino y cualquier proyecto con el que esté jugueteando en ese momento. Siempre la cierra con llave porque dice que los hombres necesitan privacidad.

Esa noche, levantó la mirada del libro de Dale Carnegie que estaba leyendo y se quitó sus gafas bifocales. Se estiró y tocó la rodilla de Maggie. Su mano era cálida y reconfortante.

«Porque la Pepsi es barata y dulce, y por eso los francocanadienses la beben tanto y tienen los dientes podridos. Pero tú no eres una Pepsi. Tú eres inglesa, como papá».

Después de eso, aprendió inglés a toda velocidad, por una cuestión de mera supervivencia. Nada era más importante que hablar perfecto inglés. Y no solo hablar el idioma, sino *ser* inglesa. Encajar en la escuela requirió una completa transformación, que incluyó hasta su forma de vestir. Cambió los vestidos sueltos que su madre prefería por faldas escocesas de tartán y cuellos de encaje blanco inmaculado y mocasines que su padre pidió del catálogo de Eaton. Cambió la lengua de su madre por un idioma nuevo, más elegante. Con el tiempo, comenzó a sentirse inglesa.

Hoy en día, por miedo y obligación, aún hablan en francés con su madre, una presencia poderosa e inevitable en la casa. Pero la alianza de Maggie es con su lado inglés, el lado de su padre, porque rara vez levanta la voz y es el faro de la razón en un hogar que, por lo demás, es voluble.

—¿Qué dice? —repite su madre, levantando la voz al señalar la portada de la revista de Maggie.

—Romance verdadero —murmura Maggie.

Violet se ríe disimuladamente.

—¡Romance verdadero! —se mofa su madre, arrojando la revista a la basura—. ¡Repugnante!

—Finge que son ella y Gabriel —revela Violet.

—¿Gabriel Phénix? —pregunta Maman, con interés.

Violet mira a Maggie con algo de culpa, aun cuando le responde a su madre.

—Por eso va al maizal —acusa—. A verlo.

Maggie lanza una mirada furibunda a Violet, para hacerle saber silenciosamente que más tarde pagará por esto.

—Jamás creí que serías *tú* quien se enamoraría de uno de nosotros —comenta Maman, sonriendo.

—¿De qué hablas?

—Tu padre te dirá que Gabriel no es lo bastante bueno para ti porque es francés —responde su madre—. Pero yo fui lo bastante buena para él. Recuerda eso.

Retrocede un paso con una mirada de satisfacción en el rostro y regresa a la cocina.

Arriba, en su dormitorio, Maggie examina su jardín interior. Ha estado plantando semillas en tarros viejos de su madre desde que era una niña pequeña que apenas caminaba. Los mantiene en cuidadas hileras sobre la cómoda debajo de su ventana, lo que les otorga bastante luz solar en dirección al sur y calor del calefactor que está detrás. A lo largo de los años, muchas de sus exitosas plantas anuales —girasoles, altas zinnias, caléndulas, rábanos— han sido trasplantadas a macetas de arcilla y aún crecen con fuerza en el patio trasero todo el verano.

Su padre solía llamarla Juanita Manzanas cuando era muy pequeña, y aunque el apodo quedó olvidado, su pasión por la siembra nunca ha disminuido. Es por la sensación de autoría que le da todo el proceso, que comienza por la elección y recolección de las semillas, la limpieza, el sembrado y luego la constante nutrición para ayudarlas a brindar sus maravillosos frutos.

Su nuevo proyecto, iniciado el año pasado, es una colección de limoneros, que espera que comiencen a dar frutos en un par de años. Siente mucho cariño por sus brotes de limón —en algunos tarros, hay hasta diez de ellos— y disfruta observar cómo sus intrincados sistemas de raíces se preparan para los limones.

También ha plantado algunas semillas de flores silvestres en sus tarros, pero han necesitado mucho más esfuerzo y compromiso de los que había creído —un tiempo de secado mucho más largo, así como una limpieza rigurosa para dejarlas perfectamente crujientes para sembrar— y aún no han producido demasiadas gratificaciones. Tuvo que usar el rodillo de amasar bueno de su madre para machacar sus duras cápsulas, una infracción por la que pagó caro cuando ella la descubrió. Al examinar ahora las semillas de flores silvestres, no puede evitar sentirse decepcionada por su ritmo de crecimiento. Recolectó las semillas en mayo, pese a la advertencia de su padre sobre lo obstinadas y temperamentales que podían ser, y tal como él lo predijo, la mayoría de ellas no ha germinado.

Al verter agua cuidadosamente en la tierra de los tarros, echa una mirada a través de la ventana hacia el maizal. Gabriel todavía está allí, deambulando bajo el sol poniente, despanojando sus maíces. Maggie se llena de maravillosos sentimientos al observarlo allí en su tierra.

Quiere aferrarse a esta determinación cosquilleante, este nuevo y emocionante incentivo para abrir los ojos por la mañana cuando escucha la voz de Maman ladrando su nombre o siente esas manos duras y callosas sacudiéndola para despertarla. Sus padres dicen que ella es testaruda; que cuando pone los ojos en algo, no se rinde hasta conseguirlo. «Ten cuidado con el *Démon Noir*», suele advertir sobre ella su madre.

Gabriel quita la panoja de una de las plantas de maíz y la esparce en el suelo. Maggie toca la tierra dentro de uno de los tarros para asegurarse de que está lo suficientemente húmeda. No quiere ahogar sus preciosos brotes de limón. Compacta suavemente la tierra hacia abajo y luego limpia sus manos en su falda, sin apartar los ojos de Gabriel.

Capítulo 3

$\mathcal{C}$on la misma rapidez y normalidad con la que uno respira, termina el verano. Las noches se vuelven frías y se reanuda el colegio. Maggie comienza el noveno curso en St. Helen's School. Es una institución solo de chicas, lo que le parece bien, porque es pésima en gimnasia y no hay chicos que se burlen de ella mientras hace danzas folclóricas o juega al balón prisionero. El lema de la escuela es *Loyauté Nous Oblige* y está escrito en el escudo en su túnica.

—¿Quién puede decirme dónde sufrió Napoleón su primera derrota militar? —pregunta la Sra. Parfitt, echando un vistazo ansioso al exterior. Está lloviendo con fuerza y el viento sacude las ventanas.

Alguien grita «¡La toma de la Bastilla!» y la Sra. Parfitt deja escapar un suspiro cargado.

—¿Maggie?

A Maggie le gusta Historia porque es sobre hechos, no interpretaciones. Los hechos son confiables, como las semillas.

—La invasión de Egipto en 1798 —responde.

Audrey garabatea «la preferida» sobre la frente de Napoleón en el libro de textos de Maggie.

Maggie se sienta al lado de Nan y Audrey, sus dos mejores amigas desde tercer curso. Las dos son bellezas rubias inglesas que no se parecen en nada a ella. Maggie tiene el pelo y los ojos negros, heredados de sus ancestros hurones.

Nan empuja su brazo y le susurra que mire hacia afuera. Un par de muchachas más audaces ya están frente a la ventana, chillando y haciendo señas. En un instante, el cielo se pone negro. La lluvia cae a mares y el viento golpea contra el cristal como si fueran puños. En el exterior, el mundo es una confusión distorsionada.

A Maggie le preocupa cómo hacer para llevar a sus hermanas a casa a salvo, sabiendo que su madre la hará responsable. Esa es la carga de ser la mayor y tener una madre que no valora en absoluto el sentido común.

—¡Es un huracán! —grita alguien.

—¡No es un huracán! —Las calma la Sra. Parfitt, pero su voz queda sumergida bajo los gritos de dos docenas de chicas. Está de pie ahí sin poder hacer nada mientras el aula se desintegra en la anarquía—. ¡Mantened todas la calma!

Después de unos pocos minutos más de caos, dejan salir antes a las estudiantes. Maggie pasa por la clase de séptimo curso para buscar a Violet.

La madre de Maggie no conduce y su padre no puede dejar la tienda, así que sabe que nadie pasará a por ellas. Recoger a Geri del otro colegio de primaria y llevar a sus dos hermanas caminando a casa es la responsabilidad diaria de Maggie. Y hoy no será diferente.

Cuando llegan a la puerta principal, la Sra. Parfitt ya está allí.

—¿Cómo vas a ir a casa? —pregunta mientras envuelve su cabeza con un pañuelo de plástico. Su aliento huele a mantequilla azucarada debido a esos dulces que está chupando todo el día.

—Mi padre vendrá por nosotras —miente Maggie, demasiado orgullosa para decir la verdad. La Sra. Parfitt asiente, abre su paraguas y sale; en el exterior, desaparece rápidamente en la tormenta.

Maggie y Vi la siguen afuera. La lluvia las golpea, sus ligeros abrigos de sarga no hacen nada por mantenerlas secas. La fuerza del viento combinada con la lluvia casi las arroja al suelo. Se aferran una a la otra, entrelazando los brazos, y se enfrentan a la tormenta, pero es absurdo. En pocos segundos, su endeble paraguas se rompe y se empapan. Se miran la una a la otra y ríen sin poder contenerse, luego se sumergen de lleno en el temporal.

Se sujetan con fuerza, aporreadas y jaladas por el viento, mientras avanzan ciegamente y dando tumbos. Para cuando llegan a la esquina de la Rue Principale, sienten que han atravesado kilómetros. Maggie puede sentir el temblor del cuerpo de su hermana debajo de la fina sarga. Teme que Vi pille una neumonía o tuberculosis, así que la atrae hacia sí y la envuelve con sus brazos. Justo cuando están a punto de cruzar la calle, el sonido de un claxon las sobresalta.

Con un estallido de esperanza, Maggie busca el Packard de su padre en la calle. La lluvia intensa ha oscurecido la calle por completo y no puede distinguir ninguno de los coches. Tiene que cerrar con fuerza los ojos para aclarar la mirada. De repente, surge al lado de ellas una camioneta, que se detiene al borde de la acera. Con gran pesar, Maggie nota que no es su padre. Al bajar la ventanilla, vislumbra la cara de Clémentine Phénix. Gabriel está en el asiento del pasajero y Angèle está entre ambos.

No los ha visto desde el verano. De vez en cuando, descubre a Gabriel trabajando en el campo. Lo busca allí todos los días, antes de irse a dormir y por la mañana, en cuanto se despierta. Sabe que pronto se marchará a Montreal, y pensar en no tenerlo cerca le produce una manifiesta sensación de terror.

—¡Entrad! —ordena Clémentine—. Venimos de buscar a Angèle y os hemos visto allí paradas…

—¡Tengo que buscar a Geraldine!

—La recogeremos de camino. Nos arreglaremos.

Maggie sube primero y Violet se desliza al interior después de ella. Es una camioneta Chevrolet de 1939 con solo un asiento para pasajeros.

Angèle le sonríe a Maggie y Maggie le devuelve la sonrisa con gran cariño. Solían ser mejores amigas, hasta que Maggie tuvo que ir al colegio inglés y dejó atrás no solo a Angèle sino todo lo francés.

Maggie está secretamente encantada de estar apiñada al lado de Gabriel, con su hombro presionado contra el de él. Se las ingenia para robar algunas miradas de reojo a su perfil e intenta absorber todo lo que puede de él: el ángulo de su mentón, la forma de su nariz, la curva de sus largas pestañas. Gabriel gira ligeramente y apunta sus ojos grises hacia ella.

—¿Por qué no ha venido tu padre? —le pregunta Gabriel, después de que recogen a Geraldine en el colegio.

—Por el trabajo —responde Maggie—. No puede dejar la tienda.

—¿Quién iría a comprar semillas un día como este? —comenta Clémentine.

Su padre diría que no puedes cerrar simplemente una tienda a mitad del día. ¿Qué sucedería si alguien viene conduciendo desde Granby o Farnham y encuentra las puertas cerradas? Tienes que permanecer abierto llueva, truene o haya sol. Esa es la naturaleza de las ventas minoristas: el cliente es la persona más importante del mundo. Además, es la época de los catálogos.

Su padre trabaja hasta tarde en octubre y noviembre para tener su catálogo de compras por correo listo y entregado a tiempo para los pedidos de primavera. Los hace él mismo, comienza en septiembre cortando minuciosamente las fotos que consigue de sus proveedores, luego sufre con el diseño de las páginas y finalmente escribe a máquina las descripciones de cada semilla. Este año, ha lanzado un nuevo tipo de césped: Prèvert, que él mismo ha inventado después de años de cuidadosa experimentación. Pasó la mayor parte del verano pasado examinándolo en el Jardín Botánico de Montreal y ahora Prèvert está listo para salir al mercado. Peter dice que suena a «pervertido». Peter está haciendo ilustraciones para ayudar, pero ha dejado bien claro que no tiene ningún interés en el negocio de su padre. Quiere ser arquitecto, no «vendedor», según él.

—Hay inundaciones en todo Townships —dice Clémentine—. Lo hemos escuchado en la radio.

A Gabriel le late una vena azul profundo en la frente mientras observa la carretera. Tiene los nudillos blancos por la fuerza con que cierra los puños mientras el vehículo pasa al lado de un puñado de coches volcados en las zanjas del costado del camino.

Todos se quedan en silencio. Maggie no puede parar de pensar en que *Madame* y *Monsieur* Phénix y dos de sus hijas murieron en este mismísimo tramo de la carretera. Se pregunta si Gabriel y Clémentine estarán pensando lo mismo.

Delante, la carretera es invisible. Los limpiaparabrisas rechinan de un lado a otro, completamente inútiles. El camino aparece por un segundo, solo para ser nuevamente engullido. Clémentine comienza a rezar en voz baja.

Cuando gira con precaución en la calle Bruce, Gabriel se estira en el asiento delantero para frotarle el hombro.

—*Bravo, Clem.* —La felicita. Sonríe, revelando unos preciosos hoyuelos. Es la primera vez que Maggie lo ve sonreír. Hay un cariño entre él y su hermana que nada tiene que ver con la relación de Maggie con Peter.

Al acercarse a la cima de la colina, Clémentine repentinamente hace frenar la camioneta de un sacudón y todos salen despedidos hacia adelante. Geri comienza a lloriquear.

—La carretera está inundada —señala Gabriel—. Es casi un lago. Tendremos que caminar desde aquí.

Salen en multitud de la camioneta y se apiñan, Geri en el medio, entre Maggie y Vi. El cielo aún está negro y la tierra se ha transformado en un pantano. El agua les llega a los tobillos. Gabriel se estira para sujetar el brazo de Maggie y aferrarla para guiarlas caballerosamente hasta la casa.

Maggie imagina que es un valiente soldado al frente en la guerra, como Napoleón Bonaparte. Pese al frío en sus huesos, siente calidez por estar tan cerca de él. Los dedos que sujetan su brazo la hacen estremecer. No quiere llegar a casa, no quiere que él la suelte. Preferiría ahogarse en su compañía que separarse de él.

Gabriel suelta su brazo frente a la puerta de la casa, tiene la sensatez de evitar a su madre. Maggie se gira hacia él, con la mano levantada para saludarlo.

—¡Gracias! —dice. Pero sus palabras, absurdamente insuficientes, son tragadas por la tormenta.

La puerta de entrada se abre y Maman aparece en el vestíbulo.

—Nos han mandado a casa antes por la tormenta —le cuenta Maggie, que todavía está embriagada por su encuentro con Gabriel. Maman frunce el ceño, pero ni siquiera ella puede estropear el buen humor de Maggie.

Entran en la cocina, donde Nicole está sentada frente a la chimenea con su muñeca. Maman cierra la puerta con su usual brusquedad y con rapidez se pone manos a la obra para quitarles los abrigos mojados.

—¿Por qué sonríes? —le pregunta Maman.

—No sonrío —responde Maggie mientras se saca los calcetines.

—*Tabarnac* —murmura Maman, pero sin enfado—. Estáis todas empapadas. Iros arriba, quitaos toda la ropa y poneos los *combinés* que están calentándose sobre el calefactor.

Maggie y sus hermanas se miran, perplejas, y corren hacia arriba antes de que su madre se acuerde de gritarles. Tres pares de interiores largos están tendidos sobre el calefactor de su habitación, que Maman debe haber puesto ahí anticipando su regreso mojado. Maggie se desprende de toda su ropa mojada, la arroja en el cesto y se pone sus pijamas sobre los tibios interiores largos. No puede parar de temblar. Sus dientes están castañeteando en armonía.

—Ma no parece enfadada —comenta Violet.

—¿Por qué no nos gritó? —pregunta Geri.

—No os preocupéis —responde Maggie—. Ya encontrará la forma de culparnos por la tormenta.

Ríen. Abajo, se acurrucan frente a la chimenea de la cocina envueltas en la manta de retazos de lana que Maman hizo con los trajes viejos de su padre. Les da una taza de leche caliente a cada una y revisa una y otra vez si tienen fiebre, tocando bruscamente sus frentes.

Se está transformando en un día perfecto, piensa Maggie, mientras saborea la leche tibia y el calor del fuego, recuerda a Gabriel sentado tan cerca de ella en el coche y, después, sujetándola bajo la lluvia.

—Le dije a vuestro padre que fuera a buscaros —masculla su madre, haciendo resonar las tapas de las cacerolas al preparar la comida. Tiene puesto un delantal sobre un vestido de flores blancas y azules con botones que recorren toda la parte delantera, como la bata de un médico. Es anticuado y poco favorecedor. Desde que nació Nicole, parece haberle dejado de importar por completo su apariencia.

Siempre se queja de que la maternidad destruyó su belleza. Culpa a sus hijos por los mechones grises en su pelo, por las dos muelas traseras que tuvieron que quitarle y, especialmente, por el ensanchamiento de su cintura. Solía ser guapa —hay tres fotografías que lo prueban—, pero ya no tanto. Al resignarse a su destino o, mejor dicho, al entregarse a él, la transformación ha sido rápida. Comenzó con un corte de pelo corto y poco favorecedor con raya al lado que peina sobre sus orejas, siguió con prácticos blusones florales y anodinas chaquetas de punto y, finalmente, la renuncia total al uso de maquillaje, en una especie de protesta.

—¿Por qué me sorprende que os dejara allí? —parlotea su Maman, implacable como la lluvia.

Violet mira hacia el techo y Geri ríe por lo bajo.

—Bueno, pero estamos bien —dice Maggie, intentando apaciguar las cosas—. Estamos aquí. No podía simplemente cerrar la tienda a mitad de la tarde.

Maman vierte una lata de guisantes en su olla de hierro fundido y se da media vuelta para mirar a Maggie.

—Te ha lavado el cerebro, Maggie. Por supuesto que debería haber cerrado la tienda e ido a buscaros.

—No tengo el cerebro lavado —responde ella, desafiante, y se sorprende de sí misma—. La razón por la que le importa su negocio es que nosotras le importamos.

—No tiene sentido hablar contigo —concluye su madre, que mete la olla de estofado en el horno de leña ardiente y lo cierra con fuerza—. No piensas por ti misma. Solo Dios sabe por qué lo adoras tanto.

Maman se apoya contra la puerta del horno y saca un cigarrillo del bolsillo de su delantal. Lo enciende e inhala lánguidamente, echándole una mirada a Maggie.

—Un día lo verás por quién es —dice, sacudiendo su cigarrillo—. O quizás seas más tonta de lo que creía.

El estruendo de un relámpago fortísimo sacude la casa. Nicole comienza a llorar y Geri chilla de placer. Maggie tiene la placentera sensación de estar a salvo y cómoda frente al fuego.

—Maggie, Violet —ladra Maman—. Poned la mesa.

Las dos se levantan y obedecen la orden, haciendo caras a espaldas de su madre mientras ponen los platos y los cubiertos. Hay un ruido en el vestíbulo y todas levantan la vista.

Se cierra una puerta. Su padre ha llegado a casa.

Capítulo 4

$\mathcal{M}$aman se abalanza sobre él antes de que ponga un pie dentro. La expresión de su padre cambia de inmediato a una de derrota, incluso antes de que se quite el sombrero. Cuando Maggie comenzó a trabajar en Semillas Superiores, observaba su estado de ánimo alegre con curiosidad. En el trabajo, la mayor parte del tiempo es vivaz y optimista. Nada que ver a cómo es en casa. En aquellos primeros días, Maggie se sentía privilegiada de ver ese lado desenfadado de su padre, pero a medida que pasaba el tiempo, comenzó a preguntarse si su personalidad de trabajo no era un poco falsa. ¿Por qué no lo hacía así de feliz su familia? ¿Por qué rara vez reía con su propia mujer e hijos?

Inevitablemente, Maggie terminó por culpar de eso a su madre. Era ella quien los privaba de la verdadera naturaleza de su padre, al agotarlo con sus quejas y reclamos diarios. La desdicha de Maman logra aplastar hasta a la más optimista de las personalidades. Todos tienen que vivir en torno a ella, navegar en su impredecible temperamento y sus oscuros estados de ánimo.

Para Maggie es difícil entender por qué su padre la eligió como mujer. Imagina que él podría haber tenido a cualquier joven bonita con labios rojos y rizos suaves. ¿Por qué tuvo que ser alguien con una vida tan desgraciada y que aún estaba tan enojada por eso?

Hortense creció en los barrios bajos, en una casa con suelo de tierra y sin agua corriente que se incendió cuando ella tenía once años. Fue su padre quien inició el fuego cuando, borracho, perdió el conocimiento con un cigarrillo encendido en la boca. Tanto él como la prostituta con la que estaba murieron. Hortense, la mayor, debió dejar la escuela e ir a trabajar como criada para una familia inglesa rica, que plantó las semillas del resentimiento hacia todo lo inglés. En sus propias palabras, se casó con Wellington con la esperanza de que la rescatara de la miseria y, sin embargo, lo que más detesta hoy Hortense de él son precisamente las cosas que más le atrajeron: su educación, su ética laboral, su estabilidad económica y su orgullo.

—¿Por qué no fuiste a la escuela a recogerlas? —pregunta Maman a su padre, golpeándole el pecho con la larga cuchara de madera que los granjeros usan para alimentar a los cerdos.

Wellington protege su pecho con sus brazos.

—Déjame entrar, Hortense. —Habla de forma serena, lo que tiene como efecto encolerizarla aún más—. Habría ido después del trabajo —dice—. Habrían estado bien hasta las seis. —Guiña un ojo a Maggie. Ella sonríe para mostrarle su solidaridad. Pero, aunque intenta ignorar la oleada de incomodidad que surge en su interior, la acusación de su madre de antes reverbera en su cabeza: «Te ha lavado el cerebro».

—¿Acaso no te importan? —acusa Maman.

Mientras su padre se quita su gabardina y su sombrero de fieltro con una mirada de resignación, Maggie se pregunta por primera vez si *es* raro que no las recogiera durante la tormenta.

—Todo este melodrama es innecesario —sostiene él.

Maman cierra la puerta del vestíbulo de un portazo. Las niñas se sobresaltan.

Su padre deja escapar un breve suspiro y se acomoda frente a la mesa con los hombros ligeramente encorvados y su humor amargado. Maman deja caer estofado de carne y guisantes sobre su plato. Él lo revuelve, distraído, con el tenedor de un lado a otro, separando las zanahorias y los guisantes de la carne. Se sirve una copa de vino. La botella es solo para él. Maman rara vez bebe. Cuando lo hace, es con sus amigos y hermanos.

—Estoy intentando administrar un negocio —dice, cansado—. No puedo cerrar la tienda tan solo por capricho.

—¿*Capricho?* —grita Maman—. ¿Llamas a esta tormenta capricho?

—¿Y si venía un cliente a la tienda y estaba cerrada? —argumenta él—. Supón que había venido desde otro pueblo.

—¿Qué clase de idiota saldría a comprar semillas durante una tormenta?

Geri larga una risita. Maggie le da un codazo.

—Bueno, ¿hubo clientes? —le pregunta Maman.

—No.

Maman da una palmada contra la mesa de pino y arroja la cabeza hacia atrás, riendo victoriosamente. Violet y Geri ríen con ella, pero Maggie se queda en silencio.

—*Maudit Anglais* —murmura Maman. *Maldito inglés*—. ¿Qué clase de padre pone su trabajo antes que la seguridad de sus hijos? —continúa, aún sin apaciguarse. Le falta ese sentido innato para saber cuándo detenerse.

—No es un trabajo —la corrige—. Es mi negocio. Es nuestro medio de vida. Tengo una reputación.

—Ay, por favor.

—Mis valores familiares son precisamente lo que impulsa mi ética de trabajo —argumenta, y Maggie encuentra que su elocuencia la tranquiliza—. Si no me importara mi familia, cerraría la tienda cuando me diera la gana y me arriesgaría a perder los ingresos de medio día.

La mirada de Maggie va de su padre a su madre. A ella le parece razonable. Seguro que a Maman también.

—No puedes separar una fuerte ética de trabajo de los valores familiares de un hombre —continúa su padre—. Y viceversa.

El padre de Maggie bebe su vino, mastica su estofado. Su tenedor tintinea contra la porcelana.

—Disculpadme —dice, poniéndose abruptamente de pie y se va de la habitación con su copa de vino. Como si lo hubiese pensado mejor, regresa por la botella y luego desaparece en su santuario, más allá de la cocina.

—¡No puedes esconderte ahí toda la noche! —le grita Maman.

Maggie se levanta y se escabulle de la mesa. Sube las escaleras, vaga por el pasillo hasta el dormitorio de sus padres y se queda de pie frente a la cómoda de su madre, observando una fotografía de sus padres de antes de que se casaran. Su madre la tiene ahí en un marco de plata grabada, sobre un mantel, justo al lado de su estuche de maquillaje. Quizás sea un recordatorio de días más felices, una evidencia de que alguna vez usó pintalabios rojo y tuvo una figura esbelta y con curvas. En esta fotografía, el padre de Maggie la está llevando en una podadora de césped de esas que se empujan. Ella tiene puestos un vestido blanco etéreo y ceñido y tacones blancos con tiras en los tobillos. Lleva el cabello ondulado y por encima de los hombros, sus labios son como un arco de cupido oscuro y la risa le ha hecho inclinar la cabeza hacia atrás. Está preciosa y feliz. Maggie busca algo que le asegure que realmente se trata de Maman. La mujer retratada en sepia ve tan encantadora, tan propensa a la risa, tan llena de esperanza.

¿Habrá pasado demasiados años con un hombre al que no quiere? ¿O habrá sido la tragedia en su infancia lo que la arruinó incluso antes de que lo conociera? Aunque Maman se las apañó para salir de los barrios bajos y estar en una situación mucho mejor, quizás una infancia trágica es algo que no puedes superar, como la polio. Te deja lisiado.

Maggie da media vuelta y sale de puntillas de la habitación, recordando cómo se sintió estar tan cerca de Gabriel hoy, escucharlo respirar al lado de ella y sentir sus pulsaciones; que sus piernas se tocaran, la mano de él sujetándole el brazo al caminar hasta la casa. No puede esperar a verlo de nuevo.

Mientras llena un vaso con agua en el cuarto de baño, se pregunta si sus padres sintieron esto al principio o si alguna vez se sienten así ahora. Escucha los sonidos que salen de su habitación cada cierto tiempo cuando va a hacer pis en mitad de la noche. Solía pensar que estaban peleando —que su madre golpeaba a su padre—, pero Peter la corrigió y le dijo que estaban teniendo sexo. A Maggie le impactó que pudieran odiarse tanto a veces y luego hacer el amor.

Cierra la puerta de su dormitorio y va hasta la cómoda para examinar los brotes de limón y las semillas de flores silvestres.

«Hola», dice mientras vierte agua con cariño sobre la tierra en los frascos.

La tormenta aún resuena fuera y le da una satisfacción inmensa que, pese al fuerte viento y a las ramas rotas desparramadas por el patio, sus semillas estén creciendo en calma y con cuidado en el santuario de su jardín interior. No hay otro lugar en el que quisiera estar.

Capítulo 5

$\mathcal{U}$n sábado por la tarde a finales de otoño, cuando la mayoría de las hojas ya han abandonado los árboles y el invierno comienza a posarse sobre Townships en su típica forma irrevocable, Maggie mira a través de la ventana de su ático en la tienda de semillas, perdida en sus pensamientos. Sale humo de las chimeneas al otro lado de la calle y ella imagina salas de estar llenas de familias armoniosas sentadas alrededor del hogar, riendo y hablando con afecto y respeto unos con otros. Dentro de todas las casas excepto la suya, imagina que la vida se desarrolla de una manera más amigable y civilizada.

La voz de un hombre en la cima de las escaleras del ático interrumpe sus ensoñaciones.

—*Calice* —dice.

Levanta la mirada de las semillas que está pesando y se sobresalta al encontrar a Gabriel de pie allí con una chaqueta de caza a cuadros rojos y negros y con una gorra de lana. *Parece alguien capaz de sobrevivir por su cuenta en tierra salvaje, matando osos y prendiendo fuego con palos y viviendo de la tierra*, piensa cuando él se quita la gorra, sacude su pelo rubio y se apoya sobre su mesa.

—¿Tienes que contar todas esas semillas una por una? —habla él.

—¿Qué haces aquí arriba? —pregunta Maggie. Su corazón palpita. Su padre debió estar ocupado con un cliente y no vio que

Gabriel se escabullía; de otro modo, sin duda le hubiera prohibido la entrada—. La tienda está a punto de cerrar…

—Clémentine está comprando bulbos para su jardín.

En esa época del año, justo antes de que la tierra se congele y los granjeros entren en hibernación, antes de que caiga nieve y las granjas queden enterradas en silencio, es cuando todos los que viven en la zona inundan la tienda de su padre para comprar para sus jardines bulbos que florecen en primavera.

—Debes aburrirte si tienes que pesar esas malditas semillas todo el día —comenta él.

—No me molesta —responde—. Me gusta trabajar.

Él la mira de forma extraña, pero ella no se explaya. ¿Cómo podría explicar que es mucho más que solo pesar semillas, lo que, ciertamente, puede ser un poco aburrido? Es el sitio mismo lo que es especial: los maravillosos aromas, las conversaciones y las risas del piso de abajo, estar con su padre en este mundo encantado que él ha creado.

Gabriel levanta un puñado de semillas.

—Yo no tendría la paciencia.

—En realidad no es tan malo —comenta ella y levanta una mano—. Huele esto.

Él huele las semillas en su mano y encoge los hombros. Ella no puede evitar reír un poco.

Le alegra haberse puesto su falda escocesa y la blusa con ribetes de encaje. Su pelo también está bien arreglado. Lo lleva ondulado y con raya al lado, sujetado con una hebilla. Aún le duele la cabeza de cuando Maman lo onduló esta mañana, no con horquillas, como lo hace la mayoría de las madres, sino clavando el lado de su mano incansablemente en la cabeza de Maggie hasta que las ondas se mantuvieron. Al menos ahora puede decir que valió la pena.

—De todos modos, no podría hacerlo —dice Gabriel—. Todo el día, aquí en este caluroso ático.

Ella mira con profundidad sus ojos grises y se pierde en ellos un momento. Las mejillas de Gabriel están enrojecidas por el frío exterior. Es muy guapo.

—Es una buena preparación —argumenta Maggie.

—¿Para qué?

—Algún día dirigiré la tienda.

—¿Por qué querrías hacer eso?

—Quiero relevar a mi padre —explica, aunque debería ser obvio—. No puede hacerlo para siempre.

Gabriel está a punto de decir algo cuando los pasos de su padre en las escaleras dejan a ambos en silencio.

—Sr. Phénix —dice él en francés—, los clientes no tienen permitido estar aquí arriba.

Gabriel roza a su padre al pasar a su lado para bajar las escaleras. Antes de desaparecer de vista, gira una vez y le sonríe. El corazón de Maggie se dispara.

Su padre se queda en el ático algunos minutos sin hablar, su presencia es advertencia suficiente. Le ha advertido a Maggie muchas veces sobre los chicos franceses. Siempre le recuerda que, en su mayoría, son pobres, no terminan la escuela y antes de los cuarenta ya tienen todos los dientes podridos. Un año, cuando su tío Yvon se emborrachó tanto que lanzó el árbol de Navidad por la puerta delantera, su padre la llevó a un lado y le susurró una seria advertencia sobre los francocanadienses y el alcohol.

«Por eso debes quedarte con los de tu propia clase», aconsejó entonces.

«Pero tú no lo hiciste», señaló Maggie, mientras Peter y Deda arrastraban el árbol de nuevo adentro, dejando un rastro de oropel y bolas de vidrio rotas.

«Ese fue mi error. No puedes cambiarlos, Maggie. Recuerda eso».

Siempre recordó sus palabras. «No puedes cambiarlos».

Su padre se sienta sobre la mesa, inclinado hacia atrás, con los brazos cruzados sobre el pecho. Maggie sella un sobre de semillas de amapola espinosa con la lengua y lo deja caer en un pilón.

—Ayer llegó un nuevo cargamento —dice su padre—. Hay semillas de lirios del Perú, semillas de lirios atigrados... ¿Las has visto?

—No he llegado a ellas todavía.

Él mira su reloj.

—Tengo que hacer algo de contabilidad. ¿Por qué no regresas a casa sin mí hoy?

Ella piensa en el largo paseo a casa por su cuenta.

—Te esperaré —responde. Disfruta caminar a casa con él. Además, quedarse en la tienda es mejor que estar en casa con su madre—. Puedo empezar a trabajar en esas semillas nuevas.

Su padre vuelve a mirar su reloj.

—Esos lirios del Perú cuestan una verdadera fortuna —dice con seriedad—. Ten cuidado cuando los peses. Necesito alrededor de una hora sin interrupciones.

Ella hace un saludo militar en broma.

—Sé *precisa* —insiste él—. Sin prisas, Margueret. —No hay dudas de que sospecha que ella estima a ojo cuántas semillas distribuir por sobre, algo que hace cada cierto tiempo, cuando se retrasa—. Si quieres tener más responsabilidades aquí, no puedes escoger atajos.

Ella asiente obedientemente, su rostro se sonroja de orgullo. No puede reprimir una sonrisa. Los escalones crujen a medida que su padre baja.

—¡Maggie! —grita—. *Con precisión*, ¿estamos?

—¡Sí, señor!

Vuelca una pila de semillas de lirio atigrado sobre la mesa y comienza a pesarlas, prestando mucha atención a la balanza. Pesa y pesa, sin dejarse amedrentar por la cantidad de semillas ante ella. Los lirios atigrados son pequeños óvalos rodeados por triángulos como de papel. Son escamosos entre sus dedos. Aplasta uno para ver qué se siente. El ala de papel se hace polvo y solo queda una semilla del tamaño de una uña de meñique. La arroja por la ventana trasera para destruir toda evidencia de su desperdicio. Si observa una sola semilla por suficiente tiempo, puede olvidar lo que es. Hasta puede olvidar por completo que es una semilla, como cuando dices una palabra una y otra vez hasta que pierde sentido. Su mente hace cosas extrañas como esa arriba, en el ático.

El tiempo pasa. Sus manos se mueven con destreza mientras sus ojos registran los números en la balanza, su vista parece desconectada de su cerebro. Termina otro costal de lirios atigrados y luego vierte un costal de lirios del Perú. Echa un vistazo al reloj; necesita ir al baño. Solo hay uno en la tienda y está justo debajo de ella, escondido debajo de la escalera.

Al llegar a la planta principal, mira hacia la oficina de su padre. La puerta está cerrada, una señal de que la contabilidad no está resultando nada fácil. Probablemente necesite algo de ánimo. Quizás asome la cabeza y le diga hola. A él le gusta cuando hace eso. Siempre sonríe y dice con su voz seria: «De acuerdo, Maggie, ya basta de tonterías. Regresa arriba».

Abre la puerta silenciosamente unos centímetros, esperando verlo encorvado sobre una pila de papeles en su escritorio, con sus gafas bifocales haciendo equilibrio en la punta de su nariz. En vez de eso, lo encuentra de pie detrás de su escritorio, de espaldas a ella, con los pantalones bajados y sus nalgas blancas expuestas. Maggie se da cuenta de que no está solo; alguien que no puede ver del todo a través de la rendija de la puerta está de rodillas frente a él. Observa por un momento, horrorizada y cautivada, hasta que su padre gime de placer y se deja caer contra el escritorio. Y entonces la voz de una mujer grita:

—¡Tu hija!

Maggie deja escapar un grito ahogado de sorpresa. Su padre da media vuelta; su rostro está sonrojado y sudado. La persona que está con él intenta permanecer escondida detrás del escritorio, pero su cabeza se asoma un instante y Maggie de inmediato reconoce las trenzas doradas. Clémentine.

Su padre se sube los pantalones a toda prisa y mira a Maggie mientras lucha con su cremallera y la hebilla de su cinturón. Maggie, más impactada por la arrogancia de su padre que por la indiscreción en sí misma, da media vuelta y huye.

—¡Maggie!

Cuando él pronuncia su nombre, ella corre de regreso a las escaleras. Escucha que le dice a Clémentine:

—Te dije que esto era una estupidez.

—Podrías haber cerrado la puerta con llave —responde ella en francés. La puerta se cierra de golpe.

Maggie corre al ático, toma un puñado de semillas y comienza a contar sin pensar. Las semillas se resbalan en sus manos húmedas y temblorosas; lo único que puede ver es la imagen de su padre con los pantalones bajados.

Momentos después, escucha que su padre sube las escaleras y, por un instante, piensa en la posibilidad de esconderse bajo la mesa. Él entra en el ático con el pelo arreglado como de costumbre y ya restablecida la palidez natural de su piel. Camina de un lado a otro detrás de Maggie. Ella sigue contando las semillas una por una. *Ocho, nueve, diez, once.* Él va de un lado a otro, frotando con sus dedos el área calva en su cabeza, suspira, en silencio, afligido. Aún no habla. *Catorce, quince, dieciséis.*

—Lo que viste… —dice finalmente.

—En realidad, no…

—Fue un accidente.

—¿Un accidente?

—Ajá.

—En realidad, no vi nada.

—No quiere… No pasará…

—No diré nada.

Él exhala con fuerza. Maggie no está segura de si es un suspiro de alivio o de remordimiento, o si no es un suspiro en absoluto. Su padre sigue caminando detrás de ella en silencio unos minutos más antes de dar la vuelta y bajar las escaleras.

Ella deja que las semillas de lirios del Perú se deslicen entre sus dedos como si fuesen arena.

Caminan juntos a casa en silencio. El padre de Maggie no hace intento alguno por aligerar el ambiente. No hay nada de su charla habitual mientras avanzan en el frío, solo el peso de la vergüenza compartida. Cuando finalmente llegan a casa, Maggie entra de prisa.

La cocina huele a clavo de olor y pimienta inglesa. Descubre tres pasteles de azúcar en la repisa de la ventana. Su madre está en la cocina, revolviendo una enorme cacerola de *ragoût de boulettes*. Deben venir visitas.

—Será mejor que te cambies —dice Maman—. Estarán aquí a las siete.

—¿Quiénes? —Quiere saber su padre.

—Te dije que invité a los Dion y a los Frechette —responde ella, impaciente, y se vuelve para mirarlo con desaprobación. Aún no se ha puesto su corsé, lo que enfurece tanto a Maggie que tiene que apartar la mirada. Detesta los pechos caídos y la barriga fláccida de su madre, desearía que hubiese hecho un esfuerzo por conservar su belleza a lo largo de los años. Lo que sucedió en la tienda solo puede ser culpa de su madre.

—No estoy de humor para visitas —murmura su padre, que evita mirar a Maggie—. Ha sido un día largo.

—Pon la cerveza en la nevera —dice Maman, ignorándolo—. Has pasado caminando a su lado en el vestíbulo.

Horas después, la casa rebosa de música y carcajadas. En el centro de esta, se encuentra sentado su padre, fumando un cigarro y golpeando un par de cucharas contra sus rodillas al ritmo de «Les Filles du Canada», la humillación de esta tarde aparentemente olvidada. *Monsieur* Dion lo acompaña con el violín y las mujeres cantan y aplauden al compás. Maman abre una ventana para dejar entrar un poco de aire fresco.

—¡Jajaja! —rugen—. *Les filles du Canada!*

El padre bebe un largo trago de Crown Royale. Sus mejillas están enrojecidas y manchadas; sus ojos, vidriosos. A Maggie normalmente le encantan las raras ocasiones en que el buen humor de sus padres coincide. Es una serendipia pura cuando su padre se suelta y muta hacia una versión más vulgar y desinhibida de sí mismo y, al mismo tiempo, Maman se relaja y olvida ser desgraciada. No pasa mucho, pero cuando ocurre, hace que Maggie sienta que su familia no está mal después de todo, que no son menos felices que otras familias. Pero esta noche, su angustia no cede y arruina su alegría. No puede quitarse de la cabeza la imagen de Clémentine Phénix escondida detrás del escritorio de su padre y lo que eso implica para sus vidas.

De repente, su padre suelta las cucharas sobre la mesa, se pone de pie de un salto y tira de Maman hasta el centro de la habitación. La sostiene con fuerza por la cintura y la hace dar vueltas con destreza, como si hubiesen hecho esto muchas veces, y después la hace bajar de espaldas hacia atrás ahí en la sala. Para sorpresa de Maggie y de todos los demás, Maman extiende las piernas y lanza la cabeza hacia atrás despreocupadamente, riendo.

Todos aplauden, incluida Maggie, pese a su confusión. *Quizás lo mejor sea no tratar de entender algo como el matrimonio*, razona. Aún no. De todas maneras, ella va por un camino diferente.

Capítulo 6

—*P*ásalo —dice Audrey, estirándose para quitarle el cigarrillo que comparten. Sopla cuatro anillos de humo perfectos.

Son los primeros días de la primavera y Dunham se está descongelando. Maggie y Audrey están sentadas en la escalera de entrada del edificio de Small Bros, donde hacen los equipos para producir jarabe de arce. Maggie ha florecido durante el invierno. La adolescencia la ha alcanzado por completo. Sus piernas son más largas —sobrepasa en altura a Nan y Audrey ahora— y aunque aún es delgada, sus pechos han crecido una talla entera de sujetador. Lleva el pelo largo y sus ondas negras, en vez de curvarse con dulzura alrededor de sus orejas, ahora caen sobre sus hombros, dándole lo que considera una apariencia más sofisticada. Ha comenzado a usar pintalabios rojo, que aplica después de la escuela y remueve antes de volver a casa.

Audrey le da el cigarrillo a Maggie y ella da una larga calada.

—He quedado aquí con Gabriel Phénix —confiesa Audrey.

—¿Gabriel? ¿Por qué? —Maggie no lo ha visto desde el otoño, salvo por un breve instante cuando vino a casa a plantar su maíz.

—Me invitó a ir al lago Selby con él —responde Audrey, sonrojada.

—¿Como una cita?

—Sí, como una cita.

Maggie parpadea.

—¿Tienes una cita con Gabriel Phénix?

—No se lo cuentes a nadie, ¿vale, Mags? —le pide, mientras arroja con un golpecito la ceniza al aguanieve de sus pies—. Es muy guapo, pero es un franchute. —Sus largas pestañas aletean adorablemente—. Es vergonzoso.

Todo sobre Audrey McCauley hace sentir a Maggie deficiente, desde sus rizos dorados hasta sus brillantes zapatos de silla de montar y su familia perfecta, blanca, anglosajona y protestante. La última vez que Maggie estuvo en su casa, la madre de Audrey tenía puesto un vestido de tweed rosa y perlas y su padre, el Dr. McCauley, leía el periódico en un sillón orejero frente a la chimenea. Su hermana menor tocaba el piano a su lado. Toda la escena llenó a Maggie de una inexplicable desesperanza. *Ser uno de ellos debe ser tan simple*, pensó Maggie ese día. En todos estos años de amistad con Audrey, jamás vio señal alguna de rivalidad u oposición o siquiera algún trasfondo de hostilidad. Tan solo son una familia con un objetivo único y común: ser los McCauley y, de ese modo, hacer sentir inferiores a los demás. Para Maggie, perder a Gabriel ante Audrey hace que la derrota sea aún mucho más insultante.

—Traerá a un amigo —dice Audrey—. Para ti.

—No quiero ir.

La voz de Maggie queda ahogada por el ruido de las motocicletas. Audrey se pone de pie de un salto. Gabriel y su amigo se detienen al borde de la acera. Gabriel mira a Maggie de arriba abajo, como si jamás la hubiese visto. Su expresión no revela nada.

—Hola, Maggie —saluda.

Ella lo mira con furia.

—Este es mi amigo Jean-François.

—Todos me dicen JF —comenta el joven, mirando a Maggie como si acabara de ganar la lotería. No es feo. Tiene ojos oscuros y un brillo azulado en su peinado al estilo Pompadour. Pero cuando sonríe, Maggie nota que le falta un diente inferior. «Los Pepsi y sus dientes podridos», diría su padre.

—Vamos —dice Gabriel.

Audrey sube a su motocicleta y le envuelve la cintura con sus brazos. Sonríe estúpidamente, y Maggie quiere sujetarla de sus rizos rubios y bajarla de la moto de un tirón.

—¿Vienes? —pregunta Gabriel a Maggie.

Audrey le lanza una mirada suplicante. Al menos si va con ellos, podrá observar a Gabriel. Sube a la parte trasera de la moto de JF y nota que ni un solo mechón de su peinado Pompadour azul se mueve con el viento.

El padre de Maggie le advirtió sobre las posibilidades apocalípticas de ir a toda velocidad en motocicleta por caminos rurales: chocar contra tractores, volcar en una zanja, estrellarse contra postes de luz. El año pasado, una chica de St. Helen murió en la parte trasera de la motocicleta de su novio. Maggie cierra los ojos. Siente el frío viento en su cara y le golpea las mejillas hasta que las siente magulladas. Está extrañamente eufórica y desearía estar aferrándose de Gabriel.

El lago Selby se encuentra al pie del monte Pinnacle. Maggie ha pasado muchos días de verano aquí, asándose bajo el sol al lado del agua, leyendo en la galería de la cafetería, charlando con los huéspedes del hotel Pinnacle Lodge. Celebran un baile todos los sábados por la noche en el salón y este verano será lo suficientemente grande como para bailar el bugui-bugui hasta que enciendan las luces.

Aparcan frente al viejo granero abandonado de Selby. Las cabañas se erigen vacías y abandonadas. Las únicas personas que quedan después del Día del Trabajo son los granjeros, que solo emergen para buscar hielo o pescar en el lago congelado. Es gris y triste, y Maggie cae en la cuenta de que nunca ha estado aquí fuera de temporada. Sigue a los demás al interior del granero. A través de la ventana, el cielo tiene capas rosadas y naranjas que resplandecen como el interior de una calabaza.

—¿Qué tienes en los bolsillos? —Gabriel le pregunta a JF.

JF saca dos botellas de Labatt Fifty y un trozo largo de regaliz negro.

—Tengo frío —dice Audrey. Gabriel se quita su chaqueta de cuero y la coloca sobre los hombros de su amiga.

Audrey se estira para asir la mano de Gabriel y lo atrae hacia el desván. Es un conocido lugar para ir a besarse y Maggie se da cuenta, con pesar, de que Audrey y Gabriel ya han estado aquí antes. Gabriel deja que Audrey lo lleve. Mira atrás una vez, a Maggie, quien rápidamente aparta la mirada, y sigue a Audrey escaleras arriba como un cachorro.

En cuanto se quedan solos, JF se abalanza sobre ella. Hay una mirada en sus ojos que a Maggie le recuerda a un lobo, pero contiene la respiración y se dice a sí misma que es su única oportunidad de poner celoso a Gabriel. Los dientes de JF chocan con los suyos, ella piensa en el diente que le falta y tiene que reprimir una arcada. Él se las ingenia para llevarla al suelo y que ella quede recostada. *Mi primer beso.*

JF desabotona su abrigo. Ella no lo detiene porque no quiere que después le diga a Gabriel que es una mojigata. Además, cuantas más cosas hagan, peor se sentirá Gabriel, supuestamente. JF le aplasta un pecho con la palma de la mano. Ella cierra los ojos y se resigna a tener las asquerosas manos de él en las costillas.

—Ay —dice.

Él le soba los pechos, tiene las yemas de los dedos heladas. Deja que la manosee un rato antes de finalmente sacárselo de encima de un empujón.

—¡Ey! —exclama indignado.

—Detente, por favor.

—*Maudite Anglaise* —murmura—. Son todas mojigatas.

Su aliento huele a regaliz negro y cigarrillos. Se quedan allí sentados, malhumorados y en silencio, hasta que Gabriel y Audrey finalmente bajan del desván. A estas alturas, ya ha oscurecido, pero Maggie puede ver que las mejillas de Audrey están rojas. Se ve desaliñada y avergonzada. Gabriel tiene una mirada impasible en el rostro. JF se pone de pie y sale caminando del granero con pasos largos, mostrando su indignación. Ni siquiera ayuda a Maggie a ponerse de pie. Gabriel no parece celoso en absoluto, lo que significa que ha besado a ese asqueroso para nada. Camina detrás de Gabriel y Audrey, completamente abatida.

De repente, Gabriel gira hacia Maggie y dice:

—Te llevaré a casa.

Maggie se queda helada. Audrey parece desconcertada.

—Vive al lado de mi casa —explica.

—¿Y? —Audrey tiene las manos apoyadas en su cadera.

—Es solo que es más fácil —responde Gabriel—. Sube, Maggie.

Maggie siente que está flotando.

—¡Maggie! —dice Audrey, furiosa.

Ella duda.

—Vamos para el mismo lado, Aud.

Y entonces sube a la parte trasera de la motocicleta de Gabriel y presiona el pecho contra su espalda. Él acelera el motor y se van, dejando a Audrey y JF de pie y solos frente al granero.

Maggie ni siquiera siente frío. El cabello rubio y limpio de Gabriel se agita con el viento, como todo pelo debería hacer. Ella le envuelve la cintura con más fuerza todavía e inhala contra la curva de su cuello. Siente calor por dentro.

Cuando llegan a la calle Bruce, se entristece. Quiere seguir andando. Iría a cualquier lado con él. Pero Gabriel se detiene y Maggie se baja a regañadientes.

—Gracias por traerme —dice, intentando mantener un tono alegre.

—¿Intentó algo JF? —pregunta él.

—Eso no es asunto tuyo.

Gabriel se gira para mirarla a la cara.

—Me gustas, Maggie —confiesa.

Ella no sabe qué responder.

—Solo quería que lo supieras.

—¿Qué hay de Audrey?

—Tú eres a quien siempre he querido.

Su boca se seca. ¿Ha escuchado bien?

—Tu padre me advirtió que me mantuviera lejos de ti —le cuenta, atrayéndola hacia sí.

—¿Hizo eso? ¿Cuándo?

—Ese día que subí al ático a hablar contigo. Justo antes de irme a Montreal.

—No lo sabía.

—Entonces, ¿debería? —pregunta.

—¿Qué?

—Mantenerme lejos de ti.

—No… Quiero decir, no tienes que hacerlo.

Él la mira intensamente, inquebrantable. Su cara está tan cerca. Maggie se inclina hacia delante ligeramente, sus narices casi se tocan. Cierra los párpados y siente los labios de Gabriel sobre los suyos, primero con suavidad y luego con más urgencia. Una mano se mueve a su nuca, la otra debajo de su mentón. Besa tan bien. Este será su primer beso, decide Maggie, borrando todo recuerdo de la horrible experiencia con JF.

—*¡Maaaaaaaggie!*

Es su madre. Se aparta a toda velocidad de Gabriel y mira hacia su casa. La ventana de la cocina está abierta y puede escuchar a su madre gritando su nombre en los últimos momentos del atardecer.

—Debo irme.

—Quedemos fuera del edificio de Small Bros mañana después de la escuela —dice.

Maggie asiente y él la vuelve a besar. Su lengua tiene un sabor dulce. Ella corre hasta su casa, sin saber qué le espera y sin que le importe demasiado.

Capítulo 7

A Maggie le encanta mirar a Gabriel mientras él se mueve por el campo, cuidando su maíz, abriendo cáscaras, arrancando panojas. Si hace mucho calor, levanta su camiseta blanca y se la quita por la cabeza para luego guardarla en el bolsillo trasero de sus vaqueros. Ella lo sigue, sonriente, sabiendo que él le pertenece ahora, tanto como esta tierra que quiere tanto.

—Se ve bien —dice Gabriel, con alivio—. Esa ola de frío no mató demasiadas plántulas.

No tiene que explicarle sus preocupaciones. Maggie sabe que el maíz puede tolerar una helada en la primera etapa de plántula, pero es más vulnerable cuando la temperatura de la tierra cae a niveles de congelamiento. Este año, el clima frío continuó hasta bien entrado el mes de marzo, lo que provocó que los granjeros se preocuparan por sus cultivos. Gabriel se arrodilla sobre una pierna e inspecciona los mechones de pelos que sobresalen de las cáscaras. Una ligera brisa atraviesa el campo, espolvoreándolo con polen. El maíz crece.

—Ven —la llama.

—¿A dónde?

La lleva de la mano y se adentran en el maizal, hasta que quedan completamente tragados por los tallos.

—Perdámonos aquí dentro —sugiere ella.

Al terminar las clases y mejorar el clima, han podido pasar más tiempo juntos. El padre de Maggie siempre está en el trabajo y su madre prefiere que sus hijos estén fuera de la casa el mayor tiempo posible. Si las tareas del hogar están hechas, a Maman casi no le importa a dónde vayan o lo que hagan, siempre y cuando regresen corriendo en cuanto su voz resuene a través del campo.

Maggie y Gabriel se recuestan lado a lado sobre sus espaldas. Gabriel abre un brazo y ella apoya la cabeza en su bíceps. La hoja de un tallo le hace cosquillas en el muslo, así que rueda más cerca de Gabriel. Él enrosca su pelo con los dedos y cuando roza su mejilla por accidente, Maggie se estremece.

—Me encanta estar aquí en el campo —comenta.

—A mí también.

Ella se levanta, apoyada en un codo, y mira su rostro. Sus ojos son plateados a la luz del sol.

—¿Por qué tienes que ir a Montreal todo el invierno?

Él la mira de forma extraña.

—Por dinero —responde—. ¿Por qué otra cosa sería?

Gabriel ha estado trabajando en Canadair, la fábrica de piezas de avión, fuera de temporada desde los quince años. A Maggie la atormenta la idea de que se vaya a Montreal durante el invierno. Le resulta difícil disfrutar su tiempo juntos ahora, estar del todo presente con él, cuando la fecha de partida se cierne sobre ellos, arrojando una sombra sobre estos preciados días.

—¿No hay algún lugar donde puedas trabajar por aquí?

—No me molesta Canadair —explica él—. De todos los trabajos de fábrica, no es el peor.

—¿Qué pasará con nosotros en el otoño? —pregunta ella.

—Apenas estamos en junio, Maggie —responde Gabriel—. Muchas cosas pueden pasar de aquí a entonces. —Desliza un mechón de cabello afuera de sus ojos—. Eres preciosa —le dice.

—¿Lo soy?

Él ríe.

—No tienes ni idea. Por eso te quiero.

Ella no se mueve. Deja que las palabras se asienten en ella.

—Yo también te quiero —susurra.

Sin decir otra palabra, él rueda sobre ella y se besan un largo tiempo. Maggie siente que el miembro de Gabriel se endurece contra su muslo. Su camisa va desabotonándose, su sujetador se suelta. Es ella quien lo desabrocha.

Nunca habían llegado tan lejos. El corazón de Maggie late a toda velocidad. Él empuja su falda hacia arriba y luego duda, así que es ella quien lleva la mano de él a su muslo.

—¿Estás segura? —pregunta Gabriel, soltando un suspiro.

—Sí.

En ese momento, Maggie no siente miedo alguno, todas sus preocupaciones han desaparecido. El dolor es feroz, pero debajo de este, o enredado en él, inseparable uno de otro, siente un placer atroz y tiene que gritar con cada embestida. Cuando él termina, se desmorona sobre ella. Tiene los vaqueros y los interiores alrededor de los tobillos. Su espalda está mojada; su pelo, empapado. Maggie le envuelve el torso con los brazos. De repente, él parece tan vulnerable.

Permanecen acostados así un largo rato y Gabriel se queda dentro de ella. Sin motivo alguno, Maggie empieza a llorar. Gabriel levanta la cabeza, alarmado.

—¿Por qué lloras? —pregunta—. Lo siento. No debería haberlo hecho.

—No —explica ella—, quería hacerlo.

—Entonces, ¿por qué lloras?

—De felicidad.

—Realmente creo que te quiero —dice él.

Ella sabe que los chicos mienten, especialmente para acostarse con alguien. Pero le cree. Sus ojos no mienten. La forma en que su corazón palpita no miente. Gabriel deja caer la cabeza sobre su hombro otra vez. Ella cierra los ojos y la tarde transcurre lentamente.

Y después, como de costumbre, la voz de su madre rompe la quietud y resuena en eco por el campo.

«¡Maaaaaaagggggggie!».

Gabriel se pone de pie de un salto y levanta sus pantalones.

—Será mejor que vayas —dice, con voz asustada—. Nos matará a los dos con esa maldita cuchara de madera.

Maggie ríe y se abrocha su sujetador, abotona su camisa, levanta su ropa interior y coloca su falda sobre sus muslos manchados de sangre.

Él la sujeta de la mano y la ayuda a ponerse de pie, y salen caminando hacia el mundo con solemnidad. El peso de lo sucedido la agobia. Acaba de hacer aquello contra lo que le han advertido desde el comienzo de la pubertad; no solo acostarse con alguien, acostarse con un chico francés. Se ha entregado a él y ya no hay vuelta atrás.

Puede ver a su madre sacudiendo la cuchara para cerdos, haciendo gestos salvajes en la entrada. Se ve ridícula.

—¿Qué estás haciendo con él? —grita Maman, aunque Maggie aún está a mitad de la colina—. *Vas t'en!* —ordena a Gabriel.

—Nos vemos mañana a las tres en el campo —le susurra él y Maggie siente mariposas en el corazón. Su motocicleta está aparcada en un claro al lado de la carretera. Gabriel se monta, acelera el motor y se va a toda velocidad. No tienen tiempo de darse un beso de despedida.

—Estaba en el maizal, leyendo —dice Maggie, al acercarse a su madre—. Da la casualidad que Gabriel estaba allí. Es un granjero, ¿recuerdas?

Se las ingenia para escabullirse hasta la cocina. Hay sopa borboteando en el fuego. La radio está encendida, en volumen bajo, y Maggie reconoce la voz de Tino Rossi, a quien su madre adora. Hay mantequilla, harina y azúcar sobre la encimera, listas para el sábado de repostería de Maman.

—Violet me ha contado que te vio en su motocicleta el otro día —comenta Maman.

—¿Y?

¡Paf!, la cuchara para cerdos contra el trasero de Maggie.

—¡Para! —exclama Maggie, que sabe que es demasiado mayor para esos golpes.

—Tienes prohibido ir en motocicleta, ¿recuerdas? —explica Maman, con el brazo en el aire, listo para asestar otro golpe.

—Tengo casi dieciséis años —le recuerda Maggie—. Y él es mi novio, te guste o no.

Su madre da un paso atrás con una extraña expresión en el rostro.

—Eres igual que él —dice, negando con la cabeza.

—¿Que quién?

—Que tu padre. Los dos sois ingleses presumidos a quienes les gusta revolcarse con francocanadienses.

El comentario hace daño a Maggie, pero le da coraje.

—Lo quiero —asegura, desafiante.

—¿Lo quieres? —repite Maman—. ¿Quién te crees que eres? ¿Una de esas tontas de tus revistas del corazón?

La cara de Maggie parece estar en llamas. Busca en la habitación algo que lanzarle. Maman la observa, sabe exactamente qué podría pasar a continuación. Quizás se parezcan en esto: las pocas pulgas, el temperamento. Los ojos de Maggie se iluminan en el frasco de café.

Su madre sonríe. «A que no te atreves», la desafían sus ojos oscuros. Pero Maggie tiene suficiente autocontrol para no hacer lo que su madre haría. En lugar de eso, se va corriendo a su habitación y da un portazo, preocupada por las represalias que tomará Maman.

Capítulo 8

$\mathcal{P}$asan kilómetros y kilómetros de totoras amarillas que crecen silvestres a los lados de la carretera, mientras el río Yamaska corre al lado de ellos en perfecta sincronía con la velocidad de la motocicleta de Gabriel. Son los comienzos del verano y Maggie contempla todo con nuevos ojos hoy, este paisaje que a veces da por sentado, los graneros con sus techos de hojalata corrugada, los silos y las vacas, los interminables maizales que resplandecen dorados bajo el sol. Con Gabriel, todo parece más brillante, más merecedor de su atención. Los olores son más aromáticos; los colores, más intensos. Quiere a este chico, cuyo torso sólido aferra por seguridad; quiere esta carretera infinita y el viento que le revuelve el pelo hacia la cara. Frente a ella yacen kilómetros y kilómetros de posibilidades.

Gabriel es mucho más que la caricatura de los francocanadienses creada por la mente cerrada de su padre. Él jamás entenderá la profundidad y complejidad del corazón de Gabriel, su lealtad. Quiere apasionadamente a Maggie, a sus hermanas, a su pequeña sobrina. Haría lo que fuera por ellas. El otro día, le dio una paliza a un sujeto que le dijo a Angèle que parecía un simio. Y sus ojos se llenan de lágrimas cada vez que habla sobre cómo Clémentine lo crio, sobre la pobreza y los maltratos de los quebequenses en su propia provincia.

Ser pareja no ha sido fácil para ellos. Los amigos de Gabriel sienten antipatía por Maggie. Con sus faldas de tartán y sus mocasines y su padre inglés y protestante, ella es el símbolo de todas las injusticias y humillaciones que han sufrido. En su mundo, hay dos lados bien diferentes y nadie puede caer en el medio o cruzar al otro. Franceses e ingleses. Católicos y protestantes. Maggie, con su sangre mixta y su religión incompatible, nunca será una de ellos.

Gabriel señala el cartel hacia Sainte-Angèle-de-Monnoir y sale de la carretera. Cuando detiene la moto al lado del río, gira hacia Maggie y dice:

—Mi madre nació aquí.

—Debes echarlos de menos.

—Supongo que sí —responde él, tenso. Casi nunca habla de sus padres. De vez en cuando menciona lo joven que era su padre al morir; con frecuencia cuando habla de su propia mortalidad, pero nunca más que eso. Todo lo que Maggie sabe sobre el padre de Gabriel es a través de los rumores del pueblo.

Él desmonta la motocicleta y ayuda a Maggie a bajar. Ella le da su mochila y él saca una manta y una botella de vino en una bolsa de papel color café. Se sientan con las piernas cruzadas sobre la manta. Él sirve vino en vasos de cartón para ambos.

—¿Qué quieres hacer cuando seas adulto? —pregunta Maggie, que se percata de que jamás han hablado del tema—. ¿Qué quieres ser?

Él la mira sin expresión alguna.

—¿Ser? No sé. Me encargaría de la granja si Clémentine no fuera tan molesta. Probablemente termine siendo capataz en Canadair.

Maggie sonríe para ocultar su decepción.

—Sé que no quiero morirme sin tener nada —agrega—. Mi padre murió sin nada. Y nos dejó sin nada.

—Podrías ser lo que quisieras —lo alienta—. Eres lo bastante inteligente para hacer lo que quieras.

Gabriel se encoge de hombros.

—Me encanta trabajar en el campo —reconoce—. Pero Clémentine está a cago y es demasiado mandona. Me trata como a un niño.

—Tal vez puedas tener tu propia granja —sugiere Maggie.

Él no responde.

—Decidas lo que decidas, tendrás éxito —le dice, rodeándole el cuello con los brazos.

Hacen el amor. Después, se quedan recostados, bajo el sol, perezosos, durante un largo rato, ignorando las hormigas que trepan por sus piernas.

—Salí antes —menciona Gabriel—. Así que no tienes que preocuparte.

Ella lo mira y sonríe, aliviada.

—Estoy muy feliz de estar aquí contigo.

—Mmm, yo también.

Cuando el sol finalmente comienza a caer y el cielo se tiñe de rosa, regresan a Dunham, en silencio y contentos. Gabriel se detiene en la gasolinera en las afueras del pueblo.

—Hace un ruido —explica—. Voy a dejar la moto aquí para que la revisen.

Al acercarse a la esquina de Principale y Bruce, caminando de la mano, Maggie nota que hay una banda de chicos del instituto Cowansville High frente al edificio de Small Bros. Ahora que no hay colegio, se reúnen en la calle a pasar el rato y esperar que algo suceda.

Maggie ve a Audrey en el medio de la manada y su corazón se aflige. No han sido íntimas desde que ella comenzó a salir con Gabriel. Audrey tiene un círculo nuevo de amigos ahora y un novio nuevo de Cowansville High, aunque sigue con su vieja actitud presumida. Cuando Maggie y Gabriel pasan por ahí, el novio de Audrey, un pelirrojo bajo y fornido, dice en voz lo bastante alta para que Gabriel escuche:

—Vaya, vaya, si es Maggie Hughes paseando por los bajos con su novio Pepsi.

—Ay, Barney, cállate —lo regaña Audrey, fingiendo enfado—. Ignóralo, Mags.

Maggie mira a Gabriel con nerviosismo.

—¿Cómo me has llamado?

—Lo siento, no hablo Pepsi —responde Barney, hinchando el pecho. Sus amigos se unen a él y lo provocan. «Pepsi». «Sopa de guisantes».

Los ojos de Gabriel adquieren esa peligrosa mirada de acero y sus manos se cierran en puños. Maggie da un paso atrás. Antes de que Barney siquiera pueda pensar en defenderse, el puño derecho de Gabriel se estrella en su mandíbula. Barney tropieza hacia atrás, impactado. Los chicos de Cowansville High rodean a Gabriel y comienzan a lanzarle puñetazos. Audrey y Maggie gritan con impotencia. Gabriel, peligrosamente superado en cantidad, está recibiendo una paliza. Se pone de cuclillas para desviar el aluvión de golpes y entonces alguien grita:

—¡El franchute tiene un cuchillo!

Los muchachos ingleses retroceden de golpe y se dispersan, dejando a Gabriel de pie solo en la acera con la navaja de su padre muerto en la mano.

—¿Qué está pasando aquí?

Maggie gira y ve a su padre bajando de su coche. Se dirige enfurecido hacia ellos.

—¿Qué está pasando aquí?

—¡Este degenerado ha sacado un cuchillo! —chilla Barney.

—Lo han atacado en grupo… —explica ella.

—Me dio un puñetazo en la mandíbula —se queja Barney, frotando su mentón—. Mis amigos solo me ayudaban. Y entonces él sacó ese cuchillo.

El padre de Maggie se gira hacia Gabriel, quien no ha dicho una sola palabra en su defensa ni parece decidido a hacerlo. Tampoco hace intento alguno por esconder el cuchillo.

—Ve al coche, Maggie —le ordena su padre.

Ella mira a Gabriel. Él esquiva su mirada.

—Ve —repite su padre. Luego, dirigiéndose a Barney, comenta con calma—: Muchacho, estoy de tu lado, pero ya deberías saber que es mejor no mofarte de alguien como él.

Tras eso, arrastra a Maggie hasta el Packard y la empuja al asiento delantero. Ella está tan avergonzada —del sectarismo de su padre, de Gabriel por sacar la navaja, de sí misma por no hacer nada— que casi decide no mirar a Gabriel.

Al irse en el coche de su padre, sin embargo, lo observa parado ahí, en la calle, impávido, con el cuchillo aún en la mano. Le sangra la nariz, tiene el labio hinchado, su camiseta blanca está hecha jirones. Y así se queda todo el tiempo que Maggie puede verlo en el espejo retrovisor.

Esa noche, tarde, después de que todos fueran a dormir, Maggie se detiene fuera del santuario de su padre. Observa el humo de cigarro que se eleva ondulante desde debajo de la puerta y toca con indecisión.

—Adelante —responde él.

A Maggie siempre le ha encantado esa habitación. Es un mundo masculino, la esencia misma de su padre. Hay piezas de radio en la mesa y radios caseras —algunas terminadas, otras en mitad de una disección— por todo el suelo. Hay una pila de cajas vacías de cigarros House of Lords en el estante que él construyó, al lado de sus libros: *Manual para jardineros*, *Cómo administrar un centro de jardinería*, *Árboles nativos de Canadá*, *Cómo suprimir las preocupaciones y disfrutar la vida*, de Dale Carnagie.

—¿Qué te parece «Petunias, un desfile de color» para la portada del próximo catálogo? —le consulta.

—Me gusta.

—¿Recuerdas la del año pasado? —pregunta y le da el catálogo del 48.

Ella lo abre y pasa las páginas.

COSMOS AZUFRADO. Novedad: cosmos dobles.
Las flores de color naranja brillante tienen
entre 40 y 50 pétalos, lo que las hace parecer
dobles. Pero aún más impresionante es el follaje.

Sesenta y cuatro páginas de tipografía de interlineado simple. Ella lo sostiene con la clase de reverencia que uno podría reservar para las obras de arte valiosas y admira los diagramas dibujados a mano por Peter de etiquetas de madera para macetas, tutores de caña de bambú, amarres para plantas y bocas de manguera.

—Estoy evaluando usar fotografías reales para el año que viene —comenta su padre—. ¿No sería sofisticado?

—Muy —responde Maggie, mientras baja uno de los libros raídos del estante—. «Siembre semillas con generosidad». —Lee en voz alta—. «Una para la graja, una para el cuervo, una para que muera y una para que crezca». Recuerdo que solías leerme esto.

—Puedes aspirar a algo mejor que a un francocanadiense —dice su padre.

—Tú no lo hiciste.

—Es distinto —responde y guarda el catálogo en el estante—. Tu madre no es la que tenía que ganar el pan. —El humo de su panetela llena la habitación—. Además, yo he reconocido mi error. Tú puedes aprender de eso.

Ella recuerda: «No puedes cambiarlos».

—¿Por qué te casaste con ella? —pregunta.

La mira con cansancio y suspira. Le ofrece una sola palabra de explicación, como derrotado.

—Lujuria —responde—. Ella siempre ha tenido un extraño poder sobre mí. Aún lo tiene.

En cuanto lo dice, Maggie comprende la forma en que Gabriel la hace sentir. Es la razón por la que sus padres pueden odiarse a veces y aun así querer bailar juntos y acostarse. Ahora tiene nombre. *Lujuria*.

—Tienes prohibido verlo, Maggie. ¿Entendido?

—Fueron esos chicos ingleses quienes comenzaron la pelea hoy.

—Es un rufián. No es de nuestra clase y mereces algo mejor. No te crie así.

Maggie siente que su cabeza zumba con la hipocresía de su padre. Quiere gritar: «¿Y qué hay de Clémentine?». Pero se contiene, demasiado aterrada de romper ese frágil muro de silencio y negación que levantaron tácitamente ese día. Es la única forma en que pueden sostener su relación.

—No soy ganado vacuno —recrimina Maggie—. ¿Por qué no puedes dejarme ser feliz?

—Yo, mejor que nadie, sé que no puedes ser feliz con él.

—Él no es Maman.

—Pero ¿acaso no lo es?

Ella no responde.

—Por favor, hazme caso en esto, Margueret.

—No puedes decirme a quién querer —contesta ella, atreviéndose a desafiarlo por primera vez en su vida—. Puedo querer a quien desee.

Él sonríe fríamente, sus labios desaparecen, y ella piensa fugazmente que las dos cosas que más quiere en el mundo —el amor de Gabriel y la aprobación de su padre— no pueden coexistir y que tarde o temprano tendrá que sacrificar una por la otra.

Capítulo 9

$\mathcal{A}$ la mañana siguiente, cuando Maggie baja las escaleras, nota una maleta junto a la puerta trasera. Su madre está haciendo pan y trabaja la masa con los puños.

—¿Quién se va? —pregunta Maggie.

—Tú —responde Maman, dándole un puñetazo más fuerte a la masa.

Maggie abre la maleta y su corazón se detiene al ver su ropa, planchada y doblada de forma cuidadosa. Debe haber estado profundamente dormida mientras su madre hacía la maleta.

—¿A dónde? —pregunta, en pánico—. ¿A dónde voy?

—Tienes un trabajo de verano en la granja de tu tío Yvon —responde.

Sus tíos viven en una granja lechera en Frelighsburg, a unos diez kilómetros de Dunham. No vienen de visita demasiado debido al peso de Deda. Le resulta difícil moverse. Alfreda —le dicen Deda— debe pesar unos ciento cincuenta kilos. Todos los recuerdos que Maggie tiene de ella involucran su figura elefantina atracada en un sillón absurdamente pequeño con el respaldo caído hacia atrás. Hasta los movimientos más insignificantes la dejan jadeando y agotada. Maman rara vez los visita porque Deda es demasiado gorda para limpiar y su casa es un asco. A pesar de eso, Maggie quiere a su tía. Es afectuosa y cálida, con una risa fuerte que emana de las profundidades de su enorme barriga.

Su padre entra en la habitación en ese momento y Maggie se dirige a él.

—¿Ha sido idea tuya? —le pregunta.

—Cálmate, Maggie —responde su padre.

—No quiero trabajar en la granja de Yvon —dice—. Quiero seguir trabajando contigo en la tienda de semillas...

—Yvon puede pagarte mucho más.

—¡No me importa la paga! ¡Quiero quedarme aquí!

—Es solo un verano.

Su cabeza da vueltas. ¿Qué hay de Gabriel? ¿Y si se va a Montreal antes de que ella regrese?

—Por favor, no me hagáis ir —suplica. Ellos no entienden. No puede estar lejos de Gabriel ni de la tienda de semillas.

—Yvon consiguió un contrato para vender su leche a Guaranteed —explica su padre—. Es muy importante para ellos. Así que ya ves, esto no es sobre ti, Maggie. Necesita ayuda en la granja y, francamente, nos vendría bien el dinero extra.

—Yo tenía once años cuando comencé a mantener a mi familia —comenta Maman, que se limpia las manos en su delantal lleno de harina.

—No te preocupes, puedes quedarte con una parte —promete su padre, acomodando su sombrero Panamá—. Ahora, despídete de tus hermanas.

—No voy a ir —sostiene ella—. No podéis obligarme. —Pero sabe, incluso mientras las palabras van abandonando su boca, que es una batalla perdida. Tiene quince años. ¿Qué puede hacer? ¿Huir con Gabriel y casarse? ¿Vivir en la pobreza, en su choza o en el apartamento de su tío en Montreal? Subestimó a sus padres.

—Ve.

Maggie no se mueve. Mira desesperadamente a uno y a otro, suplicando en silencio que cambien de parecer.

—*He dicho que vayas* —insiste su padre, levantando la voz.

—¡Os odio! —grita Maggie, huyendo de la habitación. Sube las escaleras con lentitud, sintiéndose devastadoramente impactada y traicionada. ¿Cómo puede hacerle esto?

Abraza y besa a sus hermanas, llorando, y se aferra a ellas.

—¿Cuándo vuelves? —pregunta Geri, sorprendida.

—En otoño —responde Maggie—. Si me dejan.

Besa la mejilla regordeta y sonrosada de Nicole una última vez, recoge algunas pocas cosas que su madre no se molestó en guardar —papel de carta, una caja de lápices, un puñado de revistas del corazón— y regresa a la cocina, derrotada.

—Sé que hacen esto para mantenerme alejada de Gabriel —dice.

Su padre termina su café y no responde. Maman se vuelve levemente, su expresión es ilegible. Se acerca a Maggie y le da un beso en la cabeza.

—No es para siempre.

El exilio de Maggie probablemente sea lo primero en lo que sus padres están de acuerdo en años.

Su padre lleva su maleta al coche. Gabriel no tiene teléfono, así que ni siquiera puede llamarlo para despedirse. Corre afuera y observa la propiedad de Gabriel con la esperanza de encontrarlo allí.

—¿No puedo ir a decirle adiós? —le pregunta a su padre.

—No hay tiempo, Maggie —responde—. Debo dejarte en Frelighsburg y regresar a tiempo para abrir la tienda.

—¡Por favor!

—Es demasiado temprano para todo este melodrama —dice—. Deja de creer que eres Julieta y sube al coche.

Recorren los quince minutos a Frelighsburg en silencio. Maggie mira con amargura por la ventana.

—Es un día precioso —comenta su padre.

Ella lo mira enfurecida. Él comienza a silbar. Silba el resto del camino hasta la granja, mientras ella redacta una apasionada carta para Gabriel en su cabeza.

Frelighsburg es un pequeño pueblo en la base de una montaña sinuosa y escarpada, justo en medio de la iglesia católica de

Saint-François-d'Assise y la iglesia anglicana de la Sagrada Trinidad. El río Pike pasa justo por el medio, marcando claramente los límites del pueblo: los franceses a un lado, los ingleses al otro. En el cementerio que está detrás de la iglesia de Saint-François-d'Assise, las piedras llevaban grabado TOUCHETTE, PIETTE, GOYETTE. En el cementerio anglicano, hay WHITECOMB, BYRON, SPENCER. Incluso muertos, los franceses y los ingleses permanecen segregados.

Cuando se detienen en la granja, Deda los está esperando fuera en una mecedora. Tiene puesto un vestido suelto y manchado y pantuflas. Se las apaña para levantarse y encontrarse con ellos a mitad de camino, ya enrojecida y sin aire. El padre de Maggie ni siquiera entra en la casa. Baja su maleta del coche, la apoya al costado del camino, le da un beso en la mejilla y se vuelve a meter en su Packard.

—No puedo llegar tarde al trabajo —exclama su padre, bajando su ventanilla—. Cuídate, mi Belleza Negra.

Y luego se aleja conduciendo, sus ruedas levantan una nube de arenilla detrás. Maggie lo ve desaparecer, sintiéndose abandonada, despojada. Lo odia, pero, al mismo tiempo, ansía que dé la vuelta y venga a por ella.

—Ven, *cocotte* —dice su tía, que aparece a su lado y le pone un brazo gordo alrededor de un hombro—. Vayamos a buscar a tu tío.

Una cosa por la que Maggie puede sentirse agradecida es que sus tíos son agradables y divertidos, especialmente Yvon. Cuando él está cerca, hasta Maman se ablanda: ríe de todas sus bromas y está todo el tiempo adulándolo porque fue a la guerra. Yvon todavía viste su uniforme y su gorra cuartelera de color verde bosque en todas las fiestas de fin de año, aunque hace casi cinco años que regresó. Canta canciones de guerra y siempre huele a lana mojada, whisky y gomina.

—Cada día estás más linda —dice, abrazándola—. ¿Cuántos años tienes ya? ¿Dieciséis?

—Quince —responde, tras casi no reconocerlo sin su informe.

Él niega con la cabeza, incrédulo. Tiene una gloriosa cantidad de pelo que se parte naturalmente en medio para caer sobre sus párpados en forma de corazón. Es muy guapo pese a la gran barriga que ahora sobresale por encima de la hebilla de su cinturón.

Maggie mira todo a su alrededor y recuerda por qué a su madre no le gusta venir de visita. Su casa es oscura y sombría. Los monótonos muebles victorianos son de color granate y café oscuro, y Maggie puede ver que todo está sucio. Hay pelos de gato rodando por los suelos de madera, telarañas en las esquinas, botas y zapatos enlodados amontonados al lado de la puerta y periódicos de *Union des Producteurs Agricoles* apilados en el suelo del recibidor.

Deda nota que Maggie está observando todo y dice:

—Será bueno tener un poco de ayuda por aquí. Me resulta difícil arreglármelas.

Maggie no puede esperar a limpiar bien el sitio. Deda rebana un poco de pan fresco y le sirve un vaso de leche sin pasteurizar. A Maggie le recuerda a cuando Nicole regurgita.

—Te acostumbrarás —asegura Deda, alegremente.

Van a la parte de arriba a ver la habitación de Maggie, que es tan oscura como el resto de la casa. Hay una pequeña lámpara sobre la mesilla de noche que no hace demasiado por iluminarla.

—¿Te molestaría si me recuesto un rato? —pregunta—. Estoy cansada.

—Para nada, *cocotte*.

Cuando está sola, Maggie sube a la cama de hierro y tira de la manta de retazos para cubrirse hasta la nariz. Es áspera y pesada, debe pesar tanto como ella. Como todas las mantas en la familia de su madre, está hecha de retazos de los trajes de lana de estambre de los hombres: espiguilla, pata de gallo, raya fina, tweed. Huele a cedro. Todo es extraño aquí. La oscuridad es más oscura, el aire es más denso. Echa de menos el bonito papel de la pared de su cuarto y las sábanas frescas que huelen a jabón, los cuerpos tibios de sus hermanas en la cama.

No puede parar de pensar en Gabriel. Después de un rato, saca papel de carta y un lápiz y escribe la carta que redactó en su mente de camino hasta aquí.

28 de junio de 1949

Querido Gabriel:

Lamento no haber podido despedirme, no hubo tiempo. Me han enviado a Frelighsburg a trabajar en la granja lechera de mi tío, con el pretexto de que mi familia necesita el dinero. Pero todos sabemos que me han desterrado aquí para mantenerme lejos de ti. Te enviaré cartas tan a menudo como pueda. ¡Espérame, mi amor! ¡No pueden separarnos!

Por siempre tuya,

Maggie

El día transcurre en calma, sin ninguno de los tensos estallidos a los que está acostumbrada en su casa. El trabajo de Maggie es ayudar con *le train*, que es como los granjeros llaman a su rutina matinal. Limpia los compartimentos de las vacas, recoge los huevos del gallinero, lava y despluma los pollos muertos. También ayuda a Deda con la cocina y la limpieza, lo que no está tan mal porque su esfuerzo siempre es recompensado con elogios y alabanzas. Si se le pasa por alto una mancha de grasa en el horno, Deda jamás se da cuenta. Simplemente está feliz de tener un vaso y un tenedor limpios a la hora de comer. Para cuando Maggie va a la cama por la noche, ya no le queda energía para sentir pena por sí misma o mantenerse despierta lamentando su separación de Gabriel. Solo duerme.

—Arranca las plumas —instruye Deda. Le está enseñando a Maggie cómo desplumar un pollo—. Así. No tengas miedo de hacerle daño al pájaro. Ya está muerto.

Están sentadas una al lado de la otra en el porche, observando el vientre blando y rosado de dos pollos en sus regazos. Mientras trabajan, corren gotas de sudor por el costado del rostro de Deda.

—Así está muy bien, Maggie —la alienta—. Y luego las plumas van en este barril. Las guardo para rellenar almohadas.

Maggie arroja un puñado de plumas en el barril. Una brisa atraviesa el porche y algunas de ellas salen volando y aterrizan en el pelo de Deda. Ella ríe y sacude la cabeza. A pesar de todo, aún hay momentos de diversión.

—Debes tener un novio en Dunham —comenta Deda, que se estira para buscar otro pollo—. Una chica tan bonita como tú debe tenerlo. ¿Cómo se llama? No diré nada.

—Gabriel —confiesa Maggie, que se muere por hablar de él con alguien. Le envió su carta el primer día que llegó a la granja y ahora espera su respuesta.

—Gabriel fue el ángel que le anunció a María que tendría un hijo que sería el Salvador del mundo —explica Deda—. Supongo que es su carta la que estás esperando, ¿no?

Maggie aparta la mirada.

—Te envidio —dice Deda—. Tienes todo eso por delante. Todavía puedes elegir al hombre indicado, alguien que te haga feliz.

—Estoy deseando volver—responde Maggie—. No pueden mantenernos lejos para siempre. Tarde o temprano tendrán que aceptar que estamos juntos.

—¿Y esperará por ti?

—Sí, creo que sí —responde Maggie, que suena más confiada de lo que está. Pone su pollo a un lado y mira a su tía—. ¿Crees que mis padres son felices juntos?

Deda la mira desconcertada.

—Tú vives con ellos. Deberías saberlo mejor que yo.

—Lo sé, pero es que pelean tanto. Y luego bailan juntos…

Deda ríe.

—Eso es lo que pasa.

Maggie espera algo más, pero eso es todo lo que Deda dice.

A la mañana siguiente, hay una carta para Maggie en el buzón.

Soy muy malo para escribir. Iré a verte. El sábado al
mediodía frente a la iglesia.

GP

El sábado, Maggie lava su pelo y se pone el vestido de domingo que su madre guardó en la maleta. Le dice a Deda que va al
pueblo a comprar sellos y beber un refresco en Freshy's. Deda
sonríe.

Cuando llega, Gabriel ya la está esperando frente a la iglesia
de Saint-François-d'Assise. Él baja de su motocicleta y ella corre
hasta él. Se quedan de pie ahí, abrazados durante mucho tiempo
antes de que ella siquiera levante la cabeza. Apenas puede mirarlo, es como no poder mirar directo al sol.

—Te echo de menos —dice y rompe en llanto.

—Solo ha pasado una semana —comenta Gabriel, acarición-
dole el pelo. La lleva hasta el cementerio detrás de la iglesia—.
No hay tallos de maíz, pero servirá.

—No tengo mucho tiempo —explica Maggie—. Una hora,
quizás.

Se sientan en el césped y ella apoya la cabeza en su regazo.

—Estar aquí sola es difícil —le cuenta—. Para cuando vuelva
a Dunham al final del verano, tú te irás a Montreal.

—Puedo volver a casa los fines de semana para verte. O quizás vengas conmigo.

—Aún tengo instituto —le recuerda Maggie—. Tengo que ter-
minarlo.

—¿Por qué?

La pregunta la desconcierta. La respuesta debería ser obvia.
Siente una pequeña decepción, pero rápidamente la hace a un
lado. Quiere que esta reunión sea perfecta. Él se acuesta a su lado
y se besan y acarician entre las lápidas durante un rato.

—¿Qué tal es estar aquí? —pregunta Gabriel.

—Solitario —responde ella—. Pero mis tíos son amables.

—Tus padres realmente deben querer alejarte de mí.

—Después de lo que pasó con Barney...

—¿Crees que eso fue culpa mía?

—No tenías que sacar el cuchillo.

—Tú no tenías que meterte en el coche de tu padre y dejarme solo en la calle.

Maggie aparta la mirada.

—Te pareces mucho a él —señala Gabriel y lo dice como un insulto, tal como hizo Maman.

—Bueno, por lo que he oído, tú te pareces mucho al tuyo —dispara en respuesta.

—No soy como mi padre.

Ella se encoge de hombros, quiere lastimarlo.

—De todas formas —dice—, me alegra ser como mi padre.

Gabriel se queda callado unos minutos y justo cuando ella cree que la discusión ha quedado atrás y que podrán recostarse en el césped y besarse y tocarse, él la acusa:

—Te crees mejor que yo.

—No es cierto.

—Odio la forma en que me miraste ese día en el pueblo.

—¿De qué forma?

—De la forma en que tu padre me mira.

—Eso no es verdad —sostiene ella—. ¡Solo estás buscando una excusa para discutir conmigo!

—Te avergonzaste de mí.

—¡No deberías haber sacado el cuchillo!

Gabriel se echa hacia atrás, llevándose a Maggie consigo.

—Tu padre cree que puede evitar que estemos juntos —murmura, deslizando la mano por su pantorrilla, por su muslo, entre sus piernas.

—¿De eso se trata esto? —pregunta ella, mientras la mano de Gabriel se acerca a su ropa interior—. ¿De ganarle a mi padre?

Él no responde. Y entonces Maggie siente el dedo de Gabriel en su interior y deja escapar un grito. Al girar la cabeza hacia un lado, se encuentra con una de las lápidas. Cierra los ojos.

Los vecinos y los trabajadores de la granja comienzan a llegar cerca del atardecer a la fiesta de Deda e Yvon, algo que, le han advertido, sucede todos los sábados a la noche. Les encanta una buena fiesta. Quizás la música a todo volumen y el constante bullicio de la gente en su hogar llena el silencio de no tener hijos.

Cuando el cielo oscurece, el violín sale del armario, la ginebra y las cartas aparecen sobre la mesa y el suelo comienza a agitarse con un baile folclórico llamado *square dance*. Yvon le pasa a Maggie el Crown Royal. Ella sujeta la botella y bebe. Su pecho arde y siente calor por dentro. Yvon comienza a bailar con Maggie y a guiarla por toda la sala.

Deda está en su silla, aplaudiendo. Los brazos de Yvon están alrededor de la cintura de Maggie. La mira con cariño.

—Siempre quise una hija —le grita al oído. La está sujetando con fuerza, llevándola al ritmo del violín. La habitación se vuelve calurosa y da vueltas.

Maggie comienza a sentir náuseas por el whisky y por cómo la sujeta Yvon. Últimamente, ha notado la forma en que él la mira mientras ella hace las tareas más banales: tender las sábanas en la cuerda, exprimir limones, perseguir a los pollos. Hasta ahora, había creído que se trataba de un cariño paternal y nada más. Pero algo en la forma en que él se presiona contra su cuerpo ahora hace que quiera escapar.

Cuando termina la canción, se escabulle y sube a su habitación. Se deja caer en la cama, se aferra al colchón y se obliga a no vomitar. Tira de la vieja manta para cubrirse hasta el rostro, con la esperanza de que su peso y su frescura quizás ayuden a mantener el licor dentro de ella. Reza para que llegue la mañana, para que las náuseas disminuyan, para sentirse ella misma otra vez.

Un tiempo después —quizás minutos, quizás horas—, escucha un crujido en el pasillo que da a su dormitorio. La puerta se abre. Intenta sentarse, pero su cuerpo no coopera. Se queda acostada ahí, paralizada, preguntándose quién está en la habitación con ella.

—¿Es hora de *le train*? —masculla.

La risa de un hombre. Yvon.

—No, Maggie —dice—. Son las dos de la mañana.

Ella gruñe. Cuando él se acuesta su lado, lo mira con confusión. Está tan borracha que apenas se puede mover. Yvon comienza a murmurar cosas en su oído: «Eres tan preciosa. No puedo parar de pensar en ti. Ya no puedo controlarme. Te deseo». Está lo suficientemente lúcida para saber que lo que él le está diciendo está mal. Su cuerpo se tensiona. Quiere pedir ayuda a los gritos, pero nada sale de su boca. Intenta alejarse rodando, pero la pierna de Yvon está encima de ella y pesa. Su estómago se sacude.

¿Le habrá generado expectativas? Es su tío. Ella siempre lo ha adorado. ¿Le habrá dado eso una idea equivocada?

Su aliento huele a whisky y a cigarrillos. Maggie recuerda esa tarde con Jean-François en el lago Selby. La repulsión, el olor a regaliz en su aliento. Intenta liberarse mientras Yvon masculla en su oído. Groserías, palabras inapropiadas que la horrorizan. La mitad de su cuerpo está encima de ella ahora, sus piernas la mantienen en el sitio. Sus brazos la rodean, sostiene el lado de su cara con una mano.

—Detente —ruega—. *Mon'onc*, ¡por favor!

Cuando los dedos de su tío comienzan a desabotonar su vestido, sube bilis a su garganta. Las manos de él comienzan a moverse por todo su cuerpo, explorando partes que pensó que solo Gabriel conocería. Yvon presiona todo su peso contra ella, de modo que Maggie no puede ni siquiera levantar una pierna para darle un rodillazo en la ingle. Le quita la ropa interior. Ella intenta retorcerse para liberarse, pero es imposible. Se escucha a sí misma llorando y rogándole, pero Yvon no escucha. O no le importa. Quizás las palabras no están saliendo. Ya no está segura.

Él la obliga a tocarlo, pero ella lucha. Usa hasta la última gota de fuerza que le queda para resistir. Frustrado, Yvon desabrocha su cinturón y empuja sus pantalones hacia abajo. Respira con fuerza y se empuja en el interior de ella. Maggie recuerda que hace solo unas horas hizo el amor con Gabriel. Qué placentero y dulce fue. Pensar en Gabriel ahora es insoportable.

Se obliga a concentrarse en los ruidos que usualmente son reconfortantes alrededor de ella: los grillos, la tubería, la música que se desvanece en el piso de abajo. En una noche normal, todos estos ruidos la adormecen con su ritmo apacible, pero ahora le resultan ensordecedores.

Finalmente, Yvon cae de espaldas a su lado, jadeando como un perro granjero que terminó de perseguir a las vacas.

—No eres virgen —comenta, mirando fijo el techo. Su tono es una mezcla de sorpresa y decepción—. Qué suerte tiene el chico de la motocicleta —dice y enciende un cigarrillo. Maggie observa la punta naranja, que crepita al arder.

Ella se aleja de Yvon rodando. La habitación le da vueltas y su mano rodea el pilar de la cama para detenerla. Aprieta con fuerza las piernas contra el dolor.

Capítulo 10

*L*os padres de Maggie vienen de visita por primera vez a finales de agosto. No a verla, sino a celebrar el cumpleaños de Yvon. Ha estado en Frelighsburg todo el verano y, aunque habla con sus padres por teléfono todos los domingos por la noche, no los ha visto desde la mañana en que la enviaron aquí. Sus conversaciones son siempre tensas. Maggie siempre les suplica que la dejen volver a casa, pero la respuesta no cambia: «Después del Día del Trabajo».

Sabe que están esperando que Gabriel regrese a Montreal. Su furia hacia ellos se ha apagado con el correr de los meses y ha dado paso a la desesperanza. No tiene vigor para la ira. Cuando escucha sus voces al teléfono —primero su madre, luego su padre— y le preguntan cómo está, quiere contarles lo que le pasó. Quieren que sepan lo que Yvon ha hecho. Los culpa y cree que deberían soportar la carga con ella, pero no dice nada. ¿Y si no le creen? ¿Y si su padre no viene a buscarla?

Yvon volvió a su habitación una vez después de aquella noche e intentó meterse en su cama. Estaba borracho y farfullaba algo sobre que no podía mantenerse lejos de ella, pero Maggie lo detuvo en seco con su voz.

«No te acerques o se lo contaré a mi padre», amenazó. Sobria, era una rival mucho más valiente.

No pudo ver su rostro en la oscuridad, pero, por su silencio, adivinó que estaba sorprendido. La había subestimado. Esa noche se fue de la habitación advirtiéndole que no hiciera nada estúpido y no ha regresado a su cama desde entonces.

Gabriel ha venido a verla una sola vez más desde aquella horrible noche con Yvon. Supo que había algo mal en cuanto la vio en el cementerio de Frelighsburg. Ella apenas podía mirarlo o tocarlo. Estaba silenciosa, distante. No hicieron el amor. Tuvo que mentirle y decir que no parecía correcto hacerlo en un cementerio.

«¿Pasa algo?», preguntó finalmente el joven.

«No», mintió ella, «solo un dolor de estómago». Ahora, pensar en que un hombre, cualquier hombre, la tocara o la besara la llenaba de repulsión.

«Ya sabes lo que dicen», comentó Gabriel. «Fuera de la vista, fuera de la mente».

«No es eso», respondió. De todas formas, no tenía palabras para expresar cómo se sentía (como si se hubieran erigido barras de hierro alrededor de su cuerpo) o cómo sus emociones habían comenzado a apagarse como si hubiera un fallo eléctrico interno.

Había planeado pedirle que la llevara con él a Montreal, pero cuando estuvieron cara a cara y lo miró a los ojos, descubrió que no podía hacerlo. Sabía que él le preguntaría por qué había cambiado de opinión y, de repente, quería huir con él. No pudo soportar la idea de contárselo.

«¿Estás segura de que todo está bien?», volvió a preguntar Gabriel. «¿Se trata de lo que hablamos la vez pasada? ¿Es porque saqué el cuchillo?».

Sin importar cuántas veces le aseguró que no, él no le creyó, notó Maggie. Era lo bastante perceptivo para saber que algo había cambiado. Cuando se despidieron, hubo tensión. Gabriel parecía preocupado, pero era demasiado orgulloso para insistir. Maggie sabía que él jamás querría sentirse desesperado o servil, así que se alejó estoicamente en su moto, sin estar seguro de lo que había pasado entre ellos. Y ella lo dejó ir. La siguiente vez que él se ofreció a visitarla, Maggie puso la excusa de que tenía demasiado trabajo en la granja. No ha vuelto a ofrecer una visita desde entonces.

El Packard de sus padres se detiene frente a la casa y Maggie los observa acercarse con una sensación de desapego. Está en el porche, sentada en la mecedora de mimbre donde despluma pollos con Deda. Al ver a sus hermanas corriendo hacia ella, se da cuenta de cuánto las ha echado de menos, pero sabe que sus padres no están aquí para rescatarla. Comerán el cerdo asado, charlarán de cualquier cosa y beberán whisky en honor a Yvon, y luego se irán sin ella.

Saluda a Vi con un abrazo y se observan. Jamás habían estado tanto tiempo separadas.

—Vi a Gabriel el otro día —le cuenta Vi.

Maggie quiere saber más, pero justo se acercan sus padres.

—¿Cómo has estado? —pregunta el padre de Maggie.

—Bien.

—Pareces cansada —comenta Maman, estudiando su rostro. Se ha vestido con elegancia hoy y tiene los labios pintados. Se ha hecho un peinado con ondas y está guapa, más joven. Su perfume se queda flotando en el aire del porche después de que la puerta mosquitera se cierra tras ella.

Maggie vuelve a Violet.

—¿Dónde? —pregunta—. ¿Dónde viste a Gabriel?

—En el campo.

—¿Hablaste con él?

—Le conté que veníamos a visitarte hoy.

—¿Qué dijo?

—Solo dijo que te salude de su parte.

—¿Eso es todo?

Violet asiente.

Entran en la casa. La cena ya está en la mesa. Maggie no se ha sentido bien en todo el día, pero ahora el olor del cerdo le da náuseas. Pone una mano sobre su boca y reprime una arcada.

—¿Qué pasa contigo? —pregunta su madre, que suena más acusadora que preocupada.

—No me encuentro bien —responde Maggie, dejándose caer en una de las sillas de la cocina. Cuanto más tiempo está sentada a la mesa, más náuseas siente.

»Apartad el cerdo —pide y luego empuja la silla para alejarse de la mesa. Corre al baño, pero es demasiado tarde. A mitad de camino por el pasillo, vomita contra la pared.

Maman viene corriendo; su tía, detrás, andando como un pato. Deda echa una mirada al revoltijo y tiene una arcada. Maman avanza hasta Maggie, la sujeta de los hombros y la mira a los ojos, buscando algo. Maggie vuelve a vomitar, esta vez sobre los zapatos Oxford color café de su madre. Maman la suelta y se va de regreso a la cocina, para volver un momento después con una pila de trapos húmedos.

—Ve al baño —dice—. Arrodíllate frente al retrete y quédate allí.

Maggie hace lo que le ordena. Cuando finalmente está vacía por dentro y han pasado las náuseas, se acuesta sobre el suelo frío y se queda mirando el techo.

—¿Has terminado? —pregunta Maman a través de la puerta.

—Creo que sí.

Su madre entra y cierra la puerta detrás de sí.

—Debo tener una gripe estomacal —dice Maggie.

—Gripe estomacal —se mofa Maman—. ¿Has estado vomitando mucho?

—Hoy ha sido la primera vez. Fue el olor del cerdo.

Maman se frota la frente, parece perturbada.

—¿Te acostaste con Gabriel?

La pregunta es como un puñetazo al estómago.

¿Cómo lo sabe?

—¿Sí o no? —insiste Maman, con dureza.

Maggie no responde.

—Dios mío —susurra—. Lo hiciste, ¿no es cierto?

De repente, Maggie se siente atrapada.

—*Mon Dieu* —murmura Maman, que cierra los ojos y pasa una mano por su pelo. Comienza a caminar de un lado a otro por el cuarto de baño como un animal enjaulado—. ¿Cuándo fue la última vez que te vino la regla?

Maggie se da cuenta de que no le ha venido desde que está en Frelighsburg.

—Desde que estoy aquí —reconoce y comienza a sentir pánico.

—*¿Te acostaste con Gabriel?*

—Sí —llora—, pero lo quiero. Vamos a…

Maman le da una bofetada en la cara.

—¡Estás embarazada! —espeta.

Maggie niega con la cabeza. *No puede ser*. Gabriel se salió antes.

—¡Lo supe en cuanto te vi hoy! —dice su madre—. Estás pálida y tienes ojeras. Estás igual que yo cuando estaba embarazada de todos vosotros.

—Es solo una gripe —esgrime Maggie, de manera poco convincente.

—No te ha venido la regla, idiota. Y el olor de la carne… eso es exactamente lo que me pasaba a mí. ¿Recuerdas cuando estaba embarazada de Geri y Nicole? No pude cocinar carne durante los primeros cuatro meses con ninguno de vosotros.

La boca de Maggie se seca. Hay un gran nudo en su garganta. Y luego la horrible idea: *¿Y si es de Yvon?*

—Quizás no sea de Gabriel —logra decir.

—¿Ha habido otros? —exclama Maman y sus ojos se oscurecen—. *Tabarnac!*

—Otros chicos, no —aclara Maggie, con voz trémula. No está segura de si debería delatar a su tío (¿qué le hará su madre? ¿Qué le hará *él* a Maggie?), pero debe proteger a Gabriel.

—Entonces, ¿quién? —La voz de Maman es fría como el hielo.

Maggie entierra la cara en sus manos.

—*¿Quién?*

—*Mon'onc Yvon!*

Su madre no se enfada. Se queda allí parada, mirando a Maggie. Ella espera a que reaccione, pero no sucede nada.

—¿Maman?

—Él no haría semejante cosa —dice finalmente su madre.

—Pero es verdad —insiste Maggie—, unos días después de que llegara aquí.

—Si es verdad, debes haber hecho algo.

—¿Hecho algo?

—Coqueteado o seducirlo.

—¡No hice nada!

—No puedes decir ni una sola palabra de esto a nadie —ordena Maman—. Ni a Deda, ni a tu padre, ni a tus hermanas.

—No lo iba a hacer.

—Destruiría a Deda —dice—, si fuera verdad.

—*Es* verdad.

Maman abre la puerta del baño para irse.

—¿Qué vamos a hacer? —le pregunta Maggie.

—Haremos lo que todas las familias hacen en esta situación —responde, de espaldas a Maggie. Y entonces la puerta se cierra y ella desaparece.

Más tarde, los adultos se reúnen en la mesa de la cocina y hablan en susurros. Todos los demás reciben la orden de mantenerse fuera, hasta que su madre emerge, impávida. Lleva a Maggie a un lado.

—Te quedarás en Frelighsburg con Deda e Yvon hasta que nazca el bebé —dice—. Y si ves a ese chico de nuevo... aunque sea *una sola vez*... si me entero de que lo viste en el pueblo o de que ha venido aquí... serás expulsada de esta casa y te irás a la calle.

—¿Me harás quedarme aquí con Yvon? —Llora Maggie.

—Ha cuidado bien de ti.

Maggie sacude la cabeza, abrumada.

—No tenemos otra elección —sostiene—. Esto es Quebec, Maggie.

—¿Qué ha dicho Yvon? —pregunta Maggie—. ¿Le has dicho que podría ser suyo?

—Por supuesto que no —susurra Maman, sujetando a Maggie del mentón—. Tu padre y Deda no tienen ni idea y jamás se hablará de esto, ¿de acuerdo? Yvon dejará que te quedes aquí hasta que tengas el bebé. Debemos estar agradecidas.

Maggie se aparta, liberándose de su madre.

—No me quedaré aquí con él —dice—. Regresaré a Dunham y tendré a mi bebé con Gabriel.

—¿Y dónde vivirás? —pregunta Maman—. ¿Hacinada en su pequeña choza? ¿Los cinco en una sola habitación? ¿Y cómo te mantendrá a ti y al bebé? ¿Vendiendo maíz? ¿Viviréis separados todo el invierno mientras trabaja en una fábrica en Montreal? Es difícil la vida para una pareja de adolescentes pobres. Especialmente porque no podrás terminar el instituto. Eso fue lo que me pasó a mí.

Esto deja a Maggie en silencio.

—No conoces la pobreza como yo —le advierte Maman—. Piensa sobre todo eso, porque te quedarás sola si te quedas con este bebé.

—¿Qué dice papá? —pregunta Maggie, limpiándose las lágrimas.

—Dice lo que *yo* digo. Está devastado. No podemos dejar que un bebé ilegítimo arruine nuestra reputación. Decide, Maggie. Nos vamos a Dunham ya mismo.

—¿Qué pasará con el bebé si me quedo aquí?

—Irá a un orfanato —responde—, adonde van todos los bebés ilegítimos. Nadie sabrá la verdad, excepto la gente en esta casa.

—¿Por qué no se lo queda Deda? —pregunta Maggie—. Ella siempre ha querido hijos.

—*No* nos vamos a quedar con este niño.

«Nos», como si el bebé de Maggie ya les perteneciera a ellos.

Maggie se queda fuera, en el porche, considerando sus opciones. Aún quiere a Gabriel. Podría encontrar la forma de llegar a Dunham, contarle que está embarazada y esperar que se case con ella. Tendría que dejar el instituto y renunciar a sus sueños de dirigir la tienda de su padre...

Y eso es lo que la detiene en seco. La idea de abandonar el futuro que siempre ha imaginado para sí misma le resulta insoportable. Hasta este punto, su vida ha estado organizada alrededor de ese preciso objetivo; le ha dado impulso cuando todo lo demás era desalentador. No se trataba de un cuento de hadas, tuvo adversidades, pero de todas maneras era una buena vida.

—¿Maggie?

Da media vuelta para encontrar a su padre parado detrás de ella. Ni siquiera lo había oído salir.

—Lo lamento, papá…

—Lo arreglaremos —sostiene—. Haremos que vuelvas a encaminarte, Maggie.

Ella levanta la mirada hacia él, sorprendida por su tono amable.

—¿Cómo? —le pregunta.

Su padre la atrae hacia sí y la sostiene contra su pecho. Maggie respira el olor a panetela de su camisa y se permite llorar mientras él le acaricia la cabeza. No merece semejante bondad de su parte. Ella lo ha decepcionado de todas las maneras posibles y, sin embargo, aquí está, consolándola.

—Para empezar —dice con suavidad su padre—, tienes prohibido ver a Gabriel Phénix otra vez. Te quedarás aquí hasta que esto termine y no tendrás ningún contacto con él. Y si lo haces, si eliges verlo otra vez, ya no serás parte de nuestras vidas. ¿Entendido, Maggie?

Ella se aparta y lo mira, con labios temblorosos.

—No te veremos, no te hablaremos. No serás bienvenida en nuestra casa —subraya—. Y tienes mucha suerte de que no vaya a matarlo con mi escopeta.

Más tarde, mientras su familia se prepara para partir, Maggie arrincona a Vi fuera.

—Tienes que decirle algo a Gabriel por mí.

—¿Qué?

—Dile que hemos terminado. No responderé ninguna otra carta suya y no regresaré con él. —Después de su último encuentro, duda que eso le sorprenda.

—Pero ¿por qué? —Los ojos de Violet están abiertos de par en par—. Cuando llegué aquí, estabas desesperada por saber qué había dicho.

—No importa —responde Maggie—. Solo dile que no volveré.

—¿Por qué no? —pregunta Violet, que parece disfrutar del drama.

—Pronto sabrás la verdad. Solo dile a Gabriel que todo ha acabado entre nosotros, ¿vale?

Violet asiente obedientemente y corre hasta el Packard. Maggie se queda parada ahí y observa cómo se alejan y luego regresa a la casa.

Capítulo 11

$\mathcal{C}$ena de domingo. Sus padres están aquí. Su tío afila el cuchillo para cortar la carne. Maggie está de ocho meses de embarazo. Ha estado exiliada más tiempo que eso. Ha calculado que tiene que quedarse otros dos meses. Después de tener al bebé, deberá perder peso antes de poder regresar a Dunham, volver al trabajo, a su vida anterior.

Intenta no pensar demasiado en el camino que no tomó… el camino de Gabriel y la maternidad. Ha tenido un largo tiempo para hacer las paces con su decisión. No fue una decisión romántica; fue más bien práctica. Vislumbró su futuro como la esposa de un granjero pobre, como una madre de dieciséis años atrapada todo el día en esa choza, volviéndose gorda y amargada, igual que su madre. Vislumbró una existencia sin su amada tienda de semillas o su padre, y no era una existencia en absoluto.

Maman tiene razón; la vida no es una revista del corazón.

—*Tabarnac*, olvidé la salsa de rábanos —comenta Maman justo cuando un torrente de líquido caliente sale de entre las piernas de Maggie y empapa su vestido de embarazada. Maggie se pone de pie. Todos la miran.

—¿Qué está pasando? —pregunta.

—Todo va bien, *cocotte*. El bebé viene antes, eso es todo.

Deda y Maman la ayudan a subir la escalera, sujetándola una de cada lado. En el dormitorio que ha ocupado desde que vino a vivir con sus tíos, Maman arroja rápidamente alguna de las cosas de Maggie en una maleta pequeña.

—Tráeme algunas toallas —le pide a Deda.

Deda sale del cuarto caminando como un pato. Maggie escucha el abrir y cerrar de la puerta del armario de ropa blanca, el agua que corre en el baño, los pasos pesados de Deda, que hacen crujir el suelo del pasillo. Maggie intenta concentrarse en los detalles normales de lo que está pasando a su alrededor; de otra forma, se desmayará. Es entonces cuando el primer dolor la atraviesa, tan agudo y abrupto que la hace tambalear hacia atrás.

Maman mira el reloj en la cómoda.

—Avísame cuando comience la próxima.

—¿La próxima *qué*? —pregunta Maggie.

—Contracción.

Maggie se sienta en la cama y espera. Deda está de pie frente a ella, observándola mientras Maman continúa haciendo la maleta. Deda palmea el vestido de Maggie con una toalla. Pasan diez minutos cuando otro dolor se dispara a través de ella. Maggie grita y salta de la cama.

—Nueve minutos —dice Maman.

Maggie necesita caminar para que se le pase. No puede quedarse sentada. El dolor comienza a ponerse más intenso y a durar más. Cada vez que se apodera de ella, grita:

—¡Dueeeeeeele!

Deda busca su mano e intenta aferrarla, pero Maggie la aparta y, en lugar de eso, sujeta sus carnosos antebrazos. Cuando viene la siguiente contracción, la estruja y esta vez es Deda quien grita.

El viaje hasta el hospital es un borrón. Maggie se retuerce del dolor en el asiento trasero del Packard, apretada entre su madre y Deda. Su padre hace el camino hasta el Hospital Brome-Missisquoi-Perkins, en Cowansville, a toda velocidad. La llevan en sillas de ruedas a una habitación privada. Apenas se acuesta en la cama, siente una presión repentina e insoportable en la parte baja de su espalda, algo que jamás olvidará. Puede sentir al bebé en su bajo vientre.

El Dr. Cullen aparece a su lado. Observa entre sus piernas, estudiando la situación de la misma forma en que su padre estudia sus semillas e insectos con una lupa.

—Ya está completamente dilatada. Está coronando —anuncia. Sujeta los tobillos de Maggie y la hace apoyar los pies contra sus fuertes caderas masculinas—. Empuja con fuerza —indica—. Presiona los pies contra mí y empuja.

Maggie obedece. Empuja hasta que el dolor se vuelve insoportable y entonces suelta un grito que hace saltar a todos algunos centímetros.

—¡Empuja, Maggie!

—¡No puedo! —grita y se desploma—. ¡No puedo hacerlo!

—Lo estás haciendo bien —dice el Dr. Cullen—. Puedo ver la cabeza del bebé. Un par de empujones más, eso es todo. Está *ahí*.

Ella empuja, gruñe y clava los pies en la fortaleza inamovible del cuerpo del Dr. Cullen. Estruja la mano de su tía hasta que se ablanda en la suya. Puede sentirlo. Ahí. El bebé. Viene. Empuja, se derrumba, empuja, se derrumba.

—Una vez más —la alienta el Dr. Cullen—. No te rindas ahora, Maggie. Estás cerca.

Y justo cuando cree que no puede soportar un solo segundo más de esta tortura, el bebé está ahí. Después de todo ese esfuerzo y jadeo, tan solo se desliza hacia afuera y siente un estallido de alivio de que se ha terminado. No puede verlo pero puede sentirlo, viscoso y movedizo, como un reptil que se escabulle fuera del pantano. Se hunde en el colchón, sintiéndose repentinamente sin peso. Escucha que el bebé llora desde el otro lado de la habitación y el sonido es como el de dos gatos callejeros peleando fuera de su ventana. Siente su cuerpo extrañamente vacío.

El Dr. Cullen lleva al bebé a la jofaina. Deda y Maman se alejan de la cama de Maggie. Ella alza la cabeza, apoyada sobre sus codos, para tener un mejor panorama de lo que está pasando. El Dr. Cullen sostiene en las palmas de sus manos al bebé, una diminuta criatura azulada cubierta de sangre.

—El cordón umbilical se ha desgarrado —explica, sosteniéndolo en alto para que ella lo pueda ver. Parece *boudin*, la morcilla que Maman cocina el jueves para la cena.

Hay sangre por todos lados. Su madre está observando al bebé.

—Es una niña —señala, sin emoción alguna en la voz.

La bebé sigue llorando cuando el Dr. Cullen la entrega a la enfermera. Maggie se pregunta si está todo bien. La enfermera lava a la niña de forma metódica, sin afecto ni cariño. Maggie solo puede entrever los pequeños puños que no paran de agitarse. Se deja caer de nuevo contra la almohada. *Una niña*. Piensa en Gabriel y caen lágrimas por sus mejillas. No tiene a nadie a quien culpar salvo a sí misma. Un nombre viene a ella entonces, el nombre que le hubiera puesto a su hija. Elodie. Un tipo de lirio cuyos capullos se abren para revelar capa tras capa de exuberantes pétalos rosas: una flor que siempre le ha encantado y cuyo nombre ahora puede darle a la hija que jamás conocerá.

—Tiene ictericia —le dice el Dr. Cullen a su madre.

—¿Qué es ictericia? —exclama Maggie.

El médico y su madre intercambian miradas conspirativas y el Dr. Cullen se acerca a ella con una aguja en la mano.

—¿Qué es eso? —pregunta Maggie.

—Solo el anochecer que te ayudará a dormir.

—Su nombre es Elodie —les dice Maggie cuando la jeringa penetra en su piel—. ¿Se lo dirás a papá? ¿Podrías asegurarte de que sepa?

Nadie responde.

—Elodie —repite mientras se va apagando—. *Díselo a papá*.

Cuando Maggie se despierta, el silencio es absoluto. El hospital está siniestramente tranquilo; el único sonido es el eco del llanto de la bebé dentro de su cabeza.

—¿Dónde está? —pregunta Maggie.

Deda se levanta de la silla y se acerca deprisa. No hay nadie más alrededor, pero entonces su madre aparece repentinamente en el umbral.

—Una de vosotras podría haberse quedado con ella. —Llora Maggie. Mira de su madre a su tía—. ¡No es demasiado tarde!

—Arruinaría el renombre de la familia —explica Deda, con suavidad—. Puede que tu madre ya no sea católica, pero aún le importa lo que la gente piense de ella. Y tu padre tiene una reputación que cuidar.

—Quiero verla, entonces.

—Bebe esto —dice Deda, dándole un vaso de agua. Tiene whisky, lo que le da una arcada—. Ayudará con el dolor.

Maggie termina el agua con whisky. Está exhausta y dolorida.

—¿Al menos puedo verla antes de que se la lleven? —repite.

—Es demasiado tarde —responde Maman—. Ya se la han llevado. No es tuya, Maggie. Nunca lo fue.

Y entonces se gira y se va de la habitación sin decir otra palabra.

—¿Era bonita? —le pregunta Maggie a su tía.

—Era muy pequeña. Nació demasiado pronto. Todos los bebés son feos cuando son tan prematuros.

—¿Qué es ictericia?

—No es nada. No te preocupes.

—¿A dónde se la han llevado?

—A la casa de expósitos de Cowansville.

—¿Por qué no pude sostenerla?

Deda se sienta pesadamente en el borde de la cama. Esta chilla y se hunde bajo su peso.

—Lo vuelve demasiado difícil —explica—. Esto es lo que la gente hace en estas situaciones, Maggie.

—Quería decirle adiós.

Deda toca la frente de Maggie, su gorda garra raspa su cabeza donde comienza su pelo.

—Tu tío quiere verte.

Maggie aparta la mirada, llenándose de ira.

—No me encuentro bien —murmura.

Deda roza con los labios la coronilla del Maggie, acaricia su pelo mojado y se va. La puerta se cierra y Maggie queda sola. Se siente completamente hueca, como si hubieran vaciado su interior y lo hubiesen arrojado al lavabo.

Los sentimientos vienen en oleadas: dolor, alivio, vergüenza, culpa. Podría haberse quedado con la bebé. No está libre de culpa. En lugar de eso, su pequeña hija está a punto de ser lanzada al mundo completamente sola. Crecerá desarraigada, incompleta. Las dos lo harán.

Maggie comienza a quedarse dormida, arrullada por la lluvia que golpea las ventanas. En ese espacio entre el sueño y la vigilia, el nombre regresa a ella. Lo susurra hacia la noche. *Elodie.*

Te encontraré, piensa, mientras sucumbe lentamente al sueño. Es una promesa que se hace tanto a sí misma como a su hija recién nacida. *Te recuperaré y arreglaré las cosas.*

SEGUNDA PARTE

Trasplantar fuera de temporada

1954-1961

Cuando es necesario, por alguna razón, trasplantar en un momento del año en el que hace demasiado frío, introduzca las plantas en un barro hecho con agua caliente en vez de fría. Esto, sorprendentemente, no daña las raíces en absoluto.

—SABIDURÍA DE VIEJAS PARA JARDINEROS

Capítulo 12

Elodie

*L*o primero que ve cuando abre los ojos son los brazos extendidos de Tata. Por instinto, levanta sus propios brazos y, con un rápido movimiento, la hermana Tata la alza desde la cuna y la deposita de pie en el suelo.

—¡*Fío!* —exclama Elodie, que baila en el sitio para no sentir el frío de la madera en los pies. Tata se ríe. A Elodie le encanta el sonido de su risa.

Tata la alza otra vez y la deja en una de las cunas vacías.

—Pronto —dice, mientras busca en un cajón un par de calcetines de lana para poner en sus pequeños piecitos—, Elodie estará lista para mudarse a la cuna de niñas grandes.

Tata lleva a Elodie otra vez al suelo y la sujeta de la mano. Juntas bajan las escaleras para ir a desayunar. Elodie ya casi puede ir sola por las escaleras, pero aún falta.

Elodie tiene cuatro años. Lo sabe porque escucha que las monjas lo dicen a los visitantes todo el tiempo. También las escucha decir otras cosas: «Es muy inteligente. Ya habla. Será preciosa cuando suba de peso».

La gente viene a mirar a las niñas para decidir si quieren llevárselas a casa. Esos días, a Elodie le ponen un vestido bonito para las visitas. Solo tiene uno. Prefiere usar el vestido feo para poder jugar y ensuciarse, pero es importante causar una buena impresión a los visitantes para conseguir que la adopten. Tata dice que este es el objetivo del orfanato: ver que todas las pequeñas sean «colocadas» en buenas familias.

Elodie es huérfana, lo que significa, le explicó Tata, que no tiene ni madre ni padre. Cuando Elodie una vez le preguntó por qué no, la respuesta fue completamente sincera: «Vives en un hogar de niñas indeseadas porque naciste en el pecado y tu madre no pudo quedarse contigo».

Lo que significa que Elodie *sí* tuvo madre en un momento y ahora no. A veces se pregunta por esta persona, esta madre que la abandonó. ¿Dónde está ahora? ¿Por qué se fue? ¿Qué significa nacer en el pecado? ¿Y por qué se llama hogar de niñas indeseadas? Tata explicó que eso significa «no queridas». Pero si todas viven aquí, razona, las monjas deben quererlas.

Las monjas no responden a ese tipo de preguntas. Simplemente le dicen que se comporte y que dé una buena impresión a los visitantes, y le recuerdan una y otra vez que nada es más importante que ser elegida por una buena pareja para que pueda crecer en una verdadera familia, en vez del orfanato.

De vez en cuando, los visitantes traen consigo a otros niños y Elodie los observa con curiosidad: la forma en que sujetan las manos de sus padres y se aferran a ellos y miran a Elodie con pena.

Las monjas les hablan a los visitantes sobre ella: «Es pequeña y delgada, sí, pero es perfectamente normal».

A los visitantes parecen gustarles las niñas regordetas con mejillas sonrosadas y piernas rellenas. Tata siempre le insiste: «Come, Elo, come. Tienes que engordar para que una buena familia te lleve a su casa».

Las monjas siempre le dicen: «Eres demasiado pequeña. Eres demasiado pálida. Los visitantes quieren niñas saludables».

Pero Elodie es feliz aquí. No conoce otra clase de vida. Además, hay césped verde para correr afuera y juguetes con los que jugar. Y está Tata, que la hace sentir a salvo.

Capítulo 13

Maggie

—¿*E*sa no es Angèle Phénix? —pregunta Peter cuando doblan por la calle Ontario con sus bolsas de frutas y verduras frescas del mercado.

Maggie ha estado viviendo en Montreal con su hermano desde hace varios meses. Ha sido una dura transición desde la vida de campo; ha tenido que adaptarse rápido. Solía pensar que la hostilidad entre los franceses era bastante palpable allá en casa, pero aquí en Montreal es algo volátil, en constante ebullición. No hay carteles que te digan qué idioma debes hablar dónde; tienes que leer entre líneas y escuchar con atención. Simplemente tienes que *saberlo*, de forma que no ofendas a nadie.

—¡Angèle! —exclama Maggie, que realmente está feliz de verla. Apoya sus bolsas en la acera y abraza a su vieja amiga.

—¿Qué estás haciendo en Montreal? —le pregunta Angèle.

—Trabajo en Simpson's. Vivo con Peter. —Su hermano saluda con la mano, parece indiferente—. Vivimos más allá, sobre La Fontaine —cuenta Maggie—. ¿Qué tal la escuela de enfermería?

—Ay, me encanta —responde Angèle—. Fuc la elección correcta. No hubiera sido una buena monja. Estás preciosa, Maggie.

Ella le da las gracias.

—Me encanta tu falda —continúa Angèle, admirando las flores de fieltro que Maggie ha adherido a la tela. Baja sus propias compras para tocar las flores y Maggie ve la primera plana de *La Presse*, que sobresale de la bolsa de papel. La palabra «orfanatos» capta su atención. Lee el titular desde donde está de pie.

«Los orfanatos de Quebec serán convertidos en psiquiátricos».

Maggie vino a Montreal para escapar del pasado. Sin embargo, aquí está, burlándose de ella desde la primera plana de un periódico. Qué rápido puede ser arrojada a ese lugar vergonzoso. Enfrentada a los secretos y escándalos que ha trabajado tanto en olvidar.

—Horrible, ¿no es cierto? —comenta Angèle, al advertir que Maggie mira fijamente el periódico—. Estaba leyendo sobre esto en el tranvía de regreso desde el trabajo.

Maggie va a por el periódico y rápidamente echa una ojeada al artículo.

—¿*Todos* los orfanatos de la provincia serán convertidos en hospitales psiquiátricos?

—Llevará tiempo, pero sí, eso es lo que harán.

—Es para no tener que educar a los niños —sostiene Peter.

—¿Has oído sobre esto?

—Ha salido en las noticias.

—Comenzarán el año próximo con el de las hermanas de la Caridad de Providencia —señala Angèle.

—Pero ¿a dónde irán todos los huérfanos?

—A Duplessis le importa una mierda —responde Peter.

—¿Por qué hacen esto?

—Duplessis es un monstruo, esa es la razón —contesta su hermano—. Obviamente, el gobierno federal da más dinero a las monjas para que cuiden a la gente enferma que para los huérfanos.

—Es una salvajada —dice Angèle y chasca la lengua.

Un temor cada vez más grande oprime el pecho de Maggie. Piensa en esa indefensa bebé en la mano del Dr. Cullen y se pregunta si su hija podría terminar en un manicomio. Las pocas veces que Maggie se ha permitido pensar en Elodie, la ha imaginado con una madre dulce y cariñosa y un padre presente y atento que consiente todo. Por primera vez desde que la dio, Maggie considera la posibilidad de que su hija no haya sido adoptada.

Puede sentir los ojos de Peter sobre ella y se da cuenta de que él sabe en qué está pensando. Como todos los demás en su familia, ha cooperado para ocultar su embarazo.

—¿Cómo está Gabriel? —le pregunta Peter a Angèle, cambiando de tema, y las mejillas de Maggie se sonrojan ante la mención de su nombre. Intenta mantener una expresión neutra.

—Se mudó a Montreal hace un par de años —responde Angèle—. Tuvo una discusión con Clémentine sobre cómo dirigir la granja y no ha vuelto desde entonces. Es capataz en Canadair.

Está aquí, piensa Maggie. Ella sabía que sería así, pero la confirmación es como una descarga eléctrica en su cuerpo.

—Está casado —agrega Angèle, sin mirar a Maggie.

Todo se silencia (los ruidos de la calle, los niños que chillaban en el callejón, su respiración). Maggie necesita un momento para recuperarse.

—Ha sido rápido… —consigue decir.

—Es feliz —comenta Angèle.

—¿Cómo se llama su mujer?

—Annie.

Annie. Un puñetazo al estómago. No puede culpar a nadie más que a sí misma.

—Debemos irnos —señala Maggie. Abraza a Angèle, aturdida, y se va de prisa con sus bolsas de la compra.

—Déjalo atrás —aconseja Peter, al alcanzarla.

Maggie lo mira, sobresaltada.

—¿Que deje qué atrás?

—A Gabriel, al embarazo. Mamá y papá hicieron un buen trabajo en ocultarlo. Estás aquí para empezar de nuevo.

Hacen el resto del camino a casa en silencio. Para cuando toman por La Fontaine, una bonita calle del lado este bordeada por árboles y escaleras para incendios de hierro forjado, Maggie lucha contra las lágrimas mientras sube los estrechos escalones hasta su hogar.

Viven en la segunda planta de un edificio de tres pisos, con inquilinos arriba y abajo, cuyos ruidos escucha a todas horas, cuyos olores huele en cuanto se despierta. Está acostumbrándose a eso, aprendiendo a caminar en calcetines o pantuflas, jamás zapatos, para evitar que *Madame* Choquette, que vive abajo, golpee el techo con su escoba. Su apartamento es luminoso al menos, con suelo de madera y muchas ventanas. El linóleo de la cocina se ha levantado en algunos lugares, pero los electrodomésticos son casi nuevos. La habitación de Maggie está prácticamente vacía, salvo por dos camas de hierro fundido de las monjas y una cómoda del Ejército de Salvación. Cuando se quejó de que no hubiese cortinas, Peter respondió: «Sobrevivirás».

Maggie dejó sus frascos con semillas sembradas y brotes de limonero en Dunham, sabiendo que su madre se desharía de ellos.

Deja las bolsas y va derecho al balcón. Enciende un cigarrillo y sopla el humo hacia el inalterable paisaje urbano que recorta el cielo. La ropa cuelga de las cuerdas que van desde los balcones hasta los postes de teléfono, zigzagueando de modo tal que la ropa interior larga y los pantalones de trabajo conectan toda la calle.

Lo que Peter ha dicho es cierto. Vino aquí para empezar de nuevo, para reconstruirse, no como una trágica fracasada y una decepción para su familia, sino como una muchacha trabajadora y autosuficiente. Quizás, incluso, para recuperar el afecto de su padre.

La forma en que se despidieron la dejó con el corazón roto. Cuando volvió a Dunham después de tener al bebé, Vi ya la había reemplazado en la tienda de semillas. Maggie comprendió que era su castigo por decepcionar a su padre. Regresó al instituto, se puso al día y se graduó a tiempo. Sabía que era mejor no pedir que le devolviesen su trabajo y mucho menos que le dieran la oportunidad de trabajar en ventas. Había una nube sobre ella ahora y siempre la habría en Dunham, especialmente en la casa de sus padres. Hasta el cajón cerrado con llave del archivador de su padre, que contenía toda la información sobre el nacimiento de su hija y su paradero, era una provocación. Finalmente, cuando terminó el instituto, sintió que no tenía otra opción más que irse.

El día de su partida, se quedó de pie fuera de Semillas Superiores mirando la fachada con una mezcla de nostalgia y desesperación. Tenía diecinueve años. Era una mujer. Aun así, estar allí todavía la hacía sentir como la niña pequeña que solía contar las semillas en el ático. Ese era el trabajo de Violet ahora, y un día pasaría a Geri y luego a Nicole. Qué simple había sido la vida aquellos sábados en la tienda, cuando había sido más feliz que nunca y había creído saber exactamente cómo se desarrollaría su vida. Ahora era un legado del que estaba excluida.

Su padre estaba de pie frente a la caja registradora, donde ofrecía uno de sus omnipresentes sermones a un joven granjero.

«Lo mejor es espolvorear todo el verticilo con la rotenona cuando las plantas son jóvenes», había dicho con autoridad. «E intenta amarrar las puntas de las mazorcas juntas para evitar los gusanos».

«¿Y el DDT?», preguntó el granjero.

«Hay un debate cada vez más grande sobre los insecticidas», respondió su padre. «Pero en lo que a mí concierne, es un insecticida extraordinario».

«Pero ¿es realmente la solución universal? ¿Cómo afecta a los pájaros y a los peces... y a *nosotros*?»

«Los pesticidas son la única solución al problema de los insectos», argumentó su padre. «Preservan las semillas».

Maggie no supo si su padre estaba triste o aliviado de verla marchar. De todas formas, no intentó detenerla. Ella le entregó un ramo de brillantes silfios amarillos.

«Los recogí para ti de camino aquí».

Él los apoyó en el mostrador.

«¿Te gustaría llevar algunas suculentas para comenzar un jardín en la ciudad? Siempre te gustó tener el tuyo».

«De acuerdo», respondió, sabiendo que no habría ningún jardín.

Su padre le entregó una bolsa de papel color café.

«Sabía que llegaría este día», dijo él. «Siempre fuiste mi flor silvestre».

Capítulo 14

$\mathcal{E}$s otoño y Townships está completamente inmerso en el caleidoscopio naranja, rojo y amarillo que forman las hojas que migran desde los extremos de las ramas a la tierra. Maggie, Roland, Peter y su novia, Fiona, están camino a Dunham a visitar a sus padres. Será la primera vez que Roland conozca a toda la familia de Maggie, aunque fue su padre quien los presentó.

Roland Larsson solía ser gerente de sucursal del Banco de Desarrollo Comercial de Cowansville, donde su padre tiene una cuenta. Roland fue transferido a Montreal desde entonces, lo que motivó a su padre a arreglar una cita a ciegas con Maggie.

La primera impresión que ella tuvo de Roland fue que era extremadamente inteligente y sofisticado. Respecto a su aspecto físico, era alto y acicalado, con dientes perfectamente blancos y derechos y mentón alargado. Es medio escocés y medio sueco, algo que tienen en común: ambos son medio algo. Su cabello rubio está empezando a escasear y usa gafas bifocales, que lo hacen parecer más viejo de lo que es. Maggie hubiese dicho que estaba en sus cuarenta, pero solo tiene veintinueve. Pero lo que la atrajo a él fue su mente. Ha viajado mucho, y lee manuales por placer y conoce datos interesantes sobre muchos temas.

En su primera cita, se vistió de traje, con unos zapatos negros brillantes que iban rechinando cuando atravesó la habitación para saludarla. Olía a colonia, un aroma adulto y paternal, y a ella le pareció que era muy refinado y cosmopolita. Su primer beso fue un poco incómodo, pero eso probablemente fue culpa de ella. Lo comparó con la forma en que Gabriel solía besarla cuando Maggie era apenas una adolescente, envuelta en un torbellino de hormonas y llena de emociones erráticas. Y aunque no es mucho mayor ahora en años que cuando estaba con Gabriel, es mucho mayor en cuanto a espíritu. Probablemente sea algo bueno que Roland no se parezca en nada a Gabriel.

Después de su primera cita, se encontró queriendo tener otra. Sintió que había más que explorar debajo de la superficie: una textura interesante o sensible que podría darle un poco más de complejidad e intriga. Estaba encantada cuando la llamó otra vez y la invitó a ver un show en el Palace Theatre. Han estado juntos desde entonces.

—¿Te conté que hay una vacante en el equipo de secretarias del banco? —comenta Roland, que aparta la mirada del camino para mirar a Maggie en el asiento del acompañante.

—Me gusta mi trabajo —responde ella. Trabaja en el sector de ropa interior femenina de los grandes almacenes Simpson's. Es una buena vendedora, como siempre supo que sería.

—Pero quizás prefieras el trabajo de secretaria —dice Roland—. Y luego quizás puedas ascender a oficial de crédito.

—Odio escribir al dictado, estar todo el día sentada frente a un escritorio —reflexiona Maggie—. Me gusta vender.

—Ayudamos a la gente a comenzar sus negocios —señala Roland—. Es realmente gratificante.

—¿Ha comenzado un negocio una mujer alguna vez? —le pregunta Maggie.

—No que yo sepa —contesta—. Al menos no en Cowansville. Desafortunadamente, ningún banco concedería un préstamo a una mujer joven sin garantía, referencias y nadie que lo firme conjuntamente.

—Pero estamos en los años cincuenta —dice Fiona desde el asiento trasero—. Las cosas han mejorado desde la guerra.

—Sin embargo, es como si fuera 1850 en Townships —observa Peter.

—Supongo que es posible que una mujer obtenga un préstamo —reflexiona Roland.

—Ser dueño de tu propio negocio hace la vida miserable —interrumpe Peter—. Nuestro padre jamás tiene un momento para
sí. No tiene otra cosa más que preocupaciones y estrés. Es realmente una carga enorme, esa es la realidad.

—Papá es feliz en el trabajo —argumenta Maggie—. Eso es lo
importante. Hay que disfrutar de lo que uno hace.

—¿Qué voy a hacer con esta chica y todas sus ambiciones?
—dice Roland, apretándole la rodilla y sonriendo. Tiene dientes
largos y los ojos más azueles que Maggie jamás haya visto—. Me
parece fascinante.

—Es que quiero hacer más que cocinar, limpiar y cambiar pañales —explica Maggie—. Quiero contribuir.

Escuchó hace poco que Audrey está comprometida. Pronto
será una de esas esposas; malhumorada e irritable con su esposo,
Barney, que se esconderá en su estudio a construir cosas y fumar
cigarros para evitarla. Maggie nunca le diría a ninguna de las chicas del trabajo —quienes no hablan más que de bebés y mari-
dos— que más adelante quiere que la asciendan a la sección de
ropa del tercer piso y, luego, a gerenta. Se ha prometido a sí misma que ningún hombre se encerrará jamás en una habitación para
evitarla.

—La maternidad es la contribución más grande que puede
hacer una mujer —sostiene Roland—. ¿No crees?

Maggie se queda en silencio. Evita mirar a Peter.

—¿No puede una mujer querer las dos cosas? —pregunta
Fiona—. ¿Un trabajo y una familia?

—Una o la otra sufrirá —afirma Roland con seguridad.

—No con el hombre indicado para ayudar —dice Maggie.

Roland la mira con dureza.

—La mayoría de los hombres quieren que sus esposas estén
en casa cuidando de los niños. Y creería que la mayoría de las
mujeres solo quieren hacer eso.

—Mi madre tiene cinco hijos —señala Maggie, perpleja—. Y
es la mujer más infeliz que conozco.

—Eso no quiere decir que *tú* vayas a serlo.

Maggie gira el rostro hacia el otro lado y mira con fijeza por la ventana.

Cuando se detienen, Roland va hacia el lado de Maggie, abre su puerta y la ayuda a salir. Ella se sujeta de él para no tropezar, sus tacones se traban en las gravas cuando los cuatro avanzan hacia la casa.

Al entrar en el vestíbulo, Maggie puede sentir el olor de la carne y las especias que se cuecen lentamente en la cocina. Encuentra a su madre frente al horno Commodore, sacando una cazuela grande de pastel de conejo, una de las recetas de su abuela de Rivière aux Rats. La mayoría de las comidas de Maman son especialidades tradicionales de Mauricie: *cretons*, cerdo asado, perca de agua dulce, carne de venado y estofado de liebre. Bajo presión, el padre de Maggie suele decir en susurros: «Si no fuera buena en la cocina…».

Maman da media vuelta y se acerca a Peter a toda prisa.

—¡Había olvidado lo guapo que eres! —exclama, alborotándole el pelo. Siempre cuenta con orgullo que Peter ganó el concurso Bebé Saludable de Goutte de Laite por ser el bebé más bonito de la región; aún conserva en su cartera el artículo, ahora amarillento, del *Missisquoi Herald*.

Ignora por completo a Fiona, a quien detesta, y se dirige a Maggie.

—Qué lindo vestido —dice.

—Es azul de huevo de petirrojo —le cuenta Maggie, impactada por el halago. Maman sigue oliendo a jabón Yardley, lo que de alguna forma es reconfortante.

—Pero ¿lino después de septiembre? —cuestiona su madre.

Maggie ignora el comentario y le entrega a su madre un fajo de billetes arrugados.

—Ten, para ti.

Maman guarda el dinero en el bolsillo de su delantal sin emitir palabra.

—Tu padre está en su cuarto —dice—. Nada ha cambiado.

—Él es Roland —anuncia Maggie, al recordar que él se encuentra de pie parado detrás de ella, a medio camino entre el vestíbulo y la cocina. Tiene puesta una chaqueta color café a cuadros con un pañuelo blanco con monograma doblado cuidadosamente dentro del bolsillo, algo que sin dudas provocará un comentario malicioso de Hortense, ya sea en su cara o, más tarde, a sus espaldas.

Roland le da un ramo de rosas de color pastel y una botella de vino Pouilly-Fuissé.

—*Por tuá* —dice, en un francés horrible.

La madre de Maggie recibe las flores y el vino sin siquiera dar las gracias. Lo mira de arriba abajo, probablemente nota con desdén los brillantes zapatos con borla, su costoso reloj de oro, su postura impecable y su colonia sensata.

Justo entonces, sus hermanas entran corriendo a la cocina y Maggie las abraza y las besa a todas. Solo han pasado seis meses desde que se fue, pero repentinamente todas le parecen tan grandes. Nicole tiene casi ocho años y su cabello desarrolló las mismas ondas que Maggie solía llevar a esa edad. Geri es tan adorable como siempre, incluso en mitad del implacable torbellino de la pubertad, con esas piernas delgadas y el contundente corte de pelo a la taza que Maman le ha hecho. Violet está igual, solo que un poco más desanimada. Maggie le da a cada una de sus hermanas una bolsa de papel llena de castañas y chocolates belgas de Simpson's.

Su padre finalmente emerge de su oficina envuelto en una nube de humo.

—Recuerdas a Roland —dice, secretamente emocionada de presentarlo como su cita. Los dos hombres se dan la mano y Maman amedrenta a todos para que se sienten a la mesa.

Ubicada entre Roland y su padre durante la cena, Maggie no puede dejar de sonreír.

—Jamás había comido algo así —elogia Roland, limpiando su plato con pan. El vino fluye y todos los adultos están sonrojados y alegres. Maggie le traduce a su madre.

—Es solo una vieja receta familiar —responde Maman, con el rostro ruborizado del orgullo.

—Crecí comiendo morcilla escocesa y arenque —cuenta Roland—. Esto es el cielo.

Echa una mirada a Maggie, sonriendo. Probablemente está pensando que algún día le cocinará así. Ella sabe que él está todo el tiempo haciendo un recuento de sus puntos favorables, contemplando la posibilidad de casarse con ella. Tiene casi treinta años y sus ganas de asentarse son evidentes. Aportan a la impresión que él genera tanto como su olor a jabón y sus zapatos con borla.

Mientras Maman y Vi retiran los platos para traer el postre, el padre de Maggie y Roland se lanzan de lleno a una discusión sobre las elecciones federales. Los liberales ganan otra vez, lo que significa otro término con St. Laurent.

—Prometió igualdad de oportunidades para todas las provincias —se queja su padre—. ¿Dónde ha estado durante todo el reino de terror de Duplessis en Quebec, eh?

Cada vez que alguien menciona a Duplessis, Maggie siente náuseas. No puede dejar de pensar en lo que él les ha hecho a todos esos huérfanos; y posiblemente a su hija. Una vez más, siente esa vieja vergüenza como si fuera bilis en su boca, saboteando lo que podría ser una noche perfecta. Cierra los ojos con fuerza para alejar los «si tan solo» —*si tan solo me hubiese quedado con ella; si tan solo pudiera encontrarla*— y espera que cambien de tema.

—Pasamos más tiempo hablando sobre Maurice Duplessis que de cualquier otro —se queja Maman—. ¿De qué hablarás cuando se muera?

—Del idiota que lo reemplace —responde el padre de Maggie, que tiene las mejillas enrojecidas por el licor, los ojos azules brillantes y alegres.

Indica a Roland y a Peter que lo esperen en la sala de estar y luego se levanta de la mesa y busca su botella de ginebra. Con una sonrisa pícara, aparece detrás de Maman y le pellizca ambos cachetes de su trasero, lo que hace que su madre se sonroje. Maman lo echa, riendo a pesar de todo.

—¿Llevo café? —le pregunta, sabiendo la respuesta.

—Estaremos bien con esto —responde él, sosteniendo en alto la botella.

Maggie se une a los hombres en la sala de estar. Escuchando solo a medias mientras Roland, Peter y su padre hablan sobre negocios pequeños, la mala programación del canal CBC, agricultura, arquitectura, ferrocarriles. Fiona está leyendo una revista de moda. Los párpados de Maggie se vuelven pesados mientras ellos charlan y charlan hasta entrada la noche, pero está contenta de sentarse y dejar que se entretengan unos a otros. No siente presión alguna para defender a Roland o necesidad de esforzarse para que él le caiga bien a nadie. No demasiado tiempo después, desaparecen en el santuario privado de su padre en busca de un whisky escocés y un cigarro, y Maggie regresa a la cocina.

Encuentra a su madre sola, barriendo el suelo. Sus hermanas se han ido a dormir a la planta superior. Maggie está cómoda aquí, rodeada de todas las cosas de su madre. A Maman le gusta tener su cocina ordenada. Cada utensilio, cada olla, repasador u objeto decorativo tiene su lugar asignado. Ya sea una antigua jarra esmaltada o un portarretrato con una foto de Peter de bebé, Maman tiene la compulsión de mantener todo en su lugar. La habitación está llena de ella, de su olor, su estilo, su pulcritud, su perfeccionismo. El suelo resplandece. Los quemadores brillan. Las ventanas están impecables. Sobre las ventanas, las cortinas están tan inmaculadas y cuidadosamente planchadas como el día en que las colgó. Su mundo es tan ordenado como caótico es el santuario de su padre.

—Felicidades —dice Maman, sirviendo una taza de café a cada una—. Estás saliendo con tu padre.

Maggie bebe un sorbo de café y saborea su amargura. Había olvidado lo bueno que es el café de su madre.

—¿También construye radios? —bromea Maman.

—Aviones y trenes a escala.

—No lo quieres como querías a Gabriel Phénix.

—Gabriel no era adecuado para mí.

—Quieres decir que no era adecuado para *él* —corrige Maman, señalando el santuario de su esposo.

—¿Ahora sales a favor del amor? —cuestiona Maggie, sintiendo que la rabia sube hasta sus sienes—. ¿Ahora defiendes a Gabriel? Es irónico, ya que me prohibiste que lo viera.

—No defiendo a nadie —responde Maman—. Solo estoy comentando lo obvio.

—Quiero a Roland —dice Maggie con rencor, como si su madre acabara de desafiarla.

—Sin dudas tu padre lo quiere —comenta Mama—. Quizás eso sea suficiente para ti.

Capítulo 15

Elodie

1955

Es una bonita mañana de septiembre y el sol se esparce por el salón de clases desde las ventanas abiertas. Elodie está sobre la alfombra, coloreando. Usa crayolas rotas que la hermana Tata guarda en una vieja lata de jarabe de arce para las estudiantes más pequeñas. Elodie no usa libros de colorear, son aburridos. En lugar de eso, le gusta dibujar familias. Siempre se dibuja parada al lado de su madre, sosteniendo su mano y sonriendo, con tantos hermanos y hermanas como le permita el espacio en la hoja o el tiempo, antes de que la hermana Tata haga sonar el timbre para ir a clases.

En sus dibujos, la madre siempre tiene pelo rubio, como el suyo. Elodie no está segura de por qué su madre la dejó con las monjas cuando nació, pero confía en que debe haber una buena razón. Cuando les pregunta a las hermanas por qué vive en el orfanato, le responden: «Porque naciste en el pecado y nadie más te quiere». A veces dicen: «Porque naciste en El Escándalo».

Elodie no tiene ni idea de qué significa eso o dónde está El Escándalo, pero está segura de que su madre regresará por ella en algún momento o que se reunirá con sus hermanos y hermanas. Le gusta nombrarlos a todos en su cabeza: Claude, Lucien y

Lucienne (los mellizos), Linda, Lorraine, Jeanne. En la parte superior de sus dibujos escribe *MA FAMILLE*. La hermana Tata —que en realidad se llama Alberta— le enseñó a escribir las letras y ahora estas recorren la parte superior de cada uno de sus dibujos. La hermana Tata dice que es un milagro que Elodie pueda quedarse quieta lo suficiente para dibujar a sus familias. Una vez, dibujó una familia con diecisiete niños.

Su mejor amiga, Claire, no colorea con ella; prefiere mirar libros con dibujos. Claire tiene seis y casi sabe leer. Han crecido juntas en Saint-Sulpice y, si Claire sigue aquí cuando su madre venga a llevarla a casa, le preguntará si Claire también puede ir con ellas.

Por ahora, Elodie es lo bastante feliz aquí, aunque las monjas y la gente que viene de visita lo llamen hogar de niñas indeseadas. Elodie no se siente particularmente indeseada. Su apodo es Elo y hasta Mère Blanche la llama así. Comparte una habitación con otras veinte niñas, que, como ella, no tienen madre. Solía haber solo diez o doce niñas por habitación —nunca más que eso—, pero últimamente han comenzado a meter incluso hasta dos docenas. Hay muchísimas reglas en Saint-Sulpice, pero Elodie encuentra formas de moverse alrededor de ellas. Las hermanas dicen que tiene una naturaleza revoltosa y ha tenido una buena cantidad de castigos por contestar; como irse a dormir sin cenar, perder privilegios de salida o que le golpeen los nudillos con la regla. Pero le gusta la escuela y pronto aprenderá a leer y para su cumpleaños le regalaron una muñeca, que fue donada por una de las familias de Cowansville. Le puso Poupée de nombre.

Ese día, un golpe a la puerta interrumpe su rutina usual. La hermana Tata aplaude para captar la atención de todas.

—A vuestros pupitres —dice con severidad.

—Pero no he terminado —responde Elodie, que no se mueve de la alfombra.

—A vuestros pupitres, *ahora*.

El tono de la hermana es suficiente para hacer que Elodie se ponga de pie y regrese a su pupitre habitual. La hermana abre la puerta y un hombre entra en el aula. *Inusual*, piensa Elodie, y echa una mirada a Claire. El hombre está vestido con un traje gris y lleva un sombrero, que se quita y apoya en el escritorio de la hermana. Tiene bigote y una expresión sombría. Elodie decide que el recién llegado no le gusta.

—Este es el Dr. Duceppe —anuncia la hermana—. Os hará preguntas a cada una de vosotras. Contestad lo mejor que podáis. Deberéis salir del aula cuando os llamen. Mientras tanto, debéis permanecer en vuestros pupitres, con los ojos mirando adelante y la espalda derecha. Trabajad en vuestras lecciones. Manteneos quietas, por favor.

Elodie levanta la mano y suelta la pregunta antes de que se lo permitan.

—¿Qué clase de preguntas? —Quiere saber.

—Lo sabréis cuando sea vuestro turno.

Con eso, la hermana Tata llama a la primera niña. Elodie la observa caminar hasta el frente del aula y seguir al hombre bigotudo afuera. La puerta se cierra. Elodie está fuera de sí por la espera.

Le resulta difícil concentrarse en sus letras. Debería estar copiando la letra A de una punta a la otra de la página, pero es aburrido y mantener las A prolijas entre las dos líneas no es nada fácil. Apenas puede esperar a su turno con el médico.

Finalmente llega. Salta de su pupitre y se abre camino afuera del aula, donde el médico la está esperando. Lo sigue por un pasillo hasta la oficina de Mère Blanche, ninguno de los dos emite palabra.

—Siéntate, por favor —indica el Dr. Duceppe y cierra la puerta detrás de sí.

Elodie se sienta en la silla frente al escritorio. El médico, al otro lado, en la silla de Mère Blanche. Puede ver las notas en su tabla portapapeles. «Elodie: 3-6-50». Hay otras palabras también, pero no las sabe leer.

—¿Sabes lo que es esto? —pregunta él, sosteniendo en alto un objeto cuadrado y color café que tiene una textura igual a la de los balones que usan los niños para hacer deportes afuera.

Se estira para tocarlo y descubre que se despliega. Dentro, hay papeles rectangulares con números. Encoge los hombros.

—No, *Monsieur*.

Él recupera la cosa y escribe algo en el papel.

—Es una cartera —murmura.

—¿Para qué?

Él alza la mirada para encontrar la de ella sin siquiera levantar la cabeza.

—Para llevar dinero —responde —. ¿Y esto? —Él sostiene en alto un dibujo de unas cosas plateadas con formas extrañas. Y después otra máquina grande que ella no reconoce.

—No, *Monsieur*. No, *Monsieur*.

—Llaves —dice—. Horno.

»¿Sabes qué quiere decir la palabra *comparar*? —pregunta.

—No, *Monsieur*.

Anotación, anotación.

—Eso es todo —señala el médico, sin siquiera mirarla.

Ella se queda sentada ahí por un momento, no quiere que se termine.

—¿Eso es todo? —repite.

—Ya puedes regresar a tu clase.

—Casi puedo atarme los cordones —le cuenta Elo.

Él no dice nada. Ella regresa a clase. Claire la mira, expectante. Ella encoge los hombros. Nadie dice nada más sobre el hombre bigotudo por el resto del día.

A la mañana siguiente, cuando van a clase después de orar, la hermana Tata les dice que vayan derecho a sus pupitres.

—Pero es hora de la alfombra —le recuerda Elodie.

—No hay hora de la alfombra hoy —responde la hermana y Elodie se siente decepcionada.

Poco tiempo después, aparecen otras dos hermanas en el aula, seguidas por Mère Blanche. Elodie mira a Claire. Algo sucede.

—Niñas —dice la Madre Superiora, de pie al frente, en el centro de la habitación, con las manos unidas delante de ella y su espalda recta como una tabla—. Hoy es el Día del Cambio de Vocación —anuncia.

Las niñas comienzan a hablar sin parar. Elodie está extasiada. ¡Día del Cambio de Vocación!

—¿Es una festividad? —exclama, sin molestarse en levantar la mano.

—Desde hoy —continúa la Madre Superiora—, no habrá más colegio.

El espíritu de Elodie se desmorona. ¿No habrá más colegio?

—Desde ahora, el orfanato será un hospital —informa la Madre Superiora.

Elodie mira a la hermana Tata y nota que le caen lágrimas por las mejillas. Tiene la cabeza gacha y no hace contacto visual con Elodie ni con ninguna de las niñas.

—¿Eso qué quiere decir? —pregunta una de las niñas más grandes.

—Exactamente lo que acabo de decir —responde con brusquedad Mère Blanche—. Ahora somos un hospital psiquiátrico. No hay más orfanato y no hay más huérfanos. Desde este día en adelante, todas vosotras sois retrasadas mentales.

Elodie mira toda la habitación. Todas están en silencio absoluto. Algunas de las niñas mayores están llorando. Los hombros de la hermana Tata se sacuden, su cabeza aún está gacha, sus ojos ocultos.

—¿Qué quiere decir *retrasadas mentales*? —pregunta Elodie.

—Significa que sois mentalmente deficientes —explica la Madre Superiora—. ¿Comprendéis? Sois pacientes psiquiátricas ahora. Así es cómo continuamos.

Tras eso, gira sobre sus talones y sale de la habitación, dejándolas en el silencio de la conmoción y la pena.

A la mañana siguiente, suceden tres cosas importantes que le dan a Elodie ansiedad y la sensación de que vendrán cosas terribles. La primera es el golpeteo que la despierta mucho más temprano de lo habitual. Cuando echa una mirada al exterior, ve que hay trabajadores quitando las persianas de las ventanas y colocando barrotes de hierro negros.

A continuación, cuando baja a desayunar, nota que todas las hermanas están vestidas con hábitos blancos, en vez de sus usuales hábitos negros.

—¿Por qué estás vestida de blanco? —le pregunta a la hermana Joséphine, mientras come su bol de *gruau d'avoine*.

—Este es el hábito que usan las enfermeras.

—¿Desde cuándo eres enfermera?

—Desde hoy.

Los golpes que vienen de fuera son ensordecedores y algunas de las niñas más pequeñas lloran y se tapan los oídos.

—¿Por qué ponen barrotes en las ventanas? —le pregunta a la hermana Joséphine.

—Es un hospital psiquiátrico ahora.

—Pero no es una prisión.

—De cierta forma lo es.

Elodie puede sentir que su labio inferior comienza a temblar.

—¿Estaremos encerradas aquí dentro?

—Sí —responde la hermana, sin hacer contacto visual—. Así son las cosas ahora, así que debes dejar de sentir pena por ti misma.

— ¿Por qué está pasando esto?

—Porque naciste en el pecado.

Elodie muerde su labio. Mira fijo su bol de avena y se concentra en no llorar en la mesa.

—¿Tenemos clases hoy? —le pregunta Claire a la hermana Joséphine.

Elodie levanta la cabeza.

—No —responde la hermana—. Hoy debemos prepararnos para recibir a los nuevos pacientes. Mañana vosotras comenzáis a trabajar.

—¿Por qué?

—No hay más colegio.

—¿Qué pacientes nuevos? —quiere saber Elodie.

—Dejad de hacer tantas preguntas.

—¿Qué clase de trabajo tendremos que hacer? —pregunta Claire.

—Tendréis que ayudar en el cuidado de los otros pacientes psiquiátricos —contesta la hermana Joséphine, y Elodie se da cuenta de que ha dicho *otros* a propósito... «otros pacientes psiquiátricos».

—*Nosotras* no somos pacientes psiquiátricas —aclara Elodie.

La hermana Joséphine apoya su cuchara en la mesa y la mira directamente a los ojos desde el otro lado de la mesa.

—Sí —afirma, con voz fría y mirada impávida—. *Lo sois.*

Una hora después, mientras aún están poniendo barrotes en las ventanas, un autobús escolar amarillo se detiene frente al edificio de ladrillos rojos que Elodie siempre ha conocido como su hogar.

—¡Los locos están aquí! —grita alguien.

Las huérfanas se apiñan alrededor de las ventanas de la habitación delantera, con nerviosa expectación, y observan cómo sus extraños nuevos compañeros salen uno por uno del autobús. Las niñas y las monjas dejan escapar un grito ahogado al unísono cuando el espectáculo se despliega frente ellas: hombres y mujeres viejos en pijamas arrastran torpemente los pies por el camino; algunos de ellos balbucean y cantan, otros están aturdidos y en trance.

—¡Son viejos! —grita una de las niñas.

—¡Y aterradores!

Esta es la tercera cosa perturbadora que sucede este día.

Elodie siente que un nudo de pánico oprime su pecho. Es lo bastante mayor e inteligente como para comprender que la vida que conocía acaba de terminar.

Capítulo 16

Maggie

De camino a su cita con Roland en L'Auberge Saint-Gabriel, en el Viejo Montreal, Maggie no puede evitar echar vistazos dentro de su bolsa para mirar su nuevo sujetador. No es el sujetador en sí lo que la emociona, sino más bien el logro. Cada trimestre, el gerente de departamento de Simpson's entrega una prenda gratis a la mejor vendedora y esta vez ha sido Maggie. No puede esperar a contárselo a Roland.

Con su trabajo en Simpson's y Roland a su lado, su vida en Montreal está resultando ser un buen plan alternativo después de todo. Están creando una vida sólida y gratificante juntos en la ciudad y Maggie experimenta más momentos genuinos de satisfacción de lo que jamás había creído posible.

Roland la está esperando en su mesa, bebiendo whisky escocés. Hay una botella de vino para los dos enfriándose al lado de él. Ella sonríe y saluda con la mano.

—¿Cómo ha ido tu día? —pregunta Maggie mientras despliega la servilleta de lino blanca sobre su regazo.

—Demasiado aburrido como para hablar de eso —responde él—. Estoy revisando una propuesta de préstamo para una pequeña compañía minera administrada por dos hermanos muy carismáticos y persuasivos. Se las han apañado para establecer un negocio viable allí afuera, algo que admiro. Si no los subsidio,

serán engullidos por la minera Noranda. Odiaría que eso suce-
diera.

Maggie asiente en todos los momentos indicados. La inteligencia y agudeza para los negocios de Roland aún le causan gran
admiración, pero no puede decir que le resulte interesante. Decide pedir caracoles y *suprême de volaille* para cenar.

—Así que parece que tendré que ir a Rouyn más adelante este
mes —concluye Roland cuando el mozo llega con sus órdenes—.
¿Y tú? ¿Qué tal tu día?

Ella busca su bolsa y le muestra apenas lo suficiente del sujetador de encaje blanco para que nadie más vea lo que es.

—¿Te has comprado un sujetador?

—No. He ganado un sujetador —explica—. ¡Fui la mejor vendedora este mes!

Roland no dice nada. Termina su whisky y busca el segundo,
que ha aparecido al lado de la canasta de pan.

—Enhorabuena —dice, mirando su vaso. Sin sonrisa, sin sentimientos.

—¿No estás orgulloso de mí?

—¿Por vender la mayor cantidad de sujetadores? —comenta
él—. No estoy seguro de que eso sea un logro comparado con,
digamos, criar hijos.

Maggie parpadea para detener las lágrimas mientras el
mozo apoya el ramekín con caracoles. El olor a ajo y a mantequilla caliente flota alrededor de ella, pero ahora no lo puede
disfrutar.

—Tengo talento con los clientes —murmura—. Tengo los ins-
tintos de mi padre...

—Cambiemos de tema.

—Quiero seguir trabajando.

Roland deja su tenedor y la mira a los ojos.

—Es decir, medir pechos de mujeres todo el día. ¿A dónde
lleva eso, Maggie?

—A la vestimenta femenina. Gerenta de departamento. Quizás a una tienda propia algún día.

Roland deja escapar una risita amarga.

—Baja la cabeza de las nubes —dice despectivamente—. No has probado los caracoles, querida. Están deliciosos. Muy mantequillosos, tal como te gustan.

—Creí que te sentirías feliz por mí.

—¿Cómo puedo estar feliz cuando no tengo ni voz ni voto en lo que ocurre en nuestro matrimonio?

—¿Eso qué quiere decir?

—Un hombre necesita dejar un legado, Maggie. De otra forma, ¿qué sentido tiene?

El mozo le trae el tercer whisky escocés a Roland y le pregunta a Maggie si ocurre algo con los caracoles. Ella niega con la cabeza y se obliga a sonreír. Revuelve el resto de la comida, sin probar bocado. Terminan la botella de vino y luego Roland ordena una taza de café para espabilarse para conducir.

En casa, va derecho a su carrito de licores en la sala de estar y se prepara un trago.

—¿Algo de beber? —le pregunta.

Ella hace una mueca y se quita los zapatos dando un par de pataditas. Nota que uno de los tacones está arañado por el empedrado del Viejo Montreal. Se arrodilla en el vestíbulo y frota la marca con el dedo gordo.

—Quiero que dejes los anticonceptivos —dice Roland, sentado en el sofá de brocado.

—¿Ahora?

Él se recuesta contra los mullidos almohadones y cruza las piernas.

—Sí. Ahora. ¿*Cuándo*, Maggie, si ahora no?

Ella debería haberlo visto venir, pero la verdad es que aún no está lista. Todavía no ha superado lo de Elodie. Las heridas no han sanado lo suficiente para comenzar otra vez.

—No has dicho nada antes…

—Bueno, lo estoy diciendo ahora —la interrumpe—. Creí que sacarías el tema en algún momento, pero aparentemente no está entre tus prioridades.

—Te estás comportando como un bravucón.

—Me dijiste que querías hijos.

—Dije que no enseguida.

—¡Y *no* es enseguida! —exclama él—. He esperado pacientemente casi tres años.

—No me siento lista.

—Quizás nunca te sientas lista. Pero es como zambullirse en un lago. Solo hay que hacerlo.

—Para ti, es fácil decirlo —murmura Maggie, recordando las náuseas, el peso, la acidez, las contracciones. La pérdida—. Tenemos una buena vida juntos, Rol. Somos felices. No es necesario que nos demos prisa para comenzar una familia. Aún no.

—No voy a esperar hasta que te nombren gerenta de sujetadores en Simpson's —dice él—. Eso podría llevar décadas.

—No me gustas cuando estás borracho —espeta Maggie.

Él se pone de pie, cruza la habitación hasta su carrito de bebidas y se sirve otro whisky escocés.

—Es gracioso —comenta, mientras coloca hielo en su vaso—. Mi padre sentía lo mismo cuando *él* estaba borracho. No podía soportarme. Hacía todo lo que podía para evitarme. Supongo que lo irritaba. Especialmente cuando él estaba borracho. —Se sienta, hace girar el whisky en el vaso y bebe un buen trago—. Cada vez que yo abría la boca, él se avergonzaba. Una vez lo escuché decirle eso a mi madre.

Maggie está sorprendida por la inesperada confesión de Roland. No tiene la costumbre de compartir historias personales con ella, ni siquiera cuando ha estado bebiendo.

—Me sorprendió más el hecho de que lo dijera en voz alta que escuchar que yo no le gustaba —continúa—. Ya sabía que no le gustaba, obviamente. Los niños saben muchas cosas.

Maggie asiente, pensando en su propia madre.

—Solo quiero una oportunidad para hacerlo mejor —farfulla Roland—. Me gustaría intentar ser un buen padre, Maggie. ¿No lo ves?

Sus párpados comienzan a cerrarse y Maggie siente pena por él.

—Podemos discutir esto por la mañana —dice—, cuando no estés tan borracho.

Él responde con un fuerte ronquido.

En la planta de arriba, Maggie se sienta frente al tocador y peina su pelo. Quizás Roland tenga razón.

Quizás hacerlo mejor que su madre la sanaría. ¿Y si pudiera compensar cada beso reprimido, cada caricia negada? ¿Criar a un hijo para que se sienta apreciado y adorado?

La idea comienza a florecer mientras se prepara para dormir. Un bebé al que amar, una vida que moldear. Podría hacerlo con cariño y afecto, sin rabia; con una voz amable, un bálsamo de aceptación y todo lo necesario para que un ser vivo crezca sano. Quizás hasta termine siendo la redención por la hija que abandonó.

Capítulo 17

Elodie

1957

—¡Quieta! —grita Elodie, impaciente.

La Gorda Abéline ladra como un perro y cierra las encías como si estuviera a punto de morder.

—¡Ni siquiera tienes dientes, *imbécile*! —exclama Elodie.

Más ladridos.

—Deja de ladrar o llamaré a la hermana Louiselle —amenaza Elodie.

La hermana Louiselle es la monja más mala de Saint-Sulpice. Llegó con los locos dos años atrás para dirigir a los pacientes psiquiátricos y enseñar a las otras monjas —quienes previamente solo habían cuidado de las huérfanas— cómo hacer funcionar el lugar como un hospital.

La Gorda Abéline gruñe. Pesa alrededor de 120 kilos y podría aplastar a Elodie, de siete años, como si fuera una hormiga. Aun así, es trabajo de Elodie lavar a Abéline antes de ir a la cama, lo que significa frotar su espalda y sus axilas e incluso sus partes privadas, que Elodie siempre se salta.

Algunos otros locos son más fáciles de manejar. P'tite Odette es diminuta y amable y siempre coopera. Tiene ojos caídos y una forma de hablar pausada —Claire siempre dice que es por todos los medicamentos que le dan—, pero Elodie ni siquiera está segura de por qué está aquí. Mam'selle Philodora es otra a la que Elodie no le molesta cuidar. Es retrasada de verdad —no está loca como los demás— y todos la quieren. Siempre está sonriendo y riendo, feliz. No parece saber dónde está, o no le importa. Le gusta dar abrazos y acurrucarse con otros, algo que Elodie también disfruta.

La Gorda Abéline es la peor. Elodie la detesta. Sus ladridos y gruñidos, sus muslos sudorosos que siempre están llenos de sarpullido, su hedor insoportable.

—¿Por qué sigue ella aquí? —pregunta la hermana Louiselle, cuando entra en el baño.

Abéline le ladra.

—No me deja lavarla —se queja Elodie.

—Ve al dormitorio —dice la hermana Louiselle—. Reza tus oraciones y ve a dormir.

Aliviada, Elodie deja el cuarto de baño y huye al dormitorio. Se deja caer de rodillas y finge rezar. Se santigua, sin darle importancia alguna al gesto, se desliza debajo de la sábana blanca y tira de la manta para cubrirse hasta el mentón. Las niñas más pequeñas ya están dormidas, las mayores aún están trabajando. Elodie deja escapar un largo suspiro. Otro día aburrido ha quedado atrás.

La habitación está fresca para ser octubre. Solía encantarle el otoño, pero eso era cuando todavía las cosas la entusiasmaban. Ahora ya no se puede jugar fuera, ni cantar, ni colorear. Los rayos de sol ya no tocan su piel, no hay más hojas caídas, ni libros, ni lápices, ni esperanza.

Presiona su muñeca, Poupée, contra su mejilla y cierra los ojos. Lo bueno de trabajar todo el día —ya sea bañando a los locos o haciendo las camas o lavando la ropa sucia— es que para cuando va a la cama a la noche, está demasiado cansada para pensar en cosas tristes o incluso para hacer listas de todo lo que la hace enfadar. Pero esta noche, justo cuando está planeando sobre el precipicio entre el sueño profundo y la semivigilia, la despierta una brusca sacudida.

—¿Ey? —exclama, rodando lejos del intruso.

—Es hora de despertarse.

Elodie parpadea en la oscuridad, intentando orientarse. En el exterior, está absolutamente oscuro.

—Estamos a mitad de la noche —se queja al reconocer a la hermana Tata de pie al lado de ella.

—Te vas a un lugar, Elo.

Elodie se sienta en la cama, la confusión da paso a la euforia.

—¿Me voy de aquí? —pregunta.

—Sí —susurra la hermana, ayudándola a salir de la cama.

Pone los pies en el suelo helado y se estremece.

—¿Ha venido mi madre a buscarme? —exclama, su voz estalla de esperanza.

—Por supuesto que no —responde la hermana—. Vístete. Ponte esto.

—Ese no es mi uniforme —observa Elodie, mientras examina el vestido que la hermana Tata ha apoyado en su cama.

—No necesitas tu uniforme. Solo ponte el vestido.

—Huele raro —dice Elodie.

—¡*Chut!* —suelta la hermana Tata, exasperada—. Tú y tus discusiones.

—¿A dónde voy?

—A un lugar nuevo.

—¿Por qué?

—Porque estamos llenos aquí.

—¿Dónde queda este nuevo lugar?

—Lo sabrás cuando llegue el momento.

—¿Cuándo será eso?

—No lo sé.

—¿Por qué nos tenemos que ir a la mitad de la noche? —Elodie quiere saberlo, su excitación comienza a dar paso al miedo.

—Yo no tomo las decisiones —responde la hermana Tata, que avanza por un pasillo estrecho hasta otro de los catres, para despertar a otra niña y luego a otra—. Ahora id a lavaros y vestíos.

—Pero...

—¡Ya basta de preguntas tontas!

Un conjunto de niñas se une a Elodie en el cuarto de baño para lavarse y cambiarse. Cuando regresa al dormitorio, cuenta a seis niñas en total haciendo fila con sus vestidos donados, tan dormidas y desconcertadas como ella. Es entonces cuando se da cuenta, con una oleada de horror, de que Claire no está entre ellas.

—¿Claire no viene? —pregunta Elodie, el pánico comienza a apoderarse de ella.

—No —dice la hermana, que recoge algunas chucherías guardadas de las primeras comuniones y confirmaciones y las arroja en una pequeña maleta.

Elodie mira alrededor, a todas niñas que duermen, con una punzada de celos, no porque sea feliz aquí, sino porque es el único lugar que conoce y comienza a darse cuenta de que se está yendo de aquí para siempre.

—Vamos, niñas. El tren está esperando.

—¿El tren? —grita Elodie. Siempre es ella la que levanta la voz. Las otras niñas son más grandes, le llevan al menos dos años y saben bien que es mejor no discutir—. ¿A dónde vamos?

La hermana Tata no responde.

—Tengo que despedirme de Claire…

—No hay tiempo —susurra la hermana—. Y no debes despertarla.

Elodie mira suplicante el montículo del cuerpo dormido de Claire. ¿Cómo no decirle adiós? Han sido inseparables los últimos cinco años.

—¿Por qué no le puedo decir adiós a Claire? —pregunta lloriqueando y con lágrimas en los ojos—. ¡No sabrá a dónde he ido!

—Deja de gimotear, Elodie. Despertarás al resto.

Elodie se estira para buscar a Poupée y la estruja contra su pecho.

—No puedes llevar eso —dice la hermana, quitándole a Poupée—. Lo siento. No se permiten las muñecas en el lugar al que vas.

—Pero hermana…

—Date prisa, Elo.

En cuanto la hermana Tata se aleja para consolar a una de las
otras niñas, a la que no le permiten llevar la cadena de plata de su
madre, Elodie se arrodilla y recoge todos los dibujos que ha hecho
de su familia imaginaria. Los ha estado escondiendo debajo de su
colchón desde que el orfanato se convirtió en hospital y ahora los
esconde en sus pololos. No se irá sin ellos.

Tras una última mirada a la habitación donde ha dormido
desde que recuerda, Elodie avanza rápido por el pasillo, con lágrimas rodando por sus mejillas. *Adiós, Claire. Adiós, Poupée.*

El aire de misterio solo empeora la sensación de inminente
fatalidad que siente Elodie mientras sigue a la hermana Tata y las
otras niñas escaleras abajo, temblando en su vestido fino. Al llegar al descanso, siente que la mano de alguien envuelve la suya.
Levanta la vista y una de las niñas mayores —una bonita pelirro-
ja de diez años llamada Emmeline— le guiña un ojo y aprieta su
mano.

En el exterior, Elodie puede ver su respiración en el aire. Una
camioneta está esperando para llevarlas a la estación de tren. Las
seis niñas suben en la parte trasera mientras que la hermana Tata
se sienta delante, con su pequeña Biblia negra presionada en el
regazo. Un millón de preguntas se posan en la punta de la lengua
de Elodie: *¿A dónde vamos? ¿Qué tan lejos está? ¿Por qué nosotras?
¿Es un orfanato propiamente dicho o un convento?* Pero no se atreve
a hacerlas en voz alta. Parte de ella siente alivio de que la saquen
de Saint-Sulpice —nunca ha vuelto a ser lo mismo desde que lo
convirtieron en un hospital—, pero aun así su corazón siente un
gran pesar por las niñas que deja atrás. No está loca. No debe estar en un hospital y supone que finalmente se han dado cuenta de
su error. Elodie solo puede esperar que Claire venga con otra tan-
da de niñas.

Cuando llegan a la estación unos minutos después, bajan en
silencio del vehículo y siguen a la hermana Tata en una sola hilera
por toda la plataforma. La estación en sí misma es un edificio
muy bajo de ladrillos rojos al lado de las vías, en algún lugar en
el medio de la nada.

—¿Dónde estamos? —susurra a Emmeline.

—Farnham —responde ella, mientras la hermana Tata entrega unos papeles a un hombre con un extraño sombrero. El desconocido los revisa con cuidado y las invita a abordar.

—*Bon voyage* —dice el hombre.

Elodie se sienta al lado de Emmeline, que todavía sostiene su mano. Tiene el asiento de la ventana y mira hacia fuera con la nariz presionada contra el cristal desde el momento en que el tren comienza a ronronear y temblar hasta que finalmente se sacude hacia adelante y comienza a alejarse de Farnham.

El sol comienza a salir, brindándole a Elodie la primera vista del mundo fuera de las paredes de Saint-Sulpice. El tren deja atrás kilómetros y kilómetros de brillantes árboles anaranjados y rojos, campos enormes, granjas y vacas. Elodie está maravillada y pensativa mientras observa el paisaje desconocido, intentando grabar todo en su mente. Todo su cuerpo hormiguea con expectativa, curiosidad, asombro, hasta que, con una repentina punzada de terror, algo cruza por su cabeza.

—¡Hermana Tata! —grita.

—Baja la voz, Elo —dice la hermana, con brusquedad—. ¿Qué ocurre?

—¿Y si mi madre viene a buscarme? —pregunta, las lágrimas se acumulan en sus ojos—. ¡No estaré allí!

Una de las niñas en el asiento de delante del suyo ríe disimuladamente y Elodie se estira y le golpea la cabeza desde atrás.

—¡Elodie! —exclama la hermana.

—¿Sabrá mi madre dónde encontrarme? —Quiere saber Elodie.

—Sí, Elodie. Hay un Acta de Traslado. Ahora, cálmate.

Aliviada, Elodie se deja caer en su asiento y descansa la cabeza contra la ventana. Mira a través del cristal hasta que su vista se emborrona y se queda dormida.

De repente, alguien tira de su brazo y la arrastra para que se ponga de pie.

—Hemos llegado —dice Emmeline.

Elodie mira a su alrededor, asimilando los edificios grises, el cemento, los automóviles, la suciedad y los olores extraños.

—¿Dónde estamos? —pregunta con desaprobación—. Es feo y huele mal.

—*Chut*.

—Es Montreal —explica Emmeline con suavidad—. Estamos en la ciudad.

La ciudad. El corazón de Elodie comienza a palpitar. Otro coche las espera. Es brillante y nuevo, tiene las letras B-u-i-c-k escritas en la parte de atrás. Elodie ahora sabe leer, gracias a Claire, que le enseñó cada vez que tenían un poco de tiempo libre.

La hermana Tata les ordena a las niñas que entren al Buick. El aire se vuelve sombrío en el coche cuando la hermana se da la vuelta para mirarlas con una expresión de preocupación en el rostro.

—¿No te quedarás con nosotras? —le pregunta Elodie.

—No puedo, Elo. Debo regresar a Saint-Sulpice.

Elodie estruja los ojos para contener las lágrimas, intentando no comportarse como una bebé, pero su labio inferior no deja de temblar. Avanzan por las calles de la ciudad en silencio, dejando atrás edificios altos y carteles estridentes que se ciernen sobre ellos en cada esquina, empequeñeciendo el paisaje. ¡BEBA PEPSI! ¡PIDA LABATT! DU MAURIER, EL CIGARRILLO ELEGANTE.

Elodie puede ver que los labios de la hermana Tata se mueven, recitando oraciones en silencio. Elodie está fascinada y al mismo tiempo siente rechazo por todo lo que sucede a su alrededor.

—¡Mirad el tren en la calle! —grita, señalando por la ventana.

—Es un tranvía —explica la hermana Tata.

Finalmente, el coche se detiene frente a un edificio de piedra gris con una cruz sobre su columna central. Al principio, Elodie cree que es un convento, pero luego advierte las palabras talladas en la fachada de piedra: HÔPITAL ST. NAZARIUS.

—¿Otro hospital? —exclama—. ¡Yo no debería estar en un hospital!

La hermana Tata sale del vehículo. Las otras niñas la siguen, pero Elodie se niega a moverse.

—Sal del coche —dice la hermana con severidad—. Este es tu nuevo hogar, te guste o no. No estarás peor de lo que estabas en Saint-Sulpice.

Elodie baja a regañadientes y arrastra los pies, miserable, detrás de la procesión de huérfanas más obedientes, que avanzan hacia los escalones de entrada. Lo que daría por estar de nuevo en Saint-Sulpice.

Una vez dentro del recibidor, una monja les abre una pesada puerta doble, que luego cierra con un solo giro de un gran pestillo dorado y brillante. Elodie se sobresalta cuando hace *clic* y se refugia detrás de Emmeline.

La hermana Tata entrega la maleta y unos papeles a otra monja, una mujer rechoncha con cara demacrada, labios finos y ojos pequeños y oscuros como un murciélago.

— La más joven tiene siete años —comenta la hermana Tata, empujando a Elodie adelante.

La monja mira a Elodie de arriba abajo, inspeccionándola con sus ojos de murciélago demasiado separados uno del otro, y frunce el ceño.

—Estará en el Pabellón B con las mayores —dice con una voz fría que hace que Elodie quiera esconderse bajo la falda de la hermana Tata.

—De acuerdo —responde la hermana, girándose para mirar a las niñas—. Debo volver ahora.

Elodie rompe en llanto.

—¡No nos dejes! —lloriquea, envolviendo la cintura de Tata con los brazos—. ¡Yo no debería estar en un hospital!

La hermana Tata se arrodilla y sujeta el rostro de Elodie con sus manos.

—Estarás con otros huérfanos —susurra—. No seas impertinente y estarás bien.

Y entonces se levanta y se acomoda su hábito y toca el hombro de Elodie.

—Buena suerte, niñas —dice y Elodie puede ver que sus ojos se ponen vidriosos—. La hermana Ignatia está a cargo de vosotras ahora.

Todas se giran para mirar a la monja. Su semblante serio, su ceño fruncido de forma caricaturesca y su voz severa ya han puesto el temor de Dios en ellas.

—Buena suerte —repite la hermana Tata, que luego abre la puerta y desparece en la primera luz de la mañana.

La hermana Ignatia se mueve con rapidez para cerrar la puerta con traba. *Clic.*

—Seguidme —dice y las niñas obedecen, caminan detrás de ella por seis tramos de escaleras y luego en una sola fila por un pasillo largo y siniestramente silencioso.

¿Dónde están todos?, se pregunta Elodie, pero no se atreve a hablar.

Al final de lo que parecía un corredor infinito, la hermana Ignatia se detiene y abre otra puerta, donde hay un cartel: Pabellones A-D.

En cuanto atraviesan esa puerta, el lugar cobra vida, golpeándolas con el olor a lejía, el ir y venir resuelto de las monjas en hábitos blancos y una cacofonía de llantos y gritos lejanos. Siguen a la hermana Ignatia otra vez hasta que vuelve a detenerse frente a otra misteriosa habitación.

—Este es el dormitorio para el Pabellón B —explica, empujando la puerta para revelar una habitación enorme con seis hileras de diez camas de hierro blancas, colocadas cabecera contra pies, con apenas el espacio suficiente entre medio para una cómoda achaparrada no más grande que un archivador. Una cruz sencilla cuelga sobre la primera cama de cada hilera. Diez cruces, cuenta Elodie. Sesenta camas, sesenta mantas de lana gris. Seis ventanas enrejadas que dan a un páramo de cemento y un cielo gris, por lo que se puede ver. En un rincón de la habitación, preside una aterradora estatua de Jesús en la cruz, observando lo que las monjas no pueden ver.

La hermana Ignatia no les da demasiado tiempo para absorber todo lo que las rodea y las guía, pegada a la pared trasera, hasta el cuarto de baño.

—Debéis pasar por el baño para llegar al salón comunal —explica, caminando delante de ellas con sus piernas cortas pero eficientes. Empuja las puertas del salón comunal para abrirlas y Elodie lanza un grito ahogado—. ¿Qué ocurre? —pregunta la hermana Ignatia, que da media vuelta para mirarla con sus ojos negros y las fosas nasales ensanchadas—. ¿Nunca habías visto un mongoloide?

Elodie traga el gran nudo que siente en la garganta y asiente con la cabeza. Conocía a Philodora, pero de alguna manera era distinta; dulce e inofensiva y no aterradora como estas chicas.

—Será mejor que te acostumbres —ladra la hermana Ignatia.

La habitación está organizada de una forma similar a la del dormitorio, solo que, en vez de hileras de camas, hay decenas de filas de sillas mecedoras; la mayoría, ocupadas por niñas no mucho más grandes que Elodie que barbotean para sí o sisean como animales o miran fijamente la pared con extraños ojos vacíos. Todas tienen el mismo pelo hachado. Es difícil distinguir entre los retrasados y los enfermos mentales; aquí, en el salón comunal, están todos amontonados. De alguna forma, ver a pacientes psiquiátricos jóvenes es más aterrador que los viejos de Saint-Sulpice.

—¿Por qué hay algunas envueltas de esa forma? —pregunta Elodie, señalando una extraña chaqueta blanca con hebillas.

—Es una camisa de fuerza —responde la hermana Ignatia—. Y si no te comportas, habrá una para ti.

Elodie da un paso atrás, para esconderse detrás de Emmeline, y nota que hay una niña desnuda gimoteando en un rincón. Está acurrucada de costado, los huesos de su blanca espalda sobresalen, tiene las rodillas dobladas contra su pecho y tiembla violentamente.

Elodie no puede creer lo que ven sus ojos. La muñeca de la niña está encadenada a un tubo.

La hermana Ignatia ni la mira, no intenta explicar o justificar la razón detrás de ello. Todo parece parte de la vida normal aquí en Saint-Nazarius.

Cuando el tour ha finalizado, es momento de que les corten el pelo. Una niña con cara de luna llena —otra paciente— recorta el pelo de las nuevas en un estilo escoba, por encima de las orejas y con una mata espesa de flequillo irregular. Cuando termina, Elodie se mira en el espejo del baño y frunce el ceño. Ahora tiene el mismo aspecto de las niñas locas en las sillas mecedoras.

—¿Son todas tan horribles como la hermana Ignatia? —le pregunta Emmeline a la niña con cara de luna.

—Se deshicieron de la última supervisora del Pabellón B porque no era lo suficientemente malvada. En caso de que no lo hayáis descifrado aún, acabáis de llegar al Infierno.

Cuando todos los cortes de pelo están terminados, las niñas deben formar fila para ser inspeccionadas. La hermana Ignatia vuelve a unirse a ellas y les echa un vistazo con desdén.

—¿Hermana?

Todas se giran para mirar a la niña que, con voz temblorosa, se ha atrevido a dirigirse a la hermana Ignatia. Es Emmeline.

La hermana Ignatia se acerca a ella con una expresión de curiosidad.

—¿Qué sucede? —pregunta.

—Creo que ha habido un error —le dice Emmeline, al encontrarse con su mirada gélida—. Somos huérfanas. No deberíamos estar en un hospital como este.

Elodie quiere celebrarlo. Por fin alguien ha dicho las mismísimas palabras que ha querido gritar con fuerza desde que llegaron esta mañana. Este lugar es un manicomio. Un lugar para los dementes y los gravemente retrasados, pacientes en mucho peor estado que la gente del orfanato.

—¿No deberíais estar en un lugar como este? —repite la hermana Ignatia, cuyos labios se retuercen en una amenazante media sonrisa—. ¿Dónde deberíais estar, entonces?

Emmeline baja la mirada al suelo.

—En un orfanato —responde por lo bajo—. Tal vez todavía haya una oportunidad de que nos adopten. Nadie nos encontrará aquí…

Sin advertencia alguna, el brazo de la hermana Ignatia se estrella contra el lado de la cabeza de Emmeline. El golpe es tan fuerte que Emmeline tropieza hacia atrás y aterriza en el suelo, aturdida.

—Aquí es exactamente donde debéis estar —afirma la hermana Ignatia, de pie sobre ella—. Habéis nacido en pecado, ¿no es cierto?

Camina de un lado a otro frente a las niñas asustadas.

—Jamás cuestionéis si debéis estar aquí. Tenéis suerte de que os dejemos tener un techo sobre la cabeza y comida en el estómago. Es más de lo que os merecéis. Vuestra vida no tiene valor alguno y así seréis tratadas.

Se vuelve a Emmeline, quien aún está desmoronada en el suelo.

—Y tú —dice la hermana, empujando a Emmeline con su bota negra—. Tú te quedarás en el Pabellón D, con los epilépticos.

—No, por favor —ruega Emmeline—. No diré otra palabra.

La hermana Ignatia sujeta a Emmeline del pelo recién recortado y la arrastra por el pasillo. Elodie cubre sus oídos para apagar los gritos de Emmeline y muerde con fuerza su labio para evitar hacer algún sonido. Puede sentir que las niñas a ambos lados de ella tiemblan y cuando echa una rápida mirada, ve que las lágrimas caen por sus mejillas.

El resto del día es niebla. Las comidas son indigeribles: carne marrón y verduras pastosas, con una gota de melaza untada en el plato como postre. Las horas de la tarde son interminables. Dejan a las niñas en el salón comunal, donde solo pueden mecerse en las sillas con los zombis. Aún no les han asignado trabajos, así que no hay nada que hacer más que mirar las paredes y evitar llamar la atención de las monjas.

Por la noche, Elodie se desliza, agradecida, sobre su cama debajo de la manta gris rasposa y cierra los ojos. Dormir será su único alivio aquí; ya lo sabe. En cuanto pierda la consciencia, será libre.

—Siéntate.

Elodie abre los ojos, sobresaltada al ver a una de las monjas de pie al lado de su cama.

—Abre la boca.

—¿Para qué? —pregunta Elodie, que inmediatamente se arrepiente de hablar. La monja le da una bofetada.

—Abre la boca —repite.

Elodie obedece y la monja coloca una píldora en su lengua.

—Traga —ordena, y le da a Elodie un vaso de agua tibia—. Te ayudará a dormir.

Elodie vuelve a acostarse y la monja avanza hasta la siguiente niña. Se queda acostada ahí durante un largo rato, pensando en la hermana Tata y Claire, preguntándose qué estarán haciendo. ¿La echan de menos? ¿Habrá preguntado Claire dónde está? ¿Las volverá a ver alguna vez? Sus pensamientos se dirigen hacia Emmeline y se preocupa por ella, que está en el pabellón de epilépticos. Ni siquiera sabe qué es un epiléptico, pero suena aterrador.

Y entonces, en el silencio espectral, escucha que una niña pequeña canta una canción de cuna desde el otro lado de la habitación y se pregunta si está soñando.

«Fais dodo, bébé a Maman; fais dodo…».

Elodie intenta mover la cabeza para ver quién es, pero no puede; está paralizada. Apenas puede mantener los ojos abiertos ahora. Su cuerpo está flotando y se siente extrañamente calma. La canción de la niña pequeña es reconfortante, alegre, en este oscuro lugar.

Escucha que alguien susurra.

—¡*Shh*, Agathe! La hermana te escuchará.

Pero la niña sigue cantando. Elodie se queda dormida. Siente la boca seca y la lengua pesada; sus manos y pies hormiguean.

«Fais dodo, bébé a Maman; fais dodo…».

Y desaparece.

Capítulo 18

Maggie

*M*aggie entierra las manos bien en la tierra y respira el olor terroso, un aroma que aún asocia con la tienda de su padre. Prácticamente puede escuchar su voz, con tanta claridad como si estuviese parado a su lado. «Deja de lado la pala y planta los bulbos bien profundo, al menos a unos veinte o veinticinco centímetros de los tulipanes y de los narcisos».

Siempre siguió sus instrucciones al pie de la letra. Como resultado, su jardín es el orgullo de Knowlton. «La profundidad mantendrá las raíces frescas y húmedas durante nuestra primavera cálida y seca. Ahora cubre el arriate con harina de hueso y fertilizante».

Es 1959 y Maggie tiene casi nueve semanas de embarazo. Al haber perdido dos, ambos alrededor de la octava semana, se siente reacia a ilusionarse esta vez.

Perder los embarazos es como un castigo por haber dado en adopción a su primera hija. Desde el primer momento en que Maggie ha intentado tener un bebé, Elodie ha estado constantemente en sus pensamientos.

Tiene nueve años ahora, ya no es una bebé. Es extraño imaginarla creciendo en algún lugar posiblemente cercano, una completa desconocida. Maggie no puede dejar de preguntarse qué tipo de niña será, a quién se parecerá. ¿A Gabriel? ¿Yvon? ¿Tendrá el pelo claro u oscuro? ¿Será regordeta o delgada? ¿Optimista, encantadora, huraña o triste?

Después de la segunda pérdida, Violet dijo: «Quizás algo se dañó cuando tuviste a tu bebé».

Su madre comentó: «Quizás Dios te está castigando».

Ambas hipótesis eran plausibles. La maternidad —que hasta ahora ha resultado estar fuera de su alcance, lo que resulta muy frustrante— parece ser el requisito indispensable para sentirse valorada como mujer o para tener valor alguno en el mundo. Si no puede hacer esto bien, será inútil.

Estos días, su vida transcurre viajando ida y vuelta entre dos grandes hogares; los dos muy bien decorados, los dos solitarios. Roland compró la casa de campo en Knowlton después de la pérdida del primer embarazo, con la esperanza de que eso la alegrara o, al menos, le diera un proyecto. Ella aún trabaja en Simpson's, pero todavía no la han ascendido.

Roland trabaja hasta tarde y Maggie está sola la mayor parte del tiempo. Incluso los fines de semana, él conduce hasta la ciudad para pasar tiempo en el banco, dejándola sola para que dé vueltas inquietamente por la casa. Maggie intenta ignorar el resentimiento que va acumulando —sabe que Roland no quiere estar cerca de su tristeza—, pero no funciona. Él, pese a todos sus juramentos y promesas de transigencia, ha resultado ser solapadamente inflexible.

Arrodillada, Maggie se estira para levantar la manguera y, con cariño, rocía sus flores. La jardinería es meditativa para ella. Esta temporada, ha plantado vincas trepadoras, que se han expandido por encima de las piedras como una alfombra rosa. Ha comprado brillantes flox y gencianas y geranios y espectaculares arbustos de fresa que corren a los lados del camino de piedra. No tiene miedo de probar cosas inesperadas. A veces, exceden su visión; otras, fallan miserablemente. Sin importar qué, le encanta su jardín.

Algunas noches, largo tiempo después de que Roland se haya dormido a su lado, se escabulle al exterior a inspeccionar su trabajo. Se queda ahí, con sus pies descalzos plantados en el césped cubierto de rocío, admirando sus amadas plantas anuales y sus perennes. Es el jardín que su padre siempre ha soñado plantar en cuanto tuviera un poco de tiempo libre. Él tiene anotaciones sobre todos los bulbos únicos e impresionantes que plantaría; bocetos detallados que incluyen bancos donde podría sentarse entre sus flores; planes elaborados para una pila de piedra para pájaros, una fuente, un estanque lleno de ranas. Siempre ha soñado con días lánguidos en los que solo se dedicaría a la jardinería. Su oficina todavía está llena de viejos planes, listas de posibles flores —brillantes *Delphiniums*, farolillos lavanda, nieves de verano—, pero jamás ha tenido tiempo. No con la tienda y el catálogo y los pedidos por correo. Siempre se queja de que está demasiado ocupado con los jardines de los demás como para tener el suyo, pero Maggie tiene la sospecha de que obtiene más placer planeando y fantaseando del que tendría realmente trabajando en el condenado jardín.

Después de una hora de trabajar duro con la tierra, Maggie se levanta. Los calambres comienzan apenas se pone de pie. Regresa al suelo, plegada sobre sí misma contra el césped. Puede sentir la sangre caliente entre sus piernas incluso antes de verla en sus pantalones cortos blancos.

Se queda allí durante un largo rato, acostada en el césped. Demasiado impactada para llorar, demasiado devastada para moverse. Finalmente, Roland regresa a casa y la encuentra mirando fijamente el cielo.

—¿Maggie? ¿Querida? —Se acuclilla al lado de ella—. ¿Qué pasó? ¿Qué has hecho?

—¡No *he hecho* nada!

—¿Estabas ocupada con la jardinería? —pregunta, con tono acusador—. ¿Te exigiste demasiado? Debías tomártelo con calma…

—¡Haces que suene como que lo hago a propósito!

Los labios de Roland están fruncidos.

—Tan solo debías… Tú no debías hacer esfuerzos…

—No es mi culpa.

—No —dice él, rápido—. Por supuesto que no. Es solo otro revés.

—Es el tercero.

—Iremos al médico —sostiene—. Haremos que te atiendan. No nos rendiremos.

Palabras reconfortantes. Heroicas. *¡No nos rendiremos!* Al menos es algo a lo que puede aferrarse.

Unos pocos días después, Maggie se encuentra a sí misma mirando fijamente al teléfono. Ha querido hacer esto por meses, quizás años. Con repentino coraje, levanta el auricular y marca.

—Con la casa de expósitos de Cowansville, por favor —solicita a la operadora.

—Un momento —responde esta, con voz nítida y neutra. Maggie enciende un cigarrillo y exhala dentro de su café.

En pocos segundos, otra mujer aparece en la línea.

—Hermanas del Buen Pastor —dice amablemente—. Habla la hermana Maeve.

Nada sale de la boca de Maggie. Está mirando el micrófono como si fuera un objeto desconocido.

—Buen Pastor —repite la monja—. ¿Hola?

—Hola, hermana —logra decir Maggie, con la cantidad apropiada de humildad y respeto en la voz.

—¿Cómo puedo ayudarla, querida?

Amabilidad. Maggie se relaja.

—Estoy buscando información sobre una niña —explica.

—Lo siento —responde la monja, cambiando el tono—. No puedo ayudarla.

—Bueno, pero es mi hija.

—Si tuvo una bebé y está aquí, entonces no es su hija. Desafortunadamente, no tiene ningún derecho en esta provincia, querida.

—Pero soy su madre.

—Será mejor que la olvide. ¿Comprende que si es ilegítima, no tiene ningún derecho? Esa es la ley.

—Ni siquiera le estoy pidiendo que me diga dónde está —argumenta Maggie—. Solo quiero asegurarme de que haya sido adoptada…

—Los registros están sellados —sostiene la monja—. Nadie aquí ni en ningún orfanato en Quebec puede darle información. Rece para que Dios la perdone, hija…

—Por favor. Estaré muy agradecida de cualquier cosa que pueda decirme —suplica Maggie, el auricular tiembla en su mano—. Solo quiero saber si fue adoptada, así puedo dejar de preocuparme de que haya terminado en un psiquiátrico…

Contiene la respiración, esperando que la hermana Maeve le diga que lo olvide y siga adelante. La monja suspira.

—¿Sabe la fecha de nacimiento?

La pregunta toma a Maggie por sorpresa. Realmente había creído que no llegaría a ningún lado.

—6 de marzo de 1950 —dice con voz temblorosa.

—¿Y el día en que la trajeron aquí?

—El mismo día.

—Espere, por favor.

Maggie intenta mantenerse tranquila. Respira hondo, respira hondo. Su corazón martilla su pecho. La hermana Maeve no vuelve por un largo rato, al menos diez o quince minutos.

—Ninguna niña bebé fue traída aquí ese día —informa, finalmente, al regresar.

—¿Y el día siguiente? —pregunta Maggie, confundida.

—Ningún bebé llegó aquí en marzo de 1950 —dice—. Me temo que tiene el orfanato equivocado.

—¿Está segura?

—Lo siento.

—¿Hay algún otro en el área? ¿Cerca de Frelighsburg?

—El más cercano que conozco está en Sherbrooke —responde—. Y una buena cantidad de recién nacidos indeseados va a Montreal.

Recién nacidos indeseados.

—Lamento no poder ser de más ayuda, querida. Dios la bendiga.

La línea se queda en silencio.

Maggie no se mueve durante mucho tiempo. Enciende otro cigarrillo con el anterior. Deda le dijo que su padre llevó a la bebé a la casa de expósitos de Cowansville. ¿Por qué no hay registro de la llegada de Elodie?

Maggie levanta impulsivamente el teléfono y llama a su padre al trabajo.

—¿A dónde llevaste a mi bebé? —le pregunta.

—¿Maggie?

—Hablé con alguien en la casa de expósitos del Buen Pastor —dice, temblando por la adrenalina—. Deda me dijo que fue allí donde la llevaste, pero no hay registro de la llegada de una bebé ese día ni ningún otro día de marzo.

—¿Te dijeron eso?

—Sí.

—Es ilegal que te…

—¿A dónde la llevaste, papá?

—Cálmate —le pide—. No deberías estar desenterrando esto, especialmente ahora. Estás embarazada.

Maggie cierra los ojos con fuerza para contener las lágrimas. No les había dicho a sus padres que perdió el último embarazo.

—¿A dónde la llevaste? —repite.

—La llevé a la casa de expósitos de Cowansville —responde, levantando la voz—. Tal como te dijo tu tía. Algo que no debería haber hecho, por cierto.

—Y yo te he dicho que ningún bebé llegó ese día.

—¿A dónde más podría haberla llevado? —pregunta él—. No gano nada con mentirte, Maggie. Allí es adonde eran llevados todos los bebés ilegítimos. No había mucho para elegir al respecto.

—¿No la llevaste a Shebrooke o a Montreal?

—No.

—No tiene sentido.

—Quizás hubo un error, Maggie. Dudo mucho que sus registros sean infalibles. De cualquier modo, debes dejar el pasado atrás. Tienes suerte de estar en una buena situación ahora. —Maggie puede escuchar voces de hombres en el fondo—. Hay clientes —dice su padre—. Debo irme. Concéntrate en el bebé que llevas ahora. El otro es un callejón sin salida.

Capítulo 19

Elodie

1959

*E*lodie intenta levantar la cabeza de la almohada, pero la siente como si fuera de ladrillos. La píldora que le dan por la noche la convierte en un zombi al día siguiente. Rara vez está despierta. En lugar de eso, el mundo se desarrolla a través de una nebulosa y en cámara lenta. Sabe por las monjas que la píldora que les dan a todas las pacientes se llama Largactil. Algunas de las niñas mayores del Pabellón B la llaman la píldora de lobotomía. Aunque Elodie solo tiene nueve, ya sabe qué es una lobotomía por una chica llamada Nora. Nora fue trasladada desde el pabellón de epilépticos la primavera pasada. Cuando llegó al Pabellón B, Elodie no perdió tiempo y le preguntó por Emmeline.

—No ha hablado desde la lobotomía —respondió Nora, directa.

—¿Qué es una lobotomía? —quiso saber Elodie.

—Es cuando clavan un picahielo en la parte frontal de tu cerebro para hacerte menos violenta —explicó Nora—. Lo hacen todo el tiempo en las cirugías.

Elodie lanzó un grito ahogado, sin poder creer que fuera verdad. Fue corriendo hasta la hermana Alice —la única monja semihumana en el pabellón— y tiró de su hábito.

—¿Es cierto que clavan picahielos en la cabeza de los pacientes para que dejen de ser violentos? —preguntó, jadeando.

—¿De qué estás hablando, Elodie?

—Nora me ha contado que Emmeline no ha hablado desde que tuvo una lobo... Lobo... la cosa esa donde te hacen un agujero en la cabeza...

La hermana Alice suspiró.

—Una lobotomía es una operación perfectamente aceptable —explicó—. Con pacientes peligrosos, no hay otra opción.

—Pero Emmeline no era peligrosa...

—Si no te metes en lo que no te importa y te mantienes alejada de los problemas —le advirtió—, no necesitarás una.

Esa tarde, encadenaron a Nora a una tubería por ser una «bocazas». Culpó a Elodie y no le habló nunca más, hasta que fue trasladada a otro pabellón.

Elodie yace inmóvil en su catre, todavía atontada y con la boca seca. En cierta forma, está agradecida por el Largactil. Aunque odia la forma en que la hace sentir durante el día —lenta y tonta y perdida en una nebulosa—, sí apaga el dolor inmediatamente antes de quedarse dormida y al despertarse. En esos pocos minutos de dócil aturdimiento, en el que sus pensamientos son vagos y su mente apenas está consciente, puede olvidar. Todo tiene una naturaleza alucinatoria; los otros pacientes, las monjas, la desesperanza de su encarcelamiento. El Largactil al menos neutraliza por un rato la desesperación.

No estoy loca, se recuerda a sí misma. *No estoy loca.*

Las luces se encienden y las niñas se levantan de sus camas. Se arrastran hacia el cuarto de baño, lavan sus dientes y echan agua fría sobre sus caras, intentando deshacerse de los efectos de la droga. Lo mejor que se puede decir de los días de Elodie en Saint-Nazarius es que no le molesta su actual trabajo de coser las sábanas en el sótano. Su primer trabajo fue limpiar los baños en todos los pabellones de mujeres. Planta tras planta, retrete tras retrete, eso fue lo que hizo por la mayor parte del año. Cuando escuchó a una de las chicas decir que había un trabajo cosiendo, mintió y aseguró que sabía hacerlo. De alguna forma, se salió con la suya. Observando a otras costureras —y con la ayuda de una de las veteranas, una especie de epiléptica llamada Marigot—, logró aprender lo bastante rápido para quedarse con el trabajo. Aparentemente, tiene talento.

Después del desayuno y el rezo, Elodie se abre camino al sótano —su refugio— y se sienta frente a la máquina de coser. No le molesta sentarse durante horas sin descanso; el dolor de espalda es un lujo comparado con cómo le dolía el cuerpo tras restregar pisos y retretes. Además, hay trabajos peores, como llevar los cadáveres al cementerio que hay detrás del hospital. Mueren pacientes casi todos los días en Saint-Nazarius; no solo los viejos, los niños también. Los rumores corren rápido a través de los pabellones y pasan de las niñas mayores a las más pequeñas. En este lugar lleno de secretos, no hay secretos.

Se pone a trabajar en su cuota de costura de la mañana —dobladillos de una docena de sábanas por hora, unas dos docenas para el mediodía— y deja que su mente vague por el zumbido de la máquina. Pierde la cuenta de las sábanas que se van acumulando al lado de ella, pero de alguna forma siempre termina la cantidad correcta. La campana de la hermana Calvert resuena cerca de su oído y el sobresalto la saca del atontamiento.

Así transcurre la monótona rutina de sus días. El almuerzo es una especie de comida parduzca sumergida en una salsa espesa y grumosa. El postre siempre es una mancha de melaza en el plato. Después, tiene que regresar al sótano, donde debe cumplir con la cuota de la tarde —la amenaza de un traslado sobrevuela siempre—, seguida de una masa más indiscernible todavía para la cena y luego, el regreso al pabellón, a mecerse, sin pensar, en las sillas desvencijadas junto a las locas de verdad.

Por la noche, cuando la monja de guardia se detiene al lado de su cama para repartir el Largactil, Elodie lo recibe con una mezcla de horror y alivio. Le ha terminado por gustar cuando le pesan los párpados y su cabeza comienza a flotar, es el momento preciso en que la realidad desaparece.

Esta noche, su último pensamiento consciente antes de la paz de la inconsciencia es: *Oh, ahí está la luna.*

Se despierta temblando y desorientada, su cama está empapada. Aún está oscuro y todos duermen. Es consciente del penetrante olor avinagrado. Le toma algunos minutos caer en la cuenta de que ha orinado la cama.

Durante un largo rato, se queda acostada en su propia orina, pensando en la forma en que va a atravesar el laberinto de camas hasta el baño. Su fila es la que está más lejos de este y todavía está semidrogada. Cuando finalmente ha trazado una estrategia en su cabeza, se desliza fuera de su camastro, quita las sábanas y las estruja en una bola.

Se mueve con lentitud y cuidado a través del espacio estrecho entre la pared y la primera fila de catres, pero aún está muy atontada. Sus piernas no están haciendo lo que deberían hacer —las siente como fideos cocidos— y la habitación da vueltas. El Largactil es poderosamente inmovilizante, así que usa la pared para sostenerse. Pero no había previsto que habría una bota sobresalida por debajo de una de las camas.

La bota debería estar en el pequeño armario a la entrada del dormitorio; cada chica tiene su propio armario —un pequeño estante sobre un gancho para guardar sus pocas y preciadas pertenencias—, pero nadie como Elodie para tropezarse con una bota perdida y salir volando por la habitación. Si hubiese estado más alerta, quizás habría amortiguado la caída, en vez de golpearse con tanta fuerza; en lugar de eso, se estira en busca de algo para sujetarse y termina derribando una de las mesas de noche de metal. La mesa y la lámpara golpean contra el suelo, la bombilla de vidrio se hace añicos alrededor de ella.

Puede escuchar que algunas de las otras niñas se despiertan. «¿Qué está pasando?». «¿Quién está ahí?». La luz se enciende de repente y Elodie queda ciega momentáneamente. Le duelen las rodillas y puede ver que está sangrando por culpa de la bombilla rota.

Cuando levanta la mirada, la hermana Ignatia se cierne sobre ella, con el ceño fruncido. Pese a que es baja y fornida, desde la posición de Elodie en el piso, la monja es un gigante.

—¿Qué ha ocurrido? —ruge.

—Tenía que ir al baño —murmura Elodie—. No podía ver.

—Huele a que ya fuiste al baño.

Elodie intenta esconder las sábanas mojadas con su cuerpo.

—Has despertado a todas.

—Fue un accidente —dice Elodie—. Me tropecé con la bota de alguien.

—¿Estás intentando meter a alguien más en problemas?

—No, hermana. Fue un accidente.

—Deberías haber sido más cuidadosa.

Elodie no puede reprimir un sollozo rebelde que escapa de sus labios.

—Ve al baño y espérame allí —ordena la hermana Ignatia—. Y quítate ese camisón sucio.

—Pero ¡no vi la bota! —grita Elodie, incapaz de contenerse—. ¡Esto no es justo!

—¿Justo? —cuestiona la hermana Ignatia, cuyos labios se estiran en una sonrisa aterradora—. ¿Debo recordarte que eres una paciente en *mi* hospital? Soy tu jueza y juzgo no solo tus transgresiones de hoy, sino *todos* tus pecados, así como los pecados de tus padres. Ahora ve y espérame en el baño.

Elodie se pone de pie con esfuerzo y se va de prisa al baño. Se quita el camisón y lo mete en el lavabo con sus sábanas y luego abre el agua caliente. Temblando y expuesta, envuelve su pecho desnudo con sus brazos y se acuclilla para generar algo de calor corporal.

La hermana Ignatia entra en el baño con una gran cubeta de hielo. Su semblante es tranquilo. Vuelca el hielo en la bañera y empuja a Elodie ahí adentro. Elodie intenta ser estoica, pero está congelada y comienza a llorar.

La hermana Ignatia busca el largo cepillo para fregar de madera que está bajo el lavabo —el que usan para limpiar los suelos— y refriega los muslos de Elodie hasta que quedan en carne viva.

—Eso debería ser suficiente —murmura con satisfacción y luego sostiene la cabeza de Elodie bajo el grifo—. La próxima vez tendrás más cuidado.

Antes de irse, arroja un camisón blanco limpio a Elodie. La puerta se cierra tras ella. Sola al fin, Elodie sale de la bañera y se pone el camisón.

«No estoy loca», susurra a su reflejo en el espejo.

Si deja de repetírselo, quizás lo olvide.

Capítulo 20

Maggie

$\mathcal{M}$aggie observa cómo su madre barre una pila de suciedad a la pala y luego echa todo afuera por la puerta trasera.

—Esas bestias nunca dejan de traer suciedad al interior de esta casa —se queja.

Se refiere a sus hijas, a las tres más jóvenes, que aún viven en su casa. Maggie bebe un sorbo de limonada helada y gime de placer. La limonada de su madre está hecha con limones frescos, mucha azúcar y un toque de miel para darle dulzura extra. El pastel de manzana se derrite en su boca y la magnífica comida de Maman casi hace que Maggie olvide lo horrible que era vivir con ella. Ayuda también que su madre la trate mucho mejor ahora que está casada y es problema de otra persona.

Maman se sirve un vaso de limonada, rebana un trozo de pastel y se sienta frente a Maggie. Es domingo por la tarde. Roland y su padre están en el cuarto de la criada, bebiendo y fumando cigarros.

—¿Cómo te encuentras? —pregunta Maman—. ¿Aún tienes náuseas matinales? Yo las tuve por meses. Terrible. ¿Recuerdas?

Maggie ha estado temiendo este momento. Aparta la mirada.

—Perdí el bebé.

—¿Otra vez?

—Sí —confiesa Maggie—. Pero fui a ver a un médico.

Roland pidió una cita con un especialista, el Dr. Surrey, en Montreal. Le realizó a Maggie una D y C, lo que, aseguró, al menos la limpiaría.

«Definitivamente hay residuos en el útero de uno de los abortos espontáneos previos», había dicho. «Lo que explicaría los problemas que ha tenido con el último embarazo».

«Entonces, ¿quiere decir que el residuo del primer aborto quizás causó el segundo?», interrumpió Roland. «¿Y así sucesivamente?».

«Absolutamente».

«Sabía que había una explicación», comentó Roland, complacido consigo mismo.

«Los abortos espontáneos son bastante comunes, Sra. Larsson. No tienen por qué significar que hay algo mal. Sin embargo, sin una subsiguiente D y C para eliminar todo el tejido, hay mayores posibilidades de otro aborto».

El útero de Maggie está limpio ahora. La primera pérdida de embarazo —una cosa común, azarosa— probablemente haya causado las otras. No hay nada de qué preocuparse, le aseguró el Dr. Surrey. Todo lo que tiene que hacer ahora es comenzar a intentarlo de nuevo. Sus posibilidades son excelentes.

—Probablemente tengas un nieto para el próximo verano —le dice Maggie a su madre, sonando más optimista de lo que se siente—. Me realizó una D y C, lo que solucionará todo, según me dijo.

—¿Cómo se lo está tomando Roland?

La forma de lidiar de Roland es hacer trenes a escala y resolver rompecabezas de forma compulsiva y, mayormente, trabajar. Ha comenzado a dejar la casa un poco más temprano por la mañana y a regresar más tarde de lo usual por las tardes. Con frecuencia se pierde la cena. Maggie siempre ha sabido que está incómodo cerca de ella cuando ella está mal. Sus estados de ánimos lo asustan, lo ponen aprensivo. Ha aprendido esto acerca de Roland en los últimos años: necesita que todo en su vida sea templado y agradable. Quiere que su esposa sea alegre y complaciente. Ella lo intenta, pero ha descubierto que es una pésima actriz.

En cierta forma, él la engañó al fingir amar su ambición. En realidad, lo único que siempre quiso fue que ella tuviera niños. Es muy bueno fingiendo, algo que Maggie ha descubierto gradualmente en el transcurso de su matrimonio, a través de las pequeñas migajas de información que desliza, usualmente cuando ha bebido demasiado. Su padre era un sueco frío y serio que no tenía simpatía por él. Su madre intentó compensar y tapar el desdén de su padre, hasta que murió y los dejó solos. Roland se volvió experto en cultivar una apariencia de alegría y normalidad, especialmente en un clima de tensión.

Maggie desearía poder regresar a cómo solían ser al comienzo, antes de obsesionarse tanto con tener un hijo. Roland está mucho más decido que ella y eso lo ha cambiado. Ha creado tensiones en su amistad y ha afectado la calidad de su matrimonio: las mismísimas cosas que ella más atesoraba de su vida juntos.

—Te está haciendo pagar —dice Maman, picando el pastel.

—¿Quién?

—Dios.

—Quizás no esté hecha para tener hijos —responde Maggie—. No estaba segura de quererlos al principio.

—Nadie los quiere —confiesa Maman—, pero ¿qué otra opción hay?

—¿No nos querías?

—¿Quién pensaba en semejante cosa? —contesta Maman—. Simplemente nos quedábamos embarazadas. Es lo que se hacía.

—¿Por qué no te quedaste con mi bebé? —le pregunta Maggie a su madre—. Podrías haberla criado como propia. Te gustan los bebés.

Maman frunce el ceño, pero no disiente.

—Se podría haber quedado en nuestra familia.

—Imagina lo que hubiese dicho la gente. Desapareces durante nueve meses y, de repente, ¿yo tengo un bebé nuevo? ¡La inmaculada concepción! Se hubiera sabido.

—Probablemente todo el mundo lo supo.

—Por cierto, ¿por qué sacas este tema?

—Quizás ella fue mi única oportunidad de tener un hijo.

—Deja de sentir pena por ti misma.

—Creí que podía olvidarme de ella —explica Maggie—. Así fue durante un tiempo, hasta que volví a quedar embarazada. Y

ahora… no lo sé. Pienso mucho en ella últimamente. Si no fuera
por lo que pasó…

—Tienes que detenerte.

—¿A dónde la llevó papá?

—Había una casa de expósitos cerca. Era el único lugar que
conocíamos.

—Ningún bebé fue llevado allí en marzo.

—¿Cómo lo sabes? —pregunta Maman y sus ojos se entrecie-
rran.

—Hablé con una monja de allí.

—Nunca la encontrarás —asegura—. Créeme. No quieren que
la encuentres.

—¿Quiénes?

—La iglesia. Tu padre. —Termina su porción—. Solo ten otro
—dice—. Las oportunidades son mejores.

Después de la cena, Maggie sale por su cuenta. Se dirige hacia
el maizal, queriendo perderse allí dentro. Al abrirse camino por
los tallos, puede respirar otra vez. El aire tiene ese olor almizclado
del maíz maduro, un olor que la traslada instantáneamente a una
época de romance y posibilidades, cuando su futuro se sentía ili-
mitado como los tallos que parecían crecer hasta el cielo.

Una voz en la noche la sobresalta y la trae al presente.

—¿*Eres tú?*

Por una milésima de segundo, cree que está soñando. Escucha
el crujido del maíz bajo sus botas. El tintineo de sus llaves. Maggie se queda parada muy quieta, esperando. Y luego da media
vuelta lentamente y él está allí, llenando el maizal como si fuera
una hermosa alucinación. Tal como en sus fantasías.

—Hola, Maggie —dice.

—¿Gabriel?

Él le sonríe como si aún fueran adolescentes que se encuentran aquí en secreto. La década de separación se disuelve y solo
son ellos dos y el olor a maíz y el aire húmedo y el cosquilleo de
las cáscaras y las panojas contra sus tobillos.

Capítulo 21

Gabriel tiene veintisiete. Prácticamente no queda nada del chico que fue. Ha terminado de rellenarse: su mandíbula se ha vuelto más cuadrada; sus hombros, más grandes; sus músculos, más definidos. Está más pálido y su pelo rubio, que solía ser abundante y largo, ahora está rapado, de una forma que hace que su belleza sea más austera, más angulosa. También su pecho y sus brazos son más corpulentos, probablemente por los años de levantar pesadas partes de avión. A Maggie le resulta difícil conciliar a este hombre con el muchacho que era una década atrás, cuando hicieron el amor por primera vez en ese preciso lugar.

Está cohibida y se preocupa por su apariencia.

—¿Cómo has estado? —pregunta Gabriel, su voz es desenfadada y no hay rastros de rencor.

Maggie busca en su rostro un destello de lo que alguna vez sintió por ella, pero no hay nada allí. Él le echa una mirada de la forma en que lo hacen los hombres. Nada más.

—¿Qué haces aquí? —ella le pregunta.

—¿Qué haces *tú* aquí? —responde—. Este es mi campo.

Ella sonríe y él le devuelve la sonrisa.

—Vine de visita a casa de mis padres —explica Maggie—. Aún vengo al maizal cada vez que estoy aquí.

—Lo sé.

¿La había visto aquí? ¿La había observado desde una ventana?

—¿Qué hay de ti? —pregunta—. Angèle me contó que ya no vienes demasiado.

—Eso fue hace mucho tiempo —dice—. Clémentine necesitaba algo de ayuda con la granja. Es época de cosecha.

—Entonces, ¿arreglasteis las cosas entre vosotros?

—Hicimos las paces —responde.

—¿Sigues en Canadair?

—¿Dónde más si no? ¿En la bolsa de valores?

Ella ríe, pero su carcajada suena demasiado aguda. No está segura de que él tuviera la intención de ser gracioso.

—También conduzco un taxi por las noches —agrega—. Es dinero extra.

Él no pregunta nada acerca de ella. Se quedan de pie frente a frente en silencio, lo que amplifica el volumen de los grillos a su alrededor.

—¿Estás casado? —pregunta Maggie, intentando sonar natural.

—Sí.

—¿Hijos?

—No —responde él—. Eso no es para mí. No quiero hijos.

Un millón de cosas pasan por la cabeza de Maggie. ¿Habría querido criar a su bebé una década atrás —suponiendo que fuera de él— o habría huido apenas se enterase de que estaba embarazada?

—¿Quieres ir a por una copa? —pregunta Gabriel. Aún no le ha preguntado si está casada o si tiene hijos. Quizás lo sabe por sus hermanas, cotilleo pueblerino. Quizás no quiere saberlo.

Maggie echa una mirada a la casa de sus padres, pensando en Roland encerrado en el cuarto de la criada con su padre.

—Será mejor que les avise —señala, sin ser específica.

De regreso en la casa, golpea la puerta del santuario de su padre. Se abre un resquicio y de inmediato la traga el humo. Su padre echa la cabeza afuera, parece indignado. Maggie entrevé a Roland, que está sentado en el sillón de cuero, con las piernas extendidas frente a sí, un cigarro en una mano y un vaso de Crown Royale en la otra. Suena Mario Lanza en la radio.

—Voy al pueblo a tomar una copa con Audrey —les informa.

—¿Quieres que te lleve? —se ofrece Roland, arrastrando las palabras de forma pronunciada. Listo para meterse en el coche y llevarla adonde sea que ella necesite ir.

Es un buen hombre, piensa con culpa. Ojalá no hubiese cambiado. Ojalá lo hubiese conocido primero.

—No estás en condiciones de conducir por las carreteras rurales —sostiene Maggie—. Dormiremos aquí hoy. Le diré a Maman que prepare la vieja habitación de Peter para nosotros.

—Es difícil creer que han pasado diez años, ¿no? —comenta Gabriel, frente a una jarra de cerveza de barril—. Me gusta tu pelo así.

Se estira y lo toca. Maggie se queda sentada muy quieta mientras sus dedos se deslizan lentamente por sus ondas naturales. Después, él se echa hacia atrás y bebe un trago largo de cerveza, como si la caricia fuera un gesto perfectamente ordinario.

—Entonces, ¿tienes hijos? —le pregunta.

—Aún no. Lo estamos intentando. Ha habido algunos reveses...

Él asiente, pero no ofrece ninguna clase de apoyo o aliento, como hace la mayoría de la gente. Ella se sirve otro vaso.

—¿Qué hace tu marido?

—Es banquero.

Gabriel enciende un cigarrillo y exhala una línea recta de humo.

—El Señor Semillas debe estar orgulloso —dice—. Es inglés, obviamente.

—¿Sigues enfadado conmigo?

—¿Por qué lo estaría? —Ríe—. Éramos niños.

Ella no le cree.

—¿Tienes una foto de Annie? —pregunta ella. Siente curiosidad, como al querer observar un accidente.

—¿Sabes su nombre? —señala él.

Maggie se sonroja.

—Angèle lo mencionó. Debe ser guapa.

Él encoge los hombros. Terminan la jarra y Gabriel pide otra. Maggie acepta uno de sus cigarrillos y él lo enciende con su Zippo. Cierra el encendedor con un movimiento rápido de la mano.

—Así que aquí estamos —comenta Gabriel—. Casados con otras personas.

Maggie abre la boca para decir algo, pero no está muy segura de cómo simplificar todos sus sentimientos en una oración coherente. Lo mira a los ojos y está segura de una cosa: aún lo desea.

—En cuanto te vi esta noche… —dice él—. Aún estás bien.

—Pareces decepcionado.

—Tenía la esperanza de que hubieses engordado.

—Desearía que no hubiéramos tardado diez años en encontrarnos otra vez —suelta ella, repentinamente abrumada por la necesidad imperiosa de confesar todo: su embarazo, la bebé, la casa de huérfanos, hasta Yvon. Está *casi* lo bastante borracha para hacerlo, pero en un momento de claridad, decide no decir nada.

—¿Y ahora qué? —pregunta él.

Ella niega con la cabeza y se quedan mirándose uno al otro un largo rato, sin que ninguno de los dos se mueva o aparte la mirada. Maggie siente una chispa de esperanza. Por un breve instante, todo parece posible, pero entonces una moza pasa cerca y Gabriel hace un gesto para pedirle la cuenta. El ánimo de Maggie se desploma. Acepta otro de sus cigarrillos y se inclina hacia él seductoramente en busca de fuego.

—¿Eres feliz? —le pregunta mientras sostiene su muñeca para mantener la llama firme.

—¿Qué clase de pregunta es esa? —responde Gabriel, dejando algo de dinero en la mesa—. Vamos.

Maggie lo sigue afuera y juntos se dirigen hacia la calle Bruce. Sin decir palabra, él se estira y sujeta su mano mientras caminan. No parece ilícito en lo más mínimo; parece natural y correcto.

—Ojalá pudiéramos quedarnos en este momento —comenta ella cuando se acercan al edificio de Small Bros.

—¿Por qué no podemos? —cuestiona Gabriel, llevándola a un callejón.

—¿Qué estás haciendo?

Él la empuja contra una pared de ladrillos. Sin advertencia alguna, la besa. Lo que más impacta a Maggie no es solo la arrogancia de Gabriel, tampoco su propia imprudencia al responder, sino su excitación. Lo besó muchas veces antes y, sin embargo, es tan emocionante como aquella primera vez.

Él se presiona contra ella, sujetándola contra el lado del edificio. Lo brazos de ella rodean instintivamente la cintura de Gabriel. Una mano de Maggie se escabulle debajo de su camisa y se desliza hacia arriba por su espalda tersa. Pero cuando la mano de él aparece, de repente, debajo de su falda y viaja hacia arriba por su muslo, ella lo aparta.

—Para.

Él la ignora.

—¡Para! —repite, con la boca contra su oído.

Él la mira sorprendido.

—No podemos hacer esto —explica Maggie—. Roland debe estar preguntándose dónde estoy.

—Roland —musita, sus dedos se deslizan entre sus piernas y tiran de su ropa interior.

—Por favor, no —dice ella, débilmente.

Gabriel se aparta, mirándola con furia.

—No es así cómo quiero que esto pase —explica Maggie.

—¿Y *cómo* quieres que pase? —pregunta él, con enfado, mientras se recoloca los pantalones—. Estamos casados con otras personas.

—Sin engaños.

—¿Quieres que deje a Annie para sentirte mejor después de revolcarnos?

—Gabriel, no.

—Esa no es una opción, Maggie. —Maldice por lo bajo y después, impulsivamente, lanza un puñetazo a la pared detrás de la cabeza de ella—. La misma Maggie siempre —protesta, sacudiendo su mano herida—. Me das esperanzas, coqueteas conmigo.

Pero llegado el momento, en realidad no quieres alterar tu vida privilegiada, solo quieres saber que aún puedes tenerme. Vuelve con tu maldito banquero.

—¡Daría lo que fuera para que todo hubiese terminado de otra forma! —grita con angustia Maggie y su voz hace eco en el estrecho callejón. Y la verdad, arrojada a la noche, así, tan cruda e inexorable, lo detiene. Los dos se quedan allí, sin saber qué hacer a continuación.

—Lo siento —dice Gabriel—. Estoy borracho. Esto ha sido un error.

Las palabras aterrizan como cuchillos. La lleva caminando a casa, al borde del maizal; el lugar donde se escondían juntos; donde hacían el amor y desaparecían; donde se encontraban el uno al otro y se perdían y se encontraban. Ella respira hondo, no quiere entrar. El aire está húmedo y tiene la fragancia del pleno verano, una mezcla de rocío, flores en ciernes y estiércol fresco. El cielo no tiene estrellas. Maggie se da cuenta de que está llorando, pero Gabriel probablemente no pueda ver sus lágrimas en la oscuridad.

Quizás esto sea lo mejor, reflexiona. La lujuria es tan solo una correa que ahorca e incapacita por completo al corazón y la mente. Por momentos, casi ha destruido a sus padres. Está mejor con Roland, quien es —o al menos era— su amigo.

—Buenas noches —se despide Gabriel.

Sin decir palabra alguna, ella se aparta de él y comienza a subir la colina.

—¡Ey! —la llama—. Hago el turno diurno en Canadair hasta las tres y cuarto. —Un desafío.

Capítulo 22

$\mathcal{M}$aggie apaga la televisión después de ver *La ley del revólver* y sube las escaleras hasta su habitación. Se quita la ropa, se pone su camisón favorito, blanco con pechera de ojales y volantes, y se sienta en el borde de la cama para cepillar su pelo. Contempla distraídamente el empapelado —una *toile de Jouy* roja con escenas pastoriles francesas— y se da cuenta de que está harta de él. De todas formas, le sigue encantando esa habitación; fue una de las razones principales por las que quiso esa casa. Tiene una chimenea y techos artesonados y una impresionante vista al jardín trasero.

Puede escuchar a Roland lavándose los dientes y sabe qué se espera de ella esta noche. Él aparecerá desnudo debajo de su bata de velvetón y apartará la colcha hasta colocarla en un cuidadoso triángulo, solo lo suficiente para deslizarse debajo sin desarreglarla demasiado. Luego se inclinará sobre la cama y le dará un beso mentolado, utilitario, en los labios. Prácticamente puede oler el Colgate en su aliento. Los años de sexo obligado, lleno de ansiedad en un esfuerzo por procrear, han acelerado el desgaste de su vida sexual.

—Duplessis está muerto.

—¿Qué? —exclama ella sin voz, levantando la mirada para encontrar a Roland de pie en el umbral de la puerta de su baño privado.

—Acabo de escucharlo en la radio —explica, con tono exaltado.

Ayer por la noche, en CBC habían informado que Duplessis había sido internado tras sufrir una hemorragia cerebral. Al no haber considerado jamás que un hombre tan poderoso como Duplessis podía ser vulnerable a semejantes infortunios mortales como la enfermedad o la muerte, Maggie está genuinamente consternada.

—Dios mío —dice, abrumada por una sensación de reivindicación. De inmediato corre a la planta baja a llamar a su padre.

—¡El dictador está muerto! —Celebra él.

—De cierta forma, parece extraño, ¿no crees? Ha estado en el trasfondo de mi vida desde que tengo memoria.

—Para apartarlo del puesto se necesitó una hemorragia cerebral, pero, Dios, Quebec finalmente es libre.

—¿Y si el primer ministro abandona la agricultura?

—Cielo —responde su padre—, si esta provincia remonta el vuelo, también lo hará Semillas Superiores.

Está de un humor inmejorable. Maggie ya puede imaginarlo en el trabajo al día siguiente, regodeándose y lleno de satisfacción.

Regresa a la habitación para encontrar a Roland debajo de la colcha de felpa, sosteniendo su radio en el regazo. La lleva por toda la casa como si fuera una mascota.

Maggie va directamente al baño a lavarse los dientes. Cuando termina, se mira en el espejo durante un largo rato, intentando ver lo que Gabriel vio en ella la otra noche. Su cara está más redonda de lo que Maggie está acostumbrada; probablemente está hinchada por el último embarazo. O quizás el cinismo y la decepción ya están minando la belleza por la que otros siempre la han halagado. Quizás sea eso que le pasó a su madre. Maggie recuerda esa fotografía de Maman en la podadora de césped, lo preciosa que era con veinte años; lo diferente que es ahora.

Maggie está un poco más cerca de los treinta que de los veinte. Cierra los ojos para deshacerse de la imagen futura de sí misma: un clon de su madre sin rastro discernible de su joven, precioso ser, excepto por una sola fotografía enmarcada, apoyada en una cómoda de su habitación, para que sus futuros hijos la observen perplejos y reflexionen. Apaga las luces del baño y se une a Roland en la cama.

—Aún no me lo puedo creer —comenta él.

—Este día debería ser fiesta provincial de ahora en adelante.

—Ha tardado mucho en llegar —concuerda Roland y deja su radio en la mesita de noche.

Maggie se acurruca al lado de él y apoya la cabeza en su pecho.

—¿Qué pasará ahora? —se pregunta en voz alta.

—Solo buenas cosas, imagino. Esperemos que su reemplazo pueda hacernos avanzar hasta el siglo veinte.

—Es realmente el fin de una era.

—Tu padre debe estar exultante —comenta Roland.

—Probablemente haga una fiesta.

Ambos se ríen y luego Roland se inclina para besarla con toda la torpeza de un adolescente que lo intenta por primera vez. Ella lo aparta con suavidad.

—Todavía no, ¿de acuerdo?

Él se deja caer contra la almohada y mira fijamente a la distancia, parece herido.

—Creí que íbamos a comenzar a intentarlo —dice—. El médico dijo que después del lavado de trompas, debíamos comenzar inmediatamente.

—No estoy lista, Rol.

Roland suspira.

—Está bien —responde, ablandándose—. Pero pronto, ¿de acuerdo?

Ella le besa el pecho y su cuerpo se relaja.

—Gracias —dice, aliviada.

Las fiestas vienen y se van sin demasiada fanfarria, seguidas de una larga y profunda hibernación en la que Maggie pasa demasiado de su tiempo libre atrapada puertas adentro, pensado en Gabriel y su encuentro de ensueño en el campo el otoño pasado. Acurrucada junto al fuego día tras día, con el mismo jersey de lana y calcetines de esquiar, Maggie pierde largos ratos de su tiempo en sus fantasías detalladamente imaginadas.

Y después, una tarde poco después de que el invierno comienza a ceder, Maggie se encuentra en una parte desconocida de la ciudad. Es como si hubiera estado conteniendo la respiración todos los meses anteriores y en ese momento, de repente, ya no puede contenerla ni un segundo más. Es una nueva década —los años cincuenta han terminado— y está inquieta, descarada por la claustrofobia. Necesita respirar.

Canadair está cerca del Aeropuerto Cartierville en Saint-Laurent. Un autobús que se detiene por la calle Sherbrooke la llevará directo a Côte-Vertu. Camina resueltamente, disfrutando del tiempo templado de marzo y de los primeros rayos fuertes de sol de la estación sobre su cara.

Cuando era pequeña, Canadair era conocida por fabricar aviones durante la guerra. Muchos chicos granjeros como Gabriel solían viajar a la ciudad y trabajar por turnos durante el invierno. Recuerda a Gabriel vanagloriándose a finales de los años cuarenta, cuando Canadair comenzó a construir los aviones de caza F-86 Sabre, como si él mismo hubiera sido quien los estaba haciendo. Solía decir que ayudar a construir aviones para la Fuerza Aérea Real de Canadá era un privilegio, aunque solo ganaba cuarenta y tres centavos por hora y trabajaba diecisiete horas por turno.

Está pensando en todo esto cuando el autobús se detiene en Côte-Vertu y la dimensión completa de lo que está a punto de hacer se posa con fuerza sobre ella como los aviones que aterrizan en la pista de Cartierville.

Capítulo 23

$\mathcal{M}$aggie traza con la punta de un dedo el contorno del tatuaje de una flor de lis azul y blanca en el bíceps de Gabriel. Imagina que hacer el amor con él ahora, como mujer, será muy diferente a lo que era cuando eran más jóvenes. Sus tiernas y vacilantes relaciones sexuales adolescentes —así como los últimos años de sexo mecánico con Roland— le han enseñado muy poco sobre el sexo o, incluso, sobre cómo estar cómoda en su propio cuerpo. Acostarse con Gabriel ahora, fantasea, será más maduro y libre.

Pero aún no. Esta vez va a esperar. Por respeto a Roland y por un miedo saludable a repetir los errores del pasado, le ha dicho a Gabriel que no dormirá con él hasta que ambos estén seguros de que quieren comprometerse.

—¿Cuándo te hiciste esto? —le pregunta respecto al tatuaje.

Están en el apartamento de soltero de un amigo de él en Papineau. Hay botellas de cerveza y ceniceros por todos lados, ratones que cruzan audazmente el linóleo y ráfagas de viento que sacuden las ventanas. El amigo que alquila este lugar nunca está aquí. Maggie sospecha que lo tiene para dormir con mujeres que no son su mujer. Gabriel dice que no es nada de eso, pero tampoco da otras explicaciones.

—Hace un par de años —responde—. ¿Sabes qué representa la flor de lis?

—Está en la bandera de Quebec.

—Fue la primera bandera provincial de Canadá —dice—. Una de las pocas cosas que hizo bien Duplessis.

—Así que te la hiciste tatuar.

—Es importante para mí —explica—. Era de una bandera que llevaban los soldados francocanadienses de Montcalm en la victoria en Carrillón. —Enciende un cigarrillo y levanta un cenicero del suelo—. Probablemente no lo entiendas.

Después de un largo silencio, Maggie suelta:

—Aún no me has perdonado realmente, ¿verdad?

—¿Perdonar qué?

—Por terminar las cosas como lo hice.

—Éramos adolescentes.

—¿Y si hubiéramos seguido juntos?

—No habría funcionado entonces —responde con desdén.

—Quizás esto habría sido suficiente —murmura, acurrucándose más cerca de él.

—¿Encontrarnos en secreto en esta pocilga?

—Estar juntos.

—Eres demasiado romántica.

—¿Lo soy? —cuestiona ella—. ¿Qué es esto para ti, entonces?

—No lo sé. Un intento de acostarme contigo.

Ella lo golpea juguetonamente en el hombro.

—¿Y para ti?

—Tengo la esperanza de que sea una segunda oportunidad para nosotros —confiesa.

Él pasa una mano a lo largo del pelo de Maggie y luego la deja caer de regreso a su regazo.

—Ambos estamos casados, Maggie. ¿Es el futuro realmente una opción para nosotros?

—Si no lo es, ¿por qué estás aquí conmigo?

—Ya te lo dije, para acostarme contigo.

—¿Y si no lo hago?

Gabriel suspira, exhalando al mismo tiempo.

—Sinceramente… no lo sé —responde—. Pero me gusta estar contigo. Es fácil. Me conoces.

—¿Y tu mujer no?

Se encoge de hombros.

—Es diferente. Conoce parte de mí. El hombre en el que me convertí cuando me mudé aquí definitivamente.

—¿Y quién es el Gabriel que yo conozco?

—El muchacho inseguro que amenazó con un cuchillo a un par de matones —dice—. El hijo de un granjero. El chico que se enamoró de una chica inglesa que terminó rompiéndole el corazón.

Ella se estira y le toca el rostro.

—Pero tú tomaste la decisión por nosotros, Maggie, y no me elegiste a mí.

Ella gira la cabeza hacia el otro lado, incapaz de mirarlo a los ojos. Siente las palabras en la punta de la lengua, a punto de salir: que fueron sus padres quienes tomaron la decisión por ella, *su padre*. Pero entonces tendría que contarle a Gabriel sobre la bebé y no está lista para esa conversación.

—De todas formas —comenta él—, es la mejor vida para ti.

—¿Cuál?

—*Su* vida. La que estás viviendo.

—¿Quién? ¿La de Roland?

—La de tu padre.

—No es tan simple.

—Siempre te ha lavado el cerebro, Maggie.

—Mi madre solía decir lo mismo.

—Supongo que no podías tenerlo todo —reflexiona, con un tono más ligero—. La casa grande, el banquero, la aprobación de tu viejo y a mí.

—Eso es cruel —dice Maggie, levantándose para irse.

Él la sujeta del brazo, tira para traerla de regreso al sofá y la sienta a horcajadas de él. Ella puede sentir su erección y eso la debilita.

—¿Tenemos que hablar tanto? —pregunta Gabriel, su respiración tibia le acaricia el cuello—. Dejemos de hablar. Solo causa problemas.

La besa en los labios y los vellos del cuerpo de Maggie se erizan. Ella acaricia la espalda de Gabriel por debajo de su camisa de franela, recordando la primera vez en el maizal, cuando era solo un chico. El sudor en su piel bronceada, la manera en que sus costillas sobresalían, la forma petulante en que se pavoneaba de un lado a otro por entre los tallos. Y ahora aquí está, con esa misma espalda esbelta y fuerte y ese mismo temperamento errático que nunca logró esconder su lucha interna entre el orgullo y la vulnerabilidad, entre quién era y quién aspiraba a ser. A eso se refería cuando le dijo que era la única que realmente lo conocía.

—Tan solo disfrutemos este momento juntos —susurra Gabriel.

—Quieres decir que nos acostemos.

—Por supuesto.

¿Cómo puede disfrutar de su tiempo juntos cuando su mente no deja de saltar hacia adelante, de pensar estrategias y fantasear, de quererlo con codicia y por completo? La horroriza tener que regresar a casa, a Roland y su cruzada por dejarla embarazada; a toda esa simulación y cordialidad, las sonrisas y la falsedad. Gabriel es real; quiere que su relación con él sea real. No tiene interés alguno en embarcarse en una aventura ilícita, llena de secretos y culpa e incertidumbre. No puede soportar la idea de que él regrese con Annie esta noche, de que duerma al lado de ella, de que tengan conversaciones íntimas como cualquier pareja. Se pregunta cuántas veces hace el amor con Annie y si lo disfruta; no preguntarle la está matando.

Él besa su cuello y Maggie deja escapar un pequeño grito.

—¿Y ahora qué? —murmura, pero Gabriel no responde.

Capítulo 24

Elodie

1960

*U*n día, en el almuerzo, alguien le cuenta a Elodie sin rodeos que Emmeline del orfanato de Saint-Sulpice murió.

—Tú estabas allí con ella, ¿verdad? —pregunta la chica y se mete un bocado de carne en la boca—. ¿En Saint-Sulpice?

—¿Cómo murió? —Quiere saber Elodie, que ha perdido el apetito.

—Sobredosis de Largactil, según dicen.

Elodie está indignada. Está acostumbrada a guardar su rabia para sí, a desesperarse en silencio para no meterse en problemas, pero esto es más de lo que puede tolerar. Jamás olvidará cómo Emmeline le sostuvo la mano la noche en que llegaron, la forma en que habló por todas ellas al decirle a la hermana Ignatia que no deberían estar aquí.

Emmeline no es la primera que muere y ciertamente no será la última. Elodie ya está más curtida al respecto ahora, o quizás su corazón esté más endurecido. Tiene diez años y se toma las cosas con calma. La muerte aguarda en todos los rincones de Saint-Nazarius, tan real y omnipresente como las propias monjas, pero nunca ha golpeado tan cerca de ella.

Unos pocos días después, cuando unos extraños puntos rojos que producen comezón aparecen por todo su cuerpo y obligan a la hermana Ignacia a enviarla al pabellón de enfermedades infecciosas en el tercer piso, Elodie aprovecha la oportunidad para hablar por Emmeline y todos los huérfanos.

—Varicela —confirma el médico, al echarle un rápido vistazo a su cuello y brazos—. No debes rascarte así.

Elodie lo está observando cuidadosamente, intentado determinar si es uno de *ellos* o alguien que quizás pueda ayudarla. Parece lo bastante decente. Tiene ojos celestes y brillantes y a ella le gusta cómo le quedan el bigote y el pañuelo en el bolsillo de su bata blanca.

—Te daré una botella de loción de calamina —le informa—. Deja de rascarte, jovencita. O quedarán cicatrices.

Casi se echa a reír. ¡Cicatrices! Si él pudiera ver las cicatrices que ya tiene por todas las palizas. ¿Cree que le importan las cicatrices de varicela? No tiene ni idea de nada.

El médico le unta la loción rosada en la piel, que la siente fresca y la calma instantáneamente.

—También deberías cortarte las uñas.

—¿Doctor?

—¿Sí?

—Una chica del sexto piso murió el otro día.

—Sí —responde, abstractamente—. Esto es un hospital. Son cosas que suceden.

—Pero no estaba enferma.

—No habría estado aquí si así fuera.

—*Yo* tampoco estoy enferma —le informa Elodie—. Y aquí estoy. La mayoría de los que estamos aquí dentro somos normales. Solo somos huérfanos. No estamos locos.

—Los historiales dicen lo contrario.

—¿Qué historiales?

—De cuando os transfirieron aquí —explica—. Tenemos vuestros historiales.

—¿Qué dicen los míos?

—No estoy al tanto de los historiales del pabellón psiquiátrico —revela—. Pero te aseguro que, si estás aquí, debe haber un motivo.

—Soy normal —afirma Elodie, con énfasis.

—Deja de rascarte —ordena el médico.

—¿Puedo ver lo que han escrito sobre mí?

—Claro que no.

—No quiero morir aquí dentro —suplica—. Mataron a Emmeline al darle demasiado Largactil. Vino aquí conmigo desde el orfanato de Saint-Sulpice y estaba bien. Era inteligente y normal y le hicieron una lobotomía.

—Parece que era una niña muy enferma.

—Pero no lo era. No cuando llegamos aquí. Y ahora la han matado.

—Estás siendo muy dramática.

—No es la única —continúa Elodie—. El año pasado, otra chica desapareció en mitad de la noche. Escuché que arrojaron su cuerpo por la parte de atrás y la enterraron en el cementerio. Lo único que hizo fue cantar.

Elodie aún recuerda a la niña pequeña que solía cantar para quedarse dormida todas las noches, su dulce voz atravesaba la habitación. Solo tenía cinco años, pero la hermana Ignacia solía golpearla para que dejara de hacerlo. Cuando Elodie se despertó una mañana, alguien dijo: «Agathe ha desaparecido».

Su cama estaba vacía, recién hecha, como si nadie hubiese dormido allí jamás.

No se dijo nada sobre lo que le pasó. No se ofreció ninguna explicación, como si no merecieran saberlo.

—Nos hacen toda clase de cosas —le cuenta al médico—. ¿No puede ayudarnos? ¿Acaso alguien sabe lo que nos están haciendo aquí?

—Cálmate —dice el médico, con el ceño fruncido.

—¿Estaban locos los pacientes locos de mi pabellón antes de llegar aquí?

—¿Cómo podría saberlo?

—¿Me volveré loca si me quedo aquí?

—¿De dónde sacas todas estas ideas?

—Por favor, ayúdeme —ruega—. Se han olvidado de nosotras. Y las monjas… son crueles. Nos torturan. Por favor, ¿no hay nada que pueda hacer?

El médico le pone una mano en la rodilla.

—Lo investigaré —promete—. Cálmate y averiguaré todo.

Elodie asiente obedientemente, todo su cuerpo se desmorona del alivio.

—Ten esto —le dice, dándole la loción de calamina—. Y úsalo cuando tengas mucha picazón.

—Gracias, doctor.

Pasan varios días y no sucede nada. Elodie espera que el médico aparezca, espera su visita. Él prometió que investigaría. *Quizás las monjas estén creándole problemas*, razona; debe tener paciencia. ¿No sería genial si él expusiera toda la situación y el hospital se diera cuenta de que todo ha sido un grave error y las liberara? ¿Si las enviaran de regreso a Saint-Sulpice, donde, hasta donde Elodie podía recordar, había sido relativamente feliz?

Acostada despierta en la cama una noche, cerca de una semana después de su vista al médico, se da cuenta de que nadie ha venido a darle Largactil. Quizás él haya dicho algo sobre la muerte de Emmeline después de todo y por fin hayan prohibido los tranquilizantes diarios. Tiene una sensación contradictoria respecto a no tener su medicamento para dormir, pero una ola de excitación frente a la posibilidad de libertad apaga todo el resto de las preocupaciones.

Un rato después de quedarse dormida, unas manos ásperas la despiertan a sacudidas. Intenta sentarse, pero alguien le pone una funda de almohada en la cabeza, dificultándole la respiración. Unas manos la sujetan, tiran de ella de un lado y de otro. El mundo está oscuro bajo la funda, pero puede escuchar las hebillas de una camisa de fuerza que intentan ponerle. Ella se agota, sus gritos quedan sofocados por la tela y teme morir ahogada.

—*Calme-toi!* —sisea una de ellas y Elodie inmediatamente reconoce la voz de la hermana Ignatia.

Ahora luchan con ella, pero les está resultando muy difícil abrochar las hebillas.

—¡Quédate quieta! —ordena la hermana Ignatia con impaciencia y luego la golpea en la cabeza.

El cuerpo de Elodie se desploma. Le ciñen la camisa de fuerza. La hermana Ignatia ladra órdenes. Elodie se da cuenta de que las otras agresoras son pacientes como ella, dispuestas a obedecer, aliviadas de que no se trata de ellas. La llevan en la absoluta oscuridad a otra habitación, donde la dejan tirada sobre su espalda en el armazón de hierro de una cama y luego la amarran allí como a un animal. No hay colchón y puede sentir los resortes afilados de metal clavándose en su espalda, donde la camisa de fuerza no le cubre el cuerpo.

La funda de almohada sale de su cabeza y Elodie nota, con gran horror, que está en una celda oscura, sin ventilación, con ventanas entabladas. El calor es sofocante.

—¿Qué he hecho? —grita, en una súplica a la hermana Ignatia—. ¿Por qué me hace esto?

La hermana Ignatia no responde y su silencio es más aterrador que cualquier cosa que hubiera podido decir.

—¡No me deje aquí! —implora—. ¡Por favor! hermana…

La hermana Ignatia desliza una cubeta bajo la cama y Elodie comprende de inmediato que estará aquí durante mucho tiempo; que no la desamarrarán ni siquiera para ir al baño.

—No se vaya —ruega—. Hace tanto calor. Por favor…

La hermana Ignatia se da media vuelta con brusquedad, la falda de su hábito roza ruidosamente sus pies, y sale al exterior de la celda. Sus lacayas la siguen en silencio.

Elodie contempla ponerse a gritar, pero descarta la idea rápidamente. Sabe que nadie la oirá; y aunque lo hicieran, nadie vendría. Se retuerce sobre la cama, intentando con desesperación encontrar algo de comodidad —aunque sea una posición mínimamente soportable—, pero es imposible con la camisa de fuerza y el calor y el metal que se clava en su carne. El sueño tampoco viene. Sin colchón ni circulación de aire ni la habilidad de mover las extremidades, solo puede yacer ahí, reprochándose a sí misma no haber intentado escapar largo tiempo atrás.

¿Podría haberlo hecho? No cuando tenía siete. No cuando estuvo encerrada tras las puertas del Pabellón B. Agathe escapó. Emmeline escapó. Quizás la muerte sea la única salida viable. Decide que nunca más llorará la muerte de otra chica de Saint-Nazarius. ¿Por qué lo haría? Son libres, están en paz y ella, Elodie, es la que se queda en el infierno.

Mide el tiempo a través de las comidas que le traen tres veces al día; un puré de lo que hayan servido en el comedor. La celda apesta a orina, a heces y a su propio vómito. De vez en cuando, por el aburrimiento insoportable, reza. Negocia con Dios, cuestiona cómo Él puede permitir que la traten así, pero las respuestas nunca llegan, solo más de Su silencio despiadado, un vacío donde debería haber consuelo. Lo odia casi tanto como a la hermana Ignatia.

Después de casi una semana de encierro —exactamente diecisiete batidos repugnantes—, se abre la puerta y aparece la hermana Ignatia, con expresión petulante. Abre las cadenas de Elodie y, sin decir palabra, desabrocha la camisa de fuerza. Elodie hace una mueca de dolor en cuanto sus brazos quedan libres. Cada centímetro de su cuerpo duele. Cuando intenta sentarse, deja escapar un grito y se desploma. El metal afilado que se clavaba en su espalda era preferible al dolor que le causa intentar moverse.

La hermana Ignatia le pasa un vestido, haciendo una mueca ante el hedor que sale de la cubeta desbordada y luego cubre su boca y su nariz con la mano.

—¿Esto es porque le hablé al médico sobre la sobredosis de Emmeline?

Un destello de cierto regocijo —victoria o diversión— atraviesa los ojos de murciélago de la hermana Ignatia, pero no le da a Elodie la satisfacción de una respuesta.

Capítulo 25

Maggie

*M*aggie se despierta de una pesadilla aterradora, llorando tan fuerte que también despierta a Roland. Se estira y enciende la lámpara con dedos temblorosos. Su corazón late a toda velocidad.

—¿Qué sucede, cariño? —pregunta Roland, colocando una mano en su hombro.

—Soñé que me ahogaba —le cuenta, intentando tranquilizarse—. Estaba embarazada y los dos nos ahogábamos, el bebé y yo. No paraba de pensar: «No puedo perder también a este». Ay, Roland, ¡fue horrible!

No menciona que el bebé nonato de su sueño era una niña llamada Elodie.

Roland la atrae hacia sí y se quedan acostados juntos, con la lámpara encendida por insistencia de Maggie.

El día siguiente, apenas recuperada de su noche de desvelo, Maggie se sienta en una de las mesas cerradas de Fern's y ordena una taza de café mientras espera a Audrey. Maggie ahora tiene permiso de conducir y un Ford Falcon que Roland le compró para su cumpleaños. Ahora que finalmente ha renunciado a Simpson's, tiene incluso más tiempo libre en las manos, mayormente para reflexionar sobre las dos vidas entre las que se encuentra atrapada; y, sin dudas, la razón de sus recientes pesadillas. Una de esas vidas contiene sus amadas casas, su preciado jardín en el campo y su matrimonio con un hombre maravilloso al que nunca puede amar lo suficiente; la otra —fantasía en su mayor parte— contiene a Gabriel, lo que, cree, es suficiente.

No ha dejado de pensar en él desde su encuentro en el apartamento de Papineau. Ha estado diciéndose muchas cosas a sí misma para justificar su infidelidad emocional, pero la que más la alivia es que debería haber estado con Gabriel todo este tiempo. Acaba de encontrarlo otra vez, pero sus sentimientos son tan profundos e inquebrantables como siempre lo fueron. Roland no pide demasiado de ella. Trabaja muchas horas y, en general, es feliz cuando ella lo es. Su confianza y su autocomplacencia —o renuencia a ahondar más allá de lo superficial de las cosas— hacen que enamorarse de otro hombre sea demasiado fácil.

Enciende otro cigarrillo mientras sigue pensando en cómo terminaron las cosas cuando se fue del apartamento el otro día. «Saluda a Audrey de mi parte», dijo él cuando ella se iba.

Su tono tenía cierta mordacidad. Ella cometió el error de contarle que se veía con Audrey en Dunham. Obviamente trajo a la memoria aquel incidente de hace tanto tiempo con Barney y la pelea en la calle en la que Gabriel sacó el cuchillo. No hizo falta que lo dijera, pero estaba enfadado; lo vio en su rostro en cuanto mencionó el nombre de Audrey. Maggie se arrepintió de inmediato.

No hablaron mientras ella recogía sus cosas. Una tensión familiar había puesto distancia entre ellos y, durante un instante, a Maggie le preocupó que el amor no pudiese vencer los orígenes de uno. Quiere creer que el amor es irreprimible, pero ¿y si no puede sostenerse contra quien uno es en esencia? Le aterra que tengan que renunciar a estar juntos después de todo este tiempo

y retirarse a sus respectivos lados, derrotados por las complejida-
des del lenguaje y la clase social.

«¿Te puedo ver el viernes?», preguntó él.

«No puedo», respondió ella. «A Roland le gusta ir a ver un
espectáculo los viernes por la noche».

«*Qu'i mange d'la merde*», murmuró Gabriel. *Deja que coma
mierda.*

Ella lo besó y tocó su rostro. Sus ojos grises se oscurecieron,
enfadados.

«Otro día», sugirió Maggie. «Cualquier día menos el viernes.
Quiero verte otra vez».

Gabriel apartó la mirada. Maggie le hizo prometer que la lla-
maría. Así fue cómo se despidieron.

Maggie levanta la mirada de su taza de café y ve a Audrey, que
se acerca a ella caminando como un pato. Audrey está de unos
siete meses de embarazo, espera a su tercer hijo. Sus mejillas están sonrosadas de estar fuera y luce más adorable que nunca. Su
pelo rubio tiene un color platino ahora, como el de una estrella
de cine. Han seguido manteniendo contacto a través de los años,
de forma cortés y distante, solo lo suficiente como para poder
seguir considerándose conocidas. A Audrey le gusta enviar tarjetas navideñas con las fotografías de su familia, acompañada de
cartas largas y autocomplacientes en las que detalla sus logros
con signos de exclamación. «¡Han ascendido a Barney! ¡Lolly finalmente ha aprendido a ir baño! ¡Davie ganó el concurso de
Bebé Saludable de Goutte de Lait!». También le gusta reunirse
una o dos veces al año a compartir tarta y café, así puede jactarse
en persona.

—¿Cómo te encuentras? —le pregunta Maggie.

—Nada mal —responde Audrey, que desliza su poco maneja-
ble cuerpo por el asiento de la mesa de cabina—. Estás preciosa.
Aún tienes esa misma figura. Te envidio.

Maggie sonríe, pero se da cuenta de que Audrey no la envidia en absoluto. Audrey pide café y tarta de manzana y da una calada al cigarrillo de Maggie.

—¿Por dónde empezamos? —pregunta, juntando las manos con entusiasmo.

—¿Cómo están los pequeños?

—Lolly es muy graciosa y Davie es un diablillo. ¡Estoy loca por tener otro! No sé qué haré si es otro varón. Escucha —recalca—, antes de que entremos en detalles, ¿cómo estás *tú*? ¿Cómo lo sobrellevas?

Maggie ladea la cabeza.

—¿Sobrellevarlo?

—Escuché que estás pasando un infierno para quedar embarazada —explica Audrey, su tono se vuelve compasivo. Baja la voz y susurra—: *Las pérdidas de embarazo*.

Maggie arroja la ceniza en el cenicero con un golpecito.

—¿Dónde has oído eso? —pregunta.

—Ay, ya sabes, en Dunham —responde—. Violet, creo.

—Me hicieron un lavado de trompas —le cuenta Maggie—. El pronóstico es bueno.

Audrey obviamente quiere que suba al tren de la maternidad. La gente parece tener muchos deseos de que una mujer casada quede embarazada. Les perturba cuando no sucede, como si un contrato universalmente aceptado hubiese sido alterado o afectado. Maggie puede sentir el aliento no expresado para que tenga éxito en la fertilidad y el pánico simultáneo si llega fracasar.

El camarero trae la tarta de Audrey.

—¿Crees que…?

—¿Qué?

—Nada, olvídalo —dice Audrey. Come un trozo de su tarta.

—¿Qué?

—Bueno, me preguntaba. ¿Crees…? ¿Será posible que haya quedado algún daño por, *em*, el primer embarazo?

—Sí. Eso es exactamente lo que dijo el médico. El tejido cicatrizado después de perder el primer embarazo…

—No, Maggie —interrumpe—. Ese no es el embarazo al que me refiero.

Maggie se queda helada. Audrey frota su vientre de manera protectora mientras observa a Maggie.

—¿De qué hablas? —consigue decir Maggie, con el corazón acelerado.

—Ay, no pasa nada, Maggie. Siempre lo he sabido.

Ella apaga su cigarrillo y enciende otro. Sus dedos tiemblan. Audrey se estira sobre la mesa y le toca la mano.

—Ya no tiene que ser un secreto —asegura.

—¿Cómo lo descubriste? —pregunta, intentando mantener calmada la voz y contener las oleadas de vergüenza que se elevan hacia su garganta.

Audrey engulle otra porción de tarta y eructa.

—Tengo la peor de las indigestiones —comenta—. Para ser sincera, siempre lo sospeché.

—¿Por qué?

—Sé lo que Gabriel esperaba —responde—. No quise hacerlo con él, lo que probablemente sea la razón por la que me cambió por ti.

El comentario duele y Maggie la mira con odio.

—¿Cómo supiste que estaba embarazada?

—Solo hay una razón por la que envían lejos a las chicas —sostiene Audrey—. Y, bueno, ahora lo has confirmado.

Sus ojos se conectan. De pronto, Maggie siente confusión sobre por qué quería encontrarse Audrey con ella hoy. Quizás ha estado esperando durante años, aguardando el momento justo para hacerle pagar a Maggie por haberle robado a Gabriel.

—No estaba embarazada cuando me enviaron lejos.

Los ojos azules de Audrey se abren de la sorpresa.

—¿No lo estabas?

—No, mis padres me enviaron lejos para separarnos. Tal como le conté a todo el mundo. Todo eso era verdad.

—¿Y él fue a verte allí? ¿Te dejó embarazada mientras estabas *allí*? —Se recuesta hacia atrás, parece muy satisfecha—. No te enfades conmigo por sacar el tema. Solo tengo curiosidad.

Maggie se queda callada mientras intenta descifrar los motivos de Audrey. Quizás solo esté intentando ser su amiga. Antes de Gabriel, era inseparables.

—Solo quiero que sepas que estoy aquí si necesitas hablar con alguien —dice mientras eructa contra su servilleta—. Sé que nos distanciamos cuando comencé a salir con Barney, pero siempre he echado de menos nuestra amistad. Sé que ahora estás pasando un momento difícil. Solo quería acercarme.

—¿Lo sabe alguien más? —le pregunta Maggie.

—No que yo sepa —responde Audrey—. ¿Lo sabe Gabriel?

—No, todavía no. Y, por favor, nadie más debe saberlo. Se lo contaré cuando sea el momento indicado.

—Han pasado diez años.

—No lo había visto hasta hace poco.

—Entonces, ¿estás nuevamente en contacto con él?

Maggie traga, nerviosa, deseando poder retractarse.

—Nos cruzamos el otro día —dice vagamente—. Los dos estábamos de visita en Dunham. Se lo contaré. Pronto.

Audrey asiente, con una sonrisa compasiva.

—¿Cómo fue? —pregunta—. ¿Cómo fue estar embarazada sabiendo que darías al bebé?

—Realmente no lo recuerdo —miente Maggie.

—Yo siempre me siento muy conectada con mis bebés cuando estoy embarazada.

—Supongo que me gustaba la sensación de tenerla dentro de mí.

—¿Tener*la*?

Asiente con la cabeza.

—¿Una niña? —Audrey inhala con fuerza, como si saber el sexo lo hiciera todo aún más trágico—. ¿Intentarás encontrarla algún día?

—Dar información a la madre biológica es ilegal —explica Maggie—. Así que no será fácil, pero sí, lo intentaré. Ya he llamado a la casa de expósitos a la que supuestamente la llevaron.

Audrey alza su ceja perfectamente depilada y delineada.

—¿Piensas mucho en ella?

—Todos y cada uno de los días de mi vida —confiesa Maggie, agradecida de, por fin, decirlo en voz alta—. Creo si no fuera por lo que hice (abandonar a mi propia hija, enviarla al mundo sola), las cosas habrían estado bien. Ahora solo las encuentro... Bueno, es imposible sentirse completamente bien sabiendo que está allí fuera. La culpa ha sido mucho peor desde los embarazos y las pérdidas.

—Tiene sentido.

—Quizás no merezca ser feliz o tener otro hijo.

—Tonterías —sostiene Audrey—. ¿Cómo se lo toma Roland?

—Trabaja mucho.

—Siempre lo hacen. Pero es un buen marido para ti.

El comentario le recuerda a Maggie sus días en Simpson's. Siempre señalaba el cierre reforzado y las tiras gruesas y contenedoras. «Este es un buen sujetador para ti», les decía a sus clientas. «Es un buen marido para ti».

—Escucha, la otra cosa que quería decirte —señala Audrey, iluminándose—, es que tengo un trabajo para ti. Mi tío es un periodista en la Gazette y mencionó que conoce a un escritor francocanadiense al que acaban de publicarle un libro. Necesita un traductor para la versión en inglés. Le dije que conocía a alguien que lo haría.

—Jamás he traducido nada.

—¿Qué tan difícil puede ser? —argumenta Audrey—. Eres perfecta para el trabajo. Eres bilingüe. No conozco a nadie que conozca tan bien los dos idiomas como tú. Y siempre se te dieron bien las redacciones.

—No podría.

—Sería publicado, Maggie.

El corazón de Maggie da un salto de solo pensarlo.

—No estoy calificada.

—Dale una oportunidad—dice Audrey—. Se llama Yves Godbout. No tienes nada que perder.

Definitivamente ha despertado el interés de Maggie. Quizás sea una oportunidad para hacer algo útil, para variar.

—Está bien, lo conoceré —responde, sintiéndose audaz.

—Ay, qué bien —festeja Audrey, que se estira para sujetarle la mano.

Maggie sonríe, agradecida, mientras piensa que ha subestimado a Audrey todos estos años.

Capítulo 26

$\mathcal{Y}$ves Godbout la espera en la St. Regis Brasserie en el centro de la ciudad. Está sentado en una de las largas mesas de madera con una jarra y dos vasos, un paquete de tabaco y papel de fumar estirado frente a él. La taberna es larga y estrecha, un lugar para hombres, con suelo y paneles de madera en las paredes, hileras uniformes de mesas de estilo pícnic alineadas como en un comedor. Hay un fuerte alboroto de golpes metálicos y choques de platos proveniente de la cocina, que está justo detrás de ellos.

Godbout parece estar cerca de los cuarenta. Las raíces de su pelo castaño son grasientas y, aunque fuera hace calor, tiene puesto un andrajoso jersey gris con agujeros en los codos. Hace un gesto con la cabeza a Maggie cuando ella se acerca, pero no se pone de pie para saludarla.

—Me han dicho que eres mitad francesa —dice, sin perder tiempo.

—Mi madre es francesa.

Sus ojos se entornan. Enciende un cigarrillo y el humo que flota hasta la cara Maggie le da arcadas.

—¿De dónde?

—Hochelaga.

—La mía también —comenta, con un poco más de calidez—. Mi madre aún vive en la misma choza con techo de cartón asfaltado donde crecí.

Maggie no está segura de lo que espera de ella. ¿Quiere que se compadezca con él?

—No tengo ningún título —aclara.

—¿Título? —Ríe—. ¿Crees que yo me he graduado en escritura creativa?

—¿Qué tan largo es tu libro? —le pregunta, intentando sonar profesional.

Antes de siquiera terminar su cigarrillo, él lame el borde de su papel de fumar y sella uno nuevo, sin contestar.

—Alrededor de cincuenta mil palabras —responde—. El editor paga tres centavos la palabra.

Maggie hace una cuenta rápida. El dinero no es demasiado tentador.

—Así que estás casada con un angloparlante —dice Godbout—. Larsson.

—Sí.

—¿Por qué?

—Porque me lo pidió.

Los ojos del escritor se disparan hacia el collar de perlas y luego de vuelta a su cara.

—¿Sabes? No hace mucho, una pequeña editorial inglesa no hubiera considerado publicar un libro como este —comenta, mientras busca debajo de la mesa y saca una copia de su libro. La sostiene contra su pecho, sobre su corazón.

»Pero ya han comenzado a cambiar las cosas —sostiene—. Con Duplessis muerto, habrá una revolución en esta provincia. Mi editor… lo sabe. Para ser un inglés, es bastante inteligente. Tiene visión. Los angloparlantes jamás han querido leer nada de un escritor quebequés, salvo Gabrielle Roy.

Le entrega el libro. Se titula: *On Va en Venir à Bout*.

—¿Hay una fecha límite? —pregunta Maggie.

—Espero que antes de mi muerte. Creo que mi editor lo quiere lo antes posible, para aprovechar el fervor por la muerte de Duplessis. Las cosas van rápido ahora.

Cincuenta mil palabras.

—No tendrás créditos de autoría —le dice—. Lo que quiere decir que tu nombre no aparecerá en la cubierta del libro, solo en la página de legales.

Ella mira la portada y de inmediato sabe cómo será el título en inglés. *Venceremos*.

—Lo leeré.

—Haré que el editor te llame.

Se dan la mano y Maggie deja la taberna sintiéndose aterrada e inexplicablemente exaltada.

Menos de una hora después, está de pie fuera de Canadair, de donde comienzan a salir los hombres del turno diurno. No puede esperar para hablarle a Gabriel sobre su reunión con Godbout. Han hablado por teléfono un par de veces, pero no se han vuelto a ver. Ella lo distingue entre la multitud y el rostro de Gabriel se ilumina de inmediato cuando la ve. Maggie sonríe. ¿Tendrá siempre esta sensación con él? ¿Exultante, pícara, ligeramente aterradora?

Gabriel la abraza, con su olor a grasa de avión, sin importarle quién los ve. Su renuencia a encariñarse con ella parece haberse esfumado tan rápida y completamente como la década que estuvieron separados. La avalancha que les ha devuelto los viejos sentimientos de su adolescencia parece haberlos tomado a los dos por sorpresa, pero al mismo tiempo parece absolutamente correcto e inevitable. Ambos han reconocido, en susurros vertiginosos al teléfono, que no estar juntos se ha convertido en algo inconcebible.

—¿Por qué estás tan emocionada? —le pregunta él, agarrándola de la mano.

—Voy a traducir un libro francés titulado: *On Va en Venir à Bout*…

Gabriel se detiene de golpe y se pone frente a ella, con ojos brillantes.

—¿*Tú* traducirás el libro de Yves Godbout?

—¿Lo conoces?

—Se quién es. He leído el libro. ¿Lo conociste?

—Sí, acabo de quedar con él.

—¿Cómo es?

—Bueno, tiene los dientes oscuros y los dedos amarillos y el pelo grasiento y la ropa rota; fue extremadamente condescendiente, pero aparte de eso, es maravilloso.

Gabriel se ríe.

—Maggie, esto es increíble. ¿Cómo ha ocurrido?

—Audrey lo concertó —responde.

—¿Audrey? —pregunta, sorprendido—. ¿Puedes hacerle justicia?

—No estoy segura —reconoce—. Nunca he traducido nada formalmente.

—No me refiero a eso. Quiero decir, ¿podrás plasmar su pasión por la causa?

—Eso espero.

—Yo puedo ayudarte —sugiere.

—¿En serio? Me encantaría.

Gabriel la toma en sus brazos.

—Esto es bueno para ti —le dice.

—Y para nosotros.

—Comencemos en cuanto yo vuelva —propone—. Y quiero conocer a Godbout.

No hay mención alguna del marido y la mujer que aún se interponen en su camino. Siguen caminando del brazo hasta el coche.

—Estoy entusiasmada —comenta, más bien para sí misma.

—Yo también.

—Quiero estar contigo —revela, su presteza para hacerlo se vuelve más nítida incluso cuando las palabras salen de su boca—. Quiero que por fin comencemos nuestra vida juntos.

—Yo también lo quiero.

—¿De verdad?

—Por supuesto. Eres tú quien me preocupa —sostiene.

—Pero eres tú con quien quiero estar.

—¿Qué hay de todo a lo que debes renunciar? —le recuerda.

—Soy miserable en esa casa enorme con todas esas cosas preciosas. Roland es un buen hombre, pero nuestro matrimonio no es lo que yo esperaba que fuera.

Gabriel saca un paquete de cigarrillos del bolsillo de su camisa, le ofrece uno, enciende los dos. Exhalan al mismo tiempo.

—¿Estás listo para dejar a Annie? —pregunta Maggie.

—He estado listo para dejar a Annie desde la noche en que me topé contigo en el campo.

—De acuerdo, se lo diremos.

—Solo pensémoslo un poco más, ¿vale?

—¿Pensarlo más? Pero si estamos de acuerdo en…

—Estamos decidiendo sobre nuestro futuro, Maggie. Estamos hablando de divorcio… —Le abre la puerta del coche—. Estarías renunciando a muchas cosas.

—Te he dicho que no me importa nada de eso.

—Solo quiero que estés completamente segura —dice Gabriel, llevando el vehículo hacia la calle—. No quiero que me tengas rencor porque no puedo proporcionarte todo lo que estás acostumbrada a tener. Jamás querría tener esa carga. Así que vamos a ir muy despacio. ¿Está bien?

Maggie asiente, dejándose guiar por él. La impulsividad siempre la había llevado hacia los problemas. Por primera vez, se siente confiada y segura de lo que desea e inmune a la derrota.

Cuando llegan al apartamento, Gabriel pide en St. Hubert BBQ y hacen un pícnic en el suelo. Pollo, salsa espesa y vino tinto. Maggie está eufórica.

—Este es el mejor día —dice, acariciándole el rostro—. Te quiero.

—Yo también te quiero.

Maggie pasa por encima de los recipientes de comida y lo besa en la boca. Él la atrae hacia sí y se acuesta sobre su espalda, el cuerpo de ella queda sobre el de él. El momento no guarda sensaciones de ilicitud o duplicidad. Saber que estarán juntos es absolutamente perfecto.

Él le quita la camisa por la cabeza y ella hace lo mismo por él. Gabriel desabrocha su sujetador y este se desliza hacia el suelo de madera. En cuanto él levanta la cabeza hacia su pecho y la punta de su lengua roza su pezón, Maggie gime y ya no hay vuelta atrás.

Capítulo 27

*R*oland se estira hacia la jarra de limonada y vuelve a llenar su vaso. Su frente resplandece con el sudor y sus mejillas están rojas. Maggie se inclina sobre la mesa y lo seca con su servilleta de papel.

—Hace demasiado calor para ser solo mayo —comenta, rociando Off! agresivamente a un enjambre de mosquitos, hasta que Maggie lo puede saborear en cada mordisco de su hamburguesa.

Él comienza a doblar y desdoblar su servilleta.

—Ha pasado mucho tiempo desde que… —Levanta la vista hacia ella, nervioso—. Desde que hablamos de nuestra situación.

Maggie no emite palabra.

—Aún no estás embarazada —dice—. Comienzo a preocuparme. Quizás no hayamos calculado bien el tiempo, pero de todas formas lo estoy.

Ella no le ha contado que ha estado usando su diafragma. Lo esconde en su cajón de ropa interior, debajo de sus muchos sujetadores de «mejor vendedora».

—Creo que deberíamos ir a ver al Dr. Surrey otra vez —sostiene—. Él fue muy optimista. Quizás tenga algún consejo para darnos.

Los pinos que bordean su terreno comienzan a cernirse sobre ella. El sol está desapareciendo, lo que atrae más mosquitos.

—Roland, ¿eres feliz?

—¿En qué sentido?

—En general. Respecto a nosotros. Con nuestra vida.

—Sí. Por supuesto —responde—. Obviamente no ha sido un camino fácil, pero creo que el mejor remedio es comenzar una familia. Un hijo es lo que necesitamos.

Con la mirada perdida en su enorme jardín trasero, con los geranios florecidos en maceteros de arcilla y el césped recortado y preparado para colocar un arenero y columpios, Maggie no puede encontrar las palabras para decirle la verdad.

—¿Quedó gelatina de anoche? —le pregunta Roland.

—¿Realmente crees que un hijo puede arreglar esto?

—¿«Esto»?

—Traeré la gelatina —dice, dejando de lado el tema. Escapa adentro para calmarse. Regresa un momento después con un bol de cristal con gelatina verde.

—De lima. Mi sabor preferido —comenta él, con una sonrisa de agradecimiento.

—Creo que ya no puedo seguir haciendo esto. —Vuelve a intentarlo Maggie.

—¿Hacer qué?

—Seguir con este matrimonio.

—¿Disculpa?

—Lo siento, Rol. Es que no está funcionando.

—¿Y me lo dices ahora? —cuestiona, incrédulo—. ¿Así?

—Lo siento. No sabía de qué otra forma…

Roland parece confundido; sus ojos se salen ligeramente de sus órbitas. Clava la cuchara en la gelatina, que se rompe en trozos.

—Es obvio que tu problema de fertilidad está generándote mucho estrés —argumenta—. Me gustaría que dejaras de ser tan terca y me dejaras pedir un turno con el Dr. Surrey.

—No se trata de mi problema de fertilidad.

—Regresaremos a la normalidad en cuanto comencemos una familia —asegura con confianza—. Pidamos un turno para la semana que viene.

—¿No ves lo que nos ha pasado, Rol? Todo se ha reducido al hecho de tener un bebé. No hay nada más.

—Eso no es verdad. —Se defiende—. No todo es sobre eso.

—Lo es para *ti*.

—Obviamente quiero comenzar una familia —reconoce—. Quiero ser padre. No voy a pedir disculpas por eso.

—No deberías tener que hacerlo —responde ella—. Solo que no es lo más importante para mí. —Siente que comienza a ponerse sensible y limpia sus ojos con una servilleta de papel—. Me he estado convenciendo de que estoy lista para tener un hijo.

—¿Estás diciendo que no lo estás?

—Sabes que me encantaba trabajar —dice—. Al principio, fingiste que apoyabas mi independencia, pero resulta que no estabas siendo sincero.

—¡No estaba fingiendo! —grita—. Pero me di cuenta de que eso excluía tener hijos.

—No lo hacía. No lo hace. En realidad, nuestra dificultad para tener un hijo ha dejado expuesto el problema más grande.

—¿Que es qué?

—¿No es obvio, Rol?

—No lo es para mí.

—No hay pasión entre nosotros —responde Maggie—. Quizás nunca la hubo. Ni siquiera estoy segura de que queramos las mismas cosas ahora.

Roland aparta la mirada, ocultando su rostro.

—Todo esto desaparecería si tuviéramos un hijo —murmura, con obstinación—. La pasión regresaría, nuestros objetivos para el futuro volverían a alinearse.

—¿Lo harían? —cuestiona Maggie—. Ni siquiera sabes cuáles son los míos.

—Cuéntamelos, entonces.

—Bueno, para empezar, me encanta traducir.

Roland resopla, exasperado.

—He estado esforzándome mucho para tratar de ser la persona que quieres que sea —revela Maggie—. He intentado darte un bebé, ignorado cuánta presión eso ha puesto sobre mí, he fingido no darme cuenta de que ha ido matando lentamente el respeto que teníamos el uno por el otro y la atracción que podía haber.

Mi trabajo con Godbout me ha ayudado a conectarme con esa parte mía otra vez.

Roland suspira y sus hombros se desploman. Parece cansado. Debe estarlo, de trabajar tanto para negar sus diferencias fundamentales, quizás desde el momento en que se conocieron.

—Roland, te casaste conmigo porque aparecí en el momento justo de tu vida en que querías comenzar una familia.

—Eso es injusto.

—Sé que me quieres —concede ella—. Pero ser padre siempre ha sido tu objetivo y la prioridad en nuestro matrimonio.

Roland deja caer la cabeza. Maggie lee su silencio como una amarga aceptación de su argumento.

—¿Hay alguien más? —le pregunta, sin levantar la mirada.

La pregunta la toma desprevenida. Maggie no pensó que él se lo preguntaría y no había planeado mencionarlo, aunque no fuera más que para protegerlo. Pero no quiere mentir. Él no se merece eso.

—Ah —suelta él, adivinando antes de que ella pueda decidir cómo responderle—. Así que somos *esa* pareja. Soy el clásico cornudo.

—No es así.

—¿Quién es?

—¿Realmente importa?

—Sí, importa —estalla—. Mucho, de hecho.

—Es mi primer amor —devela ella—. Me crucé con él en Dunham el otoño pasado. No hemos pasado demasiado tiempo juntos, pero los viejos sentimientos definitivamente siguen ahí. —Omite la parte en la que se acostó con él. A Roland lo destrozaría.

—Entonces, me dejas por otro hombre —sostiene—. No finjamos que esto se trata de que yo quiero un hijo y tú quieres traducir libros.

—No hemos sido felices juntos en años —susurra Maggie—. Lo que siento por Gabriel puede ser el impulso para terminar nuestro matrimonio ahora, pero no es la *razón*.

—Claro. Quieres dedicarte a ser una traductora a tiempo completo.

—Estás siendo mezquino, Roland. Godbout me ha alentado para remontar vuelo, ganar confianza. Y me *gusta* esta sensación. Quiero seguir explorándola.

—Con otro hombre a tu lado. Tu «primer amor».

—No puedes decirme con sinceridad que *has sido* feliz con esta relación —cuestiona.

—De todas maneras, ¿quién es «feliz», Maggie?

—A mí me gustaría serlo.

—Tenemos un matrimonio —declara, pomposamente, haciendo que suene como si el matrimonio fuera algo de lo que son dueños, una posesión no demasiado distinta de su coche o su casa—. Hemos perdurado todo este tiempo y atravesado algunas situaciones muy difíciles. Es una maldita lástima echar todo por la borda ahora.

—Yo no quiero tan solo *perdurar* —dice, desanimada.

Roland se queda en silencio por algunos minutos, derrotado. El corazón de Maggie se llena de cariño por él.

—Eres un buen hombre —subraya—. Inteligente, confiable y leal. Seamos sinceros, por una vez.

—¿Cuál es tu plan, exactamente?

—Pensé que por ahora podría mudarme a la casa en Knowlton.

—¿Te mudarías de regreso a Townships sola? ¿O con él?

—Sola. Estaría cerca de mi familia. Ya nunca vas por allí —explica—. Casi nunca fuiste. No es como si fueras a echarla de menos.

—Podría venderla —señala él.

—Podrías —reconoce Maggie—. Pero seamos realistas, Roland. Aunque siguiéramos juntos, estaría sola. No estás nunca.

—Eso cambiaría si...

—Tuviésemos un hijo —terminar de decir por él, exasperada—. Exacto.

Se levanta y lleva los platos a la cocina. Roland la sigue, pero se dirige hacia la sala de estar. Escucha que él se sirve un trago. Limpia la cocina y luego se une a él.

—Lo siento —manifiesta Maggie, sin saber qué más decir.

Sentada aquí en su gran sala de estar, rodeada de sus preciosos muebles suecos con tapizado de seda de color azul claro, paredes con empapelado aterciopelado, chimenea de mármol y una vista a su extenso jardín a través del ventanal, está absolutamente segura de estar haciendo lo correcto.

—No tenemos nada que mostrar de nuestra vida juntos —dice él, con tristeza.

Ella se sienta a su lado y busca su mano. Nota un par de vellos canos en los nudillos de Roland y, por alguna razón, eso le da ganas de llorar.

—Pero tienes razón —concede Roland, sorprendiéndola—. Somos incompatibles, ¿no es cierto?

Maggie aprieta su mano.

—Lo intentamos con valentía. Lo hicimos de verdad.

Él asiente y lo que ella ve en su cara es alivio. Maggie puede darse cuenta de que, pese a todos sus resquemores y su orgullo herido, él ha comenzado a abrazar la idea de que es libre para comenzar de nuevo con alguien que quiera exactamente lo que él desea: una joven simple, fértil, con las mismas ganas de tener hijos y que quiera ser ama de casa. Jamás iba a ser Maggie. Y aunque jamás lo reconocerá en voz alta, ella sabe que él está dándose cuenta de lo mismo.

Capítulo 28

*L*lega al motel Maisonneuve en la calle Ontario, con la respiración entrecortada por la excitación. Tiene tanto que contar, comenzando por la noticia de que dejó a Roland, de que lo ha hecho y no hay vuelta atrás. También va a decirle lo que le pasó en Frelighsburg: la violación, el embarazo, que tuvo que dar a la bebé. Quiere deshacerse de todos sus secretos y comenzar esta nueva etapa de su vida de cero. El destino los reunió y le debe la verdad a Gabriel. Ha estado sin saber la verdad durante demasiado tiempo.

Golpea la puerta, por si ya ha llegado. Sonríe de solo pensar en él. Tiene una botella de vino en su bolsa y lleva puesta ropa interior de encaje. Gabriel abre la puerta y de inmediato se sienta en la cama, sin saludarla. Ni hola, ni un abrazo. Ella lo sigue hacia el interior.

La habitación es una decepción. Es sórdida y huele a humedad. Las cortinas, de yute color mostaza, están cerradas. Hay un simple cabezal de pino, una colcha de felpa raída y una alfombra verde oliva que necesita limpieza.

—Creí que sería más agradable —comenta, deja su bolsa en la cómoda y saca el vino.

Él no dice nada, solo mira fijamente hacia adelante con una extraña expresión en el rostro. Maggie va deprisa hasta él y acaricia su cabello rubio rapado, luego se inclina para besarlo en la boca.

Él se aparta.

—¿Qué pasa? —le pregunta.

—Volví a casa este fin de semana.

—No me digas que tu hermana te convenció de no dejar a Annie —le dice y se sienta al lado de él—. No escuches a Clémentine. Ya le he dicho a Roland que se terminó.

—¿Por qué has hecho eso? —cuestiona él, con brusquedad. Hay algo en su voz que la asusta.

—¿Por qué no? —responde ella—. Habíamos acordado que es lo que ambos queremos.

Sus ojos están oscuros, distantes. Algo ha cambiado.

—¿Qué pasa, Gabriel? —vuelve a preguntar.

—No funcionará.

—¿Desde cuándo? —exclama, confundida—. No quieres a Annie. Ya hablamos sobre esto.

—Esto no es sobre Annie.

—¿Sobre qué es, entonces? Creí que estaba decidido, antes de que volvieras a casa, a Dunham. Aún nos queremos. ¿Qué ha pasado?

—Casi cometemos un gran error.

—No te entiendo. ¿Te ha dicho algo Clémentine? ¿Mi padre?

—Se ha terminado.

La cama parece inestable debajo de ella.

—No digas eso —suplica, poniéndose de cuclillas frente a él, y le envuelve las piernas con los brazos.

Él la aparta y la mira a los ojos, sin un solo rastro de afecto.

—¿Qué he hecho?

—Me crucé con Audrey McCauley en Dunham —revela, con voz escalofriantemente fría.

—¿Dónde?

—Fui a la iglesia con mis hermanas el domingo —explica—. Quería darle las gracias a Audrey por ponerte en contacto con Godbout.

Lo sabe. En ese instante, el mundo de Maggie se desmorona.

—Me dijo que vosotras dos tuvisteis una conversación sincera.

Siente náuseas. No es así cómo debía ocurrir esto.

—Me dijo que diste a nuestra bebé —dice Gabriel, que se levanta de la cama y comienza a caminar nerviosamente por la habitación.

—Gabriel…

—Ni siquiera sabía que estuviste embarazada.

—¿Por qué te contó eso Audrey?

—Supuso que ya lo sabía. ¿Por qué creería que me habías ocultado semejante cosa?

—*¡Le dije que no lo sabías!* —exclama Maggie—. También estaba al tanto de que tenía planeado contártelo.

—¿Cuándo?

—¡Hoy! *¡Ahora!*

—Por supuesto. —Él ríe—. Qué coincidencia.

—Lo hizo para hacerme daño y para castigarme.

—¡No me importa *ella*! —grita él—. Esto no es sobre Audrey.

Maggie cubre su rostro con sus manos. ¿Cómo pudo haber cometido el error garrafal de confiar en Audrey?

—Le dije a Roland que lo dejaba —dice Maggie—. Y que todavía estoy enamorada de ti. Planeaba contártelo todo hoy, para que pudiéramos empezar de cero.

Gabriel vuelve a reír, un sonido fuerte y furioso que la llena de miedo.

—Entonces, es verdad —concluye—. Diste a nuestra bebé.

Se da cuenta de que ninguna respuesta le dará consuelo o podrá salvar su relación. La verdad es imposible. Ha pasado demasiado tiempo.

—No tuve opción. —Intenta.

Él camina de un lado otro sobre la alfombra, mientras ella se refugia contra el cabezal, observándolo y esperando.

—Diste a mi hija, Maggie.

—Mis padres me obligaron —explica—. Tomaron todas las decisiones. No tuve voz ni voto. ¡Era 1950 y tenía dieciséis años y mi padre me amenazó con echarme a la calle si volvía a verte!

—¿Y las últimas veces que estuvimos juntos? —acusa—. ¿La noche en que nos encontramos en el maizal? ¿O la primera vez que te llevé al apartamento de Papineau y hablamos durante horas? ¿O el día que hicimos el amor?

—Vine aquí a decírtelo hoy —repite, con congoja—. Siento que te hayas enterado antes de que tuviera la oportunidad de contártelo.

—¿Lo sientes? —Niega con la cabeza, indignado—. El otro día estuvimos fuera de Canadair y hablamos sobre el futuro y sobre que me divorciaría de Annie por ti y ¿no pensaste en mencionar que tuvimos una maldita hija juntos?

—No fue así —responde—. Es más que eso.

—¿Cómo fue entonces? —exclama él.

—Quise contártelo todo desde el primer momento en que te vi en el campo aquella noche. Pero es complicado. La historia que Audrey te contó no está completa.

—Conozco la historia —dice él—. No querías pasar tu vida conmigo, viviendo en la pobreza con un obrero francocanadiense.

—¡No estaba segura de que el bebé fuera tuyo! —suelta Maggie. Esto lo silencia.

—Mi tío Yvon me violó cuando estaba viviendo con él —revela—. *Esa* es la historia.

Las manos de Gabriel se cierran en puño.

—Iba a contártelo, mi amor. *Hoy.*

Gabriel se sienta en el borde de la cama, desanimado. Ella aguarda, con la esperanza de que él comprenda y la abrace y puedan seguir con sus planes. Pasa mucho tiempo, pero Gabriel no se mueve. Solo está sentado ahí, con la mirada fija en el suelo.

—¿Gabriel? Di algo, por favor.

Él levanta la mirada hacia ella, con los ojos rojos.

—Lo siento por ti —dice—. Realmente lo siento. Y si me lo hubieras contado en aquel entonces, habría matado al bastardo. Quizás lo haga ahora.

—Lo sé.

—Sé que lo sabes —sostiene—. Ese es el problema. Si me hubieras dicho la verdad entonces, podríamos habernos arreglado. Podríamos haber criado a la bebé juntos. Y eso es lo que no puedo superar. *Tú no quisiste.*

—Eso no es verdad —dice Maggie, pero sus palabras carecen de convicción. *Hay* algo de verdad en eso: ella sopesó sus opciones en aquel entonces y lo que más la aterró fue perder a su padre y su tienda de semillas. Y en ese sentido, fue cómplice de la decisión de sus padres.

—Eso es lo que más duele —le recrimina—. Sabías que cuidaría de ti sin importar de quién fuera el bebé, pero cuando tu padre amenazó con repudiarte, lo elegiste a él.

—Era una niña —argumenta—. No estaba lista para el matrimonio. Así que sí, elegí a mi familia. Tú habrías hecho lo mismo. Pero soy una mujer adulta ahora.

—No habría hecho lo mismo —contrataca él—. De todas maneras, nada ha cambiado, Maggie.

—No me castigues por la decisión que tomé hace más de una década cuando era solo una niña.

—Entonces, *fue* tu decisión —espeta, su furia repentinamente reavivada. Le da la espalda y patea la pared con su bota. El yeso se desmorona, pero eso no lo detiene. Va hacia ella y la sujeta de los hombros. Durante un instante, ella teme que la arroje al suelo. La sacude una vez, con fuerza, y después se detiene—. Me habría casado contigo —le dice, devastado.

—Cásate conmigo ahora.

—Es demasiado arriesgado. No hemos cambiado lo suficiente para que funcione.

—Hemos crecido, Gabriel. Somos adultos ahora.

—No puedo superar esto —dice y la suelta—. Podrías haber confesado lo de tu embarazo antes de que tuviera que escucharlo de Audrey McCauley. Pero aún estabas midiéndome, tratando de descifrar si podías ser feliz en mi mundo. Si soy lo bastante bueno para ti.

—¡Tú eres el que no cree ser lo bastante bueno para mí! —espeta, en respuesta—. Por eso huyes.

—No huyo. Me voy porque no confío en ti.

Se pone de pie y se aleja de la cama. Maggie lo sigue y se pone directamente frente a Gabriel para bloquearle el paso.

—Mi amor —suplica—. Por favor, no te vayas.

Él intenta esconder su cara, pero ella logra vislumbrar su expresión. En vez de la condena y el desprecio que había anticipado, ve lágrimas cayendo por sus mejillas.

—No hagas esto —ruega.

Él la mira por un momento, su expresión es fría y resignada, y luego la aparta para seguir su camino.

—Se ha terminado, Maggie.

—Nadie puede quererte como yo.

—Ni hacerme tanto daño.

Capítulo 29

$\mathcal{M}$aggie está acostada en la cama, mirando el candelabro de cristal que Roland le compró para su segundo aniversario. Cada uno de los diez brazos de hierro fundido tiene una sola arandela de cristal tallado de donde cuelgan lágrimas de cristal. Recuerda el día que el electricista la instaló sobre la cama, lo elegante que le había parecido la habitación, lo complacida que había estado. Ella había llegado, eso era lo que había sentido. Ahora parece estar provocándola, brillando ahí arriba con la luz que entra desde los ventanales, hermosa e insignificante.

Está embarazada otra vez. Se lo ha confirmado su médico hoy. El bebé es de Gabriel, no hay dudas. La única vez que se acostó con alguien sin diafragma fue en el departamento de Papineau unas pocas semanas atrás, su primera y última vez con Gabriel. No había planeado dormir con él aquel día, no había estado preparada. En ese momento, había ignorado la vocecita en su cabeza. *Irá todo bien*, se había dicho a sí misma. Sintió que, pasara lo que pasara, estaría bien.

Y ahora está embarazada, la fecha de parto será en enero. No ha hablado con él desde aquella noche en el motel. Quería darle un poco de espacio, sintió que era esencial. Él necesita tiempo, tiempo para echarla de menos, tiempo para reflexionar, tiempo para descifrar que no puede vivir sin ella. Tiempo para perdonarla. No ha perdido las esperanzas. Aún no.

Está decidida a tener este bebé con él. Quedarse con Roland ya no es una opción; él ya se ha mudado y vive temporalmente en un hotel, hasta que ella se vaya a Knowlton. Probablemente volvería con ella si se lo pidiera, quizás hasta criaría a este bebé como propio, pero cuando Maggie contempla la posibilidad, se imagina uno de esos retratos genéricos de familia en los que todos posan con moños preciosos y cuellos perfectamente blancos, con sonrisas congeladas que capturan un momento de perfección sincronizada, pero detrás de las sonrisas, todo es secretos, desconexión y dolor.

Se estira hacia el teléfono que está sobre su mesa de noche y llama de nuevo a la casa de Gabriel. Suena y suena, hasta que finalmente la mujer contesta y pregunta con brusquedad:

—¿Quién habla?

—Una vieja amiga de Dunham.

Annie se queda en silencio.

—¿Está Gabriel ahí? —pregunta Maggie.

—¿Por qué llama tan tarde?

—Necesito hablar con él —responde Maggie, eligiendo sus palabras con cuidado—. Es importante.

—No está aquí —dice Annie—. Deje de llamar a mi casa.

La línea se queda muda.

Al día siguiente, Maggie decide conducir hasta Canadair y enfrentarse a Gabriel fuera del trabajo. Se mira en el espejo y pellizca sus mejillas para darles un poco de color.

Tres y cuarto. Los hombres comienzan a salir a la calle, sus botas resuenan contra la acera, sus Zippos destellan en el sol. Maggie sale de su coche y espera. La muchedumbre se reduce. Del edificio emergen los últimos rezagados, pero Gabriel no está entre ellos.

Maggie divisa a uno de los conocidos de Gabriel del sindicato y lo alcanza.

—¿Dónde está Gabriel? —pregunta, tras proporcionar un saludo formal y sonando un poco más histérica de lo que pretendía.

—Se ha ido —responde el sujeto, sacando un paquete de cigarrillos del bolsillo de su camisa—. Ahora conduce un taxi a tiempo completo.

—¿Ha dejado Canadair?

—Mejor horario, mejor salario.

—¿Qué compañía de taxis?

El hombre encoge los hombros.

—Ni idea —dice, incómodo—. No lo vigilo.

El cielo de repente se oscurece y un restallido de trueno anuncia una tormenta inminente. Maggie conduce hasta el apartamento en Papineau. Con su bolsa sobre la cabeza para protegerla contra la lluvia intensa, va a toda prisa hasta la puerta de entrada, solo para ver que hay un nuevo nombre recientemente manuscrito al lado del timbre. Lo toca de todos modos y responde una mujer joven.

—Estoy buscando a Gabriel o a Pierre.

—Pierre ya no vive aquí —dice la mujer.

Empapada, Maggie regresa al coche y se sienta allí un largo rato, su mente se esfuerza por elaborar un nuevo plan.

La lluvia golpea su parabrisas y le preocupa tener que conducir a casa en hora punta. Gira la llave hasta el encendido y conduce por la calle, prácticamente puede oler al muchacho que Gabriel era aquel día en la camioneta cuando Clémentine las llevó a casa durante la tormenta. Sudor y tierra, húmedas hormonas adolescentes y el aroma a lluvia.

Unos pocos días después, Maggie se encuentra en Dunham, tocando a la puerta de Clémentine. La choza de los Phénix parece ligeramente menos ruinosa de lo que recuerda. El techo y las ventanas parecen nuevos y la puerta de entrada está recién pintada.

Clémentine aparece a la puerta en su mono.

—Maggie — dice, parece sorprendida. Aparta un mechón de pelo suelto de sus ojos y sonríe. Aún es hermosa en su estilo natural, campechano. No necesita los trucos y herramientas de los que la mayoría de las mujeres son esclavas para sentirse deseada o, incluso, aceptable. Abre más la puerta y hace un gesto para que Maggie entre.

Ella tiene que esconder su conmoción. No recuerda haber visto el interior jamás, ni siquiera cuando era amiga de Angèle. Tiene el tamaño de una habitación de motel y, al absorber todo, se pregunta cómo se las apañaron para vivir aquí todos juntos. Si Maggie se hubiera quedado con su bebé y casado con Gabriel, habrían sido cinco en este lugar.

Clémentine le ofrece a Maggie una taza de té. No parece en absoluto avergonzada por su vivienda y a Maggie se le ocurre que quizás Clémentine crea que no hay nada de lo que avergonzarse. Trae una bandeja con crema, azúcar y dos bonitas tazas de té con rosas pintadas en la porcelana. *Una costumbre muy inglesa*, piensa Maggie.

—Estoy a favor del cambio —está comentando Clémentine cuando apoya la bandeja—, siempre y cuando este gobierno no se olvide de los granjeros.

Maggie observa que hay una copia del *Manual para jardineros* en la biblioteca de Clémentine.

—No me puedo quejar, de todas formas —concede Clémentine—. Hasta ahora, ha sido un buen verano.

—¿Cómo está Angèle? —pregunta Maggie.

—Ocupada —responde, sirviendo té en la taza de Maggie—. No deja de tener bebés.

Clémentine se sienta al lado de Maggie y se estira hacia el bol de azúcar. Cuando ambas están sentadas, el silencio que han estado previniendo con charla cortés se posa sobre ellas. Clémentine espera. Maggie se pregunta si sabe sobre la bebé que Maggie dio en adopción a los dieciséis. No está segura de si Gabriel le habrá contado cuando se enteró o si lo guardó para sí.

Maggie aún se encuentra mareada y el té está demasiado dulce, pero se obliga a beber algunos sorbos porque le da algo que hacer.

—Estoy aquí por Gabriel —comienza a decir.

—Me imaginé.

—¿Sabes algo de él?

—Tuvimos una discusión —responde—. No he sabido nada de él desde hace algunas semanas.

Maggie puede sentir el pánico familiar oprimiéndole el pecho.

—Siempre hemos tenidos este... tipo de peleas —le cuenta Clémentine.

También nosotros, piensa Maggie.

—Él cree que yo intento ser su madre —confiesa Clémentine—. Pero él es quien me trata como una niña. Intentó convencerme de vender la granja...

—¿Vender la granja? —repite Maggie, sorprendida y dolida de que Gabriel obviamente no comparta su apego sentimental con el maizal.

—¿Va todo bien, Maggie?

—Ha desaparecido —responde, con voz rota—. He intentado encontrarlo en su casa, pero nunca está allí.

Clémentine se queda callada un momento. Finalmente dice:

—¿Estás... viéndolo otra vez?

Maggie aparta la mirada.

—¿Ha dejado a Annie?

—No lo sé.

—Nunca fueron compatibles —dice.

Maggie toca su vientre instintivamente. ¿Y si encuentra a Gabriel y no quiere tener nada que ver con ella y el bebé? ¿Y si no la puede perdonar? Ahora contempla la posibilidad de que su esperanza de reconciliación y de ser felices para siempre como una familia sea solo una ilusión hormonal.

—Podría llamar a Annie y averiguar qué sabe —sugiere Clémentine.

—¿Lo harías? —pregunta Maggie, un poco más animada.

Clémentine lleva su taza de té a la cocina. Maggie apoya la suya, cruza las manos sobre su regazo y espera. Puede sentir la saliva que se acumula dentro de sus mejillas y sabe lo que viene a continuación. Su primer pensamiento es correr hasta la cocina y pedir algunas galletas saladas, pero rápidamente se da cuenta de que no lo logrará. En lugar de eso, se lanza hacia la puerta principal, justo a

tiempo para vomitar sobre los bonitos geranios rojos en los escalones de entrada.

Cuando pasa la primera oleada —siempre hay una segunda—, se endereza y busca un lugar más apartado. Esta vez apunta a los arbustos y vomita con fuerza sobre una pared de madera
de arce.

Maggie se deja caer de rodillas al césped para recuperar el aire.
Se siente vacía. Su espalda está dolorida.

—¿Estás bien?

Maggie se vuelve, Clémentine está parada frente a ella y su
pelo brilla con el sol.

—Lo siento —dice, limpiándose la boca—. Tus geranios…

—No te preocupes. —Clémentine busca una manguera al lado
de la casa. La enciende y rocía el escalón de entrada para limpiar el
vómito—. Quizás les haga bien —bromea.

Vuelven a entrar y Clémentine regresa directamente a la cocina para emerger un momento después con un plato de galletas
saladas.

—Gracias —dice Maggie y se mete las galletas en la boca como
si hiciera días que no come. Clémentine la está observando—. ¿Pudiste hablar con Annie?

—Se ha ido, Maggie.

—¿Se ha ido?

—Annie dice que se fue. Se llevó todas sus cosas, no ha sabido
nada de él en semanas.

Maggie está aliviada, pero se ha quedado sin lugares donde
buscarlo.

—Debería irme antes de que…

Clémentine asiente y acompaña a Maggie hasta la puerta. *Gabriel se ha ido.* Ha comenzado a digerir la idea. Obviamente él no
quiere que lo encuentren, sin dudas no quiere que Maggie lo encuentre.

—Si queda contigo —pide Maggie—, por favor, dile que necesito hablar con él.

Clémentine vuelve a asentir, le toca el brazo.

—Sé que no es asunto mío —dice—. Pero… lo quieres, ¿verdad?

Maggie ya no puede contener las lágrimas. Clémentine se acerca y la abraza mientras ella llora suavemente contra la pechera de su mono.

—Lo he perdido para siempre.

—Sé cómo te sientes —comenta Clémentine, cuyo pecho sube y baja en un suspiro comprensivo, y Maggie no está segura de que siga hablando de Gabriel.

Capítulo 30

Elodie

Elodie abre la puerta a las escaleras y baja con rapidez el primer conjunto de escalones de camino al sótano. Está llegando tarde al trabajo porque a una de las chicas del dormitorio le vino la regla e intentó lavar la sangre de la sábana en secreto antes de que alguien lo notara. La hermana Ignatia la descubrió y eligió a diez niñas al azar para azotarlas con el cinturón de cuero. Elodie, misericordiosamente, no estuvo entre las diez elegidas, pero tuvo que quedarse y observar cómo las otras muchachas hacían fila y, una por una, recibían la paliza.

Tuvo suerte de no ser seleccionada, pero lo único que podía pensar era en no llegar tarde al trabajo.

Al doblar por una esquina y continuar por el siguiente conjunto de escalones, de repente percibe pasos detrás de ella. Nerviosa, acelera y no mira atrás. Está segura de que se trata del nuevo camillero que trabaja en el turno noche en el Pabellón B; un hombre de mediana edad cuya cara inocua hizo que, al principio, no pareciera ni malvado ni peligroso. Jamás había considerado ni por un instante que podía hacerle daño —ese era dominio de las monjas—, así que la tomó completamente desprevenida cuando se abalanzó sobre ella en el baño en mitad de la noche. Puso una mano sobre su boca, la metió en un compartimento y tiró de su camisón hacia arriba de sus rodillas. Por instinto, ella le mordió los dedos, que por descuido estaban cerca de sus dientes, y al hacerlo, él gritó.

«*Tabarnac!*», soltó él y la abofeteó.

Elodie gritó por ayuda y, en instantes, varias chicas aparecieron en el exterior del compartimento. Elodie tenía terror de que la hermana Ignatia las escuchara y viniera a atacarlas, pero por algún milagro, nunca vino.

El camillero abrió la puerta del compartimento con rapidez y huyó del baño.

«¡Qué cerdo!», murmuró una de las chicas y le lanzó insultos.

«Intentó…».

«Por supuesto que lo intentó», dijo esa chica. «¿No te ha pasado aún?».

«No».

«Tienes suerte. Todos lo hacen».

«¡¿Lo saben las monjas?!», exclamó Elodie, perpleja.

Las muchachas se rieron.

Elodie se las ha ingeniado para evitarlo durante varias semanas, pero ahora se maldice. Debería haber esperado a una de las otras chicas esta mañana.

Su corazón late con fuerza cuando los pasos comienzan a acercarse. No detiene su marcha rápida por las escaleras, pero al acelerar el ritmo, también lo hace el hombre. Puede escucharlo aproximándose, las suelas de sus zapatos rechinan contra los escalones de concreto detrás de ella.

—¡Estoy llegando tarde al trabajo! —grita—. ¡La hermana Calvert vendrá a buscarme!

Pero cuando gira para mirar atrás, es solo un médico. Este la ignora y pasa rápido al lado de ella, bajando las escaleras en su bata blanca, que ondea detrás de él como una capa.

Elodie se detiene a recuperar el aliento.

—Gracias a Dios —murmura, saboreando su buena suerte y olvidando que Dios no le agrada ni tampoco cree en Él. Después de calmarse, se apresura a bajar el resto de los escalones. La hermana Calvert, aunque no es tan sádica como la hermana Ignatia, no tolera la impuntualidad.

Al final, Elodie se las apaña para deslizarse en su asiento frente a la máquina de coser justo a tiempo y se pone a trabajar en el dobladillo de la primera sábana.

—*Pst*.

Elodie mira hacia un lado y Marigot está sonriendo.

—¿Qué? —susurra Elodie.

—He encontrado algo.

—¿Qué?

La hermana Calvert camina por los pasillos, supervisando el trabajo de todas las chicas, haciendo comentarios aquí y allí. «Está torcido. Comienza de nuevo». «Eres demasiado lenta». «Hay una funda en el suelo».

Cuando está fuera del alcance del oído, Marigot estira la mano y la abre para revelar un pequeño cuadrado oscuro que Elodie no reconoce.

—¿Qué es esto?

—Chocolate.

—¿Chocolate?

—Huele.

Elodie echa una mirada atrás de sí para asegurarse de que la hermana Calvert sigue ocupada reprendiendo a otra de las costureras y luego da un olisqueo furtivo. El olor es celestial, dulce y placentero de una forma que enciende todos sus sentidos.

—Se le debe haber caído a la hermana —susurra Marigot—. Ten. Rápido.

Marigot parte en dos el pequeño trozo, mete la mitad en su boca y le da la otra a Elodie. Ella lo apoya en su lengua, cierra los ojos y saborea el gusto mientras el chocolate se derrite.

—Es dulce, pero no como la melaza —gime mientras disfruta la forma en que se pega a su paladar al lamerlo.

—*Mam'selle de Saint-Sulpice?* —la llama la monja.

—¿Sí, hermana?

—¿Qué está tramando?

—Nada, hermana. Solo coso.

La hermana Calvert carraspea y continúa. No está, ni de cerca, tan interesada en insultar o torturar a las muchachas como algunas de las otras monjas. No es de ningún modo amable ni amigable, pero su seriedad rara vez pasa al abuso. Solo quiere que el trabajo se haga.

—Gracias, Marigot —susurra Elodie.

Marigot le guiña un ojo. Hoy es un buen día.

Capítulo 31

Maggie

En mitad de una húmeda noche de otoño, Maggie se despierta debido a una fuerte oleada de náuseas. Es la primera noche de regreso en Townships como una mujer separada y ha optado por dormir en la casa de sus padres, en vez de hacerlo sola en Knowlton. Pese a la decepción que sintieron ante su decisión de dejar a Roland, no le dieron la espalda.

Baja sigilosamente las escaleras y revuelve la alacena en busca de galletas. Toma un puñado, se pone una de las chaquetas de punto de su madre y sale al jardín. Su padre está parado en el pequeño huerto, examinándolo como si fuese absolutamente lógico estar haciendo jardinería una medianoche de octubre.

—¿Qué estás haciendo, papi?

Él se gira y la mira, iluminado por el brillo amarillento del reflector que hay sobre la puerta trasera. Sus ojos necesitan un momento para enfocarse y Maggie sabe que está borracho.

—Reviso las hierbas de tu madre —responde, arrastrando las palabras.

—¿Ahora?

—Hay luna creciente —explica, con la cabeza inclinada hacia el cielo—. Uno siempre debe sembrar las semillas bajo una luna creciente, nunca menguante.

Maggie se sienta sobre la silla de hierro forjado blanca e inhala el aire fresco del otoño.

—Los científicos han comenzado a descubrir los efectos del ciclo lunar sobre los campos magnéticos de la Tierra —dice—. Que, obviamente, afectan el crecimiento.

Se agacha y cava la tierra para sacar una pequeña patata.

—Dicen que una patata que crece en el laboratorio también muestra un ritmo de crecimiento que refleja el patrón lunar.

Intenta ponerse de pie, pero se tambalea un poco y tiene que estirarse hacia la silla para afirmarse. Maggie nota que le tiemblan las manos y que todo su cuerpo parece mecerse con cada brisa que pasa, como si no estuviera arraigado con firmeza al suelo.

—Me encanta el olor a tomillo —comenta Maggie, inhalando el aroma de las hierbas. El aire está demasiado cálido y húmedo para octubre.

—Debo plantar un poco de perejil para tu madre —señala, más para sí que para ella—. Es bueno también para realzar el olor de las rosas.

Maggie se pone de pie y se estira.

—Estoy cansada. Me voy a dormir.

—Deberías volver con Roland —aconseja su padre—. Este bebé es exactamente lo que los dos necesitáis.

«Lo que los dos necesitáis». Como si fuera una batidora o una aspiradora. Una cosa. Así es cómo lo describió Roland también.

—Ambos estamos siguiendo adelante, papá. Fue mutuo.

—Tienes todo, Maggie. No te entiendo.

—¿No entiendes que quiera ser feliz?

—Quedarse requiere más coraje.

—No estoy de acuerdo —dice, cansada—. Siento si eso te hiere. —Besa la frente de su padre, que está mojada y cubierta por algunas gotas de sudor.

Él mete la mano en el bolsillo de su chaqueta y saca una petaca plateada. Maggia observa cómo bebe un trago y luego la guarda de nuevo en el bolsillo.

—Buenas noche, papá.

Él no responde, solo se queda mirando hacia adelante, su rostro refleja el agotamiento y la decepción. Hay tanta desesperanza en sus ojos que casi hace que Maggie deseara poder arreglar su matrimonio con Roland, solo por el bien de su padre.

Maggie aún no ha encontrado a Gabriel y él tampoco ha aparecido. Su sueño de tener este bebé con él comienza a desvanecerse. Y, sin embargo, pese a todas estas olas de desesperanza, una obstinada fisura de fe —o posiblemente una ilusión ciega— ha persistido. No perderá la fe en él, por eso lo hará sola, en vez de volver corriendo a los brazos de Roland en busca de seguridad. Lo cree un acto de fe más que otra cosa.

Deja a su padre de pie allí, con sus hierbas y su petaca, y regresa a la casa. Pasa por al lado de su santuario y se detiene al notar que la puerta está ligeramente entornada. En todo el tiempo que ha vivido en esta casa, jamás vio que él la dejara abierta. O bien está más borracho de lo normal o simplemente supuso que todos dormían y no había necesidad de cerrarla.

Maggie la empuja con suavidad para abrirla y se escabulle en el interior. Se queda de pie allí un momento, percibiendo el olor de su padre. Su desgastado libro *Cómo administrar un centro de jardinería* está abierto en el capítulo titulado «Cómo atraer clientes», lo que significa que la tienda está teniendo una temporada floja. Sus ojos barren el resto de sus libros, las partes de la radio, el lío de papeles y proyectos pendientes, el archivador de metal gris en el rincón de la habitación.

Sin pensar y antes incluso de darse cuenta de lo que está haciendo, encuentra la llave en el cajón superior de su escritorio, pobremente escondida en una caja de cigarros vacía. Se arrodilla frente al archivador y lo abre. Hojea los papeles —recibos, más que nada—, hasta que sus manos se posan en un sobre de manila grueso en el último cajón. Hay una dirección sellada en una esquina. Maggie lo saca justo cuando su padre aparece detrás de ella.

—¿Qué crees que estás haciendo? —exclama.

Ella se pone de pie de un salto y el sobre cae de su mano. Lo único que puede leer es el nombre GOLDBAUM, ABOGADO antes de que su padre cierre el cajón de una patada. Sus vísceras le dicen que es algo relacionado con Elodie.

—¿Qué es eso? —le pregunta a su padre—. ¿Por qué recurriste a un abogado?

Él la sujeta de la muñeca y la empuja con fuerza al exterior de su santuario. Es la mayor violencia física que ha usado jamás con ella. Las mejillas de su padre están enrojecidas y las venas de su nariz parecen haber explotado repentinamente de la furia. Le cierra la puerta en la cara y le echa el pestillo.

Maggie se queda parada del otro lado de la puerta durante varios minutos, impactada por el inusual exabrupto. Puede escuchar ruidos de papeles y golpes en el interior.

—¡Papá! —grita a través de la puerta. Él no responde.

Capítulo 32

Elodie

Elodie limpia una capa de sudor de su frente y aparta el rostro del vapor. Este mes le han asignado el planchado de las sábanas, una tarea incluso más pesada que coserlas. Es también mucho más dolorosa para su brazo derecho, que nunca más ha vuelto a ser el mismo desde que la amarraron a esa cama vacía por una semana.

—Descansa cinco minutos —dice la hermana Camille—. Tu cara está roja.

La hermana Camille es nueva. No parece mucho más grande que Elodie, pero es quien ahora está a cargo de las costureras. Es demasiado amable para Saint-Nazarius. Que se deshagan de ella es solo cuestión de tiempo.

—¿Por qué te quedas aquí? —le pregunta Elodie, colocando la plancha de nuevo en su lugar—. Encajas en este lugar casi tan poco como yo.

—Dios me puso aquí por alguna razón —sostiene—. Aunque a veces no logro ver por qué.

—¿Crees que Dios me puso *a mí* aquí por alguna razón? —pregunta Elodie.

—Por supuesto —responde la hermana Camille, con certeza—. No siempre comprendemos lo que Él hace o por qué lo hace. Quizás nunca lo comprendamos, al menos en esta vida. De eso se trata la fe.

—No es muy reconfortante —masculla Elodie.

La hermana Camille le aprieta la mano, un gesto tan desconcertante que la niña se sobresalta y la retira.

—Esa es la peor parte de estar aquí —confiesa la hermana Camille con tristeza—. Ver a las niñas crecer sin ningún afecto. No es normal. Odio no poder abrazar a las pequeñas y estrecharlas cuando lloran.

—Te echarían —asegura Elodie—. O peor.

—Lo hice una vez, apenas comencé aquí. Levanté a una niña pequeña que había estado encadenada a un tubo toda la noche. No pudo haber tenido más de cuatro años.

—¿Qué pasó? —pregunta Elodie, deseando que la hermana Camille hubiese estado cerca cuando era niña.

—Me descubrió la hermana Laurence y me desterró al comedor. —Parece avergonzada y agrega—: Y luego aquí abajo, al sótano. No puedo ser cruel como me piden. Simplemente no puedo.

—Quizás eso cambie.

—Por supuesto que no.

—Entonces, ¿por qué te quedas?

—Ya te he dicho, es la voluntad de Dios. Pero, entre tú y yo, seré feliz cuando se deshagan de mí.

—Llévame contigo, hermana Camille.

—Ojalá pudiera —responde la monja, que sujeta a Elodie de la mano y la lleva hacia afuera, al pasillo—. Escúchame —dice, bajando la voz—, están cambiando la ley.

—¿Qué ley?

—La ley que os puso aquí.

Elodie encoge los hombros, desconcertada.

—El gobierno ha comenzado a investigar estos hospitales —explica la hermana Camille—. Conocen la situación de los huérfanos y están haciendo algo al respecto. *Saben que no sois pacientes psiquiátricos.*

Las lágrimas surgen en los ojos de Elodie y se desmorona contra el pecho de la hermana Camille.

—¿Cuándo? —exclama—. ¿Cuándo puedo irme?

—Los médicos han comenzado a entrevistar a las niñas.

Una ola de pánico recorre el cuerpo de Elodie.

—¿Qué ocurre? —le pregunta la monja—. Es algo bueno, Elodie.

—La última vez que un doctor me entrevistó, terminé aquí. —Lloriquea, al recordar aquel día en el orfanato—. ¡Fallé!

—Solo sé tú misma. —La tranquiliza la hermana Camille—. No eres retrasada. Las dos lo sabemos. Estos médicos están de tu lado.

Elodie se siente escéptica. Los médicos jamás están de su lado; solo fingen estarlo.

—Descubrirán que la mayoría de las niñas de aquí tiene una inteligencia normal —asegura la hermana—. En todo caso, estáis afectadas por estar encerradas aquí y por todo el abuso. Eres inteligente, Elodie, pero ignorante.

—¿Qué significa eso?

—Significa que no sabes nada del mundo. Cosas básicas. Estás al revés, eso es todo. Pero no estás loca.

—Eso es cierto.

—Si vosotras, pobrecillas, no erais retrasadas cuando vinisteis aquí, seguro que lo seréis cuando salgáis.

—¿Cree que podré encontrar a mi madre?

—Todo es posible con Dios —responde la hermana Camille, pero la expresión en sus ojos contradice sus palabras. Elodie no ve fe en ellos, solo pena. O quizás sean las dudas de la propia Elodie, su ambivalencia respecto a Dios.

—¿A dónde iré? —Quiere saber Elodie—. No conozco ningún otro lugar más que este…

—Las niñas más pequeñas probablemente vayan a hogares de acogida o a verdaderos orfanatos. Las más grandes serán liberadas, imagino.

—¿Liberadas?

La hermana asiente. Y después, leyendo la alarma en el rostro de Elodie, agrega:

—No te preocupes, no eres lo bastante grande para irte por tu cuenta.

—¿Cree que me enviarán de regreso al orfanato en Farnham?

—No lo sé.

La mente de Elodie zumba. La mismísima posibilidad de escapar de Saint-Nazarius —de no volver a ver la cara de la hermana Ignatia nunca más— la llena de una nueva oleada de esperanza, algo que no ha sentido en años.

—Tendrás que tener paciencia —advierte la hermana Camille—. No sucederá rápido.

—Pero ¿ocurrirá?

—Creo que sí. Ya está ocurriendo en otros hospitales.

Elodie sonríe, todo su cuerpo tiembla de emoción y alivio. Hay una fisura de miedo —aún tiene que convencer a los médicos de que no está loca ni es retrasada— y algo de inquietud acerca de dónde será enviada, pero nada puede superar su alegría.

Capítulo 33

Maggie

*M*aggie llega a la tienda de semillas de su padre con el desayuno para los dos. La ventana está decorada con nieve falsa y un cartel rojo de Navidad que dice: JOYEUX NOËL - FELIZ NAVIDAD. No ha hablado con él en semanas. Intentó acercarse varias veces, pero él se niega a hablar con ella.

Hoy está decidida a hacer las paces por meterse en su archivador. Ha traído la prueba de galera de su primera traducción como oferta de paz. *Venceremos* representa no solo las cincuenta mil palabras —más o menos— que ha logrado sonsacar del francés al inglés, sino también la exitosa integración de su naturaleza francesa e inglesa. El aliento de Godbout a lo largo del camino la ha sorprendido y fortalecido. Si no fuera por él, habría abandonado el proyecto.

«Has capturado la lucha», le dijo cuando estaba revisando uno de los primeros borradores del manuscrito de Maggie. «*Te creo*».

«Tú escribiste las palabras», dijo Maggie, rechazando el elogio.

«Las escribí en francés, Larsson. Tú las estás escribiendo en inglés. Me preocupaba que tu versión sonara poco auténtica. O, peor, académica. Pero tu escritura es sincera y real. *La creo*».

«Gracias», respondió, sonrojándose. Estaba emocionada. A falta de apoyo de su padre, la aprobación de Godbout fue profundamente alentadora.

«No somos tan diferentes tú y yo», comentó el escritor, enrollando uno de sus cigarrillos caseros. «Ser una mujer en un mundo de hombres no es mucho más fácil que ser un francocanadiense en un mundo inglés, ¿no es cierto?».

«Supongo que tienes razón», respondió, sin haber hecho la comparación nunca antes.

Ella valora que Godbout note esas cosas y que le dé crédito constantemente por su esfuerzos y resiliencia. Ve algo en ella que pocos hombres perciben y realmente la respeta. Maggie atribuye esta generosidad de espíritu a que es un hombre con una profunda lealtad hacia los dominados y oprimidos de todas las clases sociales.

Sin embargo, pese a todos los halagos de Godbout, le preocupa lo que la gente pensará de su trabajo. Aún le importa demasiado cómo la juzgarán. Se pregunta si Gabriel se topará con su traducción en alguna librería. Si le dirá a alguien: «Ey, solía conocer a esa mujer». Quizás crea que no ha logrado capturar la pasión de Godbout después de todo.

Abre la puerta y entra en la tienda. El olor a tierra flota a su alrededor. Vi ya no pesa las semillas; trabaja como secretaria en Small Bros. Company, donde hacen los tanques de evaporación para hervir el jarabe de arce. Se ha mudado a la vieja habitación de Peter para no tener que compartir la cama con las demás y aún no tiene candidatos para marido. Nicole es quien pesa las semillas ahora.

El padre de Maggie levanta la mirada desde un bote de semillas y, de inmediato, abandona la expresión amigable. Aún está enfadado con ella. Maggie tiene sus propias razones para estar enfadada con él, pero en este momento le importa más obtener respuestas. Encontró a un abogado en Montreal llamado Sonny Goldbaum, pero no ha podido comunicarse con él por las fiestas. Mientras tanto, está decidida a averiguar qué había en ese sobre de manila.

Su padre tiene un aspecto más demacrado, pálido. *Se está volviendo demasiado viejo para trabajar tan duro*, piensa Maggie, que da algunos pisotones para quitarse la nieve de las botas.

—Te he traído algo —le dice.

Cuando él no responde, Maggie sostiene en alto una bolsa de papel manchada de grasa en una mano y la prueba de galerada en la otra.

—Desayuno y... *ta-chán*... ¡mi libro!

Él le ofrece una sonrisa débil y murmura:

—Felicitaciones.

—Es una ofrenda de paz —explica, extendiéndosela.

Con reticencia, su padre se acerca y la examina.

—Bien hecho —expresa al admirar el grueso manuscrito.

—Godbout dice que lo que me hace una inadaptada es exactamente lo que me permite hacer tan buen trabajo.

—¿Inadaptada? —cuestiona su padre—. Nunca te he visto de esa forma.

Ella lo sigue a su oficina y él mueve una silla para que ella se siente. Maggie le da un sándwich de huevo frito.

—¿Qué tal la nueva vendedora? —pregunta.

—Le gusta hacer descuentos para conseguir ventas —se queja—. No dejo de decirle que eso disminuye los márgenes.

Maggie mordisquea una tira de tocino. Cuando se enteró de que su padre había contratado a una mujer para que hiciera las ventas, se entristeció. Se sintió traicionada, como si él la hubiese estado engañando. Al menos, tener el libro de Godbout para traducir la ayudó a suavizar el golpe. Para entonces, estaba inmersa en eso, distraída y avanzando con renovada motivación. Ahora el desaire de su padre solo dolía si se permitía pensar demasiado en ello.

—Parece gustarles bastante a los clientes —continúa su padre—. Tiene agallas.

Maggie no dice nada. Levanta la vista al eslogan enmarcado sobre el escritorio y lo lee con gran nostalgia.

QUIEN PUEDA CONSEGUIR QUE DOS MAZORCAS DE MAÍZ O DOS BRIZNAS DE HIERBA CREZCAN DONDE SOLO UNA LO HIZO ANTES MERECERÁ MÁS DE LA HUMANIDAD Y BRINDARÁ UN SERVICIO MÁS ESENCIAL A SU PAÍS QUE TODA LA RAZA DE POLÍTICOS REUNIDA.

—JONATHAN SWIFT

—¿En qué puedo ayudarte? —pregunta su padre, tratándola como a un cliente.

—Solo quería darte la prueba de galerada —responde y se la entrega—. Quédatela, tengo otra copia.

Él pasa las hojas, su expresión es indescifrable. Maggie se pregunta si estará orgulloso de ella.

—Maggie —dice él, levantando la mirada y dejando el manuscrito a un lado—. Creo que no lo has pensado bien. No es posible que pienses criar sola a este bebé. Simplemente no es práctico a nivel financiero ni para la criatura.

—Tengo manutención conyugal —responde—. Y lo que gane traduciendo.

—Estoy seguro de que Roland se reconciliaría con gusto.

—He venido aquí a hablar de mi libro, no de mi matrimonio.

—Desearía que fueras más práctica —pide—. Por una vez en tu vida, este no es el momento de ir contra la corriente. —«Siempre fuiste mi flor silvestre»—. Vas a tener un bebé.

—¿Por qué tenías el sobre de un abogado en tu archivador? —pregunta ella.

—No deberías haber revisado mis cosas.

—Sabes por qué lo hice. ¿Por qué tienes ese sobre de un abogado?

—Sé que crees que hay un gran misterio, Maggie, pero no lo hay.

Se pone de pie, arroja a la basura el desayuno y se gira para mirarla.

—Patenté mi semilla Prévert —responde, exasperado—. Por eso necesitaba un abogado. ¿Satisfecha?

Maggie busca en su rostro alguna pista de que está mintiendo.

—Decepcionante, ¿verdad?

Maggie no puede esconder su frustración. Tenía la esperanza de que fuera otra cosa.

—Llévate una flor de Pascua cuando salgas —dice su padre—. Tengo demasiadas.

—Me dan sarpullido —masculla Maggie, que sale de su oficina con la triste sensación de que las cosas entre los dos jamás serán iguales.

Capítulo 34

$\mathcal{L}$a oficina de Sonny Goldbaum se encuentra en un viejo edificio de viviendas en la calle Queen Mary Road, nada parecida a los lujosos bufetes de abogados de la calle St. James que había imaginado. Maggie sacude la nieve de su abrigo con la mano y se acurruca contra el radiador en busca de calor antes de presionar el timbre. Está extremadamente ansiosa por hablar con él, dado que ha estado esperando casi dos meses a que regrese de Florida.

—Maggie Larsson —anuncia al altavoz. Él la hace pasar con un zumbido del portero eléctrico.

Maggie se sostiene con fuerza de la barandilla para bajar las escaleras maniobrando su cuerpo enorme. El pasillo huele a orina de gato. Cuando llega al sótano, Sonny Goldbaum está sosteniendo la puerta para que ella pase.

—No sabía que estaba embarazada —comenta, como si debiera haberlo sabido—. Y por lo que se ve, llega en cualquier momento.

—No antes de fin de mes —dice ella, desenroscando su bufanda.

Goldbaum tiene alrededor de cuarenta años, mucho más joven de lo que ella esperaba. Tiene el pelo oscuro y rizado, gafas con montura de carey y un broceado intenso. Es bajo y ancho, está vestido con una camisa de poliéster, bajo la cual se puede ver una camiseta blanca, y pantalones grises que están ceñidos debajo de su barriga.

—Pase.

En el interior, la ayuda a sentarse en uno de los dos sillones hundidos y de tapizado a cuadros amarillos y color café que hay en la sala de estar, que hace las veces de oficina. Hay media docena de archivadores de madera colocados contra la pared y un escritorio metido entre la pequeña cocina y el pasillo, que está cubierto de carpetas y pilas de papeles.

—Encontré su nombre en las cosas de mi padre —explica. Aún siente el hedor a arena de gato del pasillo, junto a un tufillo a pescado—. Solo quiero confirmar qué hizo usted por él.

Goldbaum se reclina en su silla.

—Me dijo que usted se encargó de una patente —continúa Maggie—, para un tipo especial de césped que él inventó. ¿Prévert?

La cara de Goldbaum es completamente inexpresiva.

—¿Recuerda haber tramitado una patente para un hombre llamado Wellington Hughes?

—¿Hughes? —repite, aún perplejo—. No suena como alguien a quien conozca.

Maggie se mueve en su sillón, tratando de encontrar una posición cómoda. Su espalda le comienza a doler.

—Y tampoco tramito patentes, Sra. Larsson.

El corazón de Maggie se estruja.

—Entonces, ¿cuál es la verdadera razón de su visita? —pregunta el abogado, mirando fijamente su vientre. Se quita las gafas, baja la voz y agrega—: Porque ya no me dedico a ese tipo de negocios.

—¿Qué tipo de negocios?

—El negocio de bebés.

—Ay, no... yo no... —La mano de Maggie se posa sobre su barriga, donde puede sentir las patadas del bebé.

—Entonces, me temo que no la comprendo —dice Goldbaum—. Así que por qué no me cuenta por qué cree que lo conozco.

—Tuve un bebé cuando tenía dieciséis años —cuenta—. Mi padre debe haberlo contratado para concertar una adopción. Eso es lo que usted hace, ¿cierto?

—*Era*, de cierta forma.

—Creí que mi padre había llevado a la bebé a una casa de expósitos, pero no hay registros de que haya ido allí —explica—. Pero hace poco encontré su apellido en sus archivos.

—Y él le dijo que tramité su patente de césped.

—Sí.

—Bueno, mintió.

—¿Usted se encargó de que la adoptaran? —le pregunta Maggie.

—Es posible.

—Debe tener alguna clase de registro —dice Maggie, echando un vistazo detrás de él, a los archivadores—. Fue en marzo de 1950.

—Concerté muchas adopciones —responde el abogado.

—¿No podría fijarse?

—¿De qué serviría?

—Quiero saber si fue adoptada.

—¿No debería preguntárselo a su padre?

—Tengo más oportunidades de saber la verdad con usted —confiesa Maggie—. Solo necesito saber qué pasó con ella, para estar en paz.

—Le puedo asegurar que, si yo estuve involucrado, su hija fue adoptada. Eso era lo que hacía. Ponía a los bebés en manos de los padres correctos. Así que, si su padre me contrató, su hija encontró un hogar.

Maggie comienza a relajarse. Ya se nota más liviana.

—¿Puede confirmarme si lo contrató? —pregunta, con más esperanzas que nunca—. ¿No le importaría revisar sus archivos así puedo estar segura?

—Usted firmó un acuerdo cuando recibió el pago —explica Goldbaum—. En el que renunció a todos sus derechos y a toda la información sobre ella.

—¿Cuando me *pagaron*? —exclama Maggie—. Jamás firmé nada. Ni conseguí ningún dinero.

—Supongo que estaba en el hogar para madres solteras, ¿no es cierto? —pregunta él, que se estira para buscar un lápiz para después golpearlo contra su escritorio.

—No. No lo estaba —responde ella, confundida.

—Mire, lo siento —le dice el hombre—. No lo recuerdo. Había muchos bebés en aquella época. La mayoría venía de ese hogar de madres solteras en el lado oeste. Siempre trataba con las monjas. Hubo algunos pocos casos en los que negocié con las madres biológicas o, en su caso, los padres de la madre biológica. Pero tengo las manos atadas. Fue una adopción cerrada y los registros están sellados.

—¿No puede, aunque sea, buscar el nombre de mi padre?

—Es ilegal, Sra. Larsson. He tenido suficientes problemas legales. Además, no tengo ningún registro anterior al escándalo del 54.

—¿Qué escándalo?

—Usted es demasiado joven —relata Goldbaum—, pero algunos de nosotros, los abogados en el negocio de los bebés, estuvimos bajo escrutinio algunos años atrás.

—¿Por qué?

—Al gobierno no le gusta cuando la gente vende bebés —responde—. A los políticos no les importa institucionalizarlos y darles la espalda cuando los curas y las monjas abusan de los niños, pero por Dios, no se te ocurra vender un bebé a una familia decente.

¿Vender un bebé? Maggie abre la boca para decir algo, pero él la detiene.

—Sra. Larsson, me parece que ha vuelto a la buena senda —dice—. Créame, si su padre tiene correspondencia de mi parte, ella está en buenas manos y usted puede irse de aquí con lo que vino a buscar: paz mental.

Maggie conduce en dirección a la tienda de su padre y lo espera fuera, caminando de un lado a otro en el frío mientras él termina de cerrar el día. Está oscuro y puede ver su propia respiración, pero el aire invernal le sienta bien. Lo observa escoltar a los últimos clientes al exterior, los clásicos regazados del final de la jornada, y luego las luces se apagan. Cuando está a punto de cerrar la puerta con llave, Maggie golpea el cristal.

Su padre la deja pasar, desconcertado.

—¿Qué haces aquí? —pregunta, cerrando la puerta tras ella.

—¿Por qué me dijiste que llevaste a mi bebé a la casa de expósitos? —cuestiona—. ¿Por qué me mentiste?

Los hombros de su padre se encorvan casi imperceptiblemente, pero lo suficiente para que ella lo note. Aún no tiene buen aspecto.

—Si has hablado con ese abogado —responde—, estoy seguro de que sabes por qué mentí.

—Porque la vendiste.

—No exactamente.

—¿Eso qué quiere decir?

—Íbamos a hacerlo —reconoce, masajeando su sien con su pulgar—. ¿Cómo podía decirte eso? Era mejor que creyeras que iba a ir a un orfanato. Aun así, Maggie, vender bebés ilegítimos era una práctica usual.

—¡Es un horror! —grita angustiada.

—Ni siquiera fue idea mía. Yvon sabía cómo hacerlo. Supongo que habrá embarazado a alguna muchacha.

Maggie pone expresión de desprecio.

—Creí que eso aseguraría una adopción —justifica su padre—. Y yo siempre precisaba dinero extra. Era bueno para todos, Maggie. Pero luego quedó en la nada.

—¿Por qué?

—La bebé estaba enferma. Se suponía que iría a una pareja judía de Nueva York —explica su padre—. Estaba todo arreglado. Iba a entregarla a una de las hermanas de la Caridad en el hospital Mercy…

—¿Las *monjas*? —exclama Maggie—. ¿Estaban involucradas en la venta de bebés?

—Era un negocio enorme —responde su padre—. Los abogados se encargaban de los documentos y luego entregaban el bebé a una monja o a un médico en un hogar de madres solteras.

Estaban todos metidos en eso. Goldbaum fue arrestado algunos años después de que yo arreglara el asunto con él. Salió en las noticias.

«El escándalo del 54». Goldbaum lo hizo sonar como si hubiera sido injustamente investigado.

—Hubo todo tipo de cargos —agrega su padre—. Falsificación. Adulteración de certificados de nacimiento. Pero la primera vez tuvo suerte. La segunda, debió pagar una multa. Fue entonces cuando salió en el periódico.

—¿Por cuánto ibas a venderla? —Maggie quiere saber.

—Tres mil dólares. Pero las monjas iban a quedarse con la mayor parte. Después de que el abogado se quedara con la suya, nos hubieran quedado quinientos dólares. Mitad hubiera sido para Yvon, por dejar que te quedaras en su granja mientras estuviste embarazada.

—¿Mi hija valía doscientos cincuenta dólares para ti?

Su padre no responde.

—Entonces, ¿qué pasó?

—Goldbaum me aseguró que había buena gente que no podía tener hijos propios —continúa—. Pero cuando descubrieron que la bebé era prematura y tenía ictericia, cambiaron de opinión. No querían un bebé enfermo.

—Entonces, ¿a dónde la llevaste? —le pregunta Maggie, limpiándose las lágrimas.

—Se quedó en el hospital. Las monjas la iban a llevar a la casa de expósitos en cuanto se curara de la ictericia y ganara peso. Pesaba apenas 1,8 kilos.

—¿Así que tan solo la dejaste ahí? —grita con angustia Maggie, sin querer imaginar a su pequeña bebé abandonada en el hospital.

—La dejé al cuidado de los médicos y de las monjas, sí.

—Entonces, ¿sí fue a la casa de expósitos, pero más adelante? ¿Quizás en abril?

—Tal vez —responde—. Era una práctica usual, Maggie. Estoy seguro de que la adoptaron a la larga.

—¿Cómo puedes estar seguro? —acusa Maggie—. No tienes idea de qué ha sido de ella. No te importa nada.

Capítulo 35

En el camino de vuelta a Dunham, Maggie se obsesiona sobre qué hacer a continuación. ¿Visitar la casa de expósitos? ¿Volver a llamar y preguntar sobre todos los bebés que llegaron en las semanas siguientes a la fecha de nacimiento de Elodie? Comienza a sentir punzadas de dolor en la ingle, así que detiene el automóvil y respira hondo unas cuantas veces, esperando que pase. Cuando lo hace, sigue su camino, aliviada de sentir que el bebé se estira dentro de ella.

Está a punto de llegar a casa, pero entonces siente algo caliente entre las piernas. Baja la mirada y descubre que está empapada. Aguas. Recuerda algo de romper aguas.

Yvon afila su cuchillo para cortar la carne asada. «¿Hay salsa de rábano?». Y luego el torrente de agua entre sus piernas, la vergüenza por su ignorancia.

La fecha de parto no es hasta dentro de tres semanas. Después de otro dolor agudo, decide conducir directamente al hospital. El líquido continúa derramándose en el asiento. No deja de revisar para asegurarse de que no es sangre. *Que no sea sangre, por favor.*

Se detiene frente al Hospital Brome-Missisquoi-Perkins y casi cae del coche.

—¡Está en trabajo de parto! —grita alguien—. Traigan una silla de ruedas.

Su atención regresa al presente. Hay gente alrededor de ella. El viento y la nieve son placenteros al caer contra su rostro.

—Es demasiado pronto —masculla.

Mientras emite las palabras, viene una contracción, intensa y brutal.

—Tu bebé no está de acuerdo —responde el extraño.

«Estas cosas no se pueden organizar a conveniencia».

—¿Ocurre algo malo? —pregunta Maggie.

Nadie contesta. El presente se diluye de nuevo. Otra contracción, otro recuerdo.

Las caderas robustas del Dr. Cullen. La jofaina esmaltada. La sangre. El cordón desgarrado.

—¿Estará bien? —pregunta Maggie.

—Todo irá bien. Te llevaremos adentro.

La silla de ruedas se desliza debajo de ella y alguien —una enfermera— la empuja hacia el hospital. Entre contracciones, consigue relajarse. Respira hondo el aire frío y se siente lúcida.

—Siga respirando hondo. Es solo una contracción.

—No recuerdo que fuera tan doloroso.

—Entonces, ha hecho esto antes —dice la enfermera—. Es una profesional.

—Es demasiado pronto —repite, con un gemido, mientras acaricia su barriga, intentando mantener al bebé en su interior—. Aún faltan algunas semanas.

—Ha pasado tiempo suficiente —le asegura la enfermera—. Tengo una prima que dio a luz ocho semanas antes y el bebé estaba perfecto. Pequeño, pero perfecto.

Maggie puede sentir el dolor en su parte trasera, una sensación de presión intensa que es terriblemente incómoda. Una vez dentro, la llevan al ala de maternidad. No hay habitaciones disponibles, así que la dejan en una camilla en el pasillo. Una enfermera quiere saber si debe llamar a su marido.

—A mi madre —gruñe Maggie, en lo peor de una contracción.

Incluso en la nube y confusión del parto, no puede dejar de pensar en Elodie. Cada contracción trae una profunda puñalada de culpa por el hecho de haber dejado a su hija en ese mismo hospital, enferma, sola e indeseada. Cuando Maggie comienza a llorar, no es por el dolor, sino por el remordimiento.

¿Dónde estará ahora?

—Elodie… —dice sollozando.

—Todo saldrá bien —la reconforta la enfermera—. Te daremos una inyección para el dolor.

Ya no hay espacio entre sus contracciones, solo una agonía intolerable y constante.

—¡Ahí viene…! —grita, perdiendo y recuperando la consciencia—. Llamen a mi médico. Está aquí… —Puede sentir al bebé ahora, abriéndose paso hacia el mundo. No deja de intercalar pasado y presente, un momento aquí y al siguiente tiene dieciséis años otra vez.

—El médico se dirige hacia aquí.

El Dr. Cullen aparece al lado de la cama. «Está coronando».

Apenas es consciente de estar sujetando la mano de otra persona. Empuja, empuja. Su cabeza cae hacia atrás contra la almohada. Una enfermera está de pie a su lado. El uniforme blanco.

Clava los pies en el Dr. Cullen mientras estruja la mano de su tía.

—Está haciendo un gran trabajo. —Es la enfermera de nuevo. El uniforme blanco.

«Una vez más», la alienta el Dr. Cullen. «¡Último empujón!».

Y entonces a sus alaridos, de repente, se le unen los chillidos agudos de un recién nacido. Su bebé, el que puede quedarse esta vez. Intenta sentarse, pero la enfermera la empuja suavemente hacia atrás.

«Es una niña».

—¿Puedo verla? —pregunta Maggie, medio delirada.

—Es un niño, querida. Tienes un hijo.

Un rayo de claridad en mitad de la tormenta de recuerdos. *Un niño.* Mira la habitación y su madre y Deda no están aquí. Tampoco el Dr. Cullen. Hay una enfermera con un uniforme blanco, un médico que jamás había visto. Y su hijo.

Su hijo. Pese a que está envuelto en una fina sábana azul de algodón y apoyado suavemente en su pecho, Maggie no puede evitar sentir pena por la otra bebé que dio en adopción. Dolor y risa de alivio, mientras besa la mojada cabellera dorada del pequeño.

—Está en perfecto estado de salud —comenta el médico.

—La habría partido por la mitad si hubiera llegado a término —comenta la enfermera.

El bebé está mirando a Maggie, sorprendentemente alerta. Ella toca su nariz y besa su frente con suavidad. Busca a Gabriel en su cara. Ha aceptado su ausencia en su mente, pero todavía no en su corazón.

La enfermera se acerca para llevárselo.

—¿Qué está haciendo? —pregunta Maggie, que lo sostiene con más fuerza.

—Solo lo llevo a la sala de cunas.

—Por favor, todavía no.

Se niega a dejarlo ir. Cometió ese error una vez y nunca más volvió a ver a su hija. No dejará que este se vaya demasiado lejos de su alcance.

—¿Cómo se llama? —pregunta la enfermera.

Maggie lo piensa por un momento y, luego, como si lo hubiese sabido todo el tiempo, dice:

—James Gabriel.

Gabriel:

Hice todo lo que pude para ponerme en contacto contigo, pero todos mis esfuerzos han sido inútiles. Sé que te has distanciado de Clémentine y Angèle no responde mis cartas ni devuelve mis llamados. Siempre ha sido ferozmente leal a ti. Ella debe estar tan decepcionada de mí como tú.

Como no puedo encontrarte para contarte todo lo que quiero decir, lo escribiré para que, al menos, puedas tener un registro. Tal vez le envíe esto a Clémentine algún día, ya que confío en que tarde o temprano vosotros dos haréis las paces. Sé cuánto os queréis. Recuerdo aquella tarde durante la tormenta, cuando nos llevasteis de la escuela a casa, la forma cariñosa en que hablabais, el afecto que era tan evidente entre vosotros.

Recuerdo sentir celos. Deseaba que me hablaras así.
Ya estaba enamorada de ti.

La razón por la que te escribo esto es para hablarte
sobre nuestro hijo. Descubrí que estaba embarazada justo
después de que terminaras las cosas y desaparecieras.
¿Qué ironía, ¿no? Me dejaste por la hija que di en
adopción solo para perderte el nacimiento del hijo que
elegí conservar. Es nuestro hijo, estoy segura de ello.

Al observar su cara dormida, no puedo decidir por
quién lo siento más: si por ti, por no estar aquí para
verlo y sostenerlo y quererlo, o por nuestro hijo, James
Gabriel Phénix Hughes, quien, al parecer, crecerá sin un
padre. No estamos completamente solos, sin embargo; no
debes preocuparte. Mis hermanas vienen todos los días
y lo miman. Incluso se las ha apañado para derretir
el muro de hielo alrededor del corazón de mi madre.
Mi padre no lo ha visto desde el día de su nacimiento,
pero guardaré esa historia por si acaso vuelvo a verte
en persona.

No pasa un día sin que piense en ti, sin que sienta
la forma en que salieron las cosas o me odie por haber
estropeado tanto todo. Y, sin embargo, hice una cosa bien.
He tenido este bebé, este niño perfecto y precioso, con el
pelo rubio como su papá y los ojos de color azul oscuro.
Sus piernas son como dos salchichas blancas;
sus piecitos, rosados y sus manitas me hacen llorar.
Huele a talco y a leche agria.

Lo acuno para dormir, con su culito cubierto de ropa
blanca en el aire y sus mejillas rosadas contra mi pecho.
Le tarareo canciones de cuna al oído y froto su espalda.
Su cuerpo no es más grande que un balón de fútbol
americano y cabe perfectamente entre mis pechos.
Cuando duerme profundamente, sonríe para sí y su
boca se tuerce, como si estuviera divirtiéndose en sueños
o hablando con personas de otra vida. Su llanto me

despierta a cada hora, toda la noche, y suena igual que una cabra enfadada.

Eso es todo lo que se me ocurre por ahora. Desearía que estuvieses aquí con nosotros. Y lo siento mucho.

Con amor,

Maggie

TERCERA PARTE

Familias de flores

1961-1971

Las aves tienen alas; pueden viajar, diversificar o estandarizar sus poblaciones… Por otro lado, las flores tienen sus raíces en la tierra. Con frecuencia están separadas de otros «puestos» de su propia especie por grandes barreras de ambientes inadecuados.

—GUÍA DE CAMPO SOBRE FLORES SILVESTRES

Capítulo 36

$\mathcal{M}$aggie responde el teléfono con una manopla para horno puesta. Es su madre, algo que no es inusual, aunque normalmente hablan los domingos por la noche después de la cena.

—¿Por qué llamas tan temprano? —pregunta Maggie, metiendo el pollo de nuevo en el horno.

—Está enfermo —anuncia Maman.

—¿Quién está enfermo? —El pulso de Maggie se acelera.

—Tu padre. Tiene cáncer.

—¿Cáncer?

—No quería ir al Dr. Cullen. Sabes cuánto odia a los médicos. Ahora se ha expandido. Ha esperado demasiado.

El padre de Maggie siempre ha tenido un miedo mortal a los médicos. Ella no puede recordar ni una sola vez en que haya ido a uno jamás, ni para una revisión ni por un dolor o una enfermedad. Su forma de llevarlo es combatirlo por su cuenta y esperar lo mejor.

—¿Desde cuándo ha estado enfermo?

—El año pasado notó un pequeño bulto detrás de su oreja —cuenta Maman—. Mintió y me dijo que había ido al médico y que no era nada. Dijo que era solo un quiste, así que lo ignoró hasta que tuvo el tamaño de una albóndiga. Fue entonces cuando le dije que tenía que hacérselo quitar, que había crecido tanto que medía como su cabeza. Lo llevé yo misma y el Dr. Cullen nos envió directo al hospital. ¡El maldito idiota! Ni siquiera me dijo lo mal que se estaba sintiendo. Y ahora…

—¿Ahora qué?

—Ahora es demasiado tarde. Va a morir.

—Seguramente algo se puede hacer —exclama Maggie—. Siempre hay algo para hacer. ¿Qué tipo de cáncer es?

—Es una clase rara —responde Maman—. El médico la llamó el cáncer del granjero.

—¿Qué demonios es eso?

—Probablemente sea culpa de los pesticidas.

¿Cuántas veces lo había escuchado defender los pesticidas frente a sus clientes? «¡Son amigos de las semillas, caballeros!».

—Ha pasado toda la semana en el hospital haciéndose análisis —dice su madre—. No me dejó contaros nada hasta que supiéramos qué tan malo era. Lo han enviado a casa a morir.

Maggie pone una mano sobre su boca para reprimir un suspiro de angustia.

—¿Cuánto tiempo le han dado?

—Meses. Un año como mucho.

—No conocen a papá —señala Maggie, con voz rota—. Si alguien puede luchar contra algo como esto, es él. No se rendirá.

—Maggie, esto no es un problema de negocios. Es *cáncer*.

Maggie se apoya contra el horno y llora en silencio. No ha hablado con su padre desde el nacimiento de James Gabriel. Estaba planeando esperar un poco más para castigarlo por lo que hizo con Elodie. Ha estado haciendo que su madre y sus hermanas visiten a James en su casa en vez de ir ella con el bebé a lo de sus padres. Ahora está devastada.

Sabía que su padre no estaba bien. No se había encontrado bien en meses. Solo ha visto a su nieto una vez, en el hospital, cuando fue de visita con cigarros para todos los que estuvieran allí. Maggie no le digirió la palabra.

—¿Me has escuchado? —pregunta su madre.

—No.

—Te he dicho que él ha pedido verte.

Cuando llega, su madre está esperándola en la cocina, luce vieja y cansada. Acaba de alcanzar los cincuenta, pero parece veinte años mayor. Ha engordado más y ahora tiene papada. Lo primero que hace es quitarle el bebé. Mira el rostro dormido de James y sonríe, una sonrisa que ilumina sus ojos oscuros y suaviza las profundas arrugas alrededor de su boca, que normalmente está fruncida.

—*Bonjour, mon p'tit choux* —arrulla.

Maggie observa cómo su madre mece a James Gabriel en sus brazos, cómo le murmura tonterías y lo mira con adoración, y se pregunta si Maman alguna vez la sostuvo *a ella* de esa forma, si la miró alguna vez con esos ojos enamorados o le arrulló al oído.

—¿Cómo está papá? —pregunta.

—Terriblemente dolorido. Tiene morfina, pero no ayuda. El cáncer ya está en su hígado.

Maggie sube las escaleras. La habitación está en la oscuridad total y ominosamente silenciosa. Al acercarse a la cama, puede distinguir un leve montículo bajo la colcha de felpa.

—¿Papi?

Su padre se mueve.

—¿Maggie?

Ella se sienta a su lado.

—Enciende la lámpara —pide él con voz ronca.

Con la luz encendida, puede ver cuánto se ha deteriorado. Tiene que luchar contra las lágrimas para no alarmarlo. Todo ese rencor que había estado guardando durante los últimos meses se desvanece de inmediato. Parece un anciano enfermo: esquelético, gris, indefenso. El hombre fuerte y fiable ha desaparecido. No hay rastros de su vitalidad, de su pasión o de su arrogancia.

—Maggie —dice sin voz. Tiene bolsas oscuras bajo los ojos y sus extremidades son como ramas. Tose sobre un pañuelo y ella se estremece—. ¿Cómo estás? —pregunta, con la voz irritada por los mocos.

—Estoy bien, papi.

Él intenta sonreír. Lo años de fumar cigarros le han puesto amarillos los dientes inferiores.

—Tienes un hijo que cuidar ahora —señala.

Maggie se estira para sujetar su mano.

—Si puedo tener un último deseo antes de morir…

—Por favor, no digas eso.

—El niño necesita un padre —sostiene—. Roland regresaría contigo sin pensarlo. Sé que aún te quiere.

Maggie guarda silencio.

—Hay que poner en venta la tienda —anuncia su padre.

—Lo sé. Puedo ayudar con eso.

—Solo asegúrate de que no termine en manos de un francés, ¿eh? No quiero que Semillas Superiores tenga mala reputación después de todos mis esfuerzos para que fuera un éxito.

Maggie ríe. Siempre se ha creído superior.

—A menos que tú te hagas cargo.

—¿Que yo me haga cargo de la tienda?

—Siempre has tenido una buena mentalidad para los negocios —argumenta—. *Tienes* que ser tú. Podrías dirigirla. Mantenerla en la familia.

La cabeza de Maggie se dispara en todas las direcciones. Llevar la tienda de semillas de su padre era su sueño de niña, pero ahora tiene un bebé y traducir se ha convertido en algo que disfruta…

—Necesito dormir —murmura—. Piénsalo, ¿de acuerdo?

Ella asiente, sabiendo que no podrá pensar en nada más.

Maman saca la fuente de espaguetis del horno y se la da a Vi para que la ponga sobre la mesa, y luego deja caer un par de salchichas en una sartén. Al observar a su madre moviéndose en la cocina, Maggie experimenta una pequeña llamarada de cariño. Siempre ha cuidado bien de todos ellos. Jamás lo ha hecho con afecto o ternura, pero siempre se ha ocupado de cubrir sus necesidades básicas. Siempre estuvieron bien alimentados, vestidos a la moda, limpios hasta relucir; su casa siempre estuvo impoluta, siempre bonita y confortable. Es probablemente la única forma en que su madre sabe demostrar su amor.

—Has hecho su comida favorita —comenta Maggie. Espaguetis al horno y salchichas.

—Después de treinta y cinco años —dice Maman, dando vueltas las salchichas en la sartén—, es raro no tenerlo sentado a la mesa.

James Gabriel se mueve en su canasta, a los pies de Maggie. Maman pone las salchichas sobre la cazuela de espaguetis y se sienta. Maggie, Vi y Maman comen en silencio. Solo se escucha el ruido de los cubiertos y a Patti Page en la radio.

—Los granjeros solían advertirle —suelta Maman, rompiendo el silencio de repente— sobre esos malditos pesticidas. *Ellos* lo sabían. Pero él jamás escuchó a nadie. Siempre sabía más. Siempre tenía que tener la razón.

—Nadie puede asegurar que fueron los pesticidas —responde Vi, que se recoloca las gafas sobre su nariz.

—Ese fantasma que está ahí arriba —continúa Maman—, ya no es mi marido. —Hace una pausa, reflexiona. No ha tocado su comida—. Solía vanagloriarse de su importante diploma, de sus planes para abrir su propio centro de jardinería. Era un engreído. —Ríe al recordar—. El día que lo conocí, tenía puesto un chaleco de tweed irlandés. Hasta se tomó el trabajo de decírmelo. ¡Como si *a mí* pudiera importarme un maldito tweed irlandés!

Estalla en carcajadas. Maggie se inclina y tira de la manta para cubrir a James Gabriel.

—Hizo un esfuerzo —reconoce Maman—, le concederé eso. Vivía en L'Abord-à-Plouffe, pero había viajado una hora y media en el tranvía con un ramo de flores frescas para venir a verme. No pareció importarle que viviera en Hochelaga.

La puerta de atrás se abre de golpe y aparece Nicole en el vestíbulo, parece sonrojada y llena de vitalidad. Lleva su cabello oscuro muy corto, al estilo *pixie* de Jean Seberg en *Sin aliento*. Es

tan guapa como Maggie, pero con más confianza. Roba una salchicha a su paso por la cocina.

—Esta niña es como un grano en el culo —se queja su madre.

—No es de sorprender —comenta Vi—. Dejas que se salga
con la suya y no tiene ni dieciséis años.

—¿De qué sirve intentarlo? —responde Maman—. Ninguno
salió como yo había pensado. Salvo Peter, y es a quien dejé más
por su cuenta.

—Geri va a la universidad —le recuerda Vi.

Maman se encoge de hombros y se pone de pie para lavar los
platos. Pone la cafetera, coloca galletas dulces caseras en un plato
y trae tres tazas a la mesa. Cuando el café está listo, agrega cacao
marca Fry y una gota de leche en el fondo de las tazas y luego
sirve el café.

—Después de que vuestro padre y yo nos casáramos —cuenta, sentándose de nuevo a la mesa—, él intentó cambiarme. De
repente, no podía soportar lo francés en mí. Era así. Se odiaba a sí
mismo por querer estar con alguien como yo.

—¿Qué te gustaba de él? —le pregunta Maggie.

—Tenía buenos modales —responde—. Todos los otros muchachos con los que crecí bebían y maldecían, pero tu padre tenía
clase. Supongo que por eso le gustaba pasar tiempo en el lado
este con las chicas francesas.

—Eso no tiene sentido —dice Vi.

—Tu padre no tenía confianza en sí mismo —explica Maman—.
Su padre murió cuando era niño y fue su madre quien lo crio. Ella
era una completa esnob, ¿sabéis? Tampoco había nacido en la riqueza… Vivía en el campo, por el amor de Dios… Pero se comportaba como una reina. Se daba unos aires…

Maman lanza la mirada al cielo cuando recuerda a su suegra.

—Todo lo que vuestro padre hacía lo veía con malos ojos
—continúa—. Quería que él fuera a McGill, no a la facultad de
horticultura. Quería que fuera médico o banquero. Siempre se
burlaba de él por convertirse en un «jardinero», según sus palabras. Y él odiaba eso.

Maman parte una galleta en dos y se mete un trozo en la boca.

—No tenía una buena opinión de sí mismo cuando lo conocí. —Reanuda—. Pero en el lado este, siempre era el mejor vestido y se comportaba como si fuera mejor que el resto de nosotros. Era un rey en los barrios bajos. Usaba esos trajes caros que hacían que las muchachas francesas lo adoraran. Le encantaba llamar la atención, pero temía a los de su propia clase. Su madre plantó eso en él. Todos eran inferiores a ella. Creo que se casó conmigo para castigarla. O para huir de sus ridículas expectativas.

—Él te quería —afirma Maggie—. Sé que peleabais mucho, pero os queríais.

Su madre hace un gesto de descarte con la mano, pero sus mejillas se ruborizan con intensidad.

—De todas formas, su madre lo repudió cuando se casó conmigo —dice, regodeándose.

Maggie bebe un sorbo de café, semiamargo por el cacao, y cae en la cuenta de lo común que es el rechazo de un padre, pasar la vida intentando remendar la consecuente sensación de insuficiencia.

—Intentó convertirme en una muñeca inglesa —continúa su madre—. Hizo lo mismo con vosotras, niñas, que es exactamente lo que su madre hizo con él.

—¿No puedes decir algo bueno sobre él por una vez? —reprocha Vi—. Ahora que se está muriendo, por el amor de Cristo, ¿no puedes, aunque sea, decir que lo quieres?

—A decir verdad, nunca lo pensé —responde Maman—. No pensábamos en esas cosas en aquella época en Hochelaga y aún sigue siendo así. Pensábamos en sobrevivir. Vosotras pensáis demasiado en el amor. Siempre lo habéis hecho.

—Papá y tú debéis haberos quedado juntos por alguna razón —sostiene Maggie.

—Podíamos oíros desde nuestra habitación —murmura Vie, sorprendiendo a Maggie. Jamás hablaron sobre eso cuando eran niñas.

—Eso solo era sexo —dice Maman.

—Bueno, es más de lo que otros pueden decir.

Capítulo 37

$\mathcal{M}$aggie cruza la habitación en puntillas y se detiene junto a su padre para mirarlo dormir. Ha pasado la noche aquí y aún no quiere regresar a Knowlton. Teme que si se va, él morirá.

—Maggie —dice con voz ronca, al percibirla allí—, ¿eres tú?

—No he querido despertarte.

—Siéntate.

Ella se sienta en la cama y él intenta incorporarse. Maggie lo ayuda subiendo la almohada detrás de su espalda. El esfuerzo lo deja agotado.

—Maggie, solo quiero que sepas que lo siento. —Estruja la mano de su hija y a ella le sorprende la fuerza con que lo hace.

—Está bien —responde.

—No, escúchame. Siento haberte prohibido estar con Gabriel Phénix. Sé que lo querías.

Maggie seca las lágrimas de sus ojos y luego acaricia el pelo escaso y húmedo de su padre.

—Y siento lo de tu bebé —continúa—. La única razón por la que te mentí fue para ahorrarte un dolor innecesario.

—Lo sé.

—Tomamos la decisión de darla en adopción para proteger tu futuro, Maggie.

—Lo sé.

—Fue la época —dice—. Era lo que las familias hacían en aquel entonces. De otra forma, tu vida y tu reputación hubieran quedado destrozadas a tus dieciséis. —Entonces hace una pausa y sujeta la mano de Maggie—. Queríamos que tuvieses una oportunidad. Mira cómo resultó la vida para Clémentine y ella era solo una divorciada.

Maggie sabe que él tiene razón. El clima moral del Quebec de Duplessis fue el trasfondo integral de lo que ocurrió en su familia. Sus padres solo estaban reaccionando por miedo, por pánico. Hicieron lo único que sabían hacer para proteger a su hija de la deshonra y de la humillación pública. ¿Cómo podría seguir enfadada con él? Es un hombre moribundo. No tiene deseo alguno de castigarlo en su lecho de muerte ni guardar rencores cuando él ya no esté, algo que solo serviría para envenenar su vida.

—¿Has intentado encontrarla? —pregunta él.

—No he tenido posibilidad alguna de hacer nada desde el nacimiento de James.

—No puedo soportar la idea de que me odies.

—Jamás podría odiarte, papi.

Sus ojos se cierran de forma temblorosa y su respiración se vuelve más agitada. Su cabeza rueda hacia un lado, su cuerpo se sacude por los sollozos silenciosos. Las lágrimas se acumulan en sus mejillas hundidas.

—Era tan preciosa, Maggie. Igual que tú. —Comienza a toser—. Siento no haberla salvado cuando tuve la oportunidad.

—¿Salvarla?

—Suficiente —dice su madre, que entra a la habitación—. Déjalo en paz, Maggie.

—Hortense. —Se atraganta—. Tráeme un trago.

—Wellington, no seas idiota.

—Por favor.

Hortense se va de la habitación a regañadientes, murmurando para sí: «*Maudit ivrogne*». *Maldito borracho*.

—Le puse el nombre que te gustaba —revela el padre de Maggie, en cuanto están solos.

—¿Qué nombre?

—Elodie.

Maggie deja escapar un pequeño ruido y cubre su boca con la mano.

—¿Maman te lo dijo?

—Fue Deda.

—¿Por qué nunca me lo contaste?

Él niega con la cabeza, con impotencia, sus ojos se llenan de lágrimas.

—Fue una decisión impulsiva —reconoce—. No tenía intención de hacerlo, pero a último minuto, simplemente no pude dejarla ir sin al menos una conexión contigo. Un camino de vuelta.

Maggie apoya la cabeza en el pecho de su padre. No borra lo que hizo, pero darle a su bebé ese nombre era lo más cercano a un regalo que él podría haberle hecho.

—¿Y si nunca fue adoptada? —pregunta Maggie, levantando la cabeza—. ¿Y si creció en un manicomio?

—Si esa pareja hubiese sido honorable… —siente él—. Deberían haberla adoptado, enferma o no. Ellos tienen la culpa.

—¿Por qué elegiste gente de Nueva York? ¿Por qué tan lejos?

—Era difícil para los judíos conseguir bebés en aquel entonces —explica—. Estaban desesperados y comenzaron a comprar bebés en Quebec. Creí que era nuestra mejor apuesta para asegurarnos de que la adoptaran.

—¿No podías encontrar otra familia aquí, en Quebec, después de que ellos decidieran no llevársela?

—Ese era el plan —responde—. La transfirieron al orfanato de Saint-Sulpice, cerca de Farnham. Estoy seguro de que tarde o temprano le encontraron una familia, Maggie. Ella era perfecta.

Sus ojos se cierran y él comienza a roncar de forma irregular.

—Así era cómo funcionaban las cosas —murmura, medio despierto otra vez—. No pensamos que estábamos haciendo nada malo. Pero, después, nada salió como había pensado.

En poco tiempo, sus ronquidos se hacen más fuertes, su garganta carraspea. Cuando Maggie está saliendo de la habitación, choca con su madre. Tiene una botella de Crown Royale en una mano y un vaso con hielo en la otra.

—Está dormido —dice Maggie, cerrando la puerta.

—¿Qué te ha contado? —Quiere saber Maman.

—Todo.

—No creímos estar haciendo nada malo —se defiende su madre—. Solo estábamos tratando de arreglar tu lío de la mejor manera que podíamos, Maggie.

—¿*Mi lío?* ¡Es posible que haya sido culpa de Yvon!

Maggie quizás pueda perdonar a su padre por haber dejado a Elodie en el orfanato, pero no le ofrecerá la misma cortesía a su madre, que eligió creerle a Yvon por sobre su propia hija.

—Supongo que es más conveniente para ti culpar a Gabriel en vez de a tu adorado cuñado —suelta Maggie.

—Es el marido de mi hermana, Maggie.

—*Yo* soy tu hija.

Maman aparta la mirada.

—La encontraré —afirma Maggie.

—No podrás —le advierte su madre—. Probablemente hayan cambiado su nombre, borrado toda su historia. En esta provincia nadie quiere que sepas dónde está tu hija ni qué le pasó.

Maggie mira a su madre con furia durante un momento y luego repite con confianza:

—La encontraré.

Capítulo 38

*M*aggie detiene el coche frente al Hôpital Mentale Saint-Sulpice y se queda sentada allí durante varios minutos, intentando serenarse. La fachada de ladrillos rojos y el acogedor jardín hacen que Maggie piense que probablemente haya sido un hogar encantador en alguna época. Si no fuera por los barrotes en las buhardillas, aún podría haberlo sido.

Una breve llamada a la casa de expósitos de Cowansville reveló que una bebé de tres semanas había llegado allí en abril de 1950 y un mes después fue trasladada a Saint-Sulpice, tal como su padre había adivinado. En 1954 su nombre —y, con él, su oficio— cambió oficialmente a Hôpital Mentale Saint-Sulpice.

Maggie sale del coche y se detiene frente a la puerta principal durante mucho tiempo, imaginando cómo los brazos de un desconocido trajeron a su hija aquí años atrás. Respira hondo y golpea la puerta con la aldaba. Casi de inmediato, abren.

—¿Puedo ayudarla?

Maggie se sorprende al encontrarse frente a ella a un hombre de mediana edad con el peinado de Elvis. Había esperado ver a una monja.

—¿Puedo hablar con alguien que esté a cargo? —le pregunta—. ¿Una de las hermanas?

—Soy el conserje.

—Quisiera información sobre mi hija.

El hombre frunce el ceño. Tiene ojos cansinos, una expresión dura. Debe recibir a mujeres como Maggie todo el tiempo, mujeres que buscan a sus hijos perdidos durante mucho tiempo, especialmente porque recientemente se han hecho públicas las comisiones de investigación.

—No damos información —responde—. Es ilegal.

Da un paso hacia él y pone un billete de cincuenta dólares en su mano.

—Por favor, acepte esta donación —dice con nerviosismo—. Valoraré cualquier cosa que pueda decirme.

El sujeto duda un momento y, después, guarda el billete con rapidez en su bolsillo.

—Venga conmigo.

Maggie lo sigue al interior y observa la estancia sombría —iluminación tenue, muebles descuidados, un fuerte olor a moho— mientras se abren paso hasta la oficina en el fondo. El hombre tira de una cuerda y una bombilla sin ninguna lámpara ilumina la estrecha habitación, que está llena de archivadores de madera. Maggie los barre con la mirada, visualizando sus contenidos sagrados: los nombres de los bebés, los nombres de sus padres biológicos, los historiales sanitarios, certificados de nacimiento; todos fuera del alcance de las personas que más quieren acceder a ellos.

—¿Nombre? —pregunta él.

—Maggie Larsson.

—El nombre de *la niña* —aclara, con impaciencia, el hombre—. ¿Tenía?

—Elodie.

—¿Fecha de nacimiento?

—6 de marzo de 1950.

El sujeto se arrodilla frente al archivador marcado «1948-1950» y hojea las carpetas de papel manila hasta que encuentra la que está buscando. Maggie contiene la respiración.

—Tenga —dice él, dándole la carpeta. Se apoya contra los archivadores y enciende un cigarrillo—. Dese prisa, antes de que vuelvan la hermana Tata y el resto. La mayoría de ellas están en la misa matutina.

Es exactamente lo que Maggie esperaba. Abre la carpeta con manos temblorosas. Hay dos documentos en el interior. El primero es una copia del certificado de nacimiento.

Nombre: Elodie. Fecha de nacimiento: 6 de marzo de 1950.
Lugar de nacimiento: Hospital Brome-Missisquoi-Perkins, Cowansville, Quebec.
Madre: desconocida.
Padre: desconocido.

El otro papel en la carpeta es Acta de Traslado.

—¿Qué es esto? —pregunta Maggie—. Tiene fecha de octubre de 1957.

—Muchos niños fueron trasladados a hospitales psiquiátricos en Montreal —responde—, después de la conversión.

—¿Eso significa que no fue adoptada?

—Si hay un Acta de Traslado, entonces no.

—Pero ¿por qué la trasladaron?

—Para hacer lugar a más pacientes —explica—. Después del 55, comenzaron a enviar a verdaderos pacientes psiquiátricos aquí. Tuvieron que comenzar a trasladar a los huérfanos a los manicomios de la ciudad para hacer espacio. No estábamos equipados para encargarnos de todos.

—¿Dónde estaba usted en esa época? —pregunta Maggie—. ¿Cree que podría recordarla?

—Solo hace dos años que estoy aquí —responde—. Trabajaba en el orfanato de Valleyfield antes, pero recuerdo el día en que las monjas de allí se lo contaron a los niños.

Apaga el cigarrillo en un cenicero cercano y abre el paquete para sacar otro. Le ofrece uno y lo enciende. Maggie se encuentra bien al inspirar profundamente. Es la primera vez que respira hondo en horas.

—Recuerdo que una de las monjas fue de clase en clase esa mañana, anunciándoles a los niños que todos serían declarados mentalmente deficientes. ¿Lo imagina? Las monjas estaban enfadadas, sabían que lo que estaban haciendo estaba mal.

Niega con la cabeza ante el recuerdo.

—Un día estaban todos sentados en clase, consiguiendo una educación —comenta—. Y al siguiente, así como así, no más colegio. De ahí en adelante, fueron tratados como retrasados mentales.

Se pusieron barrotes en las ventanas, como habrá visto. Verjas alrededor de la propiedad. Y no había pasado demasiado tiempo cuando comenzaron a mandarlos a los psiquiátricos en Montreal, apiñándolos en pabellones ya atestados con verdaderos pacientes psiquiátricos.

La pequeña habitación se llena de humo de cigarrillo.

—¿Por qué? —pregunta Maggie, aunque ya sabe la respuesta. Y la odia.

—El porqué es la parte sencilla —responde el hombre—. La provincia pagaba a las monjas una miseria por cuidar de los huérfanos y más del triple de eso por cuidar a los pacientes psiquiátricos. Fue por ese motivo por el que Mount Providence se convirtió en una institución psiquiátrica y por lo que tantos orfanatos en Quebec hicieron lo mismo. Siempre se trata de dinero, ¿no es cierto?

—Eso no pudo haber sido legal.

Él suelta una carcajada.

—¿Legal? —repite—. ¿Quién cree que se benefició más con todo eso? En cuanto el historial médico de esos niños cambió para clasificarlos como deficientes mentales, la Iglesia y Duplessis comenzaron a forrarse sus bolsillos. La provincia consiguió subsidios enormes del gobierno federal para construir hospitales, de esa forma se aseguró de poder pagar a la Iglesia más del triple de lo que solía pagar por los huérfanos para que cuidaran de los pacientes psiquiátricos.

—¿A dónde la llevaron? —Maggie le pregunta—. ¿Por qué no lo dice en esta Acta de Traslado?

—No incluían esa información. No se guardaba jamás nada que pudiera llevar a alguien como usted a su hija.

—¿Dónde está el resto de los documentos? —quiere saber Maggie—. ¿No debería haber más?

—Muchos de los registros fueron destruidos después de que los orfanatos fueran convertidos. Es posible que el de ella fuese transferido al psiquiátrico con ella, pero como puede ver, si queda un Acta de Traslado, es bastante vaga.

Maggie cierra la carpeta y se la devuelve. Se siente vacía, como el día en que se llevaron a Elodie lejos de ella, once años atrás.

—¿Tiene alguna de idea de dónde puede estar? —pregunta—.
¿Alguna idea en absoluto?

—Quizás Saint-Nazarius o Mercy. Esos dos hospitales fueron
donde se trasladó a la mayoría de nuestros huérfanos. Pero dudo
que la encuentre. Esos lugares son fortalezas. Además, la mayoría
de los registros son mentiras. He visto documentos que describen
niños perfectamente normales como retrasados graves, un peligro para sí mismos u otros. Todo inventado. Los verdaderos historiales fueron eliminados. A muchos de esos huérfanos les dieron nombres nuevos cuando llegaron a los hospitales, nombre
con A para los nacidos en enero, con B para los de febrero y así
sucesivamente.

El ánimo de Maggie está por los suelos. ¿Cómo podrá encontrar a Elodie si le dieron otro nombre, si su historial y su *identidad*
fueron suprimidos?

—La Iglesia debe seguir ocultado esto —explica el conserje—.
No podrá sobornarlos como a mí.

—¿Qué *puedo* hacer?

—Podría escribir a Quebec.

—¿Y eso a dónde me llevaría? —Solloza—. ¿El gobierno cuándo comenzó a ayudar a los huérfanos?

—Desde que murió Duplessis —responde—, una comisión de
psiquiatras ha estado investigando algunos de los hospitales psiquiátricos de la provincia. En Mount Providence ya han conclui-
do que la mayoría de los quinientos niños que examinaron son
completamente normales. Vaya sorpresa, ¿no?

—¿Qué harán al respecto?

—No estoy seguro. Creo que el plan es poner a los más pequeños en hogares de acogida. Dejarán que los mayores se valgan
por sí mismos. —Se encoge de hombros, su expresión es cínica—.
El nuevo gobierno acaba de revelar que estos niños no deberían
estar en instituciones psiquiátricas. Todavía hay cientos de hospitales que investigar.

—Dios mío. Entonces, quizás pueda recuperarla —dice Maggie.

—Si logra encontrarla —sostiene el conserje—. Pero créame,
las monjas harán todo lo que puedan para evitarlo.

Ya en el exterior, Maggie respira hondo unas cuantas veces antes de meterse en su coche y volver a casa, donde se pone de inmediato a enviar cartas al gobierno provincial en las que exige ver los legajos de su hija y saber a dónde fue trasladada en 1957.

Capítulo 39

*L*os pechos de Maggie están hinchados; espera que el bebé se despierte pronto para así poder librarse de algo de esta leche. Ha estado leyendo el manuscrito más reciente de Godbout para distraerse, haciendo anotaciones aquí y allí, reflexionando sobre cómo podría encararlo. Esta vez ha pedido créditos de autoría y Godbout ha prometido hablarlo con su editor. Se ha transformado en un defensor de su carrera literaria.

Todavía está tratando de decidir qué hacer con la tienda de su padre. Definitivamente está tentada de tomar las riendas, pero Peter quiere venderla y darle el dinero a su madre. No parece demasiado interesado en lo que su padre quiere, dado que jamás ha creído que el negocio tenga potencial para generar ganancias abundantes. Aunque Maggie tiende a creer que mantenerla en la familia sería una mejor inversión a largo plazo, al generar un ingreso decente para su madre, aún no ha luchado por ella. No está segura de cómo podría apañárselas con la maternidad y un negocio tan demandante. Su padre jamás estaba en casa, lo que no es una opción para Maggie, pero pensar en vender la tienda a un desconocido no le sabe bien.

James Gabriel es rollizo y sólido ahora, con su pelo dorado y sus ojos que pasan del azul al gris, y tiene las mejillas sonrosadas. La madre de Maggie ha declarado que es incluso más guapo de lo que era Peter de bebé. Desde su llegada, la vida se ha convertido en una larga secuencia de amamantamiento, privación de sueño, locura hormonal, confusión intensa, soledad y una devoción feroz y casi dolorosa por esta pequeña criatura egocéntrica. Casi no ha habido tiempo para prepararse para la muerte de su padre, si es que eso acaso fuera posible. Tampoco ha habido tiempo de pensar en los paraderos de Gabriel o Elodie. En muchos sentidos, Maggie agradece su estado de zombi y de suspensión de la realidad.

Sus hermanas han sido de gran ayuda. Ahora que Vi tiene permiso de conducir, viene de visita casi todos los días y con frecuencia trae a Nicole; también a Geri si puede escaparse de la universidad. Algunas veces, una de ellas se queda al lado del lecho de enfermo de su padre para que su madre también pueda visitar al bebé. Pelean para ver quién sostiene a James o cambia sus pañales o lo busca cuando despierta de una siesta, especialmente Maman, quien lo colma de afecto. Maggie y sus hermanas creen que se ha ablandado por la vejez.

Violet entra en la cocina con una cesta de lavandería llena hasta rebosar de pañales, baberos, ropita y mantas de bebé recién lavados.

—Ay, Vi, eres mi heroína —exclama Maggie.

Vi baja la cesta y se quita las gafas, que están empañadas.

—Me encanta doblar sus cosas pequeñas.

—Tienes un talento natural con él.

—No sé cómo haces todo esto sin un marido —dice—. Mañana pasaré después del trabajo —añade, y luego la puerta se cierra de un golpe detrás de ella y la casa se queda en silencio. James Gabriel sigue durmiendo, tranquilo.

Maggie regresa al libro de Godbout. Pasa alrededor de media hora y alguien llama a la puerta. Ve las gafas de Violet apoyadas en el borde de la mesa y las recoge al levantarse. Rápido, golpetea sus pezones con un paño de cocina y va deprisa a la puerta.

Más golpes.

—¡Voy, Vi! —exclama, exasperada. Llega a la puerta y la abre, con las gafas en la mano—. Acabo de verlas, si no te hubiera llamado para…

Se detiene a mitad de frase al darse cuenta de que no es Violet. Por instinto, se mira a sí misma —sus pechos que gotean y su camiseta manchada— y lamenta haber abierto la puerta.

—Maggie —dice Gabriel.

Ella hace un esfuerzo por recomponerse, pero todo su cuerpo tiembla.

—Siento no haber llamado para avisar —agrega—. No estaba seguro de que quisieras verme.

—Por supuesto que quiero verte —responde Maggie, con la voz atragantada de la emoción. Al mismo tiempo, sus ojos lo recorren, haciendo un rápido registro de pies a cabeza. Tiene puesta una chaqueta militar y jeans, y un gorro de los Canadiens de Montreal que le llega hasta las cejas. Aún es guapísimo. Su espalda parece más amplia, sus ojos más azules, sus labios más gruesos. ¿O lo está imaginando? Parte de ella quiere arrojarse a sus brazos; la otra, estrellar un puño en su cara. No tiene ni idea de cómo están las cosas entre ellos.

»Pasa. —Lo invita, abriendo más la puerta.

—Qué bonito lugar —comenta él, mientras la sigue a la cocina—. Has hecho un buen trabajo al decorarlo.

Maggie se parece a su madre en ese sentido. Le gusta coser sus propias cortinas y comprar telas retro y usar muchos pliegues; compra antigüedades en mercadillos y subastas y las pinta y las restaura.

—¿Una traducción nueva? —pregunta, echando un vistazo a sus notas en la mesa de la cocina—. Leí la última. Hiciste un trabajo brillante.

—Me alegra que te gustara —dice Maggie, que siente cómo asciende su enfado.

—¿Cómo has estado? —pregunta Gabriel, como si acabara de regresar de un día de pesca.

—Han pasado muchas cosas.

—He oído lo de tu padre. Lo siento.

—¿Dónde has estado? —espeta—. ¿Sabes todo lo que he hecho para intentar encontrarte? ¿Lo mucho que he hostigado a tus hermanas? ¡Desapareciste sin más!

Gabriel se quita el gorro y revuelve su pelo, que ha crecido bastante desde la última vez que ella lo vio, pero no dice nada. Se sienta a la mesa de la cocina sin esperar a que lo inviten.

—Llamé a todos lados —agrega ella, que también se sienta—. Hasta hablé con tu mujer. Fui a Canadair, al apartamento de Papineau...

—Lo sé.

—¿Renunciaste a la fábrica y no se lo dijiste a nadie? Tan solo despareciste. ¿Por qué?

—Todo se desmoronó después de que lo nuestro terminara. Dejé a Annie. No podía soportar estar allí, ya no podía soportar conducir el taxi, la fábrica. Tenía que alejarme.

—¿Por qué no me llamaste?

—Era de ti de quien más necesitaba alejarme —reconoce Gabriel—. Creía que lo nuestro nunca podría funcionar. Estabas acostumbrada a un estilo de vida diferente. Tenías expectativas que yo no podía satisfacer.

Maggie aparta la mirada.

—Pero estoy en paz ahora —añade.

—¿Eso qué quiere decir?

—Con quién soy.

—Comprendo —responde ella, sin estar segura de qué intenta decirle Gabriel.

—Aún estabas casada, Maggie. ¿Qué tenía yo para ofrecerte? No tenía nada.

—Podrías haber regresado a Dunham, a la granja de tu familia.

—¿Para tener que obedecer a mi hermana mayor durante el resto de mi vida? ¿Para no tener ni voz ni voto mientras ella toma todas las decisiones, como si yo todavía tuviera catorce años? ¿Para alejarte de tu marido banquero y rico y mantenerte? ¿Cómo? ¿Con qué?

—Lo dejé —dice Maggie—. Ya le había dicho que lo haría. No me importaban esas cosas. Solo te quería a ti. Te esperé y te esperé.

—No parecía un gran plan en ese momento.

—¿A dónde fuiste?

—Gaspé.

Maggie levanta la vista hacia él y se permite mirarlo de verdad por primera vez.

—Conseguí un trabajo de pesca de bacalao.

—¿Ni siquiera les contaste a tus hermanas dónde estabas?

—Clémentine y yo no nos hablábamos. Angèle lo sabía, pero jamás se lo dijo a nadie, como yo le pedí. Ni siquiera a Clem. Solo necesitaba estar solo.

—Hiciste un gran trabajo.

—Ese era el objetivo. —Añade leche a su té—. Pero ahora me siento bien. Muy bien, de hecho. El trabajo físico es bueno. Me encanta vivir al lado del mar, trabajar al aire libre. Lejos de Montreal.

—Y de mí.

—Al principio. Necesitaba algo de claridad, asimilar todo.

—¿Y ahora?

—He comprado un terreno en Gaspé.

Al escuchar esto, Maggie siente la misma dolorosa sensación de pérdida que sintió la primera vez que él la dejó. Quiere rogarle que se quede más que nada, pero ha comprado un terreno, lo que acaba con su segunda oportunidad en el amor.

—No quiero conducir un taxi o pasar el resto de mi vida en Canadair —le cuenta—. Es lo único que logré aclarar en mi mente mientras estuve lejos.

Un llanto fuerte desde el cuarto del bebé los sobresalta a los dos. Gabriel casi cae de su silla. Maggie está acostumbrada a los gritos que hace el bebé al despertarse, a sus tiempos inoportunos. Espera un momento, con la esperanza de que esté realmente despierto para poder, por fin, amamantarlo y aliviar el dolor en sus pechos, pero el llanto se sosiega. Se ha vuelto a quedar dormido.

—Angèle me ha contado que tuviste un bebé —comenta él—. Enhorabuena.

Ella hace una pausa.

—Es tuyo, Gabriel.

La revelación le quita visiblemente la respiración. Su boca se abre, pero no sale ninguna palabra. Se queda sentado ahí un momento, asimilándolo. Sus ojos se ponen vidriosos.

—Intenté encontrarte —le recuerda Maggie—. Quería que tuviera un padre.

—Lo sé —murmura él—. No puedo… No sé qué decir.

Ella lo deja digerir la noticia un rato más.

—¿Quieres conocerlo? —le pregunta finalmente, rompiendo el silencio.

La cara de Gabriel se ilumina.

—Sí —responde—. Por favor. —Se pone de pie y da algunos pasos hacia Maggie, luego tira de ella para estrecharla en un abrazo inesperado—. Me lo preguntaba —reconoce, al soltarla—. Cuando Angèle me lo contó, pensé que el bebé podía ser mío.

—Deberías haber regresado entonces.

—También podía ser de tu marido. No quería estropear las cosas más de lo que ya estaban. Y todavía estaba enfadado, Maggie.

—Voy a amamantarlo y luego lo traeré aquí abajo.

James Gabriel sonríe en cuanto la ve. La adora. Es el centro afectivo y fundamental de su universo.

—Hola —le dice Maggie—. Hola, mi hombrecito.

Lo levanta y presiona los labios contra sus mejillas cálidas.

—Es hora de comer —susurra mientras le vuelve a poner el pijama. Él sujeta un mechón de su pelo y tira con fuerza. Ella deja escapar un pequeño chillido, maravillada por la fuerza que tiene el pequeño. Se sienta con él en la mecedora mientras él succiona su pezón, vaciando sus pechos de leche, e intenta calmarse antes de presentárselo a su padre. ¿Cuántas veces ha imaginado esta escena? Casi no puede creer que realmente esté ocurriendo. Estuvo a punto de darse por vencida.

Después de que el bebé aparte la cara y regurgite en su hombro, ella lo sostiene contra su pecho y dice:

—Ahora vamos a conocer a tu padre.

Lo lleva abajo y respira hondo antes de entrar a la cocina.

—Aquí está —anuncia y rompe en llanto antes de que Gabriel pueda siquiera sostenerlo.

—¿Cómo se llama? —le pregunta Gabriel, abriendo los brazos para recibirlo.

—James Gabriel.

Él abre los ojos y se las apaña para sonreír.

El bebé eructa al pasar de los brazos de su madre a los de su padre, y Maggie se acerca rápidamente a limpiarle el mentón con la manga de su camisa. Gabriel sujeta al bebé en brazos con sorprendente confianza.

—*Mon Dieu* —murmura, mientras frota su nariz contra la suave cabeza de James y le besa su mejilla regordeta—. Es precioso.

Gabriel levanta la mirada hacia Maggie y sus ojos se encuentran. Está llorando.

—Mi hijo —dice con orgullo—. *Mon gars*.

Maggie se ríe, está más feliz de lo que ha estado en mucho tiempo.

—*Bonjour, mon homme* —susurra Gabriel, haciéndolo rebotar en sus brazos. James le sonríe. Amor a primera vista.

Gabriel comienza a cantarle en francés.

—*Fais dodo, bébé a Papa…*

El corazón de Maggie late a toda velocidad. James hace gorgoritos y se ríe.

—*Si bébé pas fais dodo, grand loup-loup va manger.*

Suena el teléfono y Maggie lo atiende.

—Tu padre ha muerto —anuncia su madre. Sin más.

Capítulo 40

$\mathcal{E}$l Señor Semillas es enterrado en el cementerio detrás de la iglesia protestante. Casi todos los granjeros de la zona que va desde Frelighsburg a Granby vienen a rendirle honor. Maggie apenas reconoce a sus clientes en abrigos oscuros y formales de gabardina y con expresión solemne. Los hombres que conocía siempre usaban monos y botas enlodadas, estaban bronceados y tenían tierra bajo las uñas. Pero aquí están todos: Blais, LaPellure, O'Carroll, Cardinal, Loriot... Arrojan semillas mientras el ataúd desciende hacia el interior de la tierra y, cuando está completamente inmerso, tragado por completo por la tierra que su padre amaba tanto, Maggie llora.

Piensa en sus catálogos, en el jardín que jamás llegó a crear, en su santuario humeante en el cuarto de la criada; piensa en sus radios caseras, sus cigarros, sus seminarios de Dale Carnegie y sus libros de autosuperación y todas las formas en que intentó esconderse de su mujer y borrar la penosa realidad de su vida hogareña, pero al mismo tiempo jamás dejó de mantener a su familia, sin importar el impacto que tuviera en él.

A Maggie le sorprende descubrir que la ha dejado como la única albacea de su testamento. También hizo incluir una cláusula que le da el poder para decidir si la tienda se vende, lo que ella siente como un gesto de conciliación sincero. Para desconcierto y disgusto de Peter, nadie de la familia tiene voto, ni siquiera su madre. La decisión es solo de Maggie. Fue una jugada inteligente de parte de su padre. Al conocer a Maggie como él lo hacía, supo que ella jamás vendería su tienda, no *podría*.

Y tenía razón. Nunca lo hará.

Los hombres se acercan a la familia uno por uno, estrechan la mano y ofrecen sus condolencias. Cuando el funeral termina, Maman se aferra al brazo de Geri y caminan con determinación de regreso al Packard. Gabriel y el bebé las siguen, dejando que Maggie se quede atrás y tenga un momento a solas con su padre.

No puede creer que ya no esté. Un entumecimiento se ha posado sobre ella, que ha difuminado el dolor y el vacío solo lo suficiente para que Maggie pueda soportar los días. Se arrodilla, toca su lápida con su mano enguantada y, en silencio, promete continuar su legado con igual pasión y dedicación.

Cuando finalmente se pone de pie y se aparta de su tumba, Clémentine Phénix emerge de entre las sombras de los árboles, sujetando contra su cara un pañuelo de seda con estampado de cachemira. Atrapa el brazo de Maggie y la mira suplicante. Maggie nota que tiene los ojos hinchados y rojos cuando se acerca lo bastante para oler el aroma a jabón Yardley de su piel.

—Lamento vuestra pérdida —expresa, con voz rota.

Georgette merodea detrás de ella, con las mejillas enrojecidas por el frío y la nariz húmeda. Está muy alta, nota Maggie. Debe tener diecisiete, y tiene la misma nariz pecosa y pelo dorado de Clémentine. Lleva puesto un abrigo deshilachado que se parece a uno de los viejos abrigos de Vi de años atrás. *Sí*, piensa, observándolo con más detenimiento. Es el abrigo de Vi, lo sabe por el botón que le falta.

—Era un buen hombre —dice Clémentine.

—Gracias —responde Maggie con cordialidad, mirando aún el abrigo, confundida. Se pregunta cómo terminó en manos de Georgette.

—Tu padre sabía sobre semillas —declara Clémentine, mirando a Maggie directo a los ojos—. Pero no entendía nada sobre flores, ¿no?

Maggie da un paso atrás, sin saber qué decir.

—Nuestras condolencias a tu familia —agrega y se va caminando; la nieve cruje bajo sus botas y Georgette camina detrás.

Maggie regresa a la casa de sus padres después del entierro, pero no se queda demasiado. Aún perturbada por su encuentro con Clémentine, no puede soportar más condolencias, charlas vacías sobre los sándwiches y la ausencia de su padre. En lugar de eso, envía a Gabriel al piso de arriba a acostar al bebé para que duerma una siesta y ella se dirige adonde siempre ha ido en busca de consuelo, el maizal.

El sol se escabulle detrás de la casa de los Phénix y el cielo pasa rápidamente de un color brillante como el de los jacintos a un azul marino, mientras se abre paso hacia el maizal. Vagando por el campo helado, Maggie une todas las piezas y fragmentos intrascendentes que, por separado, siempre han parecido benignos, pero ahora reunidos pintan una imagen mucho más incriminatoria. El distintivo olor del jabón Yardley en la piel de Clémentine, el *Manual para jardineros* en su biblioteca, su juego de té inglés, la ropa vieja de Violet en manos de Georgette.

Maggie recuerda a la joven Clémentine cuidando de sus cultivos, con una mano en la cadera y la otra acariciando el maíz, de la forma en que la ha visto hacerlo cientos de veces; una mujer que el padre de Maggie no podría haber sido capaz de resistir, especialmente bajo sus narices.

No fue solo aquella vez, se percata Maggie. Debe haber continuado durante mucho más tiempo después de que Maggie los viera.

Se gira y se dirige hacia la choza Phénix. Golpea a la puerta y aparece Clémentine.

—Pasa —dice, como si la esperara. Aún tiene puesto su vestido negro, todavía tiene los ojos hinchados y sigue aferrada a ese pañuelo.

—¿Es Georgette hija de mi padre? —pregunta Maggie, en cuanto cruza la puerta.

Clémentine retrocede, sorprendida.

—¿*Lo es?*

—Por supuesto que no —responde Clémentine, con un perceptible tono desafiante.

Maggie se sienta en el sillón sin que la inviten.

—Pero has estado con él todos estos años, ¿verdad?

—Sí.

—Todo esto es de él —dice Maggie, señalando los libros en sus estantes, el juego de té—. Nuestra ropa usada…

—Él solo quería ayudarnos.

—¿Lo sabe mi madre? —pregunta con frialdad.

—Por supuesto que no —contesta Clémentine—. Yo no estaría viva.

—¿Y Gabriel?

—De ningún modo.

—Te hizo rogar para darte crédito en la tienda. —Maggie le recuerda—. Aunque érais amantes.

—Fui yo quien no quiso aceptar su dinero. Era joven y estúpida, llena de orgullo. Me lo ofreció y le dije que no. Cuando le pedí crédito en su tienda ese día, creo que estaba enfadado conmigo por hacerlo frente a la gente, en vez de permitir que me mantuviera económicamente en silencio. Estaba enfadado conmigo por ser tan terca y orgullosa.

Se prepara un whisky escocés y sirve uno para Maggie, sin siquiera preguntarle si lo quiere.

—¿Te quería?

—A su modo —responde Clémentine, con los ojos por fin secos—. No de la forma en que quería a tu madre. No lo suficiente para dejarla. Lo impulsaba siempre el deseo. Realmente no entendía el amor. Pero lo intentó. De verdad que lo intentó.

Maggie se ríe frente a eso y ella se sonroja.

—*Yo* lo quería —confiesa Clémentine—. Es un alivio decirlo, por fin, en voz alta.

Maggie se pone de pie.

—Lo siento —murmura Clémentine.

Maggie no responde. Está demasiado cansada. Ni siquiera está enfadada, solo exhausta.

Camina de vuelta a la casa de sus padres, sintiéndose acongojada y sola. En cuanto entra, se dirige al santuario de su padre y tira del cordel de la luz. Se desconcierta al encontrar que la habitación está prácticamente vacía. Huele a productos de limpieza y lejía. El suelo de madera está reluciente y recién encerado y todas sus radios caseras han desaparecido. Él se ha ido. Se ha desvanecido con la limpieza. Maggie reconoce el trabajo de su madre de inmediato. No hay papeles desparramados en el escritorio, ni catálogos a medio terminar, ni ceniceros, ningún rastro de sus hobbies. Sus libros, que solían estar regados por todos lados en pilas de dos o tres (los que estuviera leyendo al mismo tiempo), ahora están ordenados por altura en el estante. Los de agricultura mezclados con los de negocios. Pasa el dedo por sobre sus lomos y se detiene sobre uno de sus viejos catálogos. Hace una nota mental para llevarlos todos a la tienda de semillas y guardarlos en lo que pronto será su oficina.

Se arrodilla y abre su caja de herramientas, que está llena de sus recuerdos personales: su diploma en horticultura, las tarjetas hechas a mano y dibujos que le han dado a través de los años, un desgastado retrato sepia de su madre. Intenta abrir el archivador que está en el rincón, pero está cerrado. Esta vez, la llave no está en su lugar habitual.

La madre de Maggie aparece de pronto en el umbral de la puerta.

—¿Por qué limpiaste su habitación tan rápido? —cuestiona Maggie, dispuesta a vengarse y contarle todo lo de Clémentine—. ¡Huele a lejía! No huele a él.

—¿Qué querías que hiciera?

—Podrías haber esperado.

—¿Para qué? —exclama Maman, las lágrimas surgen en sus ojos negros—. ¡No va a volver!

—¿Acaso te importa? —acusa Maggie.

—Por supuesto que me importa. Lo quería.

—¿De verdad?

—Sé que podía ser mala con él a veces…

Maggie ríe.

—Sí —comenta—, podías serlo.

—Sal de aquí ya —consigue decir su madre, que seca sus ojos y su nariz con un extremo de su delantal—. Aún tenemos invitados.

—¿Dónde está la llave del archivador? —le pregunta Maggie.

—No lo sé. No estaba aquí cuando limpié la habitación. Probablemente la escondió después de que revisaras sus cosas.

Por supuesto, eso es exactamente lo que él haría.

—¿Qué buscas, de todas formas? —pregunta su madre—. Ya sabes absolutamente todo lo que pasó.

Maggie apaga la luz y sigue a su madre afuera de la habitación. Cierra la puerta detrás de sí y se pregunta dónde habrá escondido esa llave y cómo hará para encontrarla.

Sube las escaleras para ir al viejo cuarto de Peter, donde James duerme tranquilo, rodeado de almohadas para evitar que se caiga de la cama. Observa el pequeño montículo que forma su cuerpo, que sube y baja con cada dulce respiración, y una poderosa llamarada de amor y optimismo inexplicable se apodera de ella. Ha heredado este espíritu de resiliencia de su padre, un hombre que jamás se dio por vencido; un hombre que resistió y perseveró, robando puñados de placer de donde podía.

Capítulo 41

$\mathcal{L}$a luz del sol que se filtra a través de las cortinas de gasa la despierta. Todo lo ocurrido ayer regresa lentamente: el funeral, su conversación con Clémentine. Maggie se estira, rueda para quedar de costado y se acurruca contra Gabriel.

Él sujeta la mano de Maggie y la presiona contra su pecho. Ella puede sentir cómo palpita su corazón debajo de su palma.

—Quiero que te mudes a Gaspé conmigo —dice él, con la voz ronca de dormir—. Compré ese terreno para nosotros, Maggie. Por eso regresé. Para empezar de cero.

—No puedo irme simplemente.

—Gaspésie es un lugar precioso —insiste, girándose para mirarla—. Tiene lo mejor de los dos mundos. Campo frente al mar.

—Mi vida está aquí.

—Puedes traducir libros en cualquier lado.

—Mi padre me dejó el negocio —explica—. Y yo quiero dirigirlo. Siempre he querido hacerlo.

Gabriel suspira y se deja caer de espaldas.

—Desapareciste de mi vida por completo —argumenta Maggie—. No puedes volver un año después y pretender que deje todo. Quiero estar contigo, pero *aquí*.

—Quiero criar a mi hijo —responde él, encendiendo un cigarrillo—. Un niño necesita un padre en su vida. Mi terreno es en el agua. Puedo enseñarle a pescar…

—La paternidad es más que ir a pescar.

—Lo sé.

—No lo entiendes —insiste Maggie—. Quiero quedarme aquí y dirigir la tienda de mi padre. Siempre estuve destinada a hacerlo. Lo haré bien.

—¿Cómo puedes trabajar y cuidar a James?

—Encontraré la forma —responde—. Violet se ha ofrecido a ayudarme.

—Somos familia, Maggie. Debemos estar juntos.

—Siempre y cuando sea donde *tú* quieres estar.

—Te quiero —dice Gabriel—. Siempre te he querido. Maldita sea, Maggie. Ten fe en nosotros y elígeme por encima de tu padre.

El bebé suelta un fuerte llanto desde su cuarto y Gabriel salta instintivamente de la cama para ir a buscarlo.

—¡No puedes fumar mientras lo sostienes! —lo regaña Maggie.

—¿Por qué no?

—¡No es saludable! Es malo para sus pulmones.

—¿Quién lo dice?

—Fue prematuro. Sus pulmones son frágiles.

Gabriel apaga el cigarrillo y sale del cuarto, para volver momentos después con James en brazos.

—¿Quieres venir a vivir a Gaspésie, hombrecito? —le pregunta al bebé, besando su cabeza y sus mejillas.

Una brisa entra por la ventana abierta, a su paso mueve las cortinas de línea bordada y hace volar al suelo las hojas con notas de traducción desde la mesa de noche de Maggie. Ella se pone en cuclillas para recogerlas, agradecida de tener algo que hacer. Cuando termina de ordenarlas sobre la mesa, se permite echar una rápida mirada a Gabriel.

Está acariciando el suave pelo de su hijo.

—¿No es extraño, Maggie, que hayas perdido todos los embarazos de tu marido y que el mío sea el único bebé que sobrevivió? ¿Cómo no creer que esto es lo correcto?

—No puedo mudarme a Gaspé.

—Todo lo que ha estado en nuestro camino quedó atrás —argumenta él—. Tu padre ya no está. No necesitas su aprobación. Abandona el plan que él trazó para tu vida, Maggie.

—Eso es lo que no comprendes —sostiene ella—. Dirigir la tienda *es* mi plan de vida. Siempre lo ha sido.

Gabriel no parece convencido.

—No ha sido solo para complacerlo —afirma Maggie, con más claridad de la que ha sentido en mucho tiempo. Su razón para quedarse ahora es cumplir *su* objetivo, no el de su padre—. Tú también perteneces aquí —agrega—. Pero no quieres reconocerlo.

—Ya he comprado el terreno, Maggie. Tengo un buen trabajo...

—Entonces, puedes ver a James cuando vengas de visita.

—Así que, ¿ya lo has decidido? —pregunta, mirando a su hijo.

—¿Tú no?

Se gira para darle la espalda, no está segura de poder soportar otro final. Después de todo este tiempo, ninguno de los dos está dispuesto a hacer un sacrificio para estar juntos. Gabriel quiere estar con su hijo según sus términos, en su terreno, que es exactamente lo que *ella* siempre ha querido de *él*. Maggie cae en la cuenta, cuando él le da el bebé, de que temía que terminaran así desde el momento en que le abrió la puerta. Cuando realmente ha importado, ninguno de los dos jamás ha sido capaz de comprometerse con el otro. Quizás el amor no siempre vence por sobre quién es en esencia una persona.

Él se pone los pantalones negros que usó para el funeral, abotona su camisa blanca y guarda su corbata sin decir una sola palabra.

—¿Gabriel? —dice ella—. Antes de que vuelvas a Gaspé, hay algo que quiero que hagamos juntos.

Capítulo 42

Es un domingo por la mañana, soleado y frío. Maggie mira a través de la ventana del Hospital Saint-Nazarius y sabe que es una posibilidad remota. Lo único que consiguió como respuesta del gobierno a sus preguntas fue una copia oficial del Acta de Traslado de Elodie con fecha de octubre de 1957, que confirma que fue una de las decenas de niñas de entre siete y doce años que trasladaron ese año a una institución en Montreal que no fue detallada. Después de un poco de investigación, Maggie pudo reducir los posibles lugares a tres hospitales primarios que recibieron la mayoría de esos traslados, uno de los cuales es Saint-Nazarius.

Maggie y Gabriel fueron primero al Hospital Mercy. Fue una experiencia desagradable en la que un grupo de monjas los criticó y les negó toda información y la hicieron sentir a Maggie como una criminal por haberse quedado embarazada con quince años. Después de eso, comprendió cómo debió haberse sentido Clémentine en su propio pueblo.

Saint-Nazarius está situado en la parte de atrás de un enorme complejo de al menos doce pabellones separados. La entrada principal se encuentra en un edificio señorial de piedra gris con forma de U e infinitas hileras de tragaluces blancos. El centro del edificio principal se parece a una iglesia, con dos columnas de piedra a cada lado y una cruz que sobresale del techo.

—¿Lista?

Maggie mira a Gabriel y asiente con la cabeza de forma poco convincente.

Salen del coche y él le sujeta la mano. Atraviesan la entrada principal y se acercan al edificio en silencio.

El pabellón psiquiátrico, con sus ventanas enrejadas, sus pasillos cavernosos y su fuerte hedor a lejía, le da a Maggie un miedo terrible. Recorre con la mirada toda la planta, que está totalmente limpia y en silencio, y se pregunta dónde están los niños.

En la recepción, Maggie los presenta como los padres de una huérfana que pudo haber sido trasladada aquí en el 57.

—Nació el 6 de marzo de 1950.

La monja, de labios finos y gafas, interrumpe a Maggie.

—No puedo ayudarla —dice—. Los historiales de todos los pacientes están sellados.

—Tengo su Acta de Traslado —responde Maggie, que saca el papel de su bolsa y se lo ofrece a la monja—. Sé que la mayoría de los huérfanos de los pueblos periféricos fueron enviados aquí o a...

—Usted la dio en adopción, ¿no?

—Sí, hermana, lo hice, pero tenía dieciséis años en ese momento —explica Maggie—. Ahora estoy en condiciones de cuidarla.

—Los historiales están sellados, *madame*. Usted renunció a sus derechos.

—Pero si ella está aquí —dice Maggie, levantando la voz—, ¿no sería el mejor desenlace para todos si la llevamos a casa con nosotros?

—¿No puede revisar los registros? —interviene Gabriel—. ¿Y decirnos si está aquí?

—Sabemos la fecha exacta en que fue trasladada —agrega Maggie, señalando el Acta de Traslado.

—Está perdiendo el tiempo, *madame*.

—Pero somos sus padres —grita Maggie, perdiendo el control—. Además, este experimento salvaje está a punto de terminar, de todas formas. El Dr. Lazure ya ha declarado que los huérfanos no deben estar en hospitales psiquiátricos.

—No funciona de esa forma —interrumpe la monja—. Todavía tenemos leyes en Quebec. Si la niña estuvo aquí alguna vez, es porque era deficiente mental.

Gabriel pone una mano en el antebrazo de Maggie para calmarla.

—¿No puede tan solo confirmarnos si está aquí o no? ¿O si alguna vez lo estuvo? —suplica Maggie, suavizando el tono—. ¿Echarle una ojeada a sus documentos?

—No lo voy a hacer —espeta la monja, indignada.

Gabriel fulmina a Maggie con la mirada, advirtiéndole en silencio que mantenga la calma. Ella lo ignora.

—Regresaré con un abogado de ser necesario —amenaza Maggie, mientras se acerca otra monja a la recepción.

Esta es baja y tiene espalda ancha, cara redonda y ojos castaños muy separados.

—Hola —dice con calidez, relevando a su compañera—. Soy la hermana Ignatia. ¿Hay algo en que pueda ayudaros? Soy una de las supervisoras del pabellón.

Su conducta amistosa tranquiliza de inmediato a Maggie.

—Sí, hermana —responde, aliviada—. Gracias. Estoy buscando a mi hija, Elodie. Fue trasladada aquí en el 57…

Un destello inconfundible de reconocimiento cruza los ojos de la hermana Ignatia. Tanto Maggie como Gabriel lo perciben e intercambian miradas esperanzadas.

—Elodie de Saint-Sulpice —reconoce la hermana Ignatia y la otra monja le lanza una mirada de reprobación.

—¡Sí! —exclama Maggie, con el corazón acelerado.

—Conocí a la pequeña Elodie.

El corazón de Maggie se detiene.

—¿«Conocí»? —logra emitir.

—Tenía siete años cuando la trasladaron aquí.

—Sí —señala Gabriel—. ¿Ya no está aquí? ¿Fue adoptada?

—Elodie estaba muy enferma cuando llegó —explica la hermana Ignatia—. Murió poco después. Lamento ser quien os lo diga.

Maggie se derrumba contra Gabriel. Siente que la mano de él se cierra alrededor de la de ella, escucha a la monja decir algo sobre que Elodie era muy débil desde que nació. Lo único que Maggie puede pensar es en que le falló a su hija.

—Puedo haceros una copia de sus documentos —dice la hermana Ignatia.

Cuando Maggie no responde, lo hace Gabriel:

—Sí, por favor. Es muy amable.

La hermana Ignatia desaparece por el pasillo, sus zapatos rechinan contra el linóleo, su hábito roza el suelo por detrás. Esperan alrededor de veinte minutos en un silencio sin consuelo, hasta que la monja regresa con un sobre de Saint-Nazarius.

Maggie lo abre, aturdida, y echa una mirada a algunas de las anotaciones garabateadas. Pese a las lágrimas, algunas de las palabras resaltan en la página.

Retraso mental grave. Peligro para sí misma y otros. Delirios paranoicos. Estallidos violentos y convulsiones. Gripe.

El diagnóstico está firmado por alguien del Hôpital Mentale Saint-Sulpice. El nombre es ilegible. Un garabato.

—No era retrasada mental —sostiene Maggie, levantando la mirada.

La hermana Ignatia sonríe compasivamente, pero no dice nada. Su mirada —llena de pena y recriminación— expresa bastante.

—Esto no puede estar bien —insiste Maggie—. ¿No es posible que haya habido un error? ¿Una confusión?

—La conocía, *madame* —responde la hermana Ignatia, con suavidad—. Tenía muchos problemas. No solo de salud, también problemas mentales y emocionales graves. Esas anotaciones fueron hechas por un médico.

—¿Dónde está el certificado de defunción? —cuestiona Maggie—. No hay nada en sus documentos después de 1957. Ni siquiera se menciona su muerte.

—Si hubo un certificado de defunción —responde con calma la hermana Ignatia—, lo debería tener el gobierno.

—¿Qué quiere decir con «si hubo»?

—Su hija era deficiente mental y huérfana —explica con suavidad la hermana Ignatia, su voz es tan dulce como el almíbar—. Es poco probable que haya registro de su muerte, menos aún de su vida, excepto por lo que está sosteniendo en la mano.

En el exterior, Maggie recoge una piedra y la arroja contra la fachada de ladrillos del hospital.

—No le creo —declara, mirando a Gabriel.

—Maggie…

—Mi hija no está muerta. Le escribiré al gobierno y solicitaré su certificado de defunción.

Él la atrae hacia sí e intenta abrazarla, pero ella lo aparta con fuerza.

—No pienso rendirme.

—Esa monja no tenía razones para mentir —dice con suavidad Gabriel—. Es hora de dejarla atrás.

—No voy a dejarla atrás —sostiene Maggie—. No le creo a esa mujer. Tenía una cara siniestra.

—Entiendo que necesites seguir creyendo…

—Mi hija está viva y yo la encontraré.

Capítulo 43

Elodie

1961

*U*na tarde de finales de invierno, cuando el mundo al otro lado de las ventanas enrejadas está gris y descolorido y toda la nieve se ha derretido, Elodie deja su máquina de coser al recibir una llamada en mitad de su turno. Se levanta de su Singer y sigue a una de las monjas por el pasillo, en silencio, consternada. *Fru. Fru.* Jamás olvidará el sonido aciago que hace el hábito de las monjas al arrastrarse sobre el suelo.

Suben los seis tramos de escalones hasta el vestíbulo principal del pabellón psiquiátrico, pero en vez de atravesar las puertas cerradas con llave que llevan al sector de Elodie, la monja se detiene frente a una de las oficinas y golpea a la puerta.

—*Entrez.* —La voz que responde es de un hombre.

La monja abre la puerta y empuja con suavidad a Elodie adentro de la habitación.

—Elodie de Saint-Sulpice —dice, antes de desaparecer.

—Soy el Dr. Lazure. —Se presenta el hombre, que levanta una carpeta que hay sobre la mesa. Casi no levanta la mirada—. Siéntate, por favor.

Elodie no se mueve. Al darse cuenta de lo que está ocurriendo, su cuerpo se entumece.

—No muerdo —aclara el médico.

Elodie abre la boca para hablar, pero no sale ningún sonido. Está congelada. Lo que diga y haga en esta oficina decidirá su destino. Metió la pata la última vez. Dijo las cosas equivocadas y creyeron que era tonta o retrasada o difícil. Cualquiera haya sido el error que cometió arruinó su vida. No puede dejar que eso vuelva a pasar.

El médico la está observando. Ella se siente temblar. Aun así, no puede moverse.

—No hay nada que temer —asegura el hombre. Parece bastante amable, pero ha aprendido que es mejor no confiar en él. Los médicos ya la han engañado dos veces y ambas las pagó demasiado caro por juzgar mal.

»Siéntate —repite, con más firmeza.

Finalmente, las piernas de Elodie se mueven y ella hace lo que le ordenan.

—Soy parte de un equipo psiquiátrico que investiga instituciones como Saint-Nazarius —explica—. Estamos examinando a cientos de niños como tú…

—¿Por qué?

—Porque somos parte de una comisión encargada de determinar si tú y otros como tú deben estar en un lugar como este.

—¿Qué es una comisión? —pregunta Elodie, que de inmediato siente haberlo hecho. Tiene terror de que vaya a pensar que no sabe nada; que es retrasada o ignorante, como dijo la hermana Camille.

—Es una tarea o proyecto asignado a un grupo de personas —responde, de forma neutral—. Verás, no trabajo en este hospital. Esta no es mi oficina. Solo estoy de visita. Estoy aquí para hacerte algunas preguntas.

Ella asiente y respira con nerviosismo. Se da cuenta de la carpeta que hay frente al médico y no puede evitar mirarla con fijeza. Son sus documentos. Puede ver los números 03-06-50 en la portada y los reconoce como su fecha de nacimiento.

—¿Comenzamos? —le pregunta el Dr. Lazure.

—Sí, *Monsieur*.

—Recuerda, estoy aquí como aliado.

No tiene ni idea de lo que «aliado» significa, pero esta vez no se atreve a decirlo.

—¿Cuánto tiempo has estado aquí?

—Cuatro años —responde.

—¿Y antes de eso?

—En el orfanato.

—¿Y tienes…?

—¿Once años? —responde, con vacilación, preguntándose si se trata de una trampa.

—Esto no es una prueba — explica el Dr. Lazure, leyéndole la mente—. Elodie, ¿sabes por qué estás aquí en Saint-Nazarius?

—No, señor.

El hombre escribe algo en su legajo.

—¿Porque el doctor del orfanato pensó que era retrasada? —Arriesga—. ¿O loca?

Dr. Lazure continúa escribiendo en su legajo.

—Durante el Día de Cambio de Vocación —relata Elodie—. La hermana Tata nos dijo que todas éramos retrasadas mentales, pero Emmeline y yo y algunas niñas más fuimos las únicas que enviaron aquí, a Saint-Nazarius. Así que debemos haber hecho algo mal…

El Dr. Lazure levanta la mirada hacia ella, pero no dice nada.

—No soy retrasada —dice Elodie, elevando la voz—. No debería estar aquí.

—No estoy en desacuerdo con eso.

—Soy una huérfana —aclara Elodie—, no una paciente psiquiátrica. La hermana Camille dice que estoy al revés por haber estado aquí tanto tiempo, pero eso no significa que esté loca.

—La verdad es que no.

—Así que quizás no tenga todas las respuestas a sus preguntas, pero no estoy loca.

El Dr. Lazure asiente, con el ceño fruncido. Elodie no logra determinar si lo ha disgustado o si algo de lo que ha dicho está mal. *Cállate*, se regaña a sí misma en silencio.

—No sabía las respuestas a las preguntas del otro doctor y por eso me enviaron aquí. Pero solo tenía siete...

—Esta no es una prueba que puedas suspender.

—¿No lo es? —pregunta—. Quiero salir de aquí. *Tengo que salir.*

—Lo comprendo.

Ella niega con la cabeza.

—No, no lo comprende.

—Cuéntame —responde el Dr. Lazure.

—Mataron a mi amiga —suelta—. Emmeline de Saint-Sulpice. Vinimos aquí juntas. Ella no fue la primera a la que mataron tampoco.

Elodie se detiene y cubre su boca con una mano. Lo ha vuelto a hacer. Ha hablado de más, la clase de comentario imprudente que ya la metió en un lío terrible con la hermana Ignatia. ¿Y si este médico la delata como hizo el anterior?

—Esa es una acusación muy seria —comenta el Dr. Lazure.

—Pero es verdad —continúa Elodie, incapaz de frenarse—. Le dieron una sobredosis de Largactil a Emmeline. A otra niña la mataron por cantar. Tampoco eran retrasadas. Solo eran huérfanas, como yo...

El Dr. Lazure está asintiendo con la cabeza. Hay una profunda arruga entre sus ojos. Elodie sabe que ha cometido otro terrible error. Baja la mirada al suelo, en un intento por ocultar su labio tembloroso y sus lágrimas.

Después de un momento en el que la arruga en el ceño del Dr. Lazure se suaviza, él pregunta:

—¿Puedes decirme qué es esto, querida?

Sostiene en alto un dibujo de lo que parece una caja con botones.

—No, señor —contesta.

—Es una radio —le cuenta él—. ¿Qué hay de esto?

—No, señor.

—Es un acordeón. ¿Y esto?

—Un coche —dice Elodie, que lo reconoce de inmediato.

El Dr. Lazure sostiene más dibujos de distintos objetos y le pregunta qué es cada uno. Ella conoce algunos, pero no todos.

—Esto es una nevera—dice él cuando ella no adivina.

Esto es una piña, un teléfono, un regalo. Un tractor, un corazón.

—Es igual que la vez pasada —lo interrumpe Elodie, a quien se le quiebra la voz—. Nunca he visto estas cosas, pero ¡eso no me convierte en una loca!

—Por supuesto que no —concuerda el doctor.

—Soy ignorante —le dice ella—. Eso es todo.

El doctor sonríe con tristeza y escribe algo en sus documentos.

—Si nos deja salir de aquí —comenta Elodie—, ¿sería posible que lo arregle para que me envíen de regreso a Saint-Sulpice? Por si mi madre regresa a buscarme.

La expresión del Dr. Lazure se nubla. Aparta la mirada para evitar la de ella.

—Eso es todo por hoy —responde.

Ella se queda sentada allí durante un momento, no queriendo irse sin algo concreto a lo que aferrarse; una promesa o una pizca de esperanza para soportar el resto de los días que le quedan aquí.

—No debería estar aquí.

Él asiente en respuesta y se levanta del escritorio.

Los días se escurren letárgicamente, cada uno más melancólico que el anterior. Comienzan a desaparecer chicas del pabellón de Elodie, pero ella se queda. La hermana Camille le asegura que ya vendrá su día, pero ella comienza a cuestionárselo. Las chicas mayores —las que tienen dieciocho, diecinueve, veintipocos— son enviadas al mundo con solo una maleta y una plegaria. Tendrán que encontrar trabajo y un lugar donde vivir, una misión que a Elodie le parece insuperable, dadas sus escasas habilidades y conocimientos sobre el mundo. Da las gracias por tener solo once años.

—¿Qué crees que estás haciendo?

La cabeza de Elodie se levanta de golpe para encontrar a la hermana Ignatia de pie por encima de ella.

—Solo estoy sentada aquí, meciéndome —responde Elodie, con un tono ligeramente más desafiante que de costumbre.

—Los retretes y los suelos del baño de tu dormitorio necesitan limpieza —señala la hermana Ignatia, sus ojos negros la miran con severidad—. Ahora que Yvette se ha ido, ese trabajo es tuyo.

—Ya tengo un trabajo…

El dorso de la mano de la hermana Ignatia aterriza de lleno en la sien de Elodie, antes de que esta pueda terminar la frase.

Elodie se sujeta la cabeza para detener el pitido en sus oídos. Puede sentir lágrimas calientes ardiéndole en los ojos.

—Cuando salga de aquí…

—Tú *no* vas a salir —interrumpe la hermana Ignatia.

—Soy una huérfana —sostiene Elodie, envalentonada—. Por eso el doctor me entrevistó.

—¿Y a dónde crees que irás?

—De regreso a un orfanato de verdad o a un hogar de acogida, algún lugar donde mi madre pueda encontrarme.

—Tu madre está muerta —dice la hermana, con tono casi triunfal.

Elodie siente cómo su corazón comienza a acelerarse.

—No, no es verdad —responde, con voz temblorosa—. Lo dice por decir.

La expresión de la hermana Ignatia carece de toda compasión.

—Está en tus documentos.

—No le creo. —Elodie se las apaña para responder.

La hermana Ignatia da media vuelta de golpe y abandona la habitación. Elodie se mece de adelante atrás, intentando calmarse. ¿Será verdad? ¿Estará muerta su madre?

La niña en la silla mecedora al lado de ella —una de las verdaderas pacientes psiquiátricas— deja escapar un fuerte chillido.

—Cállate —masculla Elodie.

La niña chilla otra vez, mostrando los dientes como un animal.

—¡He dicho que te calles! —grita Elodie y las lágrimas caen por sus mejillas. La niña retrasada gruñe algo y gimotea.

Después de un rato, regresa la hermana Ignatia, sacudiendo unos documentos en su cara.

—Aquí está —exclama, sosteniéndolo en alto—. Solo para que lo sepas, de una vez por todas.

La hermana abre el documento.

—Madre fallecida. —Lee en voz alta y luego da la vuelta el papel para que Elodie pueda verlo por sí misma. Ella solo puede distinguir la palabra «madre», pero la otra («fallecida») solo son letras al azar. No recuerda bien cómo leer.

»Está muerta —afirma la hermana—. Murió en el parto: el castigo de Dios por sus pecados. No tienes padre. Eras una bastarda y no tienes otro lugar al que ir. Eres demasiado joven para salir por tu cuenta y eres demasiado mayor para un orfanato o una familia adoptiva. *Nadie* quiere a una adolescente. Has quedado al margen, así que aquí es donde permanecerás.

—No es cierto —responde Elodie, con voz entrecortada.

La hermana Ignatia sonríe con suficiencia.

—Está justo aquí —asegura, señalando las elegantes letras, marcadas de forma permanente en tinta negra—: *Mère décédée.* —*Madre fallecida.*

—Pero ¡nunca me lo había dicho!

—Te lo estoy diciendo ahora.

Capítulo 44

Maggie

Maggie entra a la tienda de semillas y enciende las luces. No había tenido ganas de volver desde que su padre murió, pero esta noche se sintió motivada a regresar y reconectarse con él. Mira todo con una punzada de congoja. Su padre no volverá a poner un pie aquí nunca más, ya no volverá a deambular por la tienda, ni hará llamadas para concretar una venta, ni se involucrará en otro debate político con los granjeros franceses a los que ridiculizaba y adoraba tanto. Este lugar ahora es de Maggie.

Pasa junto a los contenedores de semillas en su camino al ático y se detiene para abrir uno de los cajones y dejar que un puñado de fresas de la India se deslice por entre sus dedos; luego sube las escaleras, pensando en que algún día James pesará las semillas los sábados, tal como hacía ella.

En la parte de arriba, nada ha cambiado. La balanza, la pila de sobrecitos amarillos, la pala de metal. Mira a través de la ventana al callejón, recordando quién era entonces: la adolescente con grandes ambiciones y enamorada de la peor pesadilla de su padre. Hasta el olor es el mismo: tierra húmeda, moho.

Regresa a la planta baja, a la oficina que ahora es suya: el lugar donde su padre se desesperaba por las cuentas que debía pagar, sumaba las ventas que había hecho, pedía las semillas; donde Maggie lo descubrió con Clémentine. Se sienta ante el enorme escritorio. Hay pilas de carpetas desplegadas con cuidado frente a ella: «Cuentas por pagar». «Inventario». «Facturas vencidas». «Pedidos pendientes».

Mañana se reunirá con el gerente para revisar los sistemas de su padre y ponerse al tanto de todo. Fue él quien estuvo a cargo mientras su padre agonizaba en su casa. Él es quien ha mantenido el negocio organizado y a flote. Maggie deberá tener cuidado para no herir susceptibilidades, ni de él ni de nadie. Una de las últimas cosas que su padre le dijo fue: «Si decides quedarte y dirigir la tienda, hazlo con humildad. Dales tiempo a todos para que se adapten a ti».

Fue gracioso, viniendo de él. La humildad nunca fue uno de los puntos fuertes de su padre, pero comprendió que tendría que ser uno de los suyos si quería ganarse el respeto de sus empleados y sus clientes. Sentada aquí ahora, con el trabajo real desplegado frente a ella, está nerviosa, con un poco de náuseas. ¿Y si fracasa? ¿Y si el negocio quiebra en sus manos inexpertas?

Se recuerda a sí misma que su padre tenía la suficiente fe en ella para dejar a su cuidado su más preciada posesión. Tiene mentalidad para los negocios y siempre le han encantado los desafíos, y ahora está a punto de quedar a cargo, antes de cumplir los treinta. Abre el cajón superior del escritorio, que huele a moho, como a madera húmeda, y allí, en ese espacio que de otra forma estaría vacío, hay un sobre de semillas con su nombre, «Maggie», escrito con la caligrafía cuidada y recta de su padre. Abre el sobre. Dentro, encuentra la llave de su archivador con una nota breve. «Siempre fuiste mi flor silvestre».

No pierde tiempo y regresa a Dunham. La casa está a oscuras y todos duermen. Entra silenciosamente al santuario de su padre y abre el archivador.

En el último cajón, descubre una manta de bebé doblada con cuidado. Al desplegarla, ve las palabras PROPIEDAD DEL HOSPITAL BROME-MISSISQUOI-PERKINS impresas en la tela. La sacude y un pequeño brazalete hospitalario de plástico aterriza en su regazo. No tiene ningún nombre, solo una fecha: 03-06-50. Presiona la manta contra su nariz y la huele. La manta de Elodie.

Su padre era más sentimental de lo que ella creía.

Debajo de la manta, hay un sobre grande con el nombre de Sonny Goldbaum.

Se sienta en el suelo con las piernas cruzadas y rasga el sobre para abrirlo. Hay un certificado de nacimiento del Hospital Brome-Missisquoi-Perkins y una serie de epístolas en papel de carta azul.

Del despacho de Sonny H. Goldman

9 de septiembre de 1949
Gracias por conducir hasta la ciudad para acudir a nuestra cita, Sr. Hughes. Ha sido un placer conocerlo. Comenzaré de inmediato a buscar una ubicación adecuada. Por favor, manténgame informado del progreso del embarazo de su hija, su salud, fecha de parto, etc. En cuanto a nuestra conversación, la familia adoptiva será judía, pero quédese tranquilo, las familias que acepto representar son de la clase más alta.

12 de diciembre de 1949
Buenas noticias, Sr. Hughes, he encontrado a una joven pareja que estaría encantada de adoptar al bebé de su hija. No han podido concebir y han tenido dificultades para avanzar por los canales usuales. Usted está ayudándolos a hacer sus sueños realidad. Han aceptado su precio.
Volveré a contactarlo con más detalles.
¿Cómo progresa el embarazo?

4 de febrero de 1950
Sr. Hughes:
Está es la logística: entregará al bebé a la hermana Jeanne-Edmoure en el Hospital Mercy. Ella me traerá a la criatura. Usted recibirá el pago

por adelantado, al igual que el médico y la
monja en el Mercy. No habrá intercambio de
dinero entre usted y ninguno de los demás
involucrados. No verá a los padres adoptivos ni
sabrá sus nombres. Es sabido que no habrá ningún
tipo de contacto.

18 de marzo de 1950
Sr. Hughes:
No he tenido éxito en convencer a la pareja de
que acepte al bebé, debido a su pobre estado de
salud. Continuaré buscando una nueva ubicación
para la niña, pero como le comenté en nuestra
conversación, tanto la ictericia como el bajo
peso al nacer son obstáculos. Lo mantendré
informado.

Maggie ojea la correspondencia y encuentra un artículo perio-
dístico de *La Presse* con fecha de febrero de 1954.

El abogado montrealés Sonny Hyman Goldbaum fue puesto bajo custodia ayer y procesado por los cargos de falsifi
cación de certificados de nacimiento y asesoramiento en
delito procesable, en asociación con una banda internacio-
nal que opera en el mercado negro de bebés. Goldbaum
(31) se declaró inocente de todo cargo, pero hasta el momento, la evidencia revela que más de 1000 bebés francocanadienses nacidos en Montreal han sido vendidos ilegal-
mente a familias judías en Estados Unidos.
    Según las fuentes, una familia deseosa de adoptar un
bebé en Nueva York contactaba a un abogado local que
luego los refería a Goldbaum. Una vez que se acordaban
los detalles económicos, la banda obtenía un bebé de un
hogar para madres solteras, con o sin el consentimiento
de la madre biológica. El bebé después era entregado en
su destino con visa y pasaporte falsos. Se esperan más

arrestos de lo que las fuentes describen como una banda multimillonaria de médicos, abogados, enfermeras y otros.

Maggie revuelve el archivador y saca el resto de los recuerdos que su padre le dejó. Entre ellos, algunos libros de negocios —*La biblia del emprendedor*; *La práctica del management*, de Drucker; *Piense y hágase rico*, de Napoleon Hill—, así como algunos libros de jardinería y catálogos viejos y un ensayo que Maggie escribió en tercer curso.

La persona que más admiro

A mi padre lo llaman Señor Semillas porque tiene la colección de semillas más grande de todo Eastern Townships. El nombre de su tienda es Semences Supérieures/Semillas Superiores. El cartel está escrito tanto en inglés como en francés...

Tras sorber por la nariz y secar sus lágrimas, encuentra la copia de su primera traducción, *Venceremos*. Cuando se estira para levantar uno de los libros de jardinería, *Flores silvestres del este de Canadá*, descubre que entre sus páginas están los silfios amarillos que le dio a su padre el día que se mudó a Montreal. Recuerda que él apoyó el ramo en el mostrador de la tienda y que pensó que él se olvidaría de ellos.

Presiona la manta de Elodie contra su rostro y levanta las rodillas para apoyarlas contra su pecho. Sentada entre todas las prendas y recuerdos que su padre guardó a lo largo de los años, Maggie se percata de cuánto la quería su padre realmente. No lo expresaba con frecuencia y, a veces, ni siquiera parecía aprobar cómo era, pero lo que ha encontrado hoy prueba lo contrario.

Pasando las hojas del libro de flores silvestres, Maggie se encuentra con dos sobres amarrados juntos con una banda elástica, los dos dirigidos a Wellington Hughes y escritos con una caligrafía pomposa y anticuada. Abre uno de ellos y una pequeña fotografía en blanco y negro se desliza y cae al suelo, es de una niña pequeña de pie en mitad del patio trasero de alguien. Tiene un corte de pelo a la taza y viste un mono con zapatos de silla de montar; está sujetando un sucio bebé de juguete con una mano y lo que parece ser un dibujo en la otra. La fecha en el borde blanco de la fotografía es del 17 de junio de 1953.

Maggie se queda mirando la imagen un momento y luego saca la carta.

Estimado Sr. Hughes:

La pequeña por la que usted y su esposa han expresado interés es una niña amigable e inteligente que ha estado con nosotros desde que nació. Está en perfecto estado de salud, progresa satisfactoriamente en su desarrollo. Tal como ha solicitado, incluyo una fotografía en el sobre. Si quiere visitarla otra vez, nos alegrará recibirlo cuando le resulte conveniente, para discutir los posibles planes de su adopción.

Saludos cordiales,

Hermana Alberta

Maggie, aturdida, busca la otra carta, que tiene fecha de noviembre de 1955.

Sr. Hughes:

Quizás no esté al tanto de que, como resultado de una disposición gubernamental, el ex Orfanato Saint–Sulpice es ahora el Hôpital Mentale Saint–Sulpice. La niña a la que se refiere ya no está aquí. No tengo autorización para brindarle más información.

Saludos cordiales,

Hermana Alberta

Maggie tarda un rato en asimilar lo que acaba de descubrir. Regresa a la fotografía y observa a la pequeña niña con asombro.

Su hija.

De repente, todas las piezas caen en su lugar.

Su padre no solo encontró a Elodie, sino que también la visitó en el orfanato y fingió que quería adoptarla para poder averiguar… ¿qué? ¿Que estaba viva, saludable, «progresando satisfactoriamente en su desarrollo»? ¿Simplemente sintió curiosidad o estaba buscando algún tipo de consuelo o confirmación de que ella estaba bien para aliviar su culpa?

Después de verla con sus propios ojos y asegurarse de que estaba bien y probablemente sería adoptada, parece haber abandonado el interés en ella hasta 1955, la época en que los orfanatos fueron convertidos en hospitales psiquiátricos.

«Lamento no haberla salvado cuando tuve la oportunidad».

Él intentó recuperarla, pero fue demasiado tarde. Ella ya había sido declarada paciente psiquiátrica. La hermana Alberta mintió en la carta; Elodie no fue trasladada hasta 1957. ¿Eran mentirosas todas estas monjas? ¿Destruyeron la vida de niños indefensos para conseguir la mayor cantidad de dinero con ellos como fuera posible y, al mismo tiempo, proteger a la Iglesia?

Maggie presiona la fotografía de su hija contra su pecho y se pliega sobre sí misma, llorando en silencio.

Un golpe a la puerta la sobresalta. Se pone de pie, seca su nariz y sus ojos y cruza la cocina para encontrar a Gabriel de pie afuera.

—¿Qué haces aquí? —le pregunta, mientras gira la llave para abrirle y dejarlo pasar.

—Fui a tu casa y no estabas allí. Supuse que estarías aquí.

La puerta se cierra detrás de él y Gabriel la sigue hasta la oficina de su padre.

—Parece que has estado llorando —comenta él, acariciándole la mejilla—. Ha sido una semana difícil para ti.

—Podría decirse que sí.

Ella aparta la mirada para que él no vea las lágrimas que comienzan a derramarse otra vez.

—No estoy seguro de cuánto tiempo necesitaré —dice Gabriel.

—¿Cuánto tiempo necesitarás? —pregunta ella.

—Renunciar a mi trabajo, guardar mis cosas y vender mi terreno.

Ella lo mira, confundida.

—¿Vender tu terreno?

Él asiente.

—Pero te encanta tu trabajo —dice Maggie—. Te encanta estar a la orilla del mar...

—Puedo pescar aquí, Maggie. Es solo un terreno. Quiero estar contigo y quiero criar a nuestro hijo. No he pensado en nada más desde que llegué aquí.

—¿De verdad?

—Estamos destinados a estar juntos. *Aquí*, en Townships, como dijiste. Siempre lo estuvimos.

Sin decir palabra, ella se deja caer contra él, llorando.

—¿Son lágrimas de felicidad? —pregunta él, quitándole el cabello de la cara.

Maggie se aparta y le da la fotografía.

—¿Qué es esto?

—Es una foto de Elodie —responde ella—. La encontré entre las cosas de mi padre. También hay una carta. Gabriel, no estaba enferma.

Él parece confundido.

—Esa monja en Saint-Nazarius nos mintió. Mira.

Ella le da la carta para que la lea por sí mismo.

—Elodie nunca estuvo enferma —sostiene con furia, releyendo por encima del hombro de Gabriel—. El gobierno no tiene un certificado de defunción. ¿Por qué deberíamos creer que está muerta?

Capítulo 45

Elodie

1967

$\mathcal{E}$lodie yace despierta en su catre, mirando el techo que ha terminado por odiar. No importa que al Pabellón A le digan el «Pabellón de la Libertad» y que vivir aquí sea una mejoría enorme comparado con el Pabellón B; aun así, odia cada centímetro cuadrado de este hospital. Y aunque la vida en el Pabellón A —en donde está desde 1964— le ha concedido más libertad para ir y venir dentro del hospital, más independencia y el fin del maltrato físico, Saint-Nazarius sigue siendo lo que siempre ha sido para ella: una prisión.

Esta es su última noche en esta prisión. La hermana Camille ha hecho los arreglos para que comparta un apartamento con otra muchacha de Saint-Nazarius que ha estado por su cuenta en el exterior desde hace casi un año. La chica, Marie-Claude, actualmente alquila un sótano de un ambiente y medio en Pointe Saint-Charles. Elodie la recuerda de Saint-Nazarius; una muchacha silenciosa cuya forma de ser complaciente y sumisa hizo que se salvara de algunos de los castigos y torturas que sufrían las otras. Marie-Claude y Elodie no eran exactamente amigas, pero se conocían del Pabellón B y coexistieron sin incidentes.

Elodie rueda hacia un lado y cierra los ojos. Mañana saldrá caminando de este lugar hacia su futuro. Por más surrealista que parezca, su emoción más predominante esta noche es el miedo. La verdad es que casi prefería quedarse aquí. *Casi.*

Sabe qué esperar aquí y qué se espera de ella. Hay un cierto ritmo simple en sus días, una familiaridad y predictibilidad que no está del todo lista para dejar. Quién sabe qué le espera allí fuera en el mundo.

Después de que la hermana Camille le encontrara un lugar donde vivir en la ciudad, el médico en jefe invitó a Elodie a su oficina e intentó convencerla de que se quedara. «¿Qué podrías hacer fuera, en el mundo?», le preguntó él.

Ella encogió los hombros; no tenía idea. Él le ofreció una habitación privada —fuera del pabellón psiquiátrico— y un trabajo pagado en la farmacia del hospital y libertad para ir y venir tanto como quisiera.

Fue una oferta tentadora y Elodie prometió pensarlo bien, algo que hizo. La pregunta del médico la atormentó por días. *¿Qué podrías hacer fuera, en el mundo?*

No tenía educación, ni habilidades, ni dinero, ni familia, ni amigos. Salvo por el orfanato y un par de salidas en autobús a un pueblo cercano, jamás ha dejado los terrenos de Saint-Nazarius. Había estado institucionalizada desde los cinco años, la mayor parte de sus diecisiete años.

Al menos aquí tenía a la hermana Camille, quien se había convertido en su mejor amiga, su defensora y su confidente. Ella fue quien le volvió a enseñar a leer practicando con la biblia, quien consiguió que la trasladaran al Pabellón A. Y, ahora, quien la dejará libre.

¿Y si el mundo real no es mejor que Saint-Nazarius? Ciertamente no podrá esconder su estupidez y su falta de experiencia y todos sabrán que creció en un hospital psiquiátrico.

Cuando finalmente el sol se alza por la ventana de su dormitorio que da al oeste, Elodie se levanta con él. De debajo de la cama, saca la pequeña maleta que la hermana Camille le dio ayer por la noche y la apoya sobre el colchón, tratando de no despertar a las demás. Dentro, coloca con cuidado sus dos vestidos, camisones, ropa interior y calcetines —todo donado a lo largo de los años— y la biblia que la hermana Camille le regaló. Camina lenta y silenciosamente hasta el cuarto de baño para quitarse el camisón, vestirse, lavar sus dientes y su pelo, y mirarse una última vez en el espejo astillado que está sobre el lavabo de porcelana.

La muchacha que le devuelve la mirada la llena de autodesprecio. Su pelo corto a media melena cae chato y descolorido contra su cuero cabelludo; su piel es amarillenta, sus ojos apagados. Esto es lo primero que notará la gente: parece una loca.

Agrega su camisón y sus artículos de tocador a la maleta y la cierra. *Deberías estar feliz hoy*, se dice a sí misma. *Este es el día con el que has soñado toda tu vida.*

Coloca la manta sobre la cama y echa un último vistazo a la habitación.

El pasillo está en silencio. Elodie casi desea que una de las monjas aparezca para poder mirarla a los ojos y decirle: «Ninguna de vosotras volverá a decirme qué hacer». Pero ninguna de las hermanas viene a despedirla. De cierto modo, esta muestra de indiferencia es casi tan terrible como los castigos más crueles que soportó.

Sopesa si pasar rápido por el Pabellón B a despedirse triunfalmente de la hermana Ignatia y, luego, escupirle la cara, pero concluye, sabiamente, que la hermana Ignatia con toda probabilidad la arrojaría a una celda y la encerraría para dejarla ahí tirada hasta pudrirse. Con eso en mente, Elodie se dirige de prisa a las escaleras.

Abajo, en el vestíbulo, recuerda su primera noche allí, lo aterrorizada que estaba, lo ingenua que era. Tras abrir las puertas de un empujón, sale a la fría mañana, jadeando. Entorna los ojos por el reflejo del sol en la nieve.

Soy libre.

—¡Elo!

Es la hermana Camille, que la saluda desde el coche. Elodie abotona su abrigo hasta su cuello; ha olvidado lo fríos que pueden ser los días de invierno. No ha ido de excursión en años y normalmente eran en verano. ¿Cómo hará para conseguir el dinero para comprar un gorro, unos guantes?

Siente una opresión en el pecho de tan solo pensar en ello. En las cosas prácticas de la vida.

No mira atrás al bajar los escalones.

—¡Elo! ¡Date prisa! —La hermana Camille sacude la mano. Su hermano está esperando en el asiento del conductor para llevarlas a Pointe Saint-Charles—. ¿Estás lista? —pregunta.

Elodie traga. Sabe que es el día libre de la hermana y se siente muy agradecida, pero no puede encontrar las palabras para expresarlo. Tiene diecisiete años y está rota. No está lista en absoluto para enfrentarse al mundo. Cuando el coche arranca, Elodie se echa a llorar.

—Llora —le dice la hermana Camille, que se estira para sujetarle la mano—. Llora todo lo que quieras.

Y ella lo hace, con fuerza y sin reprimirse, mientras avanzan hacia lo desconocido.

Capítulo 46

$\mathcal{S}$u nuevo hogar es el sótano de una casa adosada baja de ladrillos rojos sobre la calle Rue de la Congrégation, en una parte industrial de la ciudad.

—Te gustará —dice la hermana Camille, intentando llenar el silencio con sus usuales burbujas de optimismo.

—Hay un parque cerca —agrega el hermano de Camille—. Justo allí, en la esquina de Wellington y Liverpool.

—¿Wellington y Liverpool? —repite Elodie en un inglés chapurreado.

—Esta es una zona mayormente irlandesa.

—Y también francesa —añade la hermana Camille, mirando con intensidad a su hermano—. Griffintown, justo del otro lado del canal, es todo irlandés, pero no te preocupes, aquí, en Pointe, también hay muchos franceses.

Elodie mira a través de la ventana. Más allá de su calle, el barrio es una mezcla de fábricas, casas adosadas y chimeneas que se alzan amenazantes.

—Aún están trabajando en el nuevo *Métro* —explica la hermana Camille—. Por eso hay tantos escombros de construcción.

—¿El *Métro*?

—Es un tren subterráneo. Lo están construyendo para la Exposición Universal de este verano.

La hermana Camille bien podría estar hablando otro idioma. ¿Tren subterráneo? ¿Exposición Universal? Elodie la mira fijamente, luchando por reprimir las lágrimas.

—Te contaremos todo una vez que estés asentada —dice la hermana Camille—. No te preocupes, Elo. Todo se volverá más fácil.

Elodie asiente, aunque no le cree.

—La ciudad está floreciendo —continúa la hermana—. Es un momento maravilloso para vivir aquí. Solo espera el verano.

Elodie fuerza una sonrisa. Puede ver que la hermana Camille está haciendo un esfuerzo.

—Me gusta —comenta, observando la casa adosada roja. La renta es de setenta y cuatro dólares por mes, con la calefacción incluida, y Elodie pagará la mitad—. Entremos —dice, tras respirar hondo.

—Y es tuya. —Le recuerda la hermana Camille—. No tienes que responderle a nadie. Excepto a Dios.

Elodie ignora el comentario. No tiene sentido del humor en lo que respecta a Dios.

Marie-Claude la está esperando en el interior. El apartamento está limpio y despojado. Una habitación con un sofá cama y una cómoda que compartirán, un baño diminuto y una cocinilla con espacio apenas suficiente para una mesa cuadrada y dos sillas plegables.

—No es mucho. —Se disculpa Marie-Claude—. Pero es mejor que Saint-Nazarius.

Elodie sonríe y apoya su maleta en el suelo.

—Ten —señala la hermana Camille y le da un papel.

Elodie lo abre.

—¿Dominion Textiles?

—Están contratando costureras —explica—. Vi el aviso en la ventana. La fábrica está en Saint-Henri.

—¿No es allí donde explotó el hombre del FLQ el verano pasado? —pregunta Marie-Claude.

—¿Explotó? —repite Elodie, que se siente desfallecer.

—Estaba intentando hacer estallar la fábrica de Dominion Textile, pero su bomba se detonó.

—¿Por qué querría hacer eso?

—Era del FLQ —responde Marie-Claude—. Son terroristas que quieren que Quebec se separe de Canadá, así que atacan compañías inglesas como Dominion Textiles.

Elodie mira a la hermana Camille, nerviosa.

—Aun así, necesitan costureras —sostiene la hermana Camille con firmeza—. No volverá a ocurrir. Al menos no allí. Es perfecto para ti. Es fácil llegar a Saint-Henri desde Pointe.

—¿Cómo llegaré hasta ahí? —pregunta Elodie.

La hermana Camille suspira.

—Ya lo descubrirás, Elo. No eres incapaz.

—Pero ¡lo soy! —exclama ella—. ¡Eso es exactamente lo que soy!

La hermana Camille la mira a los ojos.

—No tienes que serlo —sostiene—. Ahora eres libre.

—Es fácil para ti decirlo —masculla Elodie.

—Debes perdonar a las otras monjas —dice la hermana Camille con dureza—. Algunas de nosotras teníamos que cuidar a cincuenta niñas sin ayuda alguna. Las que éramos decentes teníamos prohibido tratarlas con amabilidad o cariño. *Pero no todas éramos malas.*

Elodie baja la mirada al suelo.

—Lo siento —murmura—. Has sido buena conmigo y no tengo forma de recompensártelo.

—Recompénsame perdonando a las otras.

Elodie mantiene la boca cerrada. Nunca perdonará a las otras —menos a la hermana Ignatia—, pero no decepcionará a la hermana Camille con una negativa.

—Debo irme —comenta la hermana.

—¿Tan pronto?

La hermana Camille tira de Elodie hacia ella y la estrecha en sus brazos —un abrazo breve, rápido— y luego le da algo de dinero.

—Para que salgas del apuro —señala—. Regresaré en una semana. —Y, tras eso, deja a las dos chicas con su nueva vida.

No pasa más de un minuto y Elodie rompe en llanto otra vez. Marie-Claude le alcanza un pañuelo de papel.

—Yo estaba igual en cuanto salí —le cuenta, sentándose en el sofá—. No podía parar de llorar.

—¿Cómo se supone que voy a encontrar ese lugar? —exclama Elodie con angustia, sosteniendo en alto el papel—. No tengo ni idea de dónde estoy, mucho menos dónde queda Saint-Henri. ¿Y si alguien intenta poner una bomba allí otra vez? Es una locura, ¿o no?

—Iré contigo. —Ofrece Marie-Claude—. Me aseguraré de que lo encuentres.

—Gracias.

—Tienes que encontrar un trabajo cuanto antes —agrega—. No puedo pagar la renta yo sola.

Elodie dice que sí con la cabeza, está abrumada.

—¿Quieres deshacer el equipaje? Hay un cajón libre para ti.

Elodie abre su maleta en el suelo y saca sus pocas pertenencias. Entran todas en el último cajón, con espacio de sobra.

—¿Tienes hambre? —le pregunta Marie-Claude—. Hay algo de comida en la nevera, que compartiré contigo hasta que tengas dinero para comprar la tuya.

La nevera. Elodie echa un vistazo a la caja metálica blanca en la cocina y recuerda cuando el médico de Saint-Nazarius le preguntó si sabía lo que era. Y no lo sabía.

Marie-Claude se pone de pie de un salto, llena de energía nerviosa, y va a la cocina.

—Tengo algunas sobras de cerdo asado —comenta—. Y podemos hervir algunas patatas.

Elodie asiente, muda.

—Ven y ayúdame.

A regañadientes, va hasta donde está su compañera de piso. Observa boquiabierta cómo Marie-Claude llena una olla con agua, la tapa y la coloca sobre el quemador.

—Así enciendes el fuego —explica, haciendo girar la perilla—. Ahora pelamos las patatas.

Busca uno de los cuchillos, que son todos de distintos juegos, y comienza a quitar la piel terrosa de las patatas como toda una experta.

—¿Por qué haces eso? —pregunta Elodie.

—Porque no se hierven las papas con la piel.

—¿Por qué no?

—Porque no.

Marie-Claude continúa pelando las patatas. La piel sale en una espiral perfecta.

—¿Quieres probar?

—No.

—Ya aprenderás estas cosas —le asegura Marie-Claude—. Yo lo hice.

Elodie asiente, las lágrimas ruedan por sus mejillas.

—Lo siento...

—No te disculpes. ¿Sabes qué? Dejemos esto así. Salgamos.

—¿Salgamos?

—Sí, a comer.

—Pero hay tanta gente...

—Sí, hay gente en el mundo. No puedes esconderte.

—Estoy demasiado asustada.

—¿De qué?

Elodie encoge los hombros.

—De que se den cuenta.

—¿Se den cuenta de qué?

—De que acabo de salir de una institución psiquiátrica.

—Solo tú y yo sabemos eso.

—Siento como si estuviera grabado en mi frente...

—Bueno, no lo está. ¿Cuánto dinero te dio la hermana Camille?

Elodie busca en su bolsillo y saca unos pocos billetes de un dólar.

—No gastaremos demasiado —dice Marie-Claude—. Cincuenta centavos como mucho. Solo lo suficiente para celebrarlo.

Las chicas se cubren bien con sus abrigos y Marie-Claude le presta una bufanda a Elodie para que envuelva su cabeza, en lugar de llevar una gorra. Salen al frío y se estremecen con la mordacidad del aire contra sus mejillas. El viento azota todo en derredor de ellas y Elodie se coloca su bufanda para cubrirse hasta los ojos.

—*Tabarnac y' fait fraite* —maldice Marie-Claude.

La nieve cruje bajo sus pies mientras avanzan hasta llegar al parque Marguerite Bourgeoys. Elodie levanta la mirada y nota que hay un grupo de niños corriendo de aquí para allá con sus trajes de nieve; ríen y gritan, juegan en la nieve. Lo que más le impacta es ver lo libres que son. No parecen tener miedo alguno de reír a carcajadas o levantar la voz o disfrutar.

Giran en Wellington y el sonido de las risas de los niños sigue a Elodie por la calle.

—Aquí —anuncia Marie-Claude, al detenerse frente a un lugar que indica en la ventana: Paul Patates Frites—. Mi ración de grasa favorita.

En el interior, está cálido y huele a aceite frito, igual que como solía oler el comedor de Saint-Nazarius cuando servían perca frita en ocasiones especiales. Dan pisotones para quitar la nieve de sus botas y se sientan lado a lado frente a la barra, en las banquetas de cuero rojo que giran. Al principio Elodie tiene miedo de caerse, pero en poco tiempo está dando vueltas como una niña en un carrusel.

Marie-Claude ordena dos *steamés* y dos Pepsi. En menos de cinco minutos, la camarera les trae un plato que huele de maravilla.

—¿Qué es esto? —pregunta Elodie, que se inclina adelante e inhala el agradable aroma a grasa.

—Es un perrito caliente y patatas fritas —responde Marie-Claude.

Elodie levanta una patata frita y la introduce en su boca, sin que le importe quemar su lengua. Cierra los ojos y saborea el gusto y la textura —crujiente por fuera, blanda por dentro, perfectamente grasienta— y luego se mete un puñado.

—Prueba esto —instruye Marie-Claude, que vierte un poco de salsa roja espesa de una botella de cristal que dice «Heinz»—. Moja la patata frita en el kétchup. Eso es.

—*Mon Dieu* —exclama Elodie, que va a por el perro caliente con voracidad—. Es delicioso.

—Ponle kétchup también a eso.

—*Mon Dieu!* —vuelve a exclamar, tras morder la salchicha rosada envuelta en una manta de pan caliente y blando—. ¿Por qué no podían alimentarnos así en Saint-Nazarius?

—Esto es comida de *verdad* —comenta Marie-Claude, con la boca llena—. Tienes kétchup en toda la cara.

—No me importa.

La camarera apoya dos vasos con un líquido oscuro. Elodie lleva la pajilla a sus labios y bebe un sorbo para bajar el perro caliente.

—*Oh, mon Dieu!* —repite, mientras sus labios cosquillean y siente burbujas en la lengua—. ¡Es tan dulce!

—Pepsi —señala Marie-Claude—. Increíble, ¿verdad?

Elodie ríe, encantada.

—Sí —responde, bebiendo otro largo trago—. Increíble.

Capítulo 47

Maggie

Maggie se sienta en el columpio del porche con una taza de café y su papel de carta, descalza y todavía en camisón. El sol ya ha salido y el aire tiene el agradable olor a hierba húmeda de las mañanas de verano. Gabriel y James duermen, un momento raro al que nada le falta para ser sagrado. Si no fuera por el coro de reinitas de magnolia en su jardín, parecería que tiene el planeta solo para ella.

Saca una hoja de papel y un lápiz. Hay un nuevo primer ministro en el cargo, lo que significa una nueva oportunidad para presentar su caso. Comienza a escribir.

Estimado Sr. Bourassa:

Le escribo en nombre de mi hija, Élodie de Saint-Sulpice, una huérfana nacida...

—Buenos días, amor.

Maggie levanta la vista y ve a Gabriel parado en el umbral, despeinado y desnudo, salvo por su ropa interior. Enciende un cigarrillo y sale al porche.

—Hace calor —comenta, sentándose junto a ella en el columpio de madera, que él mismo construyó.

Maggie deja a un lado la carta y se mecen en silencio por un rato. Gabriel se estira para robarle la taza y beber un trago de café.

—Le estás escribiendo a Bourassa, ¿verdad?

—Sí.

Él asiente y ella detecta una pizca de pena en sus ojos.

—Pobre bastardo —bromea él—. No tiene ni idea de con cuánta frecuencia le escribirás. De haberlo sabido, probablemente no hubiera intentado ser primer ministro.

—Sé que crees que está muerta —dice Maggie, reiterando la misma conversación que han tenido cada vez que ella envía una de sus cartas al gobierno.

—No importa lo que yo crea.

—A mí me importa.

—Sé que necesitas creer que está viva, Maggie.

—¿Y tú?

—Yo no creo que el gobierno vaya a ayudarte a encontrarla —responde de forma pragmática—. Son *ellos* quienes la pusieron donde está.

—Bourassa es nuevo —argumenta Maggie—. Es un nuevo comienzo. No ha escuchado nuestra historia. Quizás si vamos a la ciudad de Quebec en persona...

—¿A hacer qué? ¿A golpear a la puerta y pedir hablar con él? ¡Ni siquiera pudimos con las malditas monjas!

Maggie aparta la mirada.

—Cumple veinte este año —le recuerda.

—Hubiera cumplido.

—Leíste la carta de la hermana Alberta a mi padre —le recrimina Maggie, no por primera vez—. Estaba en perfecto estado de salud. ¿Retraso mental grave? Los dos sabemos que eso no es verdad y tenemos pruebas.

—Pero eso no significa que no murió, Maggie. ¿Quién sabe cómo se había deteriorado su salud para cuando llegó a Saint-Nazarius? ¿Seguirás enviando cartas al gobierno durante el resto de tu vida?

—No sé qué más hacer.

—Tengamos otro bebé —responde él.

Maggie lo mira como si se hubiera vuelto loco.

—Lo digo en serio.

—¿Por qué? ¿Así olvido a Elodie?

—No —contesta Gabriel—. Así James tiene un hermano o una hermana menor.

—Tiene nueve años.

—¿Y?

—Soy demasiado vieja para tener otro hijo.

—Tienes treinta y seis años.

—No llenará el vacío —aclara—. James no lo hizo. Tampoco tú. Nada puede, excepto ella.

—Y quizás tengas que vivir con eso el resto de tu vida —señala él—. Todos llevamos nuestra cruz.

Capítulo 48

Elodie

1970

Elodie deja caer cuatro menús de plástico sobre la mesa y sonríe sin hacer contacto visual.

—¿Algo para beber? —pregunta, sacando un anotador del bolsillo de su delantal blanco.

Los chicos que están sentados en la mesa con cabina la miran con expresión vacía. Uno de ellos dice:

—¿En inglés? —Señala su gorra de béisbol—. Somos de Boston.

—¿Bebidas? —repite Elodie en inglés, sin levantar la vista de su anotador.

—Cuatro Cocas.

Ella asiente y se da prisa para buscar las Cocas. Ha estado trabajando en Len's Delicatessen, en el centro de la ciudad, desde hace más de un año. Buscó el trabajo por capricho: el verano anterior, caminaba por la calle St. Catherine cuando vio el cartel en la ventana y entró. Le gustó de inmediato porque le recordó a aquella cafetería a la que fue con Marie-Claude la primera vez que probó la Pepsi y las patatas fritas. Cuando vio el imponente mostrador lleno de porciones de carne ahumada en Len's, supo que era el lugar indicado. Detrás del mostrador, un hombre con una bata blanca de médico —o eso creyó en ese momento— cantaba mientras rebanaba la carne con una máquina que ronroneaba como un gato. En una nevera en la parte delantera de la sandwichería, debía de haber habido una docena de pasteles enormes, todos decorados con glaseado y virutas de chocolate y brillantes cerezas rojas encima. Una mujer mayor en un uniforme de camarera de color beige arrojaba sándwiches sin parar por el mostrador, donde se quedaban algunos minutos, hasta que la otra camarera se los llevaba. Esos maravillosos sándwiches, con sus gruesas paredes hechas de láminas de carne rosada ahumada, eran tan grandes que parecían bocas bostezando.

Todas las mesas con cabina de Len's Deli estaban llenas aquel día y el alboroto de cubiertos y conversaciones era lo bastante fuerte para ahogar el canto del médico. El olor a carne ahumada y patatas fritas atontó a Elodie de una forma deliciosa. Tuvo que esperar bastante para que la multitud del almuerzo se dispersara y alguien viniera a hablarle, pero cuando las cosas se calmaron, bien avanzada la tarde, el doctor (quien resultó ser el dueño y no un médico, después de todo) se sentó en una cabina con ella y la entrevistó.

Aunque casi no pudo mirarlo a los ojos o hablar en inglés, él debió haber sentido pena por ella, porque la contrató de inmediato.

«Eres adorable», dijo. «No han venido demasiadas muchachas francesas a buscar trabajo».

Renunció a Dominion Textiles al día siguiente, lo que fue un alivio enorme. Odiaba coser y odiaba la vida de fábrica aún más. Le recordaba demasiado a la vida en Saint-Nazarius. Sería feliz si no tenía que volver a oír el zumbido de una máquina de coser nunca más en su vida. Además, estaba constantemente mirando a través de las ventanas, preocupada de que arrojaran por allí un cóctel molotov. Son los años 70 y están pasando muchas cosas en la provincia —la Ley de Medidas de Guerra, secuestros políticos—, pero Elodie se siente mucho más segura en la sandwichería.

En los últimos años se las ha apañado para adaptarse al mundo exterior lo mejor que ha podido. Encuentra formas de pasar inadvertida entre la gente, de desvanecerse en un segundo plano sin que la noten, de no llamar la atención. Le gusta estar en el centro de la ciudad, donde la muchedumbre en constante movimiento puede tragarla por completo. Es buena para desaparecer a plena vista, para camuflarse, para volverse invisible. Las relaciones son más desafiantes; la intimidad, mirar a la gente a los ojos, las conversaciones cara a cara. Ella prefiere la oscuridad de los desconocidos. No tiene confianza en su intelecto y tiene un miedo perpetuo a que noten su ignorancia y su falta de educación. Al menos en Saint-Nazarius no sobresalía. Solo era una de las muchas chicas desafortunadas, ni mejor ni peor que ninguna de ellas.

Aquí fuera en el mundo, sin embargo, el escrutinio real o imaginario de los otros la atormenta. Además de cuando está en casa con Marie-Claude, Len's Deli es el único lugar donde Elodie descansa de sus abrumantes inseguridades. Le debe eso a su jefe, Lenny Cohen, cuya personalidad cálida y sociable la hizo sentir cómoda desde el primer día. Lenny es un hombre grandote, gigantón, con una voz fuerte y una risa aún más resonante. Usa un delantal de carnicero para cortar la carne y canta canciones de Johnny Cash todo el día. Come de las sobras de los clientes —carne ahumada y patatas fritas— sin avergonzarse en absoluto y alienta a sus empleados a que hagan lo mismo. «Pago por estas cosas», dice siempre. «¿Por qué las voy a tirar a la basura?».

Las otras camareras son primas de Len, mujeres mayores que tratan a Elodie de forma maternal y le enseñan inglés, de la misma manera en que la hermana Camille una vez le enseñó a leer con la biblia. No solo aceptan a Elodie; tenerla cerca parece gustarles. No hacen preguntas sobre su cojera o sus cicatrices; saben que es huérfana y probablemente hayan descifrado lo demás. Ella, a su vez, es su pequeña refugiada francesa, a quien han acogido para nutrirla y sanarla.

Elodie apoya cuatro vasos de Coca en la cabina contra la ventana y vuelve a sacar su anotador y su lápiz.

—¿Sabéis qué van a pedir? —pregunta, en su inglés terriblemente pobre.

—Cuatro sándwiches de carne ahumada —responde el que tiene la gorra.

Ella alza la mirada solo lo suficiente para notar sus ojos azules, su mejillas rosadas y pecosas, sus brillantes dientes blancos. Todos huelen a cerveza, Len's está abierto hasta la medianoche para recibir a los parranderos, que entran a tropezones, borrachos y hambrientos de carne ahumada. A Elodie le gusta la muchedumbre nocturna: una mezcla de jóvenes universitarios, hippies, vagabundos y turistas. Cuanto más extraños y marginales sean, más cómoda se siente.

—No estoy segura de poder servirte si tienes esa gorra —suelta, impasible, sorprendiéndose a sí misma por su inusitada ocurrencia. Viviendo en Montreal, ha aprendido suficiente para saber de la rivalidad de larga data en el hockey entre los Canadiens de Montreal y los Bruins de Boston.

El muchacho sonríe y, amablemente, se quita la gorra de los Bruins. Su pelo es de un rojo claro, bien rapado. Estos días, casi todos tienen el pelo largo, Elodie incluida. Ella lo lleva con la raya al medio y deja que caiga a los lados de su rostro.

—¿Mejor? —pregunta el chico, arrojando su gorra a la mesa.

Ella se da media vuelta y se va con rapidez, ruborizada. Puede escuchar que se ríen detrás de ella. «Qué descarada es la chica francesa». No debería haber dicho nada.

Cuando regresa con la comida unos minutos después, el chico de la gorra le pregunta cómo se llama.

—Elodie —responde, deslizando un plato hacia él.

—Elodie —repite él, cerrando los ojos—. Como Melody sin la M.

Cuando ella lo mira de forma inexpresiva, uno de sus amigos explica:

—No entiende el inglés, Den.

—¿A qué hora sales de trabajar? —pregunta Dennis, lanzándole una mirada decidida.

—A medianoche —responde Elodie, cuyo rostro no deja de acalorarse.

Dennis echa un vistazo a su reloj, un brillante Timex en su muñeca gruesa y pecosa.

—Solo falta media hora —señala—. ¿Puedo esperarte?

—*Bien, non* —dice, rechazando la oferta. No porque quiera, sino porque es lo apropiado.

Llegan otros clientes para conseguir sus sándwiches de carne ahumada antes del cierre y Elodie se da prisa para buscar un puñado de menús cerca de la caja registradora. Apenas los ha depositado en las otras cabinas, Dennis y sus amigos vuelven a llamarla.

—Dennis se muere por ti —revela uno de los amigos.

—¿*Muere*?

—Le *gustas*.

—*Él no conoce a mí…*

—Pero quiere hacerlo. Tiene una debilidad por las muchachas francesas.

—Déjame acompañarte a tu casa —suelta el propio Dennis.

—Vivo en Pointe Saint-Charles —responde Elodie, como si él supiera dónde queda eso—. Es demasiado lejos.

—Subiremos a un taxi. O el tranvía.

—*Non* —dice Elodie, confundida por toda la atención y sabiendo que no puede dejar que él la acompañe a casa. Es demasiado brillante y pulcro, demasiado bueno para ella.

—Deja que te acompañe a casa —pide uno de sus amigos—. Se va a Vietnam la semana que viene.

Elodie sabe lo que es Vietnam. Marie-Claude siempre tiene la radio puesta y no puedes pasar cerca de un periódico sin verlo en los titulares. Este guapo chico pelirrojo con los ojos más claros que ella haya visto irá a la guerra.

—Lo siento —responde—, pero…

—No lo sientas. Solo déjame llevarte a tu casa.

Elodie duda. Los otros chicos le están suplicando, con las manos cerradas como en plegaria. No puede creer que a este chico le guste lo suficiente como para tomarse todo este trabajo para acompañarla a casa.

—¿*De verdad vas Vietnam?* —pregunta.

—De verdad.

Incluso antes de que ella ceda, él sonríe de forma triunfal. Elodie se pregunta, con una punzada de tristeza, qué le hará la guerra a alguien como él.

Dennis espera por ella solo en la cabina, hasta que las luces del bar se apagan. Caminan juntos, ignorando las cejas sorprendidas y los guiños amistosos de Lenny y Rhonda.

—*¿A dónde yeron tus amigos?* —le pregunta ella cuando salen a la calle St. Catherine, que está bien iluminada y plagada de parranderos.

—Volvieron al Cleopatra —confiesa, avergonzado—. ¿Sabes lo que es?

Elodie asiente. Café Cleopatra es un cabaret en el barrio rojo. Lo conoce porque su vecina de Sébastopol es una bailarina gogó allí.

—Fue mi primera vez —agrega Dennis—. Me sentí muy incómodo, por eso nos fuimos. No es lo mío. Entonces, quise probar la carne ahumada.

—Pero ¿y tus amigos?

—Les gustaron las bailarinas. —Ríe.

—¿Por qué veniste a Montreal? —pregunta Elodie. Lo que quiere saber, en realidad, es *¿Por qué eliges Montreal como destino antes de ir a la guerra?* Pero no sabe lo suficiente de inglés para formular la oración; entiende considerablemente más de lo que puede comunicar.

—Montreal es muy europea —responde Dennis—. Vuestros bares están abiertos hasta tarde, vuestras mujeres son preciosas y tengo edad legal para beber aquí —explica—. Y también por los cabarets y la carne ahumada.

—Dijiste que no te gustan los cabarets…

—Eso no lo sabía hasta esta noche.

Ella sonríe y él se estira para sujetar su mano. Todo el cuerpo de Elodie se tensiona ante su contacto.

—No te preocupes —le asegura—. Solo estoy siendo caballeroso.

Elodie deja que le sujete la mano y caminan así por la calle Ontario.

—Cojeas —comenta él.

—Es de nacimiento —explica ella, que se detiene.

—Creí que podría haber sido polio.

—Aquí es donde tomo mi tranvía —señala Elodie—. Puedes viajar conmigo, pero después regresas.

—Promesa de niño explorador —dice él, levantando la mano.

—¿Quién?

—De los niños exploradores. Es un dicho.

Ella se encoge de hombros y los dos se ríen.

Dennis habla cómodamente mientras van sentados uno junto al otro en el tranvía vacío. Elodie hace un esfuerzo para entenderlo y lo escucha con atención, feliz de dejarlo ser el centro de atención mientras ella roba vistazos a su hermoso perfil. Tiene nariz recta y mejillas redondas con pelusa, como el melocotón. Se pregunta si se afeita. No parece haber madurado lo suficiente para ser un soldado.

Cuanto más habla él, más le gusta a Elodie. Dennis confiesa ser amante de los deportes, pero no un gran atleta. Tiene dos hermanas más pequeñas, las dos están en el instituto todavía. Su padre es plomero. Su madre quería que él fuera a la universidad, pero estudiar no era lo suyo. Dice eso muchas veces: «Lo suyo». Los cabarets y el estudio no son «lo suyo». Las chicas francesas lo son.

En lugar de eso, pasó el año pasado aprendiendo de su padre. Y entonces fue reclutado.

—Estoy tratando de mantenerme positivo al respecto —comenta, aunque sus ojos se nublan—. Ni siquiera me molestó demasiado el entrenamiento básico. Pasé ocho semanas en Fort Lewis y después otras ocho semanas en Fort Polk para el entrenamiento individual avanzado. Estoy en mejor forma que nunca, aunque he ganado peso en las últimas semanas de mi permiso.

Elodie asiente, fingiendo comprender todo lo que le está diciendo.

—Ocho semanas de básico y otras ocho de avanzado, y evidentemente estoy listo para la guerra. Me voy a Da Nang la semana que viene.

—Debes estar asustado.

Dennis se encoge de hombros, mirando por la ventana.

—Sería un idiota si no lo estuviera —murmura—. Pero, ey, puedo defender la democracia. —Pese a la barrera lingüística, Elodie es capaz de detectar el sarcasmo y la bravuconada en su voz.

Se bajan en Wellington y cruzan por el Parc de la Congrégation. Es una preciosa noche de otoño, con un toque de humedad en el aire. El suelo está cubierto de hojas rojas y amarillas, que les llegan a los tobillos. Elodie no toma nada por sentado. El aire fresco, el cielo estrellado, un laberinto de árboles majestuosos, una brisa fría, el calor, nieve en su cara, el chapoteo en un charco de lluvia, el sol contra su espalda, el zumbido de los mosquitos en su oído, el perfume de una flor... son todos regalos y ella lo sabe.

—¿En qué estás pensando? —le pregunta Dennis.

Ella sonríe para sí. No hay palabras para comunicar lo agridulce de una noche como esta y menos aún en un idioma que todavía no domina. Sin contestarle a Dennis, se pone de cuclillas, levanta una pila de hojas y la lanza al aire por encima de su propia cabeza. Cuando las hojas comienzan a llover sobre ella, se pregunta si estos raros momentos de felicidad estarán siempre revestidos de tristeza, si alguna vez sentirá una sin la otra.

Dennis contrataca con una pila propia de hojas. Ríe cuando quedan aferradas al uniforme de Elodie y se posan en su larga cabellera.

—Pareces una de esas hippies —dice, quitando una hoja de su hombro.

Ella le arroja otro montón de hojas y sale disparada hacia el parque, disfrutando de la sensación de sus pies contra el suelo al correr, la falta de aliento en su pecho. *Esto es la libertad*, piensa, cuando Dennis la alcanza y la atrae hacia él. Antes de que Elodie pueda detenerlo o asustarse o pensar demasiado al respecto, él la besa.

Su primer beso. Mientras los labios de Dennis presionan los suyos con suavidad, a Elodie la inunda la emoción. Las lágrimas asaltan sus ojos. Sabe a cerveza, a carne ahumada y mostaza, y es maravilloso.

—No me harás regresar al hotel, ¿verdad? —pregunta él, acariciando su mejilla.

Ella aparta la mirada.

—¿Entonces? ¿Puedo entrar?

Marie-Claude se ha ido a visitar a la familia de su novio en Valleyfield por el fin de semana largo, así que tiene el apartamento todo para ella hasta el lunes por la noche. Y, además, no es que ella sea virgen; dejó de serlo hace años, gracias a uno de los camilleros de Saint-Nazarius.

—La próxima semana, a esta hora estaré en la jungla —le recuerda Dennis.

—¿Es verdad eso? —pregunta Elodie. Aún no está segura de poder confiar en él. Aún no está segura de poder confiar en nadie.

—No mentiría sobre ir a la guerra —responde él, sonando ligeramente ofendido.

Los pros y los contras de dejarlo pasar dan vueltas en su cabeza, mientras Dennis espera que ella tome una decisión.

Pros: se va a Vietnam, así que no la abandonará cuando se dé cuenta de que es mucho mejor que ella o que podría encontrar a alguien mucho mejor. No lo volverá a ver nunca más, así que no tiene que preocuparse por lo que piense de ella. Envalentonada por su próxima partida a la guerra, se siente libre de ser quien quiera ser esta noche y, aunque él descubra lo peor de ella —su ignorancia y su oscuridad—, es posible que muera pronto. Esa noche, Elodie puede fingir que es una chica normal con un chico normal que está a punto de ir a la guerra.

Las monjas la rodean y se acercan cada vez más. Puede escuchar sus calzados, oler el jabón y los cigarrillos en sus manos ásperas, pero no las puede ver con la funda de almohada en su cabeza.

—¡*No!* —grita cuando una de ellas la sujeta de las muñecas, y otra, de los tobillos. La arrojan a una silla y la amarran a esta con correas de cuero. Hay al menos seis de ella, sus hábitos aletean como cuervos en vuelo.

—¡Por favor, *no!* —clama.

Alguien arranca la funda de su cabeza y aparece la hermana Ignatia, de blanco resplandeciente, aterradora. Tiene un pequeño cuchillo en la mano.

—Voy a rebanarte el cerebro —dice con calma.

Elodie se despierta, sin aliento. Gira y se sobresalta al ver la cara de Dennis al lado de la suya sobre la almohada.

—Olvidé que estabas aquí —consigue decir, con voz áspera.

—¿Estás bien? Estás empapada en sudor...

—¿Me han hecho una lobotomía? —le pregunta, desorientada.

—¿Eh? ¿De qué hablas?

Dennis ha estado en su casa desde hace tres días. Han hablado durante horas, hasta bien entrada la noche y los comienzos de la mañana, contándose las cosas que los nuevos amantes se cuentan. Han hablado sobre sus deseos para el futuro: él quiere ser plomero como su padre, casarse y tener hijos; ella quiere encontrar algún familiar vivo, quizás a su padre o una tía. Y aunque han confesado algunas cicatrices del pasado, Elodie no ha dicho ni una sola palabra sobre Saint-Nazarius. Lo único que le ha contado es que sus padres están muertos y que creció en un orfanato en Townships. Él no ha indagado sobre por qué cada vez que hay ruido —un claxon, un autobús, el calefactor, un ratón— ella se sobresalta; por qué tiene tantas cicatrices; por qué tiene pesadillas y se levanta empapada en sudor frío. Ella supone que Dennis ha llegado a sus propias conclusiones sobre lo duro que es vivir en un orfanato. No es necesario que sepa que su orfanato era, en realidad, un hospital psiquiátrico.

—Parecías una loca en tu pesadilla —comenta Dennis.

—No estoy loca —espeta Elodie, que gira la cara para mirar a otro lado.

—Ey —dice él, apoyando una mano en su hombro—. No lo he dicho en serio, estaba bromeando.

Él la atrae hacia sí otra vez y ella apoya la cabeza en su hombro. Dennis le acaricia el pelo. Elodie alza los ojos para mirarlo, sabe que estas son sus últimas horas juntos. No han hablado de volver a verse. Hay un acuerdo tácito de que esto simplemente es un momento en el tiempo, un fin de semana excepcional. Si él sobrevive a la guerra, tendrá un buen recuerdo de la muchacha francesa que hizo desaparecer su virginidad. En cuanto a Elodie, ella siempre recordará a la primera persona —hombre o mujer— que le mostró afecto físico y cariño.

—Tienes los ojos más tristes que he visto nunca —señala Dennis—. Y ni siquiera tienes veintiún años.

Ella desvía la mirada rápido y enciende el televisor.

—*Tabarnac* —maldice, incorporándose—. Lo han matado.

—¿A quién?

—Al político —responde—. Lo secuestró el FLQ. Acaban de encontrar su cuerpo en el baúl de un coche.

—¿El FL qué?

—FLQ. Quieren que Quebec se separe de Canadá, así que hacen estallar edificios y matan a la gente —explica, luchando con la gramática inglesa—. Lanzaron una bomba en el lugar donde trabajaba antes.

—¿Estabas dentro?

—No.

—¿Cómo ayuda eso a la causa?

—No lo sé. *Solo sé que comen a los ingleses.*

—¿Comen a los ingleses? —bromea él, aunque sabe que la pronunciación francesa de Elodie hace que «odiar» suene como «comer» en inglés.

—*Odian* —aclara ella, pronunciando con fuerza.

—¿Y *tú*? ¿Odias a los ingleses?

—*Bien non.*

—Pero eres francesa —observa él, evidentemente confundido.

—No todos *comemos* a los ingleses —responde.

La verdad es que todos los que la habían lastimado alguna vez eran franceses. Quizás es por eso que no siente ninguna conexión real con sus congéneres, quizás es por eso que se siente más cómoda con gente como Len Cohen y Dennis de Boston.

Sube el volumen para escuchar al presentador de noticias de *Le Téléjournal*.

—Ni siquiera es inglés —señala Dennis—. El político asesinado tiene un apellido francés, lo que significa que mataron a uno de los suyos.

—Pero es *Libéral* —explica Elodie—. *Ellos también son enemigo.*

—Eres bastante inteligente para ser…

—¿Para ser qué? —lo interrumpe Elodie, que se prepara para la puñalada. *Para ser retrasada mental. Para ser una loca.*

—Para ser canadiense —responde él, inocentemente. Y ella ríe, aliviada.

»Me gusta cuando sonríes —dice Dennis—. Hace que tus ojos parezcan menos tristes.

Capítulo 49

Maggie

Maggie empuja la puerta principal y entra al vestíbulo.

—¿Hola? —llama, al pasar a la cocina—. ¿Mamá?

La casa está en silencio. Busca algunas galletas saladas en la alacena —sabe que su madre siempre tiene a mano la caja roja— y mete una en su boca para calmar las náuseas. Al igual que con su embarazo anterior, las galletas traen alivio instantáneo.

—¿Mamá?

Encuentra a su madre en el sillón de la sala de estar, con la mirada vacía.

—¿Mamá?

—Yvon está muerto —anuncia su madre, conmocionada.

El corazón de Maggie salta un latido. *Bien*, piensa, sin sentir nada en absoluto.

—¿Cómo?

—Se ahorcó.

Pese al impacto, Maggie experimenta una oleada de regocijo.

—¿Por qué? —le pregunta a su madre, mientras se sienta en la otomana desgastada de su padre—. ¿Dejó una nota?

—No. Una niña reveló que él la violó.

Maggie quiere gritar: «¡Te lo dije!». Pero mantiene la boca cerrada. Se pregunta cuántas otras hubo.

—El padre de la niña era uno de los peones de la granja —cuenta Maman—. Tenía doce años. Su padre golpeó a Yvon casi hasta matarlo y amenazó con ir a la policía. Yvon habría ido a prisión.

—¿Cómo te has enterado?

—Me llamó el vecino de Deda —responde, llorando contra su pañuelo—. Gracias a Dios, Deda no está viva para ver todo esto.

Deda tuvo un ataque al corazón el año pasado, murió mientras dormía. Maggie no fue al funeral.

—Surgieron más casos —dice Maman—. Chicas de todo Frelighsburg.

Sus hombros se hunden y comienza a llorar a gritos, expresando más angustia que cuando murió su propio marido. Maggie siente que su espalda se tensa y se pone de pie.

—Obviamente estás muy afectada por su muerte —señala con frialdad—. Te dejaré tranquila.

Maman deja de llorar al instante y levanta la mirada hacia Maggie.

—¡No es por Yvon por lo que estoy mal! —exclama—. Es por ti. Intentaste decírmelo… —Vuelve a romperse. Maggie jamás ha visto a su madre así.

—Está bien —dice Maggie, incómoda—. Fue hace mucho tiempo.

—No te creí. —Solloza—. Intentaste contármelo y a mí me importó más proteger a Deda que a ti.

Maggie aparta la mirada, al recordar el dolor que sintió al darse cuenta de eso mismo todos esos años atrás.

—¿Puedes perdonarme? —La vulnerabilidad que hay ahora en los ojos de su madre choca con la mujer que ella ha conocido toda su vida.

Maggie no logra decirle que sí. Si bien se siente reivindicada, no es suficiente. Aún no.

Maman se levanta de un salto y envuelve a Maggie en un abrazo demasiado fuerte.

—Lo siento mucho, *cocotte* —murmura Maman y Maggie siente su respiración caliente en el pelo.

Su cuerpo permanece tenso en los brazos de su madre. Qué raro se siente que la abrace así, piensa, mientras los brazos gruesos de Maman la estrujan con sorprendente vigor. Más de tres décadas de amor puestas en un gesto bienintencionado pero tardío.

—No aplastes al bebé —le dice Maggie.

Capítulo 50

Elodie

1971

$\mathcal{E}$lodie levanta su falda en el baño y se percata, mientras se limpia, de que no ha visto sangre en mucho tiempo. Intenta recordar cuándo fue la última vez que le vino la regla —todo un desafío, ya que tiene muy mala memoria— y se da cuenta de que no le ha venido desde el otoño; es posible, incluso, que haya pasado tanto como para que la última le viniera en septiembre. Tuvo dolores terribles, recuerda, y tuvo que salir a comprar más toallas higiénicas de madrugada una noche y aún hacía calor fuera. Ahora estaban en enero.

Baja la mirada a su estómago hinchado y, de repente, es tan obvio que lanza un grito ahogado. Había atribuido el peso que había subido a las muchas patatas fritas y sándwiches de carne ahumada que había comido en Len's, hasta que le comentó a Marie-Claude que tenía que parar porque le estaba saliendo una *bédaine*.

Sale deprisa del baño y regresa a la cocina, donde Marie-Claude está lavando los platos.

—Creo que estoy embarazada —suelta.

—¿Qué?

—No me ha venido la regla desde el otoño.

—¿Quién demonios es el padre?

—Alguien que conocí en la sandwichería —confiesa—. Se fue a Vietnam la semana siguiente. Ni siquiera sé su apellido.

Las mejillas de Marie-Claude se enrojecen.

—Fue tan solo… un fin de semana —murmura Elodie.

—¿*Aquí*? ¿Lo hicisteis aquí? ¿En nuestro apartamento?

Elodie baja la mirada al suelo, avergonzada.

—¿Estás segura de que estás embarazada? —pregunta Marie-Claude, con la voz afilada por su sentido de superioridad moral—. No has estado vomitando por las mañanas…

—No lo sé.

—¿Qué sabes, entonces?

—He estado un poco cansada y mareada —reconoce.

—*Oh, mon Dieu*. Obviamente no puedes quedártelo.

—¿Qué quieres decir?

—No puedes tener un bebé sola.

—¿Crees que debería darlo? —exclama Elodie—. ¿Hablas en serio?

Marie-Claude suspira. El grifo sigue abierto y sus guantes de goma están goteando espuma al linóleo.

—Tú más que nadie deberías saber que jamás daría a mi bebé —sostiene Elodie.

—Pero ¿cómo puedes ser madre, Elo? *No puedes*.

—Estoy harta de que me digan qué puedo o no puedo hacer. Ya he tenido suficiente de eso.

—No sabes hacer nada. ¿Cómo puedes cuidar de un niño?

—Al menos tendrá una madre.

Marie-Claude se gira y vuelve a lavar los platos en silencio. Elodie se queda ahí parada unos minutos, reflexionando. No pensó que Marie-Claude reaccionaría así. No pensó demasiado en nada.

—No puedes quedarte aquí —dice Marie-Claude después de un rato, su voz apenas es audible por sobre el ruido del agua.

Elodie se queda helada, muda.

—No puedo ayudarte a criar un niño —explica—. Simplemente no puedo.

—No te lo he pedido.

—Tienes que encontrar un lugar propio.

La mente de Elodie va a toda velocidad. Todavía cuenta con la maleta de Saint-Nazarius y todo lo que tiene aún cabe allí. Pero ¿a dónde irá?

—¿Cuándo quieres que me vaya? —pregunta con frialdad.

Marie -Claude no responde, solo se deja caer contra el frega- dero y cierra el grifo. Permanece callada un largo tiempo. Elodie se va de la cocina y regresa al sofá cama aturdida. Se acuesta allí, con la mano en la suave curva de su barriga, durante mucho tiempo. *Un bebé.* Es surrealista. Cierra los ojos, no quiere pensar en mañana, mucho menos en los meses que siguen.

—No quiero ser cruel —aclara Marie-Claude, que aparece de repente junto al sofá—. Es solo que no puedo hacer esto contigo.

—Lo comprendo.

—Puedes quedarte un tiempo. —Cede—. Pero tienes que irte antes de que nazca.

—Gracias.

—Lo siento, Elo.

—Esto es por mi culpa —dice Elodie, incorporándose—. No espero que me ayudes a criar a mi bebé.

—Jean-Marc y yo probablemente nos casemos, de todas for- mas…

—No tienes que explicarme nada.

Marie-Claude asiente con la cabeza, con la vista puesta en otra cosa, incapaz de mirar a Elodie a los ojos.

—¿Cómo pudiste dejar que esto pasara, Elo? Deberías haber pensado antes de repetir la historia.

Elodie sabe que Marie-Claude tiene razón, pero fue muy feliz ese fin de semana. Se dejó llevar demasiado por la farsa de ser normal.

—¿Estás segura de que no recuerdas su apellido? —pregunta Marie-Claude—. Quizás él pueda ayudarte.

—Nunca supe su apellido. De todas maneras, es probable que ya esté muerto.

—Ay, Elo —suelta su amiga, negando con la cabeza—. ¿Cómo dejaste que esto pase?

Los meses de su embarazo pasan *demasiado* rápido. La inminente llegada de su fecha de parto parece como el día del juicio final. Todavía trabaja de camarera —solo turnos de día—, pero sus tobillos hinchados, así como el calor del verano y la voraz acidez estomacal, hacen que sea un verdadero infierno. Len y las camareras han tenido la misericordia de no juzgarla. Una noche, cuando se le comenzó a notar, Rhonda se acercó a ella y dijo:

—¿El pelirrojo de Boston?

Elodie asintió.

—¿Se casará contigo?

—Está en Vietnam.

No se mencionó ni una palabra más al respecto. Elodie dejó que creyeran que es un noviazgo en desarrollo, a distancia, y que él quizás regrese a casarse con ella al final de su servicio.

Una tarde particularmente sofocante al final de su tercer trimestre, Elodie entra en el apartamento después del trabajo y camina pesadamente por el pasillo hasta la cocina, donde se detiene a beber algo fresco. Marie-Claude está sentada a la mesa, fumando un cigarrillo y abanicándose con una revista de *Allo Police*.

—¿Cómo te encuentras? —le pregunta a Elodie—. Pareces un poco pálida.

—Estoy cansada.

—Tendrás que dejar de trabajar pronto.

—No puedo —responde mientras saca una Pepsi de la nevera y se sienta en una silla—. Trabajaré hasta que venga el bebé.

—Falta menos de un mes.

—Necesito el dinero.

Ya lo ha arreglado para mudarse al apartamento de *Madame* Drouin, que vive en el sótano de al lado, a finales de mes. *Madame* Drouin ha aceptado cuidar al bebé mientras Elodie trabaja, a cambio de un pago mensual razonable, además de la renta. Con las propinas y la asistencia social, Elodie calcula que podrá apañárselas.

—Sé que crees que estoy cometiendo un grave error —comenta Elodie, que abre un pastelillo Mae West y, hambrienta, lo muerde para saborear su relleno de crema—. Al criar al bebé sola.

—En realidad, no —responde Marie-Claude, sorprendiéndola—. Yo también soy huérfana, ¿recuerdas? Sé lo que es crecer sin padres. Sé que jamás podrías darlo en adopción.

Elodie baja el pastelillo con un trago de Pepsi.

—Sí creo que cometiste un error al principio, al quedarte embarazada —agrega con dureza—. Especialmente de un desconocido.

—Tengo miedo de no saber qué hacer —confiesa Elodie.

Marie-Claude se estira sobre la mesa y golpetea su mano.

—No lo sabrás —dice—, pero lo descifrarás. Eres inteligente.

Marie-Claude ha sido amable con ella a lo largo de estos años. Después de que transfirieran a la hermana Camille a un hospital en Repentigny, ella se convirtió en su única confidente. Ha dejado que Elodie se quede aquí durante el embarazo y ha perdonado su error. Quizás no sea la persona más tolerante, pero tiene un espíritu compasivo.

—Iré a echarme una siesta —anuncia Elodie, que se lleva la Pepsi al sofá.

Se acuesta sobre su espalda con una almohada debajo de las piernas y cierra los ojos. La cama nunca le ha parecido tan cómoda. El bebé presiona un pie o un codo contra ella. *Qué pequeña y extraña criatura*, piensa cuando las patadas y vueltas continúan dentro de ella. Siempre tiene más energía cuando Elodie se acuesta a dormir. Todo ese movimiento y actividad le resulta extrañamente adormecedor.

Antes de poder darse cuenta de nada, Marie-Claude la está sacudiendo para despertarla.

—¡Elodie! —exclama—. ¡La cama está empapada!

Ella abre un ojo.

—Siente el colchón.

Toca la cama y está mojada. Se sienta, confundida.

—¿Qué está pasando?

—¿No te avisaron en la clínica de que romperías aguas justo antes del trabajo de parto?

—Sí, pero…

—Eso es lo que debe estar pasando —señala—. Tienes que ir al hospital.

—¡No estoy lista!

—Llamaré un taxi.

Elodie echa a llorar.

—*Mon Dieu!* ¿Qué he hecho?

—Ahora no es el momento para eso.

—¡No sé cómo ser madre! ¡No sabré qué hacer!

Marie-Claude la ignora, llama por el teléfono y pide un taxi.

—¿Vas a venir conmigo? —pregunta Elodie, cada vez más aterrada.

—Por supuesto —responde Marie-Claude—. Pero tengo que estar en el trabajo a las siete. Más le vale haber salido para entonces. —Marie-Claude aún trabaja en el servicio de mecanografía de la compañía ferrorviaria Grand Trunk Railway.

—Tengo miedo —susurra Elodie.

—Está bien que lo tengas.

Trece horas más tarde, Elodie se encuentra sola en la cama del hospital, preguntándose cómo ser la madre de la bebé que acaba de dar a luz. Cuando la enfermera puso a la pequeña en su pecho, Elodie no sintió nada. Ni felicidad, ni alivio, ni ninguna clase de conexión significativa. Se sintió como se siente siempre. *Vacía.*

No logró relajarse hasta que la enfermera alzó en brazos a la bebé y la llevó a la sala de cunas.

—Puedes visitarla más tarde —le dijo la enfermera, sonriendo.

—¿Cuándo me puedo ir? —preguntó Elodie cuando esta se iba.

La enfermera la miró de forma extraña y respondió:

—En dos días.

Dos días en el hospital. Preferiría estar en la calle que atrapada aquí. No ha estado dentro de un hospital desde el día que salió de Saint-Nazarius; todo aquí le genera aprensión. El olor, las luces fluorescentes, la comida horrible del comedor.

¿Y ahora qué?

Las palabras de la hermana Ignatia vienen a ella. «Imbécil». «Retrasada». ¿Cómo puede alguien como ella cuidar de otro ser humano?

Limpia las lágrimas que caen por su cara con una esquina de la sábana. Durante un segundo, contempla salir corriendo. ¡Qué fácil sería escapar! Pero entonces piensa en su hija y lo reconsidera. Sin dudas, eso sería peor que una vida con Elodie.

Todo esto retumba en su cabeza cuando la enfermera regresa a retirar la bandeja; debajo de la campana de vidrio, la comida está intacta.

—Debe comer, *Mam'selle* de Saint-Sulpice —aconseja—. Necesitará tener energía.

—Es incomible —masculla Elodie.

—¿Ha elegido el nombre ya? —pregunta la enfermera, con voz alegre y animada—. Es un angelito.

—No.

—¿Vendrá su familia a ver a la niña?

Elodie se gira hacia un lado, sin responder.

—Dejaré que descanse —dice la enfermera, su tono optimista nunca decae.

Marie-Claude viene de visita después del trabajo, con un ramillete de claveles rosas.

—¿Cómo está?

A Elodie le toma un momento darse cuenta de que Marie-Claude se refiere a la bebé.

—No lo sé —responde—. Aún no he ido a verla.

Su amiga apoya las flores en la mesa y se sienta en el borde de la cama.

—Tienes que enfrentarte a las cosas —aconseja—. No puedes quedarte en el pasado.

—No tengo sentimientos por ella —confiesa Elodie—. ¿Qué clase de madre soy?

—Tienes que darte tiempo para conocerla, eso es todo.

—No puedo hacer esto.

—¡Deja de sentir lástima por ti misma! —espeta Marie-Claude—. Ahora tienes una hija y ella te necesita. ¿Le has puesto un nombre?

Niega con la cabeza.

—Bueno, será mejor que pienses en algo.

Elodie aparta la mirada, avergonzada.

—Está mejor contigo que en un orfanato —sostiene Marie-Claude con dureza—. No es posible que hagas *más* daño que las monjas.

—¿Cómo lo sabes?

—Una mala madre es mejor que ninguna madre.

—¿Recuerdas la forma en que la hermana Ignatia solía ponernos en fila para azotarnos con el cinturón, siempre por el error de otra chica?

—Por supuesto.

—Una vez nos azotó a mí y a un puñado de chicas porque Sylvie vio un ratón y gritó. Cuando terminó, nos dijo: «Esto es para que aprendáis a comportaros».

—¿A qué viene todo esto? —pregunta Marie-Claude, impaciente.

—Es todo lo que conozco sobre criar niños.

—¿Es eso lo que quieres para tu hija, entonces? ¿Que crezca así, sin madre?

—¿Y si va a una buena familia? —sugiere Elodie, con más ánimo—. Podría dársela a una familia. Personas que *yo* elija. Ricas y amables.

—Levántate —ordena Marie-Claude.

—¿Eh?

—Sal de la cama y ven conmigo.

—¿A dónde?

—A ver a tu hija.

Elodie hace lo que le ordenan; con lentitud, desliza las piernas hacia un lado y baja de la cama despacio. Va arrastrando los pies por el pasillo junto a Marie-Claude, su pecho va llenándose de miedo cuanto más se acercan a la sala de cunas.

—Piensa cuánto han cambiado las cosas —comenta Marie-Claude, que entrelaza su brazo con el de ella—. Nuestras madres no tenían permitido quedarse con nosotras y criarnos por su cuenta. *Tuvieron* que abandonarnos. Al menos tú tienes elección ahora. Está bien que una mujer tenga un hijo sin estar casada.

Se detienen frente a la ventana de la sala de cunas y presionan sus narices contra el cristal. Elodie barre las camitas con la mirada hasta que sus ojos se iluminan sobre el cartel DE SAINT-SULPICE, que parece haberse convertido oficialmente en su apellido. Al verlo escrito allí, en la cuna de su hija —un nombre que no es el suyo en absoluto, sino el nombre del orfanato en el que pasó los primeros siete años de su vida—, se quiebra y rompe en llanto.

Acurrucada dentro de la cuna está su hija, envuelta en una manta rosada, no más grande que una muñeca. Con rostro sonrosado, pestañas largas, perfectamente calva.

Marie-Claude lleva una mano a su boca e inhala con fuerza.

—¡Es preciosa, Elo!

Elodie observa a la bebé.

—¿Lo es?

—Claro que lo es. ¿Qué pasa contigo?

—No sé qué debo sentir.

Marie-Claude gira para mirar a Elodie de frente, la sujeta de los hombros y le da un fuerte sacudón.

—Ponle nombre a esa bebé y *sigue adelante* —dice—. ¿Me escuchas? Debes encontrar la manera de dejar atrás lo que te sucedió.

—¿Y tú? ¿Lo has hecho?

—Lo intento —exclama Marie-Claude, soltándola—. Al menos lo intento.

—No sé cómo dejarlo atrás.

—Entonces, háblale a la gente de lo que nos hicieron en Saint-Nazarius —dice Marie-Claude—. Escríbelo, habla con un periódico.

Suelen publicar noticias así todo el tiempo en el *Journal de Montréal*. Háblale al mundo sobre la hermana Ignatia y cómo nos trataban ahí dentro. Haz *algo* y luego ponle a tu hija un maldito nombre.

CUARTA PARTE

Plantar

1974

Qué hermoso es un jardín en mitad de las tribulaciones
y pasiones de la existencia.

—BENJAMIN DISRAELI

Capítulo 51

Maggie

Maggie levanta los ojos de su máquina de escribir y mira, a través de la ventana, su adorada vista al lago. Bebe su café, disfrutando de la tranquila mañana de domingo. El suave aroma a regaliz de las flores silvestres que Stephanie recogió para ella —un precioso ramo de varas de oro, ásteres, cardos y argeratinas cultivados en casa— flota a su alrededor. Le encanta su nuevo hogar, la vida aquí en Cowansville. Después de tener a Stephanie, decidieron vender la casa en Knowlton y mudarse más cerca de la tienda. Gabriel nunca hubiera podido sentirse cómodo viviendo en la casa desechada por Roland.

Roland le permitió vender la casa sin ningún problema. Ya había vuelto a casarse para entonces y tenía hijos propios, así que estuvo de acuerdo con dejarle el dinero de la venta de la casa. Maggie y Gabriel compraron una casa georgiana de 1830 en un terreno de una hectárea con vista al lago Brome. Gabriel puede ir a pescar en su tiempo libre y también ocuparse de la granja en Dunham. Clémentine está a punto de casarse con su novio y ha cedido el control del funcionamiento diario. Gabriel, por fin, está haciendo lo que estaba destinado a hacer: trabajar su campo con sus propias reglas. Ha logrado incrementar los ingresos de la granja gracias a la expansión de la Ruta 10 hasta Magog y Sherbrooke y, como a la tienda de semillas también le está yendo bien, viven mejor de lo que habían creído posible.

Maggie no pasa por alto que, de muchas formas, también está viviendo la vida de su padre. Sus días transcurren en la tienda, atendiendo a los hijos de los granjeros con los que creció, con quienes habla de semillas y cosechas y gusanos eloteros y a los que advierte contra los pesticidas, usando la enfermedad de su padre como ejemplo. Al igual que él, es conocida por entablar conversaciones y, a veces, discusiones políticas (o sermones, si es necesario), porque en el fondo no deja de ser una angloparlante. Como su padre, Maggie no tiene miedo de dar su opinión. La respetan por eso, así como por su conocimiento de las semillas y su experiencia en el negocio.

Al final de cada día, antes de regresar a casa a preparar la cena para su familia, se encierra en la oficina de su padre —aún se refiere a esta como la oficina de su padre— y se toma un momento para revisar las ventas del día o repasar la contabilidad de Fred y después hacer su lista de tareas para el día siguiente. Ahora entiende la reticencia de su padre a soltar las riendas, aunque fuese solo un poco. Estar en cada aspecto del negocio le da seguridad, especialmente desde que abrió su nueva tienda de jardinería en Granby. Se llama Mundo de las Semillas —el cartel ni siquiera incluye el nombre en francés— y es uno de esos almacenes enormes de estilo industrial en los que el cliente tiene que empujar un carrito por los pasillos y arreglárselas por su cuenta. Huele a ferretería, en lugar de jardinería. Al menos la tienda de Maggie aún huele a cosas que crecen.

Fuera en el jardín, Gabriel y los niños están despatarrados en el césped, con un cubo de arándanos recién recolectados entre ellos. Maggie observa cómo Gabriel arroja un arándano a James y luego otro a Stephanie. Ambos niños contraatacan y, pronto, los tres terminan enfrentados en una guerra de arándanos, sus estrepitosas carcajadas atraviesan los cristales de las ventanas.

Maggie ríe sola cuando James mete la mano en el cubo y lanza un puñado de arándanos contra su padre. Aún la desconcierta ver que está camino a convertirse en un hombre: sus extremidades, largas y desproporcionadas; es casi tan alto como Gabriel; tiene mandíbulas cuadradas y el pelo desgreñado, demasiado «hippie» para el gusto de Maggie. Tiene trece años y su belleza está en ciernes, sus rasgos aún se reajustan a este nuevo tamaño más grande. De la noche a la mañana, su cuerpo se estiró y el resto de él aún se esfuerza por alcanzarlo. Se descubre buscando con frenesí al niñito que alguna vez existió, debajo de esas espaldas anchas y esas manos y pies grandes que andan torpemente por la casa, pero todos los rastros de bebé se han desvanecido.

La atención de Maggie regresa a la máquina de escribir. Retoma el plan de contenidos del catálogo de primavera y, aunque la temporada de maíz apenas ha comenzado, para cuando la maqueta llegue a la imprenta, la fecha de entrega de noviembre habrá llegado. Suele mantener el diseño de su padre: dividido en categorías de semillas —céspedes y legumbres; hierbas; frutas y vegetales; granos; flores— y secciones distintas para herramientas, embalaje y transporte y pesticidas. Ha incorporado una sección llamada «Consejos del oficio», donde analiza cómo identificar anormalidades en los brotes, cómo chequear la humedad, cuáles son las mejores condiciones para la germinación y otros fascinantes temas de ese estilo.

Generalmente, el maíz se lleva el lugar más destacado. Siempre le va muy bien con la variedad original Golden Bantam y cuando comienza a escribir a máquina la descripción que acompañará sus fotografías, decide hacer una promoción especial. Treinta centavos por un paquete de cien semillas.

Cuando termina, revisa dos o tres veces que no haya errores de escritura —su padre detestaba que los catálogos tuvieran errores y le contagió la obsesión— y después, arranca el papel con un movimiento exagerado de la muñeca, como si acabara de terminar una novela.

Se está levantando para volver a servirse café cuando suena el teléfono; supone que es su madre, que llama para quejarse de su inminente mudanza a un hogar de ancianos. Durante un momento considera ignorar la llamada, pero en el último instante, la culpa le hace contestar el teléfono. Como todos sus hermanos se han mudado —Geri y Nicole están en Montreal, Peter en Toronto y

Violet en Val Racine—, Maman no tiene a nadie más a quien hacer
sentir mal.

—¿Maggie? Soy Clémentine. ¿Has leído el *Journal de Montréal*
de hoy?

—No, ¿por? —pregunta Maggie, que se da cuenta de que su
corazón se ha acelerado. Hay una cierta urgencia en la voz de
Clémentine.

—Hay una historia en la página tres —responde—, sobre los
huérfanos de Duplessis.

—Te volveré a llamar.

—Maggie, creo que puede ser ella...

Cuelga el teléfono y va en busca del periódico. Lo encuentra
intacto en el tocador del baño, donde Gabriel lo ha dejado para
leer después de la cena. Ella ni siquiera se molesta en ir a otra
habitación, se sienta en los azulejos fríos al lado del retrete y va
directamente a la página tres.

Los huérfanos de Duplessis hoy
La transición a la vida en sociedad

Un caluroso día de primavera de 1967, Monique (no es su
verdadero nombre), una joven de diecisiete años, atraviesa
las puertas para salir del Hospital Saint-Nazarius de Montreal y recuperar su libertad. Monique creció detrás de las
ventanas enrejadas del pabellón psiquiátrico de Saint-Nazarius, no porque tuviera problemas mentales, sino porque
era huérfana. Es una de los miles de niños ilegítimos saludables a los que se diagnosticó mentalmente incompeten-
tes en los años 50, durante el gobierno del primer ministro
Maurice Duplessis, y que fueron enviados a hospitales psiquiátricos de toda la provincia.

En 1954, Duplessis firmó un decreto que convirtió los
orfanatos de la provincia en hospitales con el fin de proporcionar más fondos federales a las órdenes religiosas que
cuidaban de los huérfanos. En aquel momento, el gobierno
de Quebec recibía subsidios federales para los hospitales,

pero casi nada para los orfanatos. Las ayudas financieras por huérfano eran de solo 1,25 dólares, comparadas con los 2,75 dólares por día para los pacientes psiquiátricos.

Estos niños no eran simples huérfanos; eran los «hijos del pecado», abandonados en la provincia, nacidos fuera del matrimonio, y no había nadie que los defendiera. El primer recuerdo de Monique es de la vida en el orfanato de Saint-Sulpice en Farnham, donde vivió hasta los siete años. En aquellos días, era conocido como «El hogar de las niñas indeseadas». «Pero no era malo», recuerda ella. «No tengo malos recuerdos allí, hasta que lo convirtieron en un hospital psiquiátrico».

Monique recuerda el día en que vino un autobús y un grupo de pacientes psiquiátricos de edad avanzada desembarcó para mudarse al lugar que ella consideraba su hogar. Ese día cesó su educación y le dieron la tarea de cuidar de los pacientes psiquiátricos, hasta que fue trasladada a Saint-Nazarius en 1957.

¿Cómo fue, para una niña normal, crecer en una institución psiquiátrica? En su apartamento en un sótano de Pointe Saint-Charles, Monique saca un cuaderno lleno de documentos detallados sobre su experiencia allí: dibujos, anotaciones en su diario y sueños. Si no fuera por la benevolencia y cuidado cotidiano de las hermanas de Saint-Nazarius, sería difícil imaginar qué habría ocurrido con los niños como Monique. Las monjas que estaban a cargo de los pabellones psiquiátricos sobrepoblados tenían mucho trabajo por delante. Lo normal era que una monja supervisara, al menos, a cincuenta niños por pabellón, sin ayuda alguna. Bajo extrema presión, las religiosas tuvieron que recurrir a la mano dura y podían ser bastante autoritarias.

«Me pusieron a trabajar de inmediato», relata Monique. «Limpié retretes, fui costurera. Nos castigaban con dureza incluso por el más mínimo error».

Pero también hubo momentos felices. Los conciertos navideños, las excursiones a los pueblos cercanos y amistades que perdurarán toda la vida. Tras abandonar el hospital, Monique vivió con una excompañera de Saint-Nazarius, quien también fue liberada gracias a una comisión encargada de investigar estas instituciones en 1962. Ese año se informó que no eran realmente pacientes psiquiátricos más de veinte mil jóvenes. Después de eso, comenzaron a ser liberados, de forma constante, muchos de los que ahora son huérfanos adultos que han sido lanzados al mundo para encontrar un trabajo y llevar una vida normal.

Como muchos de los huérfanos en su situación, Monique salió de Saint-Nazarius con pocas habilidades. Tras describirse como aniñada y «al revés», Monique cuenta: «Ni siquiera sabía cómo pelar y hervir una patata».

Sin embargo, gracias a la diligencia de las hermanas de Saint-Nazarius, Monique sabía coser y pudo conseguir trabajo casi de inmediato como costurera. Ha logrado mantenerse económicamente y hacer la transición a la vida en la sociedad normal. Solo el tiempo dirá cuáles han sido las consecuencias completas de las iniciativas de Duplessis, pero por ahora, Monique lleva una vida tranquila y normal, que, según cuenta, es lo que siempre quiso. «No estoy loca», sostiene. «Nunca lo estuve. Soy como cualquiera que ves caminando por la calle».

Maggie termina el artículo y se levanta del suelo. No se molesta en devolver la llamada a Clémentine; en lugar de eso, sale corriendo hacia el exterior, sacudiendo el periódico desenfrenadamente y llamando a Gabriel.

Capítulo 52

Elodie

Elodie observa con atención un dibujo en su cuaderno y se da cuenta de que ha cometido un error. Borra lo que ha dibujado y lo corrige: eran tres las correas que se cerraban con hebillas en la parte delantera de la camisa de fuerza, no cuatro. La cuarta hebilla estaba, en realidad, en la parte inferior; era para la correa que iba entre las piernas y se ajustaba en la espalda.

Satisfecha, cierra su cuaderno por hoy y lo guarda dentro del cajón de su mesa de noche. Este libro se había transformado en todo un mamotreto que contenía página tras página de dibujos hechos a mano y anotaciones detalladas de lo que le ocurrió en Saint-Nazarius; todo contado con una precisión atroz; los recuerdos, demasiado vívidos todavía.

No planea mostrarle el cuaderno a nadie más. Desnudó su alma frente a ese periodista y, en vez de contar la verdad, escribió un cuento de hadas con final feliz. La mañana en que el reportaje fue publicado, apenas podía esperar para leerlo. Fue una semana atrás, el sábado. Pensó: *Al fin tendré mi venganza*. Creyó que toda la provincia pronto se enteraría de lo que las monjas les habían hecho a los huérfanos y que, después, por fin habría consecuencias.

Para cuando terminó de leer el artículo, Elodie estaba llorando en el suelo, devastada. La historia no mencionaba en absoluto las torturas y el abuso que sufrió a diario, no mencionaba en absoluto el nombre de la hermana Ignatia ni el hecho de que «Monique» está criando a su propia hija ilegítima ahora. Eso habría interferido con el final feliz que quiso escribir el periodista; habría empañado la idea que expuso de que ella llevaba una «vida tranquila y normal».

Eran todas patrañas, todo el artículo. Mentiras por omisión y peor. ¿«Conciertos navideños»? ¿«Amistades que perdurarán toda la vida»? Elodie sintió náuseas al leer esa parte. Y lo más indignante de todo fue su descripción sobre la «benevolencia y cuidado cotidiano» de las monjas.

Fue entonces cuando rompió el periódico en mil pedazos y lo prendió fuego en su lavabo y después se quedó allí mirando cómo las llamas se devoraban su primer, aunque no último, intento de venganza.

No sabe escribir lo bastante bien como para comenzar su propia autobiografía, pero se ha prometido a sí misma que algún día contará su historia a alguien que esté dispuesto a sacar a la luz la verdad: no un artículo edulcorado y banal que sigue protegiendo a la Iglesia, sino una narración rigurosa y gráfica de los horrores que tuvieron que soportar los huérfanos. Solo espera que la hermana Ignacia siga viva cuando el mundo descubra lo que ella hizo.

—¿Maman?

Elodie levanta la vista para encontrar a Nancy de pie frente a ella, observándola con esos ojos azules llenos de adoración. Tiene casi tres años, pelo rubio y fino y una cara redonda y sonrosada. Elodie aún se maravilla a pesar de que, de algún modo, logró crear a este exuberante ángel, este destello de luz y alegría que no puede estarse quieto, ríe por todo, da pisotones furiosos cuando no logra lo que quiere; esta niña sin miedos y llena de confianza, inherentemente feliz.

No pasa un solo día sin que Elodie se pregunte: *¿Cómo hice a esta criatura?*

No se parecen en nada. Nancy es curiosa e inteligente, optimista. Los recurrentes estados de ánimo oscuros de Elodie casi no parecen afectar el espíritu alegre de la pequeña, ni desalentar sus

misiones de exploración y diversión, ni estorbarla de forma alguna. De hecho, nada disminuye su alegría, excepto que le digan
que no. Comparada con la infancia de Elodie, la vida de Nancy
ha sido extraordinaria hasta ahora, algo de lo que su madre se
enorgullece enormemente.

Quizás no sea la mejor madre de todas, Elodie es la primera
en admitirlo. Trabaja como camarera cinco noches a la semana y
aún reciben asistencia social. Cuando está en casa, pasa demasiado tiempo con la nariz enterrada en su cuaderno de injusticias,
intentando registrar de forma obsesiva cada uno de los maltratos
que sufrió alguna vez. Pero Nancy está a salvo y bien alimentada,
no tiene magulladuras ni cicatrices, nunca estuvo encerrada. La
han abrazado y besado y le han hecho cosquillas y dicho «te quiero» miles de veces. Elodie ha sobrepasado todas sus expectativas
sobre la clase de madre que sería y ha logrado, a pesar de todo,
superar sus muchas limitaciones.

—Maman, *upa* —pide Nancy, levantando sus brazos rollizos
por sobre su cabeza.

Elodie la alza hacia el sofá cama que comparten y Nancy se
acurruca en su falda como un gatito.

—*Je t'aime, Maman* —dice con su vocecita.

A ella aún le resulta estremecedor escuchar esas palabras dichas
con tanta libertad. *Te quiero.* Ha hecho muy poco para merecerlas.

—Yo también te quiero —responde y enciende un cigarrillo.

—¿Cuándo voy a visitar a *grand-maman*? —pregunta Nancy,
mirando a Elodie con sincera adoración.

—¿A quién? —Elodie se sorprende—. No tienes abuelas.

—*Madame* Drouin me dijo que ella es mi *grand-maman* y que
así debo llamarla.

Elodie da una larga calada a su cigarrillo e intenta calmar sus
pulsaciones aceleradas.

—Bueno, no lo es —responde, furiosa.

—Entonces, ¿quién es?

Elodie abre la boca para contarle a Nancy la verdad, pero enseguida cambia de opinión. Nancy la mira expectante, de la forma en que lo hacen los niños.

—*Madame* Drouin no es tu abuela —dice con prudencia.

—Pero me cuida.

—No funciona así.

—En la calle, todos los otros niños tienen abuelas y tías y tíos y primos —argumenta—. ¿Dónde están los míos?

Elodie apaga su cigarrillo en una taza que hay al lado de la cama, parpadeando contra las lágrimas que amenazan con salir.

—¿No soy suficiente para ti? —le pregunta a la pequeñita.

La expresión de Nancy se vuelve pensativa, con sus cejas doradas adorablemente arrugadas.

—¿No puedo tener las dos cosas?

—Quizás algún día, *chouette* —responde Elodie, que jamás desistirá de la posibilidad de encontrar a un familiar algún día—. Ahora tráele una Pepsi a *maman*.

Nancy baja de la cama cantando «Fray Santiago» de camino a la cocina.

—¡No sacudas la lata! —exclama Elodie.

Momentos después, Nancy regresa con una lata de Pepsi. La sostiene en alto y Elodie la abre y, como era de esperar, explota; el refresco espumoso se derrama como lava sobre toda su camisa y las sábanas. Nancy estalla en carcajadas, sin temor alguno a las consecuencias. Elodie se ríe con ella, pensando con certeza que Nancy debe ser un regalo del universo por la horrible infancia que tuvo que atravesar.

Suena el teléfono y Elodie se desliza por la cama para contestar.

—*Allô?*

—Elodie, soy Gilles Leduc, de *Journal de Montréal*.

Ella se tensa, siente la cara caliente.

—Tu artículo fue una mierda —espeta—. Eres tan horrible como ellos por proteger a las monjas así. Te haces llamar periodista, pero solo eres un mentiroso. Dejaste fuera todo lo que era importante. ¿Mi «vida tranquila y normal»? ¿Eres ciego? —Escucha que el periodista suspira del otro lado de la línea, pero continúa—: Hiciste que pareciera que tuve una infancia encantada en ese lugar, por el amor de Dios. ¿Por qué no contaste la verdad? ¡Hubiese sido una historia mucho mejor!

Nancy la observa con sus ojos grandes.

—¿Lees los clasificados? —la interrumpe el periodista, silenciando su diatriba.

—No.

—Quizás deberías.

—No volveré a leer tu periódico nunca más, imbécil. ¡No cuentan la verdad!

—Realmente creo que deberías comprar el periódico de hoy.

—¿Por qué?

—Un corrector de la sección de clasificados que conozco me comentó que hay alguien que ha estado publicando un aviso durante años, el primer sábado de cada mes. Creo que tú podrías ser a quien busca.

—¿*Yo*? ¿De qué estás hablando?

—Tu historia concuerda con los detalles del aviso clasificado. Limítate a comprar el maldito periódico.

Cuelga. Pese a su promesa de no volver a leer un periódico nunca más, arrastra a Nancy a la tienda de la esquina para comprar un *Journal de Montréal*. Barre con los ojos toda la sección de clasificados ahí mismo, hasta que encuentra el aviso que casi detiene su corazón.

Busco a una mujer joven con el nombre de Elodie, nacida el 6 de marzo de 1950 en el Hospital Brome-Missisquoi-Perkins, en Eastern Townships. Fue trasladada en 1957 del orfanato de Saint-Sulpice, cerca de Farnham, al Hospital Saint-Nazarius, en Montreal. Tengo información sobre su familia biológica. Por favor, llamar a...

Y así como así, todo cambia.

«Su familia biológica». Repite esas palabras una y otra vez en su cabeza mientras regresa a toda velocidad a casa, presionando el periódico contra su pecho.

—¿Pasa algo malo, Maman? —pregunta Nancy, mientras intenta seguirle el paso.

—Nada malo —responde Elodie, que se pone de cuclillas para estar a la misma altura que su hija—. Todo lo contrario. Creo que quizás todo va a estar bien, por fin.

Capítulo 53

Maggie

Es un sábado normal, con su usual caos vespertino. Gabriel está en la granja y Maggie está sola con los niños. El teléfono está sonando y Stephanie está haciendo un berrinche porque quiere ponerse botas de lluvia en la bañera. James está sentado a la mesa de la cocina mirando un partido de Expos y comiendo su tercera cena de la noche; es como un pozo sin fondo estos días. La TV suena a todo volumen.

Maggie atiende el teléfono, ignorando a Stephanie, que tira de sus pantalones acampanados y grita que necesita usar las botas en la bañera para jugar a que es un charco.

—*Allô?* —contesta.

—He visto su aviso clasificado en el *Journal de Montréal* hoy —dice una mujer.

—Disculpa, ¿qué aviso?

—Decía que tiene información sobre mi familia biológica. Mi nombre es Elodie.

Las rodillas de Maggie ceden. Estira un brazo para sujetarse de la encimera.

—*Madame?* —llama Elodie.

—Sí. Estoy aquí, disculpa.

—El aviso indicaba que llamara a este número.

—Por supuesto —logra decir Maggie, mareada. Gabriel debe haberlo puesto. Todo este tiempo ha dejado que ella luche por la causa, pero también ha estado buscando a Elodie, en silencio.

—Entonces, ¿*es* el número correcto?

—Sí —responde, haciendo un esfuerzo—. Sí.

No está muerta. Es ella.

Cuando leyó el artículo sobre «Monique» y los huérfanos en el periódico la semana pasada, sintió que resurgían sus esperanzas. Pensó que había una fuerte posibilidad de que Monique fuera Elodie. El problema era que Maggie aún no sabía cómo encontrarla. Le había sugerido a Gabriel que condujeran por Pointe Saint-Charles y recorrieran las calles en busca de la mujer de veinticuatro años que quizás, con suerte, reconocerían, pero Gabriel se puso firme y le dijo que estaba siendo irracional y maniática. Sí fueron de visita a todas las fábricas de costura en Pointe, Saint-Henri y Griffintown, pero no encontraron a nadie allí que cumpliera con la descripción de Elodie. Maggie hasta llegó a ir al Centre de Retrouvailles, un organismo para reencuentros, pero lo único que pudo hacer fue dejar su propia información y esperar a que Elodie fuera allí algún día a buscar a su madre biológica.

—El aviso dice que tiene información sobre mi familia biológica...

—Yo... Sí, así es —Maggie tartamudea cuando intenta sonar normal.

Stephanie aún está tirando de sus pantalones, lloriqueando por las benditas botas de goma. Maggie aparta el teléfono de su boca y le pide a James:

—¡*Llévatela de aquí!*

James la ignora.

—Hazlo *ahora* —sisea Maggie—. Llévala a bañarse.

—¿Con mis botas? —Quiere saber Stephanie.

—Sí —concede Maggie, impaciente. Stephanie se alegra de inmediato y se va saltando. James apaga el televisor y la sigue a regañadientes afuera de la cocina y los dos dejan a Maggie sola.

—¿Sabes algo de tu historia? —le pregunta a Elodie, con la esperanza de establecer que es realmente ella.

—Nací en 1950 —responde—. No sé la fecha. Nadie me adoptó porque era pequeña y enfermiza. No sé mucho más que eso. Mi madre murió en el parto.

Maggie tapa su boca con su mano para reprimir un grito. ¿«Murió en el parto»? ¿Por qué demonios le dijeron eso las monjas?

—¿Quién soy? —pregunta Elodie otra vez—. ¿Cuál es mi apellido?

—Tu nombre es Elodie Phénix —contesta Maggie, intentando aquietar su respiración y mantener la calma.

—¿Y usted quién es?

Maggie duda, no está segura de qué responder. La pobre muchacha cree que su madre está muerta. ¿Cómo puede contarle la verdad por teléfono?

—Soy Maggie —dice, finalmente—. Creo que puedo ser tu tía.

—¿La hermana de mi madre?

—Sí —miente Maggie—. Tuvo una hija el 6 de marzo de 1950, fue algunas semanas prematura. La bebé estuvo en Saint-Sulpice hasta 1957 y luego fue trasladada a Saint-Nazarius. Mi hermana le puso el nombre de Elodie.

—¿Antes de morir?

Maggie cierra los ojos con fuerza.

—Sí. Antes de morir. Aparece en el certificado de nacimiento.

—Tengo tantas preguntas.

Yo también, piensa Maggie.

—Quiero saber todo sobre ella —dice Elodie—. Y ¿tengo otros parientes? ¿Qué hay de mi padre?

—¿Te gustaría que nos conociéramos en persona?

—Sí —responde Elodie, y Maggie se llena de entusiasmo.

Quedan para encontrarse el siguiente fin de semana. Maggie tenía la esperanza de que fuera antes —conduciría hasta su apartamento ahora mismo si pudiera—, pero percibe que Elodie es más recelosa con respecto a lo rápido que está ocurriendo todo, así que se contiene.

Intenta hablar con Gabriel llamando a lo de Clémentine, pero ya ha salido y está camino a casa. Maggie no menciona nada sobre su conversación con Elodie. Gabriel debe ser el primero en saberlo.

Camina de un lado a otro de la cocina, desesperada por ir a buscar un periódico. Necesita que Gabriel entre por esa puerta. Todavía está temblando cuando se sienta a la mesa y una floreciente migraña hace que le lata la cabeza.

Mi hija está viva. Jamás creyó que Elodie estuviera muerta, pero aún no logra entender por qué la hermana Ignatia le mintió aquel día en 1961. ¿Quién mantendría a una madre lejos de su propia hija adrede? La inhumanidad, la absoluta crueldad detrás de ello es algo que Maggie jamás podrá comprender o perdonar. Le robó a Maggie trece años con su hija.

Se abre la puerta trasera y Maggie se pone de pie de un salto para arrojar su cuerpo a los brazos de Gabriel.

—¿Qué pasa? —pregunta él—. ¿Los niños duermen?

Los niños. Se había olvidado de ellos por completo. Están en silencio en la planta alta, probablemente encantados con el hecho de que se ha olvidado de ellos y pueden quedarse despiertos hasta tarde.

—No lo sé.

—¿No sabes dónde están los niños? —pregunta, apoyando un cubo de arándanos en la encimera.

—Ha llamado Elodie.

Gabriel se detiene y da media vuelta para mirarla.

—¿Qué?

—Elodie ha llamado aquí —repite—. Está viva.

Todo rastro de color abandona la cara de Gabriel.

—¡Leyó tu aviso y llamó! —exclama Maggie—. ¿Desde cuándo has estado publicándolo? Significa que esa monja nos mintió, algo que siempre supe. ¿Recuerdas que nos dijo que Elodie estaba muy enferma cuando la trasladaron al hospital?

—Espera. ¿Qué aviso?

—El aviso clasificado. En el *Journal de Montréal*.

Gabriel niega con la cabeza, con expresión vacía.

—No tengo ni idea de lo que estás diciendo.

Se quedan quietos allí un momento, mirándose.

—Ve a la tienda —dice Maggie—. Ve a comprar el periódico.

—¿Qué hay de Elodie? ¿Qué dijo? ¿Cómo sonaba?

—Fue una conversación muy breve —le cuenta Maggie y le hace un resumen rápido.

Tras secar sus lágrimas, Gabriel desaparece por la puerta trasera. La tienda queda justo en la esquina de su calle, así que no tarda demasiado tiempo. Maggie se queda junto a la puerta hasta que él regresa y le da el periódico. En silencio, frenéticamente, pasan a las últimas páginas.

—Aquí —suelta Gabriel, señalándolo.

Busco a una mujer joven con el nombre de Elodie, nacida el 6 de marzo de 1950 en el Hospital Brome-Missisquoi-Perkins, en Eastern Townships. Fue trasladada en 1957 del orfanato de Saint-Sulpice, cerca de Farnham, al Hospital Saint-Nazarius, en Montreal. Tengo información sobre su familia biológica. Por favor, llamar a...

Observan el aviso, más desconcertados que antes.

—Ese es nuestro número.

—Tenemos que llamar al periódico —afirma Maggie—. Tenemos que averiguar quién puso el anuncio. Alguien que conoce nuestro número.

—Es sábado por la noche. No encontraremos a nadie hasta el lunes.

—¿Habrá sido Clémentine?

—No interferiría de ese modo —responde él—. No con algo como esto.

—¿Mi madre?

Gabriel lanza la mirada al cielo.

—Nadie sabe nada de Elodie, excepto mi madre —argumenta Maggie—. Las personas que lo sabían están muertas. ¿Quién más podría ser?

Gabriel saca un cigarrillo de su paquete con rapidez y lo enciende.

—¿Y si se trata de un engaño?

—¡Es *nuestro* teléfono el que aparece en el periódico!

—¿Cómo sabes que era realmente ella la que habló por teléfono? ¿Y si no lo era?

—¿Quién más podría ser? —cuestiona Maggie—. ¿Otra huérfana llamada Elodie? Sabía cosas.

—¿Y si es otra muchacha del hospital? Alguien que conoce los hechos sobre la vida de Elodie y está buscando algo de dinero… Tenemos que tener cuidado con esto, Maggie. Sin importar lo mucho que queremos que sea ella, ¡nada de todo esto tiene sentido!

—No tiene nada para ganar fingiendo ser nuestra hija.

—Por supuesto que sí. Una familia, una posible ayuda económica. Cualquier chica podría decir que se llama Elodie.

—¿Desde cuándo eres tan cínico? —acusa Maggie—. ¿Por qué no puedes dejar que sea el milagro que es?

—Maldita sea, Maggie —grita Gabriel, golpeando la mesa con el puño—. ¡Tengo miedo de permitirme creer que puede ser ella! Esto no se trata solo de ti. En lo que a mí respecta, es mía.

—Lo siento.

Él se sienta y pasa una mano por su pelo.

—Tendremos que esperar hasta el lunes.

—Cree que estoy muerta —le cuenta Maggie—. Le dijeron que morí en el parto. Probablemente esté en ese legajo de mierda.

—Pero ¿por qué?

—Solo Dios sabe. Le seguí la corriente al teléfono —confiesa—. No sabía qué otra cosa hacer. Dije que era su tía.

—*Calice*.

—Debería llamarla y decirle que estoy viva. No debería haberle mentido.

—No puedes decírselo por teléfono —argumenta él—. *La diste en adopción*, Maggie. Será un gran impacto para ella descubrir que estás viva, sin importar que la hayas dado.

—Tienes razón —concede, abatida—. Me odiará.

—Si *realmente* es ella, necesitará tiempo.

—*Es* ella —asegura Maggie, que suena como Stephanie cuando no consigue lo que quiere—. Piénsalo, Gabriel. Ese día que fuimos a Saint-Nazarius y preguntamos por Elodie… ella estaba *allí*. Probablemente estuvimos a unos pocos metros de ella, al otro lado de aquellas puertas. Y ¿qué hicieron las monjas? Nos dijeron que estaba muerta y dejaron que ella siguiera creyendo que *yo* lo estaba.

Gabriel vuelve a ponerse de pie y da vueltas alrededor de la mesa de la cocina. Maggie observa cómo él barre la habitación con la mirada, sabe que está buscando algo que romper o arrojar, una forma de descargar su ira. Sus ojos se iluminan al apuntar al florero con las flores silvestres de Stephanie, pero Gabriel logra contenerse.

Maggie se pone de pie y va hasta él y acaricia su mejilla, que está mojada.

—¿Realmente crees que es ella? —pregunta él en voz baja.

—Vamos a conocerla —responde Maggie—. Y entonces lo sabremos con certeza. Tenemos que concentrarnos en eso por ahora. Y tenemos que descubrir quién puso el anuncio.

—Llama a tu madre.

Maggie va hacia el teléfono. Mientras marca los números, Gabriel dice:

—Voy a matar a esa monja. Y a todos los que nos hicieron esto. Si es Elodie y nos dijeron que estaba muerta, es *demencial*. ¿Y por qué? ¿Todo para poder tenerla encerrada en esa maldita institución psiquiátrica, en vez de devolvérnosla? ¿Por qué demonios harían eso?

—No lo sé —dice Maggie, tratando de mantener la calma por los dos—. Yo tampoco lo entiendo. Pero escúchame. Escucha. Estará en nuestras vidas después de todo. Eso es lo que importa ahora.

Su madre contesta después de dejar que el teléfono sonara una docena de veces.

—¡Ma! —exclama Maggie—. ¿Fuiste tú quien puso el aviso?

—¡Estoy viendo *La Petite Patrie*!

—¿Pusiste-el-aviso-en-los-clasificados-de-*Jounal-de-Montréal*? —repite.

—¿Qué aviso? —pregunta su madre—. ¿De qué estás hablando? Está a punto de terminar mi programa.

—¿No pusiste un aviso para buscar a Elodie?

—*Bien non!* —responde—. ¿Por qué haría eso?

—No sé. Solo pensé... No importa. Ve a terminar de ver tu programa.

Maggie cuelga, decepcionada.

—No fue ella —anuncia, al unirse a Gabriel frente a la mesa.

—Por supuesto que no fue ella.

—Entonces, ¿quién?

Gabriel encoge los hombros.

—No creo poder esperar hasta el lunes.

—Me pregunto si es mía —confiesa Gabriel, soplando un anillo de humo—. Lo sabremos enseguida, ¿no crees?

—Probablemente.

—Veinticuatro años.

—Habrá sufrido —dice Maggie, con voz quebrada—, si creció en ese horrible lugar...

—No sonaba tan mal en el artículo.

—Quizá no contaba toda la historia —señala Maggie—. Sabes que a los periódicos franceses les gusta proteger a la Iglesia. ¿Recuerdas ese libro que leí hace algunos años, *Un furioso grito de ayuda*? Ahí se pintaba otro cuadro.

—No tiene sentido que te tortures —aconseja Gabriel—. Pronto podrás preguntarle.

—Eso es lo que temo —revela Maggie, que busca el cigarrillo que él ha dejado encendido en el cenicero.

Capítulo 54

A primera hora del lunes, Gabriel llama el periódico. Maggie permanece detrás de él.

—Asegúrate de que te den un nombre —insiste—. Quizás no quieran decírtelo.

—No me ha pasado con la sección de clasificados todavía.

—Pregunta si fue un hombre o una mujer —agrega ella—. Y desde cuándo han estado publicando el aviso. Y cuán seguido.

—*Bonjour, madame* —dice él, haciéndole un gesto a Maggie para que se calle.

Ella se aleja para darle espacio. Muerde una de sus uñas, mata un mosquito que zumbaba alrededor del alféizar, abre la puerta trasera para lanzarlo afuera. Es una mañana hermosa, el sol ya arroja sus rayos cegadores, el aire es sofocante y está perfumado por su jardín. Observa sus malvas róseas, que están en plena floración y forman la elevada pared de flores rosas, corales y blancas que imaginó dos años atrás cuando las plantó.

Regresa al interior de la casa y se decepciona al ver que Gabriel aún está al teléfono.

—¿Quién puso el aviso? —Articula con la boca.

Gabriel le lanza una mirada furiosa y lleva un dedo a su boca.

—No te olvides de preguntar si lo publicarán de nuevo —insiste.

—¿Y está programado para volver a salir? —pregunta, mientras gesticula para que Maggie le alcance un café—. Ya veo —agrega—.

Por favor, cancélelo. Ya no hace falta que lo vuelvan a publicar. —Después de un instante—. Sí, lo hizo.

Maggie hace señas maniáticas para que Gabriel termine la llamada.

—Gracias —dice—, ha sido muy amable.

Cuando finalmente cuelga el teléfono, Maggie arroja las manos al cielo, exasperada.

—¿Y? —exclama—. Me sorprende que no la hayas invitado a cenar.

—Quien pagó el aviso fue el Sr. Peter Hughes.

—¿Peter? —Niega con la cabeza—. ¿Mi hermano? Yo no... Eso no tiene ningún sentido.

—Llámalo.

Gabriel le pasa el teléfono a Maggie y ella marca el número de su trabajo.

—Peter Hughes —contesta él, en lo que Maggie percibe como un tono bastante arrogante. Hace poco lo han hecho socio de una gran firma de arquitectos en Toronto (según una carta fotocopiada que envió por correo a toda la familia para Navidad).

—Elodie me ha llamado —suelta. Sin preámbulos. Sin saludar.

Peter permanece callado.

—¿Me has escuchado?

—Sí —responde Peter—. Es algo bueno, ¿no es cierto?

—Sí —dice ella—. Pero ¿por qué? Estoy desconcertada, Peter.

Él ríe de buen modo.

—En serio —insiste Maggie—, ¿por qué? ¿Y por qué no me lo dijiste?

—No fui yo, Maggie. Fue papá.

Toma un momento que sus palabras cobren sentido.

—Comenzó a publicar el aviso hace años —explica Peter—, antes de enfermar. El primer sábado del mes.

—Nunca me dijo...

—Me hizo prometerle que seguiría haciéndolo después de su muerte. Y que no te diría nada.

—No puedo creerlo.

—Y yo no puedo creer que ella lo haya visto y te haya llamado —revela Peter—. Después de todos estos años. Jamás creí que lo haría. Le dije a papá que creía que era inútil, pero él podía ser muy terco, como bien sabes.

—¿Mamá lo sabe?

—¿Bromeas? Por supuesto que no.

Maggie se apoya contra el fregadero y abre el grifo para salpicar agua en su cara. Hace calor en la cocina. Sujeta el teléfono entre su oreja y su hombro y abre la ventana para que entre un poco de aire.

—¿Vas a quedar con ella? —pregunta Peter.

—Sí, la semana que viene.

La semana pasa muy lentamente. Maggie y Gabriel realizan todos los movimientos diarios, fingiendo normalidad ante sus hijos. No hablan demasiado sobre Elodie entre ellos, prefieren procesar todo cada uno por su cuenta. Maggie casi no puede pensar en otra cosa, pero con dos hijos, la vida sigue avanzando, quiera o no. Hay comidas que preparar, malhumores que atender, berrinches que calmar, peleas que detener. Debe bañarlos. La limpieza de la casa. En el trabajo, es temporada de catálogo y, como si eso fuera poco, su editor acaba de enviarle un libro para que considere traducir. No termina allí y ciertamente no le deja demasiado tiempo para angustiarse con sus miedos.

Aun así, el nudo que siente en el pecho no desaparece. Ni por un instante. Debajo de cada palabra o movimiento, hay una corriente de ansiedad implacable; sus pensamientos vagan tercamente de vuelta a Elodie. ¿Qué dirá cuando finalmente se encuentren?

No deja de imaginar ese momento una y otra vez en su cabeza: la forma en que Elodie reaccionará, la posibilidad de su enfado y su odio, de que no la perdone. Maggie no puede soportar el solo pensamiento; siente un terror visceral en el cuerpo, como si Elodie ya estuviera frente a ella, acusándola y rechazándola.

Cuando Maman se entera de la reunión, llama a Maggie en un estado de pánico.

—¡Hay cosas que es mejor dejar en paz! —exclama.

—Es mi hija, mamá. Esto ni siquiera es tema de discusión.

—No es una buena idea, Maggie. Tú la diste en adopción.

—Estamos en los setenta, mamá. A nadie le importa una mierda si tuve una hija a los dieciséis.

—No puedes contárselo a los niños. ¿Qué pensarán de ti?

—Lo entenderán. Ya te lo he dicho, esta es otra época. No me juzgarán como lo hacía tu generación.

—¿Qué pensará *ella* de ti? —cuestiona Maman—. ¿Y si te odia? ¿Has pensado en eso?

—Es en lo único que he pensado —responde Maggie y cuelga.

La noche anterior a encontrarse con Elodie, Maggie se despierta con el corazón acelerado. Se acurruca contra Gabriel. Para calmarse, intenta recordar las historias que su padre solía contarle para que se quedara dormida. De repente recuerda uno de los aforismos preferidos de su padre y casi puede escuchar su voz, como si le estuviera hablando ahora mismo: *Quien planta una semilla planta vida.*

Al menos hizo eso. Le dio vida a Elodie, aunque no mucho más.

Capítulo 55

$\mathcal{M}$aggie saca su pastel del horno y lo apoya sobre la encimera para que se enfríe. La casa está en silencio. Los niños fueron a pasar la tarde a casa de su abuela; era más fácil que tratar de explicarles todo. Gabriel está fuera en el patio, construyendo una casa del árbol para los niños, en un intento por mantener la cabeza ocupada en otra cosa. Ella observa desde la ventana de la cocina cómo martilla y serrucha, con la gorra de los Canadiens que le cubre hasta las cejas. Lo quiere tanto como cuando solía mirarlo trabajar en el maizal.

—Tu pastel se ha hundido —señala Clémentine. Está aquí para darle apoyo moral.

Maggie echa un vistazo al pastel y siente que su ánimo se hunde igual que él.

—Eres una pésima pastelera, Maggie.

—¡Es este horno! —se defiende ella y las dos ríen. El pastel va a la basura.

—He traído galletas saladas y queso —dice Clémentine—. Y galletas dulces.

—¿Galletas dulces de paquete?

Clémentine lanza la mirada al cielo.

—Mi madre jamás serviría galletas de paquete a un invitado —murmura Maggie y lo siente de inmediato.

La cara de Clémentine se entristece y se aleja rápidamente. A veces Maggie lo olvida; se ha vuelto tan cercana a su cuñada a lo

largo de los años que casi no recuerda que Clémentine fue primero la amante de su padre, la archienemiga de su madre.

—Discúlpame —ruega Maggie, sujetando la mano de Clémentine—. No he querido decir eso.

—Claro que no —responde Clémentine, poniendo queso en
una bandeja—. ¿Té de rosas rojas será suficiente? ¿O tu madre hubiera traído hojas de China?

Maggie estalla en carcajadas y Clémentine se une a ella, y la
incomodidad desaparece enseguida.

Y entonces golpean a la puerta. Ambas se miran. Ninguna de
las dos se mueve, hasta que Clémentine dice:

—Vayamos a conocer a tu hija.

Maggie se queda helada. Clémentine le aprieta la mano y juntas se dirigen a la puerta principal en silencio.

Está a unos pocos pasos de distancia, se dice Maggie a sí misma,
tratando de convencerse de que realmente está sucediendo. *Está
del otro lado de la puerta.*

El momento tiene una cualidad surreal, como si fuera solo
otra de sus fantasías. Siente como si Clémentine estuviera abriendo la puerta en cámara lenta.

Y entonces allí está. Maggie escucha su propio suspiro. *Es
ella.* Su cara tiene el sello inconfundible de los Hughes y los
Phénix.

—*Allô* —saluda Elodie. Intenta sonreír, pero no mira a Maggie
a los ojos.

—Adelante. —Clémentine la invita a pasar, haciéndose a un
lado.

Elodie entra en la casa. Maggie se seca los ojos, no quiere
asustar a la muchacha con un estallido emocional antes de que
atraviese el umbral. Debe recordar que Elodie no tiene ni idea de
quién es ella.

—Soy Maggie —dice, su voz suena rara—. Y esta es mi amiga
Clémentine.

Elodie les dice hola, sin hacer contacto visual con ninguna de
las dos. Tiene una energía nerviosa, recelosa, pero ¿quién podría
culparla?

Clémentine recibe el poncho de macramé de Elodie y la hace pasar a la sala de estar. Maggie nota que camina con una leve cojera. Tiene puestos unos pantalones vaqueros y una camiseta sin mangas de color verde oliva —es muy delgada—, pero es su rostro lo que Maggie no puede dejar de mirar, aunque está mayormente escondido detrás de una cortina de pelo largo que parte con una raya al medio. Hay un innegable parecido a la familia de Maggie, ciertos rasgos que le recuerdan a sus hermanas: la curva de los labios de Vi, el amplio espacio entre los ojos de Geri, las cejas pobladas de los Hughes, que todas tienen. Es pálida y tiene el cabello rubio oscuro y su cuerpo —desgarbado y de extremidades largas— es completamente Phénix.

—¿Te gustaría una taza de té? —pregunta Maggie, mientras le señala el sillón—. ¿O una Pepsi?

—Pepsi, por favor —contesta Elodie, mientras se sienta.

—Sí, por supuesto —dice Maggie—. Enseguida vuelvo.

Va a la cocina y salpica agua en su cara. Está haciendo un esfuerzo por no hiperventilar. Abre la puerta trasera de un empujón y llama a Gabriel. Él deja de martillar y gira hacia ella, tiene el rostro pálido como un fantasma. Se acerca lentamente.

—Es ella —anuncia Maggie, antes de que él le pueda preguntar—. Vas a verlo por ti mismo.

Gabriel respira hondo, preparándose, y entran juntos.

—Este es mi marido, Gabriel. —Lo presenta Maggie, al regresar a la sala de estar y darle el refresco a Elodie—. Gabriel, ella es Elodie.

Las lágrimas inundan los ojos de Gabriel en cuanto la ve. Sabe que es su padre, se da cuenta Maggie. Ve cómo ese saber se registra en los ojos de su padre. Él la atrae a sus brazos y la estruja. Nunca ha sido alguien que pueda contenerse.

—Déjala respirar —susurra Maggie.

Gabriel suelta a la chica y da un paso atrás, mientras la mira boquiabierto. Ninguno de ellos puede dejar de mirarla. Maggie no puede creer que sea la bebé que vio por primera vez en una jofaina esmaltada más de dos décadas atrás. Y en cierta forma, no lo es. Parece un poco desnutrida, como si no comiera bien. No tiene buenos dientes ni buena piel, un signo de pobreza. Tiene una cicatriz sobre un ojo.

—No puedo creer que esté aquí —dice Elodie, en un eco de los pensamientos de Maggie—. Que seas mi *tía*.

—Hace años que se publica ese aviso —comenta Maggie—. ¿Cómo fue que finalmente lo encontraste?

Una sombra atraviesa sus ojos.

—Hubo un artículo sobre mí en el *Journal* un par de semanas atrás —explica—. El periodista que lo escribió reconoció mi historia en su aviso. Él me dijo que comprara el periódico y leyera los clasificados.

—Un milagro —susurra Clémentine.

—Leímos el artículo —revela Maggie—. Pensé que había muchas similitudes.

—Eran todas mentiras —declara Elodie, cuyo tono se vuelve áspero—. Dejó fuera todo lo importante, todos los *hechos*. Hizo que pareciera un cuento de hadas, algo que no fue. No podría decirse que llevo una «vida tranquila y normal».

Maggie siente el corazón roto. Sospechaba que ese artículo hacía sonar la vida de Elodie demasiado buena para ser verdad, comparado con algunos de los relatos que había leído.

—Según el artículo, trabajas como costurera, ¿es cierto? —pregunta Clémentine, cambiando de tema.

—Solía hacerlo —aclara Elodie, mientras se muerde las uñas—, en cuanto salí del hospital. Ahora soy camarera.

Maggie reprime su decepción, se recuerda a sí misma que no tiene derecho a juzgarla. Echa una mirada a Gabriel y sabe, por la vena hinchada en su frente y la tensión en su boca, que está conteniendo una avalancha de emociones.

—Tenía asignado el trabajo de coser sábanas en Saint-Nazarius —continúa Elodie—. Prácticamente era lo único que sabía hacer cuando salí. Pero estoy mucho más contenta en la sandwichería.

Maggie lanza una mirada a Gabriel, pero él no la mira.

—Tengo muchas preguntas —revela Elodie, dirigiéndose a Maggie—. ¿Eras cercana a mi madre? ¿Sabías algo sobre mí?

—Sí, sabía sobre ti —responde Maggie, incómoda.

—¿Cómo era?

—Era muy joven.

—Sus padres la obligaron a darte en adopción —agrega Gabriel.

—Creyeron que te adoptarían enseguida —dice Maggie—. Todos lo creyeron. Pero eso fue antes de que convirtieran los orfanatos en hospitales.

—Esa parte del artículo era verdad —aclara Elodie—. El Día de Cambio de Vocación fue el día en que mi vida casi podría decirse que terminó.

Todos se quedan en silencio. Maggie tiene que cerrar con fuerza los ojos para contener las lágrimas.

—Nos dijeron que éramos locas —relata Elodie—. Y eso fue todo. De ahí en adelante lo fuimos.

—¿Qué hizo que fueras al periódico a contar tu historia?

—Fue idea de mi amiga Marie-Claude. Creyó que eso me ayudaría a calmar mi ira. —Entonces ríe en voz alta, una risa sin alegría—. En lugar de eso, ese estúpido artículo me enfureció aún más. —Saca un cigarrillo de su cartera—. ¿Os molesta?

—Claro que no.

Lo enciende y da una larga calada.

—Marie-Claude tenía buenas intenciones —continúa, agitando una mano en el aire para alejar el humo de su rostro—. Y resultó bien al final, porque me encontrasteis.

Todo el tiempo que está hablando, Maggie no logra pensar en otra cosa que no sea cómo confesarle la verdad.

—¿Tienes novio? —le pregunta Gabriel, probablemente con la esperanza de que la protección y el cuidado de un buen hombre pueda compensar de algún modo su vida trágica. Un hombre pensaría eso, reflexiona Maggie. Lo haría sentir mejor.

—No, pero tengo una hija —revela Elodie, sin inmutarse—. Se llaman Nancy.

¿Una hija?

—Tiene tres años.

Tiene la misma edad que Stephanie. Maggie está estupefacta. *Me he perdido tres años de la vida de mi nieta*, piensa con una punzada de pena.

—Su padre se fue hacia Vietnam cuando nos conocimos —explica Elodie—. No sabe nada sobre Nancy. Ni siquiera estoy segura de que siga con vida.

—¿Intentaste encontrarlo?

—No. No sé su apellido.

Maggie observa cómo las mandíbulas de Gabriel se tensionan y dice:

—¿Tienes una foto de ella?

—No. Es muy guapa y segura de sí misma. No se parece a mí en absoluto.

—Estoy segura de que es muy parecida a ti —afirma Maggie, encontrando su voz.

Elodie baja la mirada al suelo, su pie rebota contra el suelo nerviosamente.

—¿Quién cuida de ella cuando estás trabajando? —pregunta Clémentine.

—Mi vecina.

—¿Podéis manteneros con tu sueldo? —se mete Maggie, incapaz de contenerse.

—Nos apañamos —responde Elodie—. Recibo asistencia social, lo que ayuda.

Maggie asiente, sin saber qué decir. No se atreve a mirar en dirección a Gabriel, porque podría romper en llanto.

—Estoy muy agradecida de que me hayáis encontrado —dice Elodie—. No quería que Nancy creciera sin una familia, como yo. Tenía la esperanza de que tuviera primos o algo, una buena tía o un buen tío. —Mira directo a Maggie—. ¿Tienes hijos?

—Sí —responde Maggie—. Un niño y una niña.

—Guau. Tengo primos.

Maggie no dice nada.

—Entonces, ¿qué edad tenía mi madre cuando me tuvo? —le pregunta Elodie.

—Dieciséis.

—¿Erais cercanas? No lo dijiste.

—Sí.

—¿Conociste a mi padre? —interroga.

—No —contesta Maggie, sin atreverse a mirar a Gabriel.

—¿Sabes algo más sobre tus padres? —le pregunta él a Elodie.

—Solo que mi madre está muerta.

—¿Quién te lo dijo?

—La hermana Ignatia. Ella estaba a cargo de nuestro pabellón. Me mostró mis documentos y me dijo que mi madre murió por culpa de sus pecados.

Maggie siente que su corazón se estruja. Muerde su labio inferior para mantenerse callada.

—¿Cuándo te lo dijo? —pregunta Gabriel, quien está manteniendo la calma de forma admirable.

—Cuando tenía once años —dice Elodie—. Justo después de que el médico me entrevistara. Eso fue cuando comenzaron a enviar a muchos de los huérfanos a casas de acogida. Resulta que no estábamos locos después de todo.

Gabriel ha terminado su cerveza. Sus dedos tiemblan contra la lata.

—Tuve que quedarme en Saint-Nazarius porque mi madre estaba muerta y nadie quería a una adolescente —agrega Elodie, con tono monótono.

—¿Me disculparías un momento? —pregunta Maggie, poniéndose abruptamente de pie—. Ahora mismo vuelvo.

Arriba en su dormitorio, se sienta en la cama. Gabriel aparece unos minutos después.

—Si lo que recuerda Elodie es verdad —suelta incluso antes de que él termine de cruzar el umbral—, entonces la hermana Ignatia le debe haber dicho que yo estaba muerta *justo después* de que fuéramos a Saint-Nazarius a buscarla.

Gabriel niega con la cabeza, sintiendo impotencia.

—Me dijo que Elodie estaba muerta —continúa Maggie—. Y luego le dijo a Elodie que *yo* lo estaba, solo para mantenernos alejadas. *¿Por qué haría eso? ¿Por qué?*

—Voy a lanzar una maldita bomba molotov en ese maldito hospital —gruñe él, al sentarse a su lado.

—No sé qué hacer, Gabe.

—Regresaremos abajo y le diremos que somos sus padres.

—Tengo demasiado miedo.

—¿De qué?

—De que me odie. Mírala, Gabe. Es… ¿Has visto sus ojos? Jamás había visto tanta tristeza en alguien tan joven. Ese artículo del *Journal* era puras mentiras.

—Ha tenido una vida dura, Maggie. Siempre lo supimos. Pero es fuerte. Es una luchadora, como su madre.

—No puedo ni imaginarme lo que ha tenido que atravesar. No quiero hacerlo. Tiene una cojera, ¿la has visto? ¿Y esa cicatriz sobre su ojo? Es por mi culpa.

—Lo que le pasó en ese lugar no es tu culpa.

—El hecho de que haya estado ahí en primer lugar *es* mi culpa —argumenta—. Y lo sabes y estoy segura de que una parte de ti me odia también por eso.

Gabriel suspira, enciende un cigarrillo.

—Ya hemos tenido esta conversación, Maggie. He dejado de resentir tu elección hace largo tiempo.

—Ha sufrido y eso no puede deshacerse jamás. Esta es quien es ella ahora.

—No sabes quién es ella. No sabes nada sobre ella todavía.

—Tengo miedo de saberlo —dice Maggie de modo infantil.

—Iré a buscarla —anuncia Gabriel—. Ya es hora.

Maggie no contesta, pero no lo detiene.

Momentos después, hay un leve golpe contra el marco de la puerta y Elodie entra a la habitación con evidente temor.

—¿Ocurre algo? —pregunta, con voz baja y asustada.

—Entra —dice Maggie, obligándose a sonar despreocupada.

Elodie se acerca.

—Ven. —Se desliza a un lado—. Siéntate.

Elodie parpadea nerviosamente y duda. No confía en Maggie. Probablemente no confía en nadie.

Maggie se queda mirándola varios segundos sin hablar. Daría lo que fuera para tenerla en sus brazos, por abrazarla.

—Sé que este es un día importante para ti —comienza a decir—, conocer a tu tía…

—No tan importante como si estuviera conociendo a mi madre.

Maggie se mueve nerviosamente sobre la cama y baja la mirada al suelo.

—Tengo que decirte algo —declara, con la voz temblorosa—. *Estás* conociendo a tu madre.

—¿Eh? ¿Qué quieres decir? —exclama Elodie—. Esa otra señora, Clémentine. ¿Es ella mi madre?

—*Yo* soy tu madre, Elodie.

Elodie no se mueve. Sus ojos muestran nubes pasajeras de conmoción, descreencia, incredulidad.

Se sientan en silencio por un largo tiempo, las lágrimas ruedan por las mejillas de las dos.

—No te creo —dice Elodie finalmente—. No puedes serlo.

—Soy tu madre —sostiene Maggie, con más firmeza esta vez—. Naciste el 6 de marzo de 1950. Fue un sábado por la noche.

—No es posible. Mi madre murió...

—Eso es lo que te dijo la monja —explica Maggie, con suavidad—, pero no era verdad.

Un extraño ruido emana de Elodie, gutural, desde bien adentro, un sonido atormentado que rompe el corazón de Maggie.

—Esa monja me dijo lo mismo a mí —cuenta Maggie—. Que estabas muerta.

—¿La hermana Ignatia? ¿Cuándo?

Maggie se estira para sujetar la mano de su hija. Esta se encuentra floja en la suya.

—Elodie —dice—. Primero, ¿podría abrazarte?

Ella asiente, las lágrimas recorren sus mejillas. Las dos se dejan caer una contra la otra. El cuerpo de Maggie se rinde por completo al abrazo, su corazón vuela, sus músculos se relajan, sus extremidades se aflojan con un alivio indescriptible. Hay un instante de descarga de tensión, liberación de una vida entera de preocupación crónica, que se ha vuelto tan natural y constante como respirar. Desde el día en que dio a luz a esta hija que no se sentía plena o completamente en paz.

—No sabes cuánto he esperado este momento. —Solloza Elodie, su voz amortiguada contra el cuello de Maggie.

—Sí —responde Maggie, soltándola—. Lo sé. No ha pasado un solo día en estos veinticuatro años en el que no haya pensado en ti, hija mía.

—¿Cuándo te dijo la hermana Ignatia que yo había muerto?

—Fuimos a buscarte a Saint-Nazarius en el 61 —le cuenta Maggie—. Había estado buscándote durante mucho tiempo. Primero fui al orfanato.

—¿Saint-Sulpice?

—Sí. Pero para entonces era un hospital.

—¿Hablaste con la hermana Alberta? —pregunta Elodie, sus ojos se llenan de lágrimas nuevas—. Fue buena conmigo. Yo la quería. Recuerdo que las monjas solían llamarlo «hogar de niñas indeseadas», pero no era tan malo antes de que se convirtiera en un hospital psiquiátrico.

Maggie hace un esfuerzo por contener la ira que se ha quedado atascada en su garganta. Es palabra otra vez, «indeseada», como si se tratara de basura.

—¿Estaba allí? —insiste Elodie—. ¿Estaba la hermana Tata?

—Hablé con el conserje —contesta Maggie—. Él me sugirió que escribiese al gobierno para pedir información, algo que hice. Finalmente conseguí un documento que demostraba que dos grupos de huérfanas habían sido trasladadas a Mercy y a Saint-Nazarius en el 57. Gabriel y yo fuimos a los dos.

—¿Y ella te dijo que yo había muerto?

Maggie asiente.

Elodie busca el paquete de cigarrillos en su bolsillo frontal y enciende uno, con dedos temblorosos.

—Era un monstruo esa mujer. Pero que nos haya dicho a las dos que la otra había muerto, cuando podría haber dejado que me llevaras a casa...

—Yo tampoco puedo comprender esa clase de crueldad —murmura Maggie—. Yo solo... No hay palabras.

El dolor tiene una cualidad sofocante, de la clase que te deja jadeando en busca de aire. De repente, Maggie recuerda esa manta de lana rasposa de la casa de Deda e Yvon, la forma en que la sentía contra su cuerpo cuando la estaban violando. Como si la estuvieran asfixiando y no pudiese respirar.

—Sé que todo esto es mucho que asimilar —dice—. Debes tener un millón de preguntas para hacerme.

—¿Por qué me diste en adopción? —pregunta Elodie y su voz desgarra la pena compartida.

El aire abandona la habitación. *Allá vamos*, piensa Maggie.

—Tenía quince años cuando quedé embarazada —explica, mirando directo los desolados ojos azules de su hija—. No me permitieron quedarme contigo. No es una historia muy original, pero es la verdad. Mi padre hizo arreglos para... —Casi suelta «venderte», pero se corrige a último momento—... para que te adoptara una pareja que no podía tener hijos propios. Pero hubo complicaciones cuando naciste y la pareja cambió de opinión. Te enviaron a Saint-Sulpice una vez que te recuperaste.

Elodie apaga su cigarrillo en el cenicero que hay al lado de la cama. Resopla y limpia su nariz. Qué difícil debe ser para ella escuchar todo eso, incluso más difícil de lo que es para Maggie decirlo.

—Te puse el nombre Elodie —continúa—. Es un tipo de lirio. Es muy fuerte...

Su voz se apaga. Elodie la observa, esperando algo más.

—Comencé a intentar encontrarte después de mi tercer aborto espontáneo —cuenta Maggie—. Fue en 1959. Me culpé a mí misma por perder los embarazos. Creí que Dios me estaba castigando por haberte abandonado. Nunca dejé de pensar en ti. Jamás me sentí completa. Jamás. —Seca sus ojos con la manga de su camisa—. Sé cuánto has sufrido, pero...

—No —asegura Elodie—. No lo sabes.

Maggie se muerde el labio.

—¿Quién es mi padre?

Maggie respira hondo, nerviosa.

—Es Gabriel —dice, intentando mantener su voz y su mirada firmes.

La espalda de Elodie se endereza.

—¿Él? —pregunta, señalando a la puerta—. ¿Tu marido?

—Sí.

—¿Te casaste con él?

—Sí, pero…

—Entonces, ¿por qué no pudisteis quedaros conmigo? —pregunta, evidentemente herida—. Si estabais juntos y os queríais…

—Fue complicado. —Maggie intenta explicarse, perseverante frente a la conmoción de su hija—. Mis padres me enviaron lejos, a vivir con mis tíos en otro pueblo, para que yo no pudiera estar con Gabriel.

—¿Por qué?

—Mi padre quería que yo estuviera con otra persona —relata—. Alguien con educación, que proviniera de una familia mejor. Descubrí que estaba embarazada mientras estaba viviendo con mis tíos, así que debí quedarme allí hasta que naciste.

—¿Sabía Gabriel que estabas embarazada?

—No se lo conté —confiesa Maggie.

—¿No podrías haberte casado con él?

La forma en que Elodie lo dice hace que suene tan fácil, tan lógico. Quizás debería haberlo sido.

—Creí que no tenía elección —explica Maggie, avergonzada—. Tenía solo quince años.

Elodie reflexiona sobre esto, pero el dolor y desconcierto en su cara son suficiente reproche.

—Me dijeron que no podía quedarme contigo y que así eran las cosas —continúa relatando Maggie—. Era 1950, no pude oponerme a ellos.

Elodie permanece en silencio.

—Terminé la relación con Gabriel ese verano —continúa Maggie—. Él se mudó a Montreal y no volví a saber de él. Los dos terminamos casados con otras personas.

—¿Cómo os volvisteis a ver? ¿Y cuándo?

—Nuestras familias eran vecinas —explica Maggie—. Nos reencontramos unos diez años después. Retomamos una amistad y luego… Bueno, las cosas se pusieron un poco complicadas por un tiempo, pero finalmente los dos nos divorciamos de nuestras respectivas parejas y comenzamos una vida juntos.

—Entonces, ¿tus hijos son mis hermanos?

—Sí —afirma Maggie, con un sentimiento casi de culpa—. James y Stephanie.

—*Mon Dieu.*

—Sé que es mucho que asimilar —dice Maggie, que se estira para sujetar las manos de su hija otra vez—. Si tan solo pudiera convencerte de lo culpable que me he sentido todos y cada uno de los días de mi vida desde que te di en adopción… Desearía haberme quedado contigo y con Gabriel y que hubiésemos estado juntos todo este tiempo. Desearía no haber tenido tanto miedo. Pero lo tuve. Estaba aterrada.

—Lo comprendo — concede Elodie, con un hilo de voz.

—Espero que puedas —susurra Maggie, con la voz rota.

Las dos lloran juntas durante mucho tiempo, las manos de Elodie entrelazadas dentro de las de Maggie.

—¿Me parezco a ellos? —pregunta Elodie, secando sus ojos—. ¿Me parezco a tus hijos?

—Creo que hay un parecido —responde Maggie—. ¿Te gustaría conocerlos? No estaba segura de que quisieras.

—Por supuesto —interrumpe Elodie—. He anhelado una familia grande toda mi vida. Hermanos y hermanas, abuelos, tíos y tías, primos… *Claro* que quiero conocerlos.

Maggie atrae a Elodie hacia sus brazos y se aferra a ella. Elodie deja que la abrace durante mucho tiempo, hasta que Maggie finalmente se aparta y mira los ojos torturados de su hija. Acaricia su largo cabello rubio y, con la mano ahuecada, sujeta su mentón.

—Eres preciosa —susurra.

—No, no lo soy —responde Elodie—. Pero tú lo eres. Jamás te imaginé con el pelo negro.

Maggie se pone de pie y ayuda a Elodie a pararse. La lleva hasta el otro rincón de la habitación, al espejo que hay sobre su cómoda, y se quedan allí de pie, una al lado de la otra, mirando su reflejo.

—Definitivamente hay un aire de familia —sostiene Maggie—. No en el color, pero mira aquí. —Señala sus cejas y narices—. Y la forma de nuestros ojos es exactamente la misma.

—Puede ser... —dice Elodie, sin estar convencida.

—También te pareces un poco a mis hermanas —comenta Maggie—. Tengo tres hermanas y un hermano. Querías una familia grande, eso es lo que tienes.

Elodie no ha apartado los ojos del espejo, como si no pudiera terminar de creer lo que ve.

—¿Eres tú realmente? —pregunta—. Tengo miedo de que, si aparto la mirada, desaparezcas.

—Aquí estoy y no me iré a ningún lado.

Elodie se estira y toca el espejo.

—Sé que estoy pidiendo mucho —dice Maggie, mirando directo al espejo—. Pero ¿crees que podrás perdonarme alguna vez?

Elodie duda antes de responder y se toma su tiempo para pensarlo. El silencio es interminable. Finalmente, dice:

—Eras joven. ¿Qué otra cosa podías hacer? Nadie sabe más que yo que es un pecado tener un bebé fuera del matrimonio.

—Eso es más de lo que podría haber esperado —señala Maggie—. Gracias.

Elodie apoya la cabeza en el hombro de Maggie. Ella no se mueve; apenas respira. Quiere quedarse exactamente así el mayor tiempo posible.

—*Maman* —pronuncia Elodie, y Maggie comprende que solo está diciendo la palabra en voz alta para probarla, que no necesita una respuesta. *Maman.*

—También veo a tu padre en tu rostro —comenta Maggie con suavidad. Y luego, después de algunos minutos más frente al espejo, sugiere—: ¿Regresamos?

Dejan la habitación y bajan las escaleras. Elodie acerca una silla adonde Gabriel las está esperando.

—*Allô, Papa* —dice.

Mucho tiempo después de que todos se fueran a dormir, Maggie sale de la cama y camina sigilosamente por el pasillo. Se detiene frente a la habitación de James y lo espía, tiene las piernas colgando fuera de la cama, su cuerpo sube y baja debajo de la manta. En la siguiente habitación, encuentra a Stephanie dormida, cruzada sobre la cama, con su muñeca Raggedy Ann en el suelo. Maggie la levanta, la coloca debajo del brazo de Stephanie y besa la tibia mejilla de la pequeña.

Finalmente, Maggie llega al final del pasillo y se detiene en el exterior de la habitación de huéspedes, en donde su otra hija —su primogénita— se ha quedado a pasar la noche. Permanece allí un momento, abrumada por las emociones. Jamás hubiera imaginado que todos sus hijos dormirían bajo el mismo techo.

Abre la puerta lo más silenciosamente posible y se queda helada cuando escucha el suave sollozo que viene desde adentro. Piensa en ir a consolar a Elodie, pero descarta la idea con rapidez. Elodie tal vez prefiera estar sola; siempre ha estado sola, después de todo. Probablemente la incomode que una extraña irrumpa en su habitación en mitad de la noche. Y Maggie es una desconocida, sea su madre o no. Tiene que recordar eso. Tiene que recordar ir despacio.

Y entonces retrocede y se dirige a la cocina, en la planta baja. Se sirve una copa de vino, enciende uno de los cigarrillos de Gabriel y se sienta a la mesa. Su cabeza está acelerada. La ha invadido cierto atontamiento, que ha refrenado algo de la intensidad de los eventos del día, peor no puede apagar sus pensamientos.

¿Qué he dejado que le suceda?

La pregunta resuena como un tambor en su cabeza.

Elodie está arriba llorando contra su almohada: ¿cuántas lágrimas ha derramado en su vida ya? ¿Cuántas noches se ha quedado dormida llorando? ¿Qué tan profundas son sus heridas? ¿Qué tan desconsolada está su alma? Y lo único que Maggie puede hacer es quedarse sentada aquí, impotente, sabiendo que es la causa de todo eso.

El peor de sus miedos es que ni todo el amor del mundo —que Maggie y Gabriel están dispuestos a dar— sea suficiente para neutralizar lo que le han hecho a Elodie ni pueda reparar lo que ha sido destruido.

Maggie se pone de pie y busca la botella de vino en la nevera. Será mejor que la termine. Es la única que ha quedado de la cena. Todos han bebido demasiado. En parte, para celebrar; en parte, para aliviar la tensión. Vuelve a llenar su copa y advierte la caja con las cosas de su padre apoyada en el suelo junto a la alacena. La trajo el otro día, a la espera de la visita de Elodie.

Va hacia ella ahora y se sienta en el suelo con su vino y el cenicero y comienza a hacer pilas cuidadosas con su contenido: viejos libros de agricultura, de negocios e inspiracionales, tarjetas y dibujos que sus hijos le dieron a lo largo de los años.

Algún día le hablará a Elodie sobre su abuelo, quizás hasta la lleve a la tienda de semillas, donde él era grandioso. Le gustaría que Elodie sepa que él era mucho más que solo la persona que la alejó de su madre, que fundamentalmente era un buen hombre que intentó proteger a su hija. Una y otra vez, intentó redimirse por lo que hizo, siempre con gestos silenciosos y significativos, que, a la larga, dieron sus frutos. Primero, envió a Elodie al mundo con su nombre —que puede parecer un detalle mínimo, pero crucial para que pudieran reencontrarse—; luego intentó recuperarla en el orfanato; y finalmente, concibió el aviso que las reunió.

Hay una simetría perfecta en todo esto, piensa Maggie, un dulce círculo simbiótico completo que las ha guiado a este momento. Su madre solía decir: «El Señor da y el Señor quita».

Maggie recuerda eso ahora. Su padre se lo quitó y luego se lo dio.

Tu abuelo era conocido como el Señor Semillas...

Pese a todo, Maggie ha logrado estar bien. Es madre de tres hijos —todos están aquí esta noche, en esta casa que tanto quiere—; es esposa, amante de las semillas y del lenguaje, una mujer francesa con sangre inglesa, una mujer inglesa con sangre francesa. No es completamente una cosa ni la otra, como siempre ha querido ser. Es arrogante y humilde, audaz y tímida, activa. Aún está creciendo y siempre lo estará.

Saca la manta de bebé y el brazalete hospitalario de Elodie de la caja y luego busca la pila de fotografías amarradas con una banda elástica. Se queda observándolas un rato, perdida en una nostalgia agridulce, hasta que se encuentra a sí misma mirando fijamente una foto de su padre de pie en medio de un jardín que no reconoce. Está sumergido hasta las rodillas entre las flores, con una valla de madera detrás. Debe tener cerca de cuarenta años, tiene tirantes puestos y un sombrero Panamá que oculta su calvicie prematura. Parece contento, como si no hubiera ningún otro lugar en el mundo en el que prefiriese estar que en ese jardín, en contacto con la naturaleza en todo su salvaje esplendor.

Es una expresión que Maggie reconoce de cuando solía observarlo trabajar en la tienda de semillas: plena y completamente en su elemento. Un lugar en el que Maggie se ha encontrado muchas veces en los últimos años y adonde sabe que volverá a estar.

Capítulo 56

Elodie

Elodie oye que se abre la puerta y contiene la respiración. Sabe que es su madre. Su *madre*. Ha estado repitiendo esa palabra una y otra vez en su cabeza. Ya no es una idea hipotética o una ilusión infantil. Su madre está aquí para abrazarla en la oscuridad, para secar sus lágrimas y alejar su dolor y sus terrores.

—¿Maggie? —susurra, pero su voz es demasiado sumisa, no es lo bastante fuerte.

Y entonces, tan de repente como se abrió, la puerta se cierra y Elodie puede escuchar que Maggie se va por las escaleras. Su corazón se estruja. Debe haberla escuchado llorar y ha huido.

Elodie se queda completamente inmóvil. No se había dado cuenta de cuánto había estado deseando que su madre viniera a reconfortarla. Pese a estar en una casa llena de gente, en esa bonita habitación con su empapelado floral y su gran cama de bronce y su colcha de parches rojos, aún está asustada y extrañamente vacía. El resentimiento comienza a bullir dentro de ella y se recuerda a sí misma que, a pesar de todas sus palabras amables y su hospitalidad, probablemente ella sea solo una molestia para ellos.

Se pregunta cómo habría sido crecer en esa casa hermosa y cálida, llena de amor. La niña que está allí dentro, Stephanie —su hermana, de la misma edad de Nancy, con sus mejillas regordetas y su temeridad y su carácter alegre— crecerá con todas las cosas que le negaron a Elodie. *Esa debería haber sido yo*, piensa, con una punzada de amargura. *Yo llegué primero.*

Se queda acostada allí, rumiando, sopesando sus sentimientos durante mucho tiempo. Puede escuchar los grillos fuera, que le recuerdan a sus primeros años en Saint-Sulpice; un recuerdo que había olvidado hasta ahora. Le solía encantar su canto al otro lado de la ventana. No había ningún otro sonido que lo apagara, solo el silencio perfecto de una noche campestre. La hermana Tata le contó que su chirrido venía de los machos, que frotaban sus alas. ¿Cómo pudo haber olvidado eso?

No se queda dormida. ¿Cómo podría? Lo único que quiere es regresar a casa con Nancy. Echa de menos el pequeño cuerpo de la niñita acurrucado contra el suyo, su dulce respiración contra la piel.

Y entonces la puerta vuelve a abrirse y, esta vez, Maggie entra a la habitación. El suelo cruje cuando ella se acerca a la cama. Su peso en el borde del colchón, su mano en la mejilla mojada de Elodie.

—¿Elodie? —susurra—. ¿Quieres estar sola?

—No —suelta ella, con voz infantil.

—Bueno —dice Maggie—. Aquí estoy.

Elodie se estira para sujetarla.

—No te vayas —le pide y, mientras escucha los latidos de Maggie, siente que su amargura se desvanece.

—Por supuesto que no —promete Maggie—. No estaba segura de que me quisieras aquí.

—Siempre te he querido.

Maggie se tumba al lado de ella y apoya la cabeza en una almohada elevada.

—¿Escribirías mi historia? —pregunta Elodie—. ¿La contarías exactamente como ocurrió?

—Sí —responde Maggie, sin tener que pensarlo—. Por supuesto que lo haré.

—¿Y la publicarán?

—Absolutamente —asegura, sabiendo que así será. Luchará por eso; Godbout ayudará de ser necesario. La idea le gusta tanto como todo aquello que se ha propuesto.

—Tenemos que hacerlo pronto —señala Elodie—. Quiero que la publiquen mientras la hermana Ignatia siga en Saint-Nazarius. Y quiero que uses su verdadero nombre y que se lo llevemos en persona.

—Sí —acepta Maggie, su corazón se acelera de la emoción. La posibilidad de un nuevo proyecto que requerirá que trabajen juntas durante muchos meses (que sus vidas se entrelacen, que su conexión se profundice) y que, al mismo tiempo, exponga a quien abusó de su hija es estimulante.

—Gracias —dice Elodie—. Te daré mi cuaderno para empezar. He escrito absolutamente todo allí.

—Quizás podrías vivir aquí, con nosotros, mientras trabajamos en él —sugiere Maggie—. No quiero presionarte, pero Stephanie y Nancy tienen casi la misma edad...

Elodie casi no puede creer la oferta.

—A Nancy le encantaría vivir aquí en el campo —comenta—. Debe ser precioso crecer aquí.

—Y tú podrías estar en casa con ella —agrega Maggie—. Al menos hasta que comience el colegio y, luego, siempre habrá un trabajo para ti en mi tienda.

—Suena bien —manifiesta Elodie, pensando en su apartamento en Pointe Saint-Charles y en Len's Deli y en cuánto echará de menos trabajar allí.

—No quiero abrumarte —insiste Maggie—. Tenemos todo el tiempo del mundo para que tomes una decisión. —Coloca los brazos alrededor de Elodie y acaricia su pelo. Se quedan acostadas así por un largo tiempo, completamente despiertas en la oscuridad.

—Jamás me quedaré dormida esta noche —dice Elodie.

—Cuando era pequeña, mi padre solía recitarme un poema para ayudarme a dormir —susurra Maggie.

—Recítamelo —pide Elodie.

—Déjame ver si puedo recordarlo. Juanito Manzanas, Juanito Manzanas... —comienza a recitar, usando la traducción francesa Jean Pépin-de-Pomme.

En el costal sobre su espalda,
en ese costal de talismán,
semillas de melocotones, peras y cerezas
de uvas y de rojas frambuesas,
preciosas joyas de mañana y almas de los árboles
con alas microscópicas emplumadas...

Elodie cierra los ojos. *Quizás esté muerta*, piensa. Las sensaciones en su interior son demasiado buenas, desconocidas. También hay tristeza, por supuesto. Acepta eso como el aspecto más natural e inevitable. La tristeza vive en sus células, junto a la sensación de injusticia y furia hacia la hermana Ignatia y Dios. Estas cosas no se pueden superar. Son parte de ella, tanto como sus extremidades y sus órganos y Nancy. Pero esta noche hay algo más: *esperanza*.

Ahora tiene una familia, al frente de la cual hay una madre hermosa, viva, saludable. Una madre que quiere estar en su vida, que intentó encontrarla más de una vez y que quiere su perdón y una segunda oportunidad; una madre que fue obligada a darla en adopción y después trató de recuperarla.

Elodie puede vivir con eso. Jamás podrá recuperar esos veinticuatro años —sabe que cargará con su pasado toda su vida—, pero al menos ahora tiene un futuro como parte de una familia.

—«Todo el aire libre que el corazón del niño conoce y la manzana, blanca, verde y roja» —continúa Maggie—. «El resultado de sus días y sus noches, la manzana se alió con la espina, la hija de la rosa...».

Elodie no comprende el poema. No necesita hacerlo. No disminuye nada el no saber.

Agradecimientos

*G*ran parte de los conocimientos que obtuve sobre la historia emocional de los huérfanos de Duplessis salieron del magnífico libro de Pauline Gill: *Les Enfants de Duplessis* (Quebec Loisirs Inc., 1991). La desgarradora historia real de Alice Quinton me ayudó a comprender el daño físico, espiritual y emocional que padecieron estos huérfanos a lo largo de sus vidas, incluso mucho tiempo después de ser liberados. Estoy profundamente agradecida con Alice Quinton por haber compartido su historia con Pauline Gill y por su franqueza, sinceridad, coraje y resiliencia.

A quien más debo agradecer es al único e incomparable Billy Mernit, mi maravilloso mentor y primer lector/editor: sin tu visión y conocimiento sobre cuál era la *verdadera* historia —y tu aliento para que *contara* la historia de Elodie—, este libro aún estaría en mi cajón. Veinte años tardé en hacerlo y fue necesario que me guiaras en la dirección correcta con tu don para la narración y la edición. Otra vez. Ya lo he dicho antes, todo escritor debería tener a un Billy.

Otras enormes gracias van para mi tenaz, incansable y adorado agente y amigo Bev Slopen, a quien conocí hace veinte años, cuando le mostré la primerísima versión de este manuscrito. Juntos trabajamos duro en el «Señor Semillas», de forma intermitente, durante dos décadas, *¡y nunca me despediste!* Me siento bendecida porque me has apoyado todos estos años. Pocos agentes lo habrían hecho. Creo que somos oficialmente familia ahora.

MUCHÍSIMAS GRACIAS a Jennifer Barth, mi magnífica editora de HarperCollins. Me siento muy bendecida por tener tu apoyo y tu guía, y trabajar contigo siempre es un placer. Otra vez, gracias por cuidar tanto de este libro en particular; significa todo para mí. Le diste alas con el nuevo título y todos tus brillantes consejos e hiciste que volara mucho más alto y más lejos de lo que jamás hubiese pensado.

Gracias al más maravilloso equipo de marketing del mundo, tanto en HarperCollins de EE. UU. y de Canadá: Mary Sasso, Katherine Beitner, Sabrina Groomes, Cory Beatty, Leo Macdonald y Sandra Leef. El último año ha estado lleno de emociones, sorpresas y felicidad, de verdad. No puedo esperar a ver a dónde nos llevará.

A mi editor y mejor amigo «cama dentro», déjame copiar y pegar los agradecimientos de mi último libro (aún sirven): gracias por recoger a los niños y llevarlos por toda la ciudad y, básicamente, por ocuparte de todo para que yo pueda seguir siendo La Escritora. Te quiero. Jessie y Luke, no contribuisteis demasiado al proceso, pero vuestros mimos me ayudaron. Mucho.

Por último, gracias a mi madre, Peggy, la inspiración para Maggie. Todas esas entrevistas y largas charlas, todo lo que compartiste conmigo sobre tu infancia en Montreal, todos tus comentarios y tus lecturas han dado sus frutos. Desearía que estuvieses aquí para ver cómo nuestro libro finalmente sale al mundo. Tan solo voy a creer que lo haces, en algún lado. Te echo de menos.

Sobre la autora

Joanna Goodman vive en Toronto con su esposo y sus dos hijos. Originaria de Montreal, basó *El hogar de niñas indeseadas* parcialmente en la vida de su madre. También es autora de *The Finishing School*.

ECOSISTEMA DIGITAL

NUESTRO PUNTO DE ENCUENTRO

www.edicionesurano.com

2 AMABOOK
Disfruta de tu rincón de lectura
y accede a todas nuestras **novedades**
en modo compra.
www.amabook.com

3 SUSCRIBOOKS
El límite lo pones tú,
lectura sin freno,
en modo suscripción.
www.suscribooks.com

DISFRUTA DE 1 MES
DE LECTURA GRATIS

1 REDES SOCIALES:
Amplio abanico
de redes para que
participes activamente.

4 APPS Y DESCARGAS
Apps que te
permitirán leer e
interactuar con
otros lectores.